郭万新 著

# 吉庄纪事

人民日报出版社

# 目　录

序　郭万新成了吉庄人　　　　　　　　　　　　　　001
引　子　　　　　　　　　　　　　　　　　　　　　005

## 第一章　看似平凡的吉庄却原来与众不同

一、传说吉庄大槐树是洪洞大槐树的一根枝条　　　019
二、土堡内外布局着各具性格的乡村四合院　　　　030
三、历经五百五十年保存下来的三大王庙　　　　　047

## 第二章　苟且在风雨飘摇中的小农经济

一、娃们，像个蒸馍馍的火色　　　　　　　　　069
二、墙上金把吊，地上山药窖，怎么没写？　　　076
三、咱村家家户户去一个，你要不去，那就我去　083

## 第三章　挣扎在日寇铁蹄下

一、卦上说，哪里下雪哪里不好　　093

二、李成新唱秧歌——赖死个赖　　100

三、"赶高脚"成为传说中的一个名词　　107

## 第四章　实现了耕者有其田

一、小泊霍天龙遇害了　　117

二、大二三金靠，开会开下个这哦　　124

三、三福贵，还我的大花牛　　131

## 第五章　翻身农民当家做主

一、土井多深多粗，萝卜就长多长多大　　145

二、吉庄的姥爷舅舅们，的确坏透了　　153

三、储粮归储粮，也不能把圣像糟蹋了　　160

## 第六章 鼓足干劲,力争上游

一、不能让毛主席看见我家的尿盔子　　171

二、吉庄拿一千多斤白灰,把街道都刷了,让全县人来开大会
　　　　　　　　　　　　　　　　　　180

三、叫我解说,比串门子张口还难哩　　188

## 第七章 勒紧裤带,共渡艰难

一、我们村也能近水楼台,出几个高粱面大学生　　201

二、一肿一塌,就要给个说法　　210

三、看看,那家伙脸色变了,汗水也流下来了　　218

## 第八章 风风雨雨的多事之秋

一、洗个清水澡,轻装上阵　　229

二、三成才跳枯井,心上明白　　240

三、喝稀饭屙山药蛋,拉下圪蛋了　　254

## 第九章　白猫黑猫

一、不要管我，主席要紧　　　　　　　　　　267

二、那是一棵公黑豆　　　　　　　　　　　　275

三、小瞧吉庄基干民兵没枪？　　　　　　　　288

## 第十章　春天的故事

一、这么简单的问题都不会，考什么大学？　　301

二、分开了牛还叫唤哩　　　　　　　　　　　312

三、头一家万元户：娶一个媳妇一吨　　　　　326

尾　声　　　　　　　　　　　　　　　　　　341

跋　我的吉庄，我的大槐树　　　　　　　　　347

# 序  郭万新成了吉庄人

赵　瑜

作家郭万新，接连几部新著，根子扎在一个叫吉庄的村落。他向读者报告了一大筐几近沉寂的乡村故事，讲述了一大群生动鲜活的新旧人物，也给自己多年来的创作锻造了一次升华。

这个吉庄在哪里呢？

太原以北，雁门关外，过去直称雁北，而今叫作朔州。吉庄，正是朔州古城东面一座老村。古时候，曾有敕勒部落尽情游牧繁衍，渐渐与农耕文化融为一体。有学者认为，古远的《敕勒歌》即诞生于此，好一派"天苍苍,野茫茫,风吹草低见牛羊"的壮阔景象；后来，丁玲所著《太阳照在桑干河上》，那河的源头，就流淌在吉庄侧畔原野上，或曰：吉庄农人护卫着桑干河之源。老泉头水旺时，一如水缸般粗壮，平地涌起三尺雪涛，老远便能看到。

有水草，有牛羊，有土地，便有了牧人农夫，进而派生出悠悠历史乃至悲喜生活。这一切，对于作家构成了盈实宝库，凝铸了文学意象，催萌了创作激情。只可惜，晚近几十年，一部分作家对于乡土史话淡泊了兴致，两脚再也迈不进村舍泥泞路，屁股坐不热农家炕头，手中一支笔，时常在豪华红木大班台上献技，心灵不知被绑架到哪里去也。老问题依然尖锐存在：作家逃离了土地，魂魄飘散于雾霾，即使置身于丰厚藏宝之地，也会失之交臂。

郭万新却是一个貌似愚钝实则聪慧的掘宝人。2010年，他推出一部《吉庄纪事》，我携手山西作家协会报告文学专业委员会同仁，前往朔州研讨此著，得知他一头扎在吉庄老村，采访劳作，万事挂心，竟已两载光阴。万新家在朔州城，相距吉庄四十里地，吉庄倒成了他的后院儿，成了他打捞神奇往事的菜园子，收获不可谓不丰。万新埋头苦干，鱼水农耕，引起了大家的关注和尊重。到了2012年，他又拿出一部《吉庄三户人家》，次年即获赵树理文学奖，评委们的评语说："郭万新的《吉庄的三户人家》，讲述了朔州市吉庄村颇具代表性的三户人家的生存状况、命运沉浮及精神追求，从一个侧面反映了改革开放三十多年来农村的变迁，表现了在现代化、城镇化进程中，乡村底层民众所面临的冲击和抉择；同时，又对农村未来发展的走向作了展望。"菜花再度盛开，果实愈显丰硕：2014年，万新最终完成了他的《吉庄三部曲》之三《草根吉庄》并在京出版。屈指算来，他践行田野调查五载，作品从历史到现实，从全村到农户，从宏观到人情，一步比一步深入。桑干河源头的活水，滋润了作家的笔墨砚台，也滋润了万新的心田。

　　郭万新的创作，据土深掘，依户探访，使我想起了前辈赵树理先生。当时，中国农村公社化高潮叠浪，赵树理忧心忡忡，在他的计划中，要针对一片乱局，写出一部新长篇——《户》。可以说，没有庄户，就没有农村社会的构成，广义上讲，没有千家万户，也就没有中国。东方庄户人家谋幸福，不一定非要投身共产国际运动不可。而大革命换来的"土地还家"，耕者有其田，正是亿万农民帮助共产党打天下的原初动力。一旦从自家手中交出沃土，交给公社集体，农户便认为，革命只是一场泡沫般的空欢喜。队长喊人去地劳动，农妇马上就说"小腿疼"。很显然，所谓"大公无私""斗私批修""狠斗私字一闪念""舍小家为大家"等等口号，对于大多数户主而言，形同梦呓。再看赞扬公社化的歌谣"大河有水小河满，大河没水小河干"，也恰恰说反了——小河不淌水，何以成江流？令人沉痛的是，赵树理先生的真知连同他腹中的《户》，都被那个时代的滔天巨浪吞噬掉了。换个角度说，生活在那个时代的中国作家，心灵只能苦痛着，中国作家和中国农民一样，压根儿看不到艳阳天下那条金光大道……

　　赵树理先生惨死于"文化大革命"将近半个世纪，今日山西作家，又有人投身农户，为庄稼汉挥笔写作，数载长歌不止，我从心底感到欣慰。

　　现在，我们相随万新走访吉庄，情况变异极大，传统意义上那些庄稼汉的身影隐约远去。而中国村庄的内涵，万变不离其宗，是无法轻易改弃的。

　　郭万新的《吉庄三部曲》，写得好，意义重，他也因而成为一个真正的吉庄人。希望万新继续深挖细掘写下去，在重视文学性的同时，如果能够结合一些社会学方法，引进一些新史学观念，作品将会更佳。

　　祝贺《吉庄三部曲》问世！祝贺《吉庄纪事》再版！

　　最后我想说，一条条小河，一道道湾渠，终将汇涌而成中国报告文学的激流，奔腾到世界文学的海洋中。

　　还是那话：问渠哪得清如许，为有源头活水来。

（作者为山西省作协副主席、中国报告文学学会副会长、国务院特殊津贴专家）

# 引 子

雁门关外，桑干河源远流长。

桑干河，北方的河，北方的一条大河，裹挟了塞北西风的雄浑，记录着历史图腾的深刻印迹，古往今来奔流不息。

遥想三皇五帝时候，炎黄部落和蚩尤部落之间的涿鹿之战就发生在桑干河边，标志着华夏民族走过蛮荒，走入文明的起点；《水经注》中收入的一千二百五十二条河流中，桑干河又以恣肆不羁的个性，备受一代地理学家郦道元的推崇；当桑干河下游流经卢沟晓月，因为泛滥无常而获名无定河，直到康熙年间得到治理，被赐名永定河，堪称北京的母亲河；尤其是公元一九四八年，桑干河更是与丁玲的文学名著《太阳照在桑干河上》一起，登临斯大林文学奖的荣耀殿堂……

桑干河，北方的河，北方的一条大河。

又有谁知道，桑干河的源头就在雁门关外的山西朔州，就在洪涛山下一个叫作神头的小地方？

明代一位叫作王越的官员，曾经北出雁门，极目远眺朔州之川，一时感慨万千，信笔写下一首诗：

> 雁门关外野人家，不养桑蚕不种麻。
> 百里并无梨枣树，三春哪得桃杏花。
> 六月雨过山头雪，狂风遍地起黄沙。
> 说与江南人不信，早穿皮袄午穿纱。

就是诗中的词句，几乎尘封了桑干河源头的水光山色。仅凭想象，诗中形容的简直是无以复加的苍凉。或许,当王越登临雁门时,视野里只看见东西横亘的一条冷峻沉默的洪涛山脉,峰峦光秃,峭岩如刀,让他倍觉萧瑟,去意徜徨。然而他偏偏忽略掉了洪涛山下、桑干河源头的神头,没有注意到那一处非同寻常的塞外水乡。

是的,就是神头,葱茏在苍凉之上。

神头的骄傲,源自神头泉。

神头泉从洪涛山的山麓造化而出,充满超凡脱俗的神奇:百泉涌动,堆雪砌玉,在汩汩的声响中水花泻地潺潺流淌。泉水清澈见底,潋滟粼粼,金龙池、玉龙泉、黄道泉、莲花池……十余处泉群共同汇聚成一个一个小巧玲珑的湖泊,湿地水域方圆十里许,当地统称为神头海,倒也胜如朱熹诗中描写的江南风光:

半亩方塘一鉴开,天光云影共徘徊。
问渠哪得清如许,为有源头活水来。

可以说,神头泉孕育了北方的大河桑干河,莽莽的塞外,也因为桑

桑干源头喷涌了
千万年的神头泉

干河源头的存在，被赋予了别具一格的神采——试想在色调单一、西风迅疾的黄土地上，突然出现了一方水色掩映的纯粹的绿洲，鱼翔浅底，百草丰茂，亦真亦幻，如诗如画，那该是多么奇妙夺目的风景！

玉蕴山辉，珠藏水秀。山不在高，有仙则名；水不在深，有龙则灵。《水经注》这样说："桑干河东南流经桑干郡北，大魏因水以立郡。"大凡帝王都需要这样一处朝圣的地方，而曾经建立北魏的鲜卑拓跋氏就把神头选定为发祥圣地，当他们跃马扬鞭统一北方又迁都洛阳后，数代皇帝仍旧痴迷地萦怀神头，车马劳顿地返回桑干源头的神头泉边，祭拜他们的那座供奉拓跋神位的桑干神庙。

故老相传，曾有一位美丽的拓跋公主，偷偷到神头泉边游玩，那一汪碧水撩起她少女心中微妙的涟漪，她不禁到水中洗浴嬉戏，突然看见顺水漂来一颗鲜艳欲滴的红色之珠，她拿过来把玩时不知怎么就吞下肚子，谁知回去以后竟然身有胎动。父母见她未婚先孕，伤心地责骂她，可她就是一声不吭，只管动手捻毛线，临产时候，她将毛线的一端留给父母，自己拉住另一端离开家门，嘱咐父母以后循着毛线去找她。她来到神头泉边，又爬上泉边的神头小山，分娩出三条神龙。当公主的父皇母后沿着毛线找来，眼瞧着三条神龙驮负其母亲腾云驾雾地飞升而去。从那时起，神头小山便被叫作神婆山，山下的神头泉边则建起了桑干神庙，百姓也称为"神头三大王庙"。而公主生育后留下的臀印以及那一抹殷红，就此留在神婆山的山顶，任凭千百年来风吹雨打，始终不褪其色，似在提醒人铭记一个曾经辉煌于中华文明史册的马背民族。

不言而喻，一个马背民族，即使融合进农耕文明深处，但从来都不敢忘记其命运的根本；拓跋氏对神头的眷恋，恰恰是对百草丰茂骏马奔驰的顶礼崇敬。

确实，神头的神奇，离不开关于养马的渊源。循着五千年历史深处的马蹄飞腾，果然神头泉旁就筑起了一座马邑古城。《搜神记》记下这么一段文字：

神婆山顶传说中的拓跋公主的臀印，雨后的端午节可看见殷红的血痕

秦时，筑城于武周塞内，以备胡，城将成而崩者数焉。有马驰走，周旋反复。父老异之，因依马迹以筑城，城乃不崩。遂名马邑，其故城今在朔州。

于是乎，桑干源头，马邑悠久。

马邑的名气，大概被唐太宗李世民的《饮马长城窟行》介绍到了极致，其中一句提到桑干河支流，当时叫作交河的恢河："塞外悲风切，交河冰已结。"还有一句是："都尉反龙堆，将军旋马邑。"能够进入唐太宗的诗中，马邑不图虚名，甚至在有些朝代，成为朔州的别名。史书记载，秦时马邑废置后，到唐开元五年（七一七年）重新建起，明洪武十六年（一三八三年）、正统二年（一四三七年）连续补修，特别是隆庆六年（一五七二年）整缮完毕，城墙包砖，以石为基，墙高数丈，设施齐全，所以顺治年间大同知府蔡永华为《康熙朔州志残本》作序，称马邑"虽僻在一隅，实边陲要害"，历朝历代无不苦心经营，以至于"文物之盛"。

当然，谁都不能否认，从桑干河源头的神头和马邑走出去的先辈英雄，首屈一指的恐怕非尉迟恭莫属。这位大唐凌烟阁上的功臣，经历了金戈铁马的伟大人生，最终步入神坛，成为世界华人普遍认可的中华门神。作为朔州人氏，他给故乡留存下数不清的传奇，最精彩之一，就是他在神头泉旁擒获了一匹海马，然后骑着那匹神驹纵横天下所向无敌。在朱明王朝万历本的《马邑县志》里，文人严从简写过一篇《重建鄂国祠碑记》，摘录一段：

> 马邑之西北十里许，有鄂国公祠，故唐尉迟敬德所血食也。
> 其南，即为金龙池……此池，后魏以来相传有二龙，时化为马，一骊一黄，天阴辄出，人间牝马遇之，生驹神俊，或有角，若鹿茸然，未有絷之者。鄂国公生而骁勇，思收为骑，每潜伺池旁，果有神驹游焉，即飞跨其上，驹欲入池，鄂国公力制驱迴。嗣是出入兵革，多籍其力，后人因建祠于兹，盖谓天以授公，存没所凭也。

相比之下，民间关于尉迟恭擒海马的传说，比上述一段文字更生动更传神，想象并添加了许多细节，增加了口头文学的特征，最有意思的就是说桑干河源头一带许多村庄名字的由来，都与尉迟恭擒海马有关，比如马跳庄、歇马关、吉庄、司马泊、吴佑庄，比如上马石、下马石，还有什么马蹄沟、鞭庄子、伏庄等等，莫不和传说中的情节一脉相承，各是各的说法。可见当尉迟恭一骑

尉迟恭画像

绝尘挥别故土，他对家乡的影响该是多么巨大而深远。甚至，马邑一带土生土长着一种不大成材的柳树，树干扭曲变形，据说又是因为尉迟恭制服海马时借力扯住，将柳树扯成终身残疾……

就是神头泉群、马邑故城，就是拓跋圣地、尉迟门神，在桑干河源头积淀了与众不同的自然景观和人文历史的厚重底蕴，然后年复一年伴随悠长的水流，穿行漫漫的光阴，正如《论语·子罕》所说："子在川上曰，逝者如斯夫，不舍昼夜。"恍然弹指一挥间，时间已经进入今天的公元二十一世纪之初。

岁月很不留情地制造着沧海桑田的变迁。人们发现，洪涛山下曾经水波汹涌的桑干河，到二〇〇九年，只剩下涓涓细流；往昔百泉翻动的神头泉，多数因为地下水位下降导致了干涸；人们走遍马邑神头一带，再也找不到中华门神尉迟恭的鄂国公祠；拓跋圣地神婆山被开山取石而炸得支离破碎，山下的神庙更被拆除而无迹可寻；还有马邑古城的城墙在人为取土的挖掘下，已经变成了断壁残垣……

感叹岁月的风刀霜剑，使桑干河源头的历史文化遗痕正在被一点一点地销蚀，或许再过不久，许多不可再生的人文景观乃至传奇传说都将被遗忘殆尽。莫非终将应验王越"雁门关外野人家"魔咒一般的诗文，

**吉庄村景（李柱画于一九七五年）**

任凭其包罗蕴含的文化遗产真的消失在苍凉深处?

不言而喻,文化遗产的保护,迫在眉睫,那是一方水土的历史见证,是传承历史文明的重要载体,也是独一无二、不可再生、不可替代的珍贵财富。保护文化遗产,堪称功在当代、利在千秋。从二〇〇六年起,每年六月的第二个星期六被确定为我国的"文化遗产日",动员全社会参与保护文化遗产,从那时起,保护文化遗产开始在全国各地蔚然成风,正在成为一种文化自觉。

而在山西朔州市,文化遗产的保护工作也已经迈出扎实的步履。特别是到二〇〇九年,促进区域文化大繁荣,大力发展文化旅游产业被纳入朔州转型发展的重要位置,有关部门把马邑古城和应县木塔、门神尉迟恭等一起,确定为需要倾力打造的具备地域特色的历史文化的城市名片,于是桑干河源头再度受到广泛关注,特别是敏感的各路媒体记者闻风而动、踏访而至。

不过,出乎所料的是,记者们的镜头首先对准了位于如今的神头镇和马邑村之间一个并不起眼的小村庄——吉庄。

吉庄忆像——吉庄全貌复原图(杨洋　画)

二〇〇九年六月，新华社资深记者池茂花的摄影报道《六百年古树紧匝农家屋》通过新华社强大的传输渠道，把来自吉庄的信息向全国乃至世界传播出去：

山西省朔州市神头镇吉庄村农民李树银院，一棵六百多年树龄的槐树将房屋紧紧覆盖包围，成为奇特的树包屋景观。古槐造型奇特，树身向东南倾斜，离地三米高处分叉，盘旋扭曲，宛如雄鹿头上的角向四方伸展，树梢高十五米，宽十五米，呈伞状，古树腹空，里面能容四个小孩玩耍，但树枝仍枝繁叶茂，绿荫如云，翠色盖地。

一棵老槐树，究竟有多少奇特之处？要知道山西被称为表里河山和华夏文明的发祥地，各种古槐并不罕见，即使一千年甚至两千多年树龄的仍有存世，仅从年代的层面而言，吉庄老槐毕竟还略显年轻了一点啊。但接着，又是一条关于吉庄的新闻，将一座古庙作为主角，由记者们在山西省的各种媒体广为发布：

好大一棵老槐树

### 吉庄大王庙壁画绽放异彩

近日,朔城区吉庄拓跋大王庙内发现一组珍贵的寺庙彩绘壁画。这组壁画工笔重彩,线条流畅,描金华丽,表现细腻,内容丰富,精美异常,表现了古代劳动人民天地人和谐一起尊神祈雨的宏大场面。吉庄大王庙,碑刻记载建造于明代天顺年间,并于清同治年间由乡民集资重修扩建,由正殿大王庙和偏殿马王庙、娘娘庙三部分组成,因在"文革"期间村民砌筑隔墙储粮保护,神像和壁画得以幸存。据有关专家介绍,壁画极具艺术和史料价值,绘画具体年代尚需进一步考证。

当神头三大王庙被毁之后,谁也不会料到,吉庄竟又有一座三大王庙奇迹般地保存下来。据称,这座拓跋大王庙,在全国可以说绝无仅有。看来作为北魏王朝发祥圣地的桑干河源头,并没有完全失却拓跋氏香火的一缕烟痕。再和大槐树关联起来,小小的吉庄真的有些神秘不凡了。

修复了的吉庄"三大王"庙

媒体还在继续渲染。由中国新农村建设协会主办的《中国新农村》杂志，于二〇〇九年第七期开辟"风情揽胜"栏目，刊登一篇记者李海生、荆日宝的千字报道——《文化底蕴深厚的吉庄村》，介绍吉庄比较详尽，摘录一段：

> 巍巍洪涛山，滚滚桑干河。翻开山西省朔州市的历史长卷，从西汉卫青、霍去病、李广驻守马邑郡抗击匈奴，赵武灵王胡服骑射以及北魏孝文帝改革到唐代尉迟恭擒海马的历史典故，历历展现在人们面前，而坐落在距洪涛山南二至三公里的神头镇吉庄村，村内至今仍保存着明朝天顺年间（一四五九年）修建，清乾隆三年（一七三八年）重修和民国十四年重修的山西省遗留下的唯一一座集大王庙、龙王庙、马王庙三庙合一的古建筑和精美壁画，以及明洪武二年（一三六九年）栽植的李氏家族大槐树（距今已有六百四十年历史，系山西省仅次于洪洞大槐树的长寿古槐）等历史遗迹……

突然间频率密集地进入摄像机的镜头，使吉庄这个一直不露声色的小村庄，迅速进入公众的视野，被有关人士称为"吉庄现象"。一时之间，吉庄声名远播。

搜索吉庄。

点击互联网强大的搜索引擎，霎时间，我们发现，这个小村庄在上世纪的一九七五年，竟与一位驰名中外的国学大家结缘。他的名字叫姚奠中，一代教育家和书画家，章太炎先生最后所收的七名研究生之一。姚奠中先生是当之无愧的山西学界泰斗，曾任山西省政协副主席，到二〇〇九年已经年近百岁高寿。世纪老人，备受尊崇。

翻看姚奠中先生年谱，一九七五年，"秋，被学校派到雁北神头的雁北师专，辅导由中文系学生们给雁北地区中学教师开的培训班，进行了三个多月"。其间在十二月，姚老先生写下了《神头吉庄堡漫步二首》，罕有地让桑干河源头一个小小村庄出现在他笔下的诗文中，极其难得却也历久弥新。《神头吉庄堡漫步二首》一共八行：

> 朝朝漫步溪边路，笑语相将有卫朱。
> 五岭乌蒙皆砥砺，长征两万少平途。
>
> 重上荒丘意惘然，羔裘绒帽朔风天。
> 浮云聚散寻常事，独立苍茫望远烟。

前一首，老先生和两名学生卫裕国、朱砚军走在吉庄的溪边小路，看似闲庭信步；然而第二首，就是老先生独自对吉庄的审视，则完全没有了笑语谐喻。但见朔风掠过，远烟散乱，独立苍茫的老人在吉庄堡前良久伫立，面色凝重。虽然已无从知晓他的内心沉思着什么，但也能够想象，他的目光一定触及吉庄堡由普通黄土夯起的历史记忆。

姚奠中先生像

可能因为逗留的时间短暂，又是非常年代，事务缠身的姚奠中老先生没能更多地深入吉庄。当他完成教学任务离开以后，到底留下了"惘然"的怅惘。转眼又是三十多年过去，吉庄的土堡犹存，大槐树依旧葳蕤。古庙也不再充当存粮的仓库，而使三位大王的神像重新从幕后走过台前。要感谢敬业的新闻记者们,通过吉庄村支部书记林建国的奔走呼号,使得桑干河源头的吉庄,在二〇〇九年格外引人注目。

著名历史学家翦伯赞一九六一年踏访了内蒙古大草原后,曾经感慨万千地写下这样一段文字:"……这个历史学宝库,直到现在,还没有完全打开,至少没有引起史学家足够的注意。"引起翦伯赞先生震撼的,就是沉淀在乡间民间厚重的历史文化资源。那么,就让我们沿着姚奠中先生当年漫步的溪边小路,走进吉庄,从大槐树和拓跋氏三位大王的神庙开始,寻找其尘封了的近百年历史。

或许,吉庄的百年,恰是如翦伯赞先生形容过的历史学宝库。

姚奠中先生书法——"吉庄"

## 第一章 看似平凡的吉庄 却原来与众不同

## 一、传说吉庄大槐树是洪洞大槐树的一根枝条

在吉庄村委会二〇〇九年的宣传栏里,简明扼要地写着这么一段文字:

> 吉庄村距离朔州市东北十五公里,位于桑干河北岸,北依洪涛山,隶属于朔州市朔城区神头镇,西与东神头村相邻,东与吴佑庄村接壤。吉庄村历史悠久,形成于东汉时期,后因战乱衰弱,到明初再次兴旺。现有村民六百五十二户,人口二千零六十一人;全村占地面积八平方公里,耕地面积四千三

二〇〇九年的吉庄村委会

百二十三亩……

仅从这样的介绍来看，吉庄给人的印象不外乎农村、农业、农民三大要素，类似的自然村在中国北方比比皆是，即使在朔城区，也可以说不在少数。那么，想象中的吉庄是不是太平凡太普通了？

然而，当我们走进吉庄，才能感受到吉庄在貌似寻常中的与众不同。

吉庄的地理位置应该比较特别。西邻是东神头村，间距不足千米，而东南四公里处就是马邑村。三个村庄连成一线，恰是桑干河踏上漫长旅途前起步之际的一段弯曲的北岸，而吉庄居于中间，就像传统意义上的中国农民，其声不响，其貌不扬。默然积累着如马邑曾有的厚重，蕴蓄着如神头曾有的隽秀，实在是大音希声。作为一个村庄，与形形色色的人物一样，往往各具性格，有些轻浮于表面，难免感觉华而不实；有些敦厚于内在，势必叫人肃然起敬。

吉庄人的祖先就很聪明。由村民普遍认可并在口头相传中，吉庄村名的来历和尉迟恭擒海马有关。显而易见，吉庄的名字根本没有包含马字的丝毫内涵与外延，但当地土话，"猛然一跳"的意思发音同"吉"，都说尉迟恭在司马泊金龙池骑上海马后，海马一下子跃到吉庄，略作停顿，接着才跳到马跳庄。研究汉语言文字可以发现，实际"跳跃"只能跟另一个比较生僻的同音汉字"蹐"挂起钩来，那么原来的吉庄推理该是"蹐庄"。古语说："毋践屦，毋蹐席。"蹐者，踩踏的意思，来表达马匹的动作基本说得过去，但被一匹牲口踩踏，听起来不大光彩，所以"蹐庄"被巧妙地悄然替换为"吉庄"；在明代史书中，还登记过"吉家庄"，更显得与尉迟恭看不出关联来了。反正吉庄这一村名，读起来听起来没什么挑剔之处，显得吉祥、吉利、吉庆、大吉大利，难道是吉庄人的祖先探讨过学问？

是一家之言，莫须有吧。

至少在尉迟恭没有出世时，吉庄本来叫作李家小村，因为吉庄本是李氏的聚居之地，李姓占总人口的将近百分之八十，其余几门杂姓，包括贾、连、刘、阎、孙、赵、林等，加起来不足全村人口的百分之二十，多数属于陆续外迁而来。由于李姓是百家姓中的超级大户，数千年来杰出的帝王将相、文人佳士层出不穷，特别是出来过中国历史上最伟大的皇帝之一李世民，因此其起源比较容易追溯。

唐代最著名的大诗人李白写过："我李百万叶，柯条遍中州。"可见李氏家族的庞大。关于李氏的来历，《新唐书·宗室世系表》的记载为所有李氏所接受：李氏，出自嬴姓。帝颛顼高阳氏生大业，大业生女华，女华生皋陶，字庭坚，为尧大理。生益，益生恩成，历虞、夏、商，世为大理，以官命族为理氏。至纣之时，理征字德灵，为翼隶中吴伯，以直道不容于纣，得罪而死。其妻陈国契和氏与子利贞逃难于伊侯之墟（现河南安阳地区），食木子得全，遂改理为李氏。

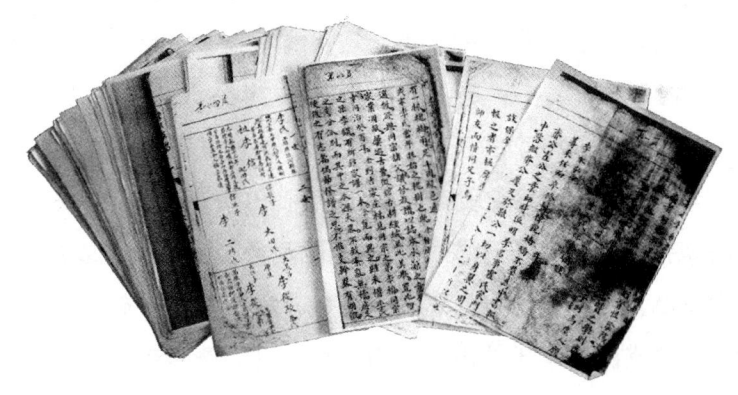

吉庄李氏家谱的一个版本

理官，上古时候掌握司法的长官，皋陶曾经主持制定了五种刑罚：墨、劓、剕、宫、大辟，各自的意思是：脸上刺字、割鼻子、剁脚、破坏生殖能力、砍脑袋。所以说，理官位高权重，"以官为姓"的理氏当然在权贵之列。至于后来利贞母子依靠吞吃树上的果实而改姓为李，才把"以官为姓"延伸到了"指树为姓"。然后，唐朝对李氏宗族的考证和详细记载，使得李氏的族源能够进入正史正本清源，比较可靠和完整。

随着大唐李家的兴起，李氏的繁衍迁徙变得有迹可寻，经过漫长的岁月延续，李氏长期聚居而形成家族祖地的郡望，分布在全国十三处，包括陇西李氏、赵郡李氏、柳城李氏、略阳李氏、鸡田李氏、武威李氏、代北李氏、高丽李氏、范阳李氏、渤海李氏、西域李氏、河南李氏、京兆李氏。这么繁杂的系统，在李唐王朝指定专人一步一步地梳理考证寻根后，李氏后人才形成共识：天下李氏出陇西。于是，陇西成为百家姓中李氏的家族标识，被认定为李氏的发源地。具体到北方边陲的李氏，来头却比较复杂。早在魏晋南北朝开始，来自草原大漠马背民族前赴后继地试图挺进中原，农耕文明受到游牧文明的不断撞击与渗透，其中的不少部落似乎加速了获取汉姓的脚步，包括匈奴、鲜卑、沙陀、契丹、吐蕃、高丽等，直至党项、女真、蒙满。有的长期与汉人混居，或者当权者赐姓，或者崇仰汉人而自己取姓，尤以李姓最多，有名的比如沙陀人李克用之类，高丽李氏王朝之类。这类的李氏，好像与陇西之李有一定的区别，时髦一点，不算是正宗吧，只不过年代太久，早已难以甄别。

不过，山西的一支李姓还算脉络清晰，这就又回到陇西李氏的主干上去。晋朝济北太守李雍之孙李盖，迁入河东的安邑，成为安邑李家的始祖。后魏把安邑划分为北安邑、南安邑两县，随后改北安邑为夏县，南安邑为安邑。这样来说，河东李家多数分布在夏县和安邑县。

而李盖这支陇西李氏的山西支裔，最有可能是远在雁门关外吉庄李家的来向。吉庄槐树院往东原来有一处云庙院，属于李家的祠堂，存放老辈子的名册，因为族谱上已经去世者的名册土话叫"云"，所以就叫成"云庙"。可惜该祠堂早已塌毁了不知多少年，相关的族谱也遗失殆尽，现在只能推理一二，当然需要一个支点，那就是已经小有名气的吉庄大槐树。这棵大槐树是见证吉庄历史唯一的无与伦比的最长寿纪录保持者，只是不会开口说话而已。

首先来零距离认识一下这棵饱经风霜依旧茂盛的吉庄大槐树。

[第一章] 看似平凡的吉庄 却原来与众不同

说来堪称奇迹。遥想当年，吉庄大槐树竟然说是从洪洞大槐树上折下的一截枝条。

在中国历史上，在华夏儿女的心灵深处，只要出现洪洞大槐树的字眼，肯定伴随着一首穿透漫长岁月的民谣缭绕回荡，充满了牵肠挂肚的惆怅，饱含了悲凉凄婉的辛酸：

问我祖先来何处？山西洪洞大槐树。
祖先故里叫什么？大槐树下老鸹窝。

关于洪洞大槐树的民谣，产生的时间可以准确定格在明代洪武二年，与一场声势浩大的移民运动有着密切关联。背景同样妇孺皆知。一三六八年，朱元璋建立了大明王朝，他所面临的是大片破碎的河山。由于推翻元朝残暴统治过程中的连天烽火和无休无止的水灾瘟疫肆虐，黄淮流域赤地千里、饿殍遍野，包括山东、河北、河南、安徽等地深受其害，百姓十亡七八。然而，在中原战乱时，因为山阻河隔，偏偏山西却显得相对安定，风调雨顺，连年丰收，还有外来难民流入，使得山西人丁比较兴旺，当时全国才六千万人口，山西就有四五百万之众。

为了江山稳定，恢复民生，朱明朝廷决定在洪武二年（一三六九年）开始从山西向河北、河南、山东等地大规模移民。晋南本是人口最稠密的地区，而朝廷行辕兵站之一的洪洞地处交通要道，成为主要的移民集散地。相传，当时在洪洞城北二华里的贾村西侧，有一座广济寺，寺院宏大，香客不绝。寺旁有一棵"树身数围，荫遮数亩"的汉槐，车马大道就从树下通过，汾河滩上的老鸹在树上栖息筑巢，一片吵噪。官府在广济寺设局驻员，办理移民事宜。待各地移民在此聚齐，再分迁外省。移民们临行前，回望古槐，耳边听着老鸹的哀啼，即将远别故土的情怀化作一行一行的泪水潸然落下，于是，大槐树被赋予了神性，伴随"问我祖先何处来"的民谣，成为"家""祖""根"的象征。

据说,移民上路时候,官兵用绳子将他们捆绑连串,沿路押解以防逃跑,一路风餐露宿,苦不堪言。移民之中就有李姓的一家三口踯躅在队伍中,一路来到雁门关外的吉庄。由此流传下来一些民间故事,经过当地民间文艺家的整理加工,发表在文学刊物上,有些还上了因特网。

下面摘录部分内容:

……有个叫李发根的,年近六旬,妻张氏,下有一子,唤作宝儿,一家三口同许多乡亲一道被集合到洪洞大槐树下,官家宣布他家要迁移到雁门关外的马邑县落户。在兵卒如狼似虎的催促声中,李发根带着妻子和儿子离开洪洞县,临近启程他从大槐树上折下一根树枝,当作拐棍使用。

二月里的春风,在白天轻轻地刮,暖洋洋的,可是一到夜晚,特别是深夜,却是寒风刺骨。李发根三口儿没有感到春天的温暖,迎着西北风走在大路上,走一会儿歇一会儿,歇一会儿走一会儿。天黑住店,天明赶路,遇水解渴,逢人乞求。走

洪洞大槐树迁民处

了一山又一山，过了一川又一川，山山川川不知走了多远。不久冬去春来，河里的冰凌都融化了，田野与河滩都露出细嫩的绿苗来，柳条上缀起鹅黄的碎点，当李发根来到马邑县境内吉庄村位置的时候，他把槐树枝往土里一插，就地歇息一晚，第二天忽然看到一个奇异的现象：插在土里的槐树枝，竟然生根发芽，长出嫩绿的小叶儿来。李发根心想，看来这就是我家扎根的地方。于是他们不走了，就在槐树枝生长的地方住了下来，白天垦荒播种，晚上打坯建窑……

故事写得有鼻子有眼，颇具文学色彩，大概经过了艺术加工。李发根的名字、李宝儿的名字，是否来历清楚，不得而知，也许是搜集故事者亲耳听到的，也许是杜撰出来。还有类似故事，有把李发根的原籍写成河南，有把李发根一家说成弟兄二人李大李二，还有说吉庄李家是明宣德五年从相邻的司马泊村搬来等。总之，民间故事与人物传记不同，科学性无法要求十分严谨，再说时间过去那么久远，故事主人公只是一介草民，其曲折的遭遇唯有在百姓间口头相传，从而作为史料以外的一门学问存留。事实上洪洞大槐树也带有不少传说的成分。因此，吉庄大槐树的来历被一代一代李家后人讲述下来，同样精彩而难得。

首先，吉庄大槐树是吉庄李姓祖先所栽植；其次，李家移民于明初迁来，那么树龄就在六百年以上；再次，史载明初从山西人口稠密的晋南往外迁移人口，而晋南的李氏，大体可以圈定安邑房一支。所以，吉庄之李可能来自夏县和安邑，而非河南。

传说最具神奇之处在于，吉庄大槐树的前身是洪洞大槐树的一根枝条，是李家带来的一根拐杖。

遥想当年，移民到了新的居住地点后，往往栽植槐树，寄托思乡之情。至于吉庄大槐树究竟是树苗移栽还是种子种植，应当不很重要，关键是留下一截树枝充当了拐杖然后又插地生根的传说，把对洪洞大槐

吉庄槐树院大槐树主干

树、对故土的怀恋情绪推到了极致,况且拐杖未必不能插地生根。传说嘛,类似的情况不大稀罕,比如朱元璋爷爷在江苏泗洪居住过,其死后葬身之处的祖陵就被舆论炒作成一片吉壤,说是插入枯枝都可生根发芽。言之凿凿,还进入正史,谁又去特别验证呢?

就把吉庄大槐树落脚的地方叫作吉壤,大概未尝不可。想想洪洞,第一代大槐树距今有八百多年,址存树无;第二代大槐树同根滋生于第一代槐树东约五米,也有四百多年历史,但已干枯,一九七四年被大风吹倒;现存的仍是旁边滋生的第三代大槐树。而吉庄大槐树是洪洞大槐树当之无愧的二代生命,真的很珍贵了。

那么,一棵六百余年的槐树究竟什么模样?网上有文章介绍说:

> 神头镇的吉庄村,有个叫李树安的老汉,他家院子里有棵大槐树,五个人也抱不拢。大树造型奇特,树身向东南倾斜,在离地三米高处分叉,盘旋扭曲,宛如雄鹿头上的角向四方伸展。树梢高十五米,宽十五米,呈伞状,气势实在不凡。

下面做一具体补充。大槐树所在地,叫作槐树院,正面西边三间土窑,由二〇〇九年已逾八旬的李树银夫妇居住。东边三间瓦房,原是李树银哥哥李树安居住,现在已经空置。土窑和房子都建有百年以上。大槐树就在东正房门前大约三米之处。槐树主干高有六米,向东南倾斜,倚连三米高的东院墙,隔壁就是李银家。槐树根部距离东院墙为五米,树身和墙壁间满满堆砌了炭块;槐树顶部分叉处形成足够三平方米见方的平台,平台上巨大的树洞被填入泥土,然后用水泥抹平;槐树主干南斜与两间东下房连接,顶端正好与东下房的房顶平齐,下面夹角内见缝插针垒进去一个狗窝。所以,由于东下房、狗窝、炭堆和东院墙的包围,槐树根部无法量出周长,但若与主干上部对照,大约七至八米,也就是差不多五人合抱。主干西北面露出树身处,原来有一条裂缝可通树身内部,据说中间全空,可以进入两三个小孩,不过也被堵塞起来,作为力所能及的保护措施之一。

大槐树主干顶部的平台处,明显的主要分枝一共五条,都蔚为粗大,网上介绍说好像鹿角形状,实际与主干的总体造型结合来看,更像一只斜伸出去的手掌,主干形同臂腕,顶端平台形同掌心,分枝则组成五根手指,姿势有如佛教世界千手观音伸手托着净瓶似的,神奇之中充满神韵。

权且把第一分枝称之为拇指,在主干顶部平台的最西端,近于垂直向上,高为二点五米,枝干周长二点三米;第二分枝相当于食指,横向伸往西南,几乎与两间东下房的房顶平行,伸出部分二点一米,枝干周长一点九米;第三分枝相当于中指,往东南偏上伸出,一直超过隔壁李银家的院子,长三点二米,枝干周长一点四米;第四分枝相当于无名指,伸向东北,已被不幸烤焦,仅剩黑乎乎的残桩,长达七米,枝干周长一点九米;第五分枝相当于小指,枝干周长一点五米,朝北伸出一点四米后上翘三米多。

常年守护大槐树的李树银老人

剩余细小枝条，全部从五条分枝顶部四下伸展，那就不计其数了，上下左右组成大槐树巨大的树冠，顶端树梢离地总高度约为三十米。树冠覆盖的范围，包括正房、院子的一部分、东下房全部、隔壁李银家的西下房；从槐树底部到最南边枝梢，距离十一点八米，由此作为半径计算，覆盖面积可达四百三十七平方米。这个数字不一定精确，但这样的槐树，委实令人叹为观止了。

据槐树院住户李树银老人说，大槐树的主干和五条分枝实际全部中空，到冬天树叶落净后看上去好像完全枯干，可是一旦春天到来，无数的新叶就会适时生发，一派生机勃勃，很快又是绿色如云，然后随着季节交替，五六月间槐花开放，一串串挂满在枝叶间，花香馥郁随风播散，引得蜜蜂成群飞来，热闹异常。实践证明，正是因为主要枝干中空了，完全失去对人类的利用价值，大槐树才能够顺利地逃过人为破坏，得以生长六百多年。这么说来，大槐树实在高明，其自我保护措施竟是"虚心"。"最是虚心留劲节，久经风雨不知寒。"这是邓拓写竹子的，用在吉庄大槐树身上，还挺贴切。山西作家协会《黄河》主编张发先生二○一○年初看到吉庄大槐树，说道："我在全省见过许多老槐树，千年树龄以上的也不算稀奇，但论及气势森严、外观雄奇，吉庄大槐树堪称第一。"

至于伸向李银院内西耳房窗前的第四分枝，李树银和李银回忆，大约在一九七〇年稍后时候，一支解放军的坦克部队驻扎在吉庄训练了半年多，其中一个连队选择李银的西耳房前靠墙搭了灶台埋锅造饭，忽略了头顶

"我李百万叶，柯条遍中州"——李氏族徽

的槐枝，结果那根分枝被烟火熏烤焦了，再也没能冒出新枝。

漫长的六百多年间，吉庄大槐树下的李氏究竟流散到外地多少人口，没有人统计过，也无从统计，但肯定不在少数。二十世纪六十年代"四清"运动前，国家冶金部曾经派下一支下乡队伍来到吉庄，其中一个姑娘名叫李惠敏，父母都在天津，她是学冶金的，大学毕业分配在冶金部。一次李惠敏到李国先家中吃派饭时，珍重地说："我们的祖先就在吉庄大槐树下。我跟我爷爷说起要来山西吉庄，他很激动，叮咛我回来后务必看看大槐树，见一见祖先生活过的地方，认识认识吉庄的父老乡亲们。"

当年农业社时村里人到神头采石厂干活，碰上四川籍的一位李领工员，自称老祖就从吉庄大槐树下走出去。村里人回忆说，大约改革开放后的一年，河北定县一位司机李师傅到马邑拉煤，当时非得去看看大槐树，他特地提起说他们也是来自大槐树下的李家，从小他的脑海里就有了挥之不去的吉庄大槐树的影子。

还有西北的、内蒙古的……

寻根的脚步纷至沓来。

槐树院的李树银老人曾是早年西北野战军三五八旅的老兵，参加过

保卫延安的蟠龙镇战斗，他现在耳朵已经不大好使，但对每一位慕名观瞻大槐树的来客极尽热情，一段话老是挂在嘴边："我的五个儿子，两个在包头，一个在电厂，一个在县城，都上班了。剩下一个在村里也盖了新房。但我哪里也不去，谁家也不去。就在槐树院，哪儿也不去。"虽然唠叨，但流露出对大槐树的感情，绝非一般。

因为那是他们李家一脉的根。

## 二、土堡内外布局着各具性格的乡村四合院

吉庄李氏家族的延续，据说自明洪武二年（一三六九年）李家落脚大槐树下，到现在已经传有三十多代。把从清末进入民国初年作为一个分界，再远确实难以企及，不过往后开始，凭借几位老者的回忆，可以稍微理顺一点眉目。假如研究家谱，失之粗疏可能乱了李家的辈分；现在只是追寻一个村庄百余年沧桑的脉络，也就马马虎虎了吧。

吉庄李家，实际共有四支，除了槐树院的主要一支，另外三支也属外迁而来，落户吉庄出于认祖归宗性质。其一，旗杆院李家，来自马邑，老辈能寻找到姓名的，叫作五旦旦、六旦旦弟兄；其二，辣椒院李家，好像来自平鲁党家沟，老辈有李林仁、李林义弟兄；其三，瓦房院李家，据说先人是朔州城里的木匠，现在村里年纪较大的就有李润文老人，看上去淡泊斯文的样子。

周边村庄比如东西神头、吴佑庄、司马泊、东邵庄等李家，据称都与吉庄李家出自一支，但只有东邵庄李家可以肯定是吉庄李家早年分离出去的地庄住户，另外几个村庄的李家，无法考证与吉庄李家的密切之

处、先后顺序如何，故而民间还存在争论。

再说槐树院李家。自从村里年纪最大的老者记事起，分支下来就是四门，分别叫作"大门""二门""三门""四门"，大约先人弟兄四人吧。大门传下来就是老辈的监生家族，现在的李祥、李才他们；二门是皮裤院一支，很知名的老前辈名叫三步娃，还有现在的老者李银等；三门人气最旺，包括北场上、东门上、西门上、堡里头、大南院，而留守槐树下的李树银也在三门；四门是当铺地一支，村里如李达仁、李忠祥等，以及现在村里"士"字辈的老者都在其中。

传来传去，吉庄李家的辈分就有了差距。属于普遍现象，一直贫困的娶媳妇迟一点，富裕的成家早一点，百年以内有的大约四代，有的大约五代。现在把同龄的横向来比，就拿李如昆老人做参照，大门八十五岁的李才称呼他二爷，他却称呼四门八十八岁的李世贞为五爷，于是李才和李世贞就差了四代，二人怎么称呼？是否该叫老老爷爷？

所谓大门、二门、三门、四门，以及堡里头、东门上、西门上等等，

历经风雨遗留的堡墙

这类名字的出现,一看就有文章。确实也是,单从建筑组成而言,吉庄村的特点就十分明显,十分突出。

其村庄布局建立在一座土堡的基础上。

土堡,就叫吉庄堡。它的形成倒有文字可找,与驰名中外的万里长城紧密相关。

时间在明代。

从秦时开始,往后很多王朝都修筑长城,尤其明朝二百多年间,起初为了防范不断南下骚扰的蒙古部族,后来又提防东北兴起的女真部族,所以一直没有停止过长城的修筑和长城防务的巩固,大规模的施工达到十八次之多,直到弘治十三年(一五〇〇年),才算基本完工,全长一万二千七百里,东起鸭绿江,西至嘉峪关。明长城的特点,就是在重要的关隘地方比如居庸关、山海关、雁门关一带修筑数重城墙,并且沿城墙一线增设许多城堡、烽火台和隘障,作为长城的附属工事,使防卫体系更为完善。隘障设在交通要塞间,也称关塞;烽火台又叫烟墩,主要是报警,白天燃烟,晚上举火;而城堡则驻扎军队,人数不等。史书这样来阐述原理:"堑可以填渡,且不利拒守,故必筑长城;长城必有台,利于旁击;台必置守,以处戍卒;近城必筑堡,以休伏兵。"

据统计,仅朔州境内就有三百五十多座堡,吉庄堡即是其一,东西长二百五十米,南北长一百一十米,高约五米多;吉庄附近还有个烟墩村,那肯定原是烽火台所在地了。

到了清朝,朱明王朝曾经千方百计防御的敌人,摇身一变成为统治中国的主人,长城一线也就成了满族的后院,还防范什么?于是驻军移防,诸多土堡也军转民用,吉庄堡相应地转变职能,作为吉庄的村落所在。所谓"四门为城,三门为池,两门为堡,一门为寨",吉庄堡的东西两门在民国初年还基本保存完整,东门用石料碹起,西门也用石料碹洞,但上面建有一座不大的老爷庙,供奉关公的神位,门侧一副对联,内容已无人记起,有些老者仅能回忆起横披是"亘古一人"。"文革"期间东西两门都被拆除，取而代之的是具有"文革"特色的砖包土坯门柱，上面有钢筋焊成的弧形门额，门柱上写有毛主席语录，门额上悬挂毛主席像和"敬祝毛主席万寿无疆"以及"毛主席万万岁"的标语。改革开放后，堡里街有人养汽车跑运输，就把"文革"时的两个堡门拆了。

正是因为土堡的存在，吉庄老辈子村民别具匠心，把村子建设得如同一座城市。堡内从东门到西门，叫作堡里街；后来土堡的南墙被拆了，填了筑堡时挖下的壕沟，又建一条街，叫堡壕街；与堡里街、堡壕街往南平行的一条街道，叫南垣街；堡墙外东北角的一条街，原是打粮场，显然是扩建出来，叫作北场街。这样的东西四条街，构成吉庄村布局的框架，并且街道名称俨然讲究，在广大农村极其罕见，独树一帜。

四街之中建筑历史最悠久，最具贵族派头的要数堡里街。虽然历尽沧桑已经参差破落，但早年可有风水。听老人们讲，早年的堡里街，南北是一个接一个的四合院，有两进两出的，还有三进三出的；两边次第的砖木大门，风格类似，非常齐楚，家家户户人丁兴旺，又极具素养，每天烧火的炉灰都要运往堡外扔弃处理，街道干净整洁。而堡里街又数路北住户独具优越感，就以打井而言，路北井水甘甜可口，路南则苦涩难咽，大伙说：井水苦甜不同，大概是命运以及各家占用的脉系有别。结果路南的住户只能把自家井水给牲口饮用或浇浇菜畦，人喝和做饭就从路北去挑。其中堡里当街李文财院有口大水井，泉水如涌，清澈甘甜，供大半条街道人们饮用，每当傍晚炊烟升起时，前去挑水的人络绎不绝。"碾磨千家使，井里水不用问。"这是吉庄老辈流传下的一句俗语，充满温情，意思说不论谁家有碾磨，全村人都可共同使用，谁院有水井，全村人都可共同饮用。可见村风淳朴，不论是否正宗大槐树李家或者外姓，大家亲如一家。

现在从遗存的几家四合院，来大体归拢初步印象中的吉庄人。

先由标志性的堡里街开始。

一出土堡西门，老辈李旭家院子，就叫西门上。李旭其人，在民国

西门上李旭老宅

二十多年很活跃,率先具备了资本运营的头脑,通过一定的财富原始积累,和吉庄村大南院二先生李会锦合伙在神头开办了票号,名号"同义源",所印制的纸质银票称为"帖子",相当于现在的支票,可以在朔县

瓦房院旧宅

境内流通。如果顺利发展下去，或许就是另一个平遥"日昇昌"票号。但可惜时机不利，又想投机一把，据说承包了全县的屠宰税，被有名的纪县长算计了一回，结果失策赔本，两个股东卖房卖地，一蹶不振。

进入西门，紧靠堡墙叫瓦房院，只残留三间东下房，门窗均毁，椽瓦凌乱，摇摇欲坠，但可以想象当年的风光。没能找到关于瓦房院相应的来龙去脉，据后人李润文说，他父亲有六个儿子，属于人多致富。

往东不远，路北就是包容了吉庄的无限荣耀和蹊跷的旗杆院。旗杆院也已荒废，看似年久无人居住，三间破瓦房前满是灌木杂草。但是仅从"旗杆院"这个名字上就能想象它曾经拥有的显赫，尤其在雁门关外没多见过。当代著名诗人舒婷曾经写文章回忆说，她就在老家的旗杆院（当然不是指吉庄的这个旗杆院）长大，令她引以为荣。如果叫老百姓理解，容易把乡村旗杆当作刺儿头的同义词，其实不然。起码追溯到清朝，社会制度等级森严，凡是有资格在祖宅立旗杆的，必须担任过朝廷四品官员，或者出过举人。旗杆一般高达三丈，基座叫旗杆石，左右斜撑

荣耀不再的旗杆院

两块一米多高的矩形石板,叫旗杆夹,旗杆夹上可以镌刻记载功名,有的旗杆上配置刁斗,寓意"才高八斗"。究竟旗杆院的旗杆什么形状,旗杆夹记载了什么,吉庄到底出过举人还是四品朝官,统统没有了实物可考,唯有石雕的旗杆座,扔在院墙倒塌的废土堆里,村里人随口叫作石墩。

但上些年纪的老者,都记得旗杆院的原主叫老监生。他的名字已经不详,但当然是小监生李士忠的老子,槐树下李家大门的一支。所谓的监生,明清两代特指取得进入朝廷最高学府国子监读书的生员,相当于秀才身份,可以直接参加乡试考取举人,很有些特别待遇,见了县太爷可以不跪,相当于社会名流。获得监生资格,有三种途径:依靠父辈祖辈官位入监的,叫荫监;由皇帝特许入监的,叫恩监;因为捐纳财物入监的,叫捐监。

至于李老监生的监生身份,恩监或者荫监的可能性不大,极有可能来自捐监。因为清末的教育腐败,官方出卖监生几近泛滥,而老监生条件具备。他家土地虽有几顷,但发财完全凭借了经商,大概当年堪称吉庄首富,相传朔县城里一条街的百货店铺全部为他家所有,积聚的金银财宝不计其数。这样的家庭,花几个钱买取功名,应当不会吝啬。而且老监生的出手大方在周边一带赫赫有名。因为有钱,他的生活也相对风流些。

举个例子。某年滋润村唱戏,老监生招呼长工们放假,说:"你们今天别回家了,跟二爷去滋润村看戏。"他排行老二,人们多称他二爷。长工们说:"二爷,您去吧,我们破衣烂裳的,给您寒碜哩。"老监生一如既往口头禅式地发出一声"哼!",回家拉开衣柜,取出许多衣服,将一干长工装备起来,自己披挂了代表身份的大蓝衫,说:"走!顺便把咱的白翎雀提上。"长工们就提了鸟笼,一路前呼后拥跟随老监生到了滋润村,滋润村一帮乡绅自然隆重接待,请老监生看戏,待为上宾。老监生嘱咐长工:"把咱的白翎雀笼子挂在前台。"结果李家的白翎雀吵闹异常，声音洪亮压倒台上的戏子，令老监生好生没趣，起身打道回府，中途绕进王圐圙村，说是村里有个风流女子鲜菠菜，老监生进去探望，站到院内时，那美人隔窗朝老监生嫣然一笑，老监生也是一笑，从猫道扔进一个沉甸甸的元宝，招呼长工："走吧……"就算挂上钩了。至于后来如何进一步约会等等，已在老监生隐私范围，不是长工所能知道的。

因为老监生的阔绰，导致旗杆院易主。据说当年从马邑搬来认祖的鞋娃家还没有落脚之处，老监生慷慨把旗杆院馈赠。吉庄有句俗话："鞋娃妈的脚，没货。"形容鞋娃妈缠有一双特别小巧的三寸金莲。农业社时村民四愣锄田，看见活儿不多，完工在望，自忖要形容形容，脱口说了一句："鞋娃妈的脚，没货了。"别人都笑，回家他让父亲劈头臭骂一顿："你以为鞋娃妈是谁？是你奶奶！"有人谣言说老监生跟鞋娃妈如何如何，谁知道呢。这种说法对旗杆院好像不恭，就算姑妄言之，姑妄听之。

离开旗杆院，老监生就搬过南垣街另一处豪宅去住，那处豪宅与槐树院不远，村里人也叫大门院。

旗杆院再往东的路北，又有连们院。这是典型的书香门第。传说，

连们院老宅

连家一直有文化，大约在清代中后期被官府从交城县连家寨迁来吉庄，作为文化使者身份，引导吉庄村民加强文化熏陶。

大约在清末，吉庄传下一句话——"冯连两家李本良"，概括村里的头面人物：冯家有钱，连家有文化，李本良武功高强。冯家早年搬走，没人能记起什么，现在吉庄邻村小泊的冯家据说与吉庄有关。李本良是大占魁的爷爷，据说有些手段，枪法如神，相传一天夜间毛贼跳进他家院子想偷些东西，他将土枪伸出猫道，说："不管来者是谁，报上姓名，留你狗命！"毛贼魂飞魄散，居然乖乖说出自己姓名，然后仓皇逃离。无疑李本良也就剩下传说了。

而连家的文化，却一直潜移默化影响着吉庄。大约民国二十几年，连们院掌门人叫连步云，听这名字就气派。连步云才算货真价实的老秀才，头戴黑色瓜壳帽，身穿对门排扣左右开衩的马褂，人称"二黑拉"衣服，加上颌下一把雪白的胡须，简直仙风道骨。但连步云太清高，几乎不与普通村民接触，他常常接见的是陈西河底村的一位阴阳八卦高人陈道生。陈道生的道行多深？村民李掌有过领教。据说一次陈道生又来拜访连步云，李掌碰上了，赶紧上前问讯，还攀个表亲："表叔啊，您给我打一卦。"陈阴阳问："啥卦？"李掌说："我家老三流浪出去了，不知跑到哪里。"陈阴阳说："那你写个字。"正好到了连们院大门口，李掌就在门前石头上匆匆写了个"石"字，陈阴阳随便瞟一眼说："行了行了，他出口了。"就是到内蒙古了，走西口了。李掌傻乎乎问："为什么？"陈阴阳简短说："上边人下边口。"后来李掌果真得到消息，他家老三走口外了，所以对陈道生更加顶礼膜拜。在村民眼里，能跟如此神秘的陈道生往来，连步云同样神秘得不得了。

至今连们院还生长着一棵奇异的桑树，足有三四丈的主干挺拔笔立，殊无节疤旁枝，树冠则浑圆整齐，浓密如墨的枝叶笼罩在院子上空，比隔着一道街的大槐树更显得无欲则刚。听说每年桑椹成熟之际，村里小孩嚼上几个，满嘴鲜艳的紫色。而桑干河的由来，不正是传说桑椹成熟恰逢枯水期才得名吗？看看连们院如此高大而正直的桑树，即使在南方也好像罕见，关键还在于这一树种找遍朔州绝无仅有。多少年来连们院大桑树以其孤独的存在，有力驳斥着雁门关外"不事桑蚕不种麻"的顽固偏见，怎么看都像一位敝帚自珍、洁身自好的文化人，"穷则独善其身，达则兼济天下"，难道不是连步云老先生的化身？

吉庄村老辈还有一条不成文的传统，但凡谁家有了丧事，不论本姓外姓，每家都送十二个馒头过去祭拜烧纸，看看是否需要帮忙；主家则回返四个馒头，表示感谢，说法叫"不烧空纸"。新中国成立后村民虽然不再以馒头作为祭礼，却变成三毛五毛，后来又增加到三十元、五十元的礼金，一来减轻丧事家庭的负担，二来增进了乡里乡邻的感情。"不

连们院挺拔的桑树，驳斥了"不养桑蚕不种麻"的偏见

烧空纸"的乡俗,村民公认就是由西门上李旭和连们院连步云倡议形成。

连步云去世后,葬礼极其隆重,村里挑出四位文化先生作祭文,祭品猪羊鸡鱼一样不少,牌位神主的一点还须专人使用朱砂着笔,讲究的说法叫"四先生""四领牲""点朱官"。丧葬时享受这三种特殊礼仪的资格,别人再有钱都不被允许。连步云的儿子叫连恒峰,没有了他父亲的清高,经常替村里调解调解矛盾纠纷,在乡亲面前说话一直文绉绉的,始终不与人起高腔,永远不说半句脏话,成为吉庄人称道的楷模。

后来连们院的光景好像慢慢地开始下坡。原因嘛,还难以说得具体,大约与二十世纪二三十年代小农经济趋于恶化的大环境有关系。如今村民李振国手里还保存着一张发黄的麻纸地契,见证了连恒峰卖地的事实,契约写于民国三十二年(一九四三年),出卖西花儿沟的土地十二亩,买主为李沛,价格是白洋三十元整。

连们院、连秀才以及难得一见的大桑树,总使人感慨不已。细想一下,吉庄李家本是大户,子弟也不乏经纶满腹的文化人,但总是外来文化占据主流。一则外来的和尚会念经,二则李家具有包容性、融合性,毫无排外意识。朔州地处雁门关外游牧民族与农耕民族的碰撞之地,内外长城夹角之间,吉庄人具有朔州人普遍具有的性格特征——包容、宽容和兼容。前后数十年的历史证明,在吉庄村里担任村官的,倒是外

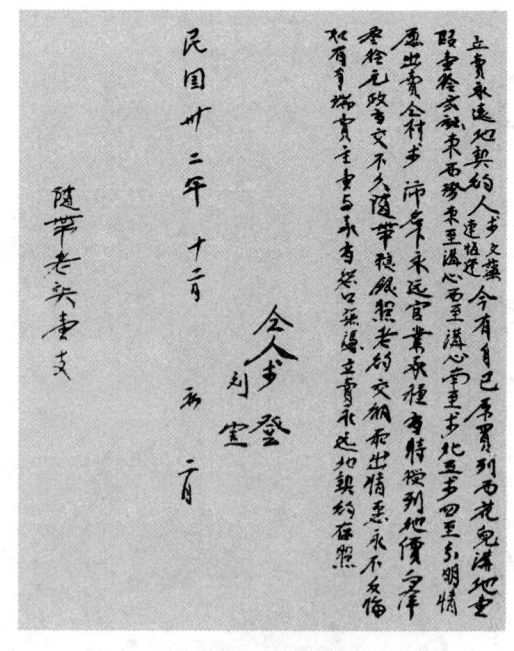

连恒峰卖地的契约

来户或单门小户的居多。

连们院的路南，另有一处贾们院，是典型的四合院，院子西南角的房子上曾有供奉神位的阁楼，"文革"时被毁。从现存的西房看，开间很宽很深，可见原先规模不小。贾家老祖名叫贾玺，据称当年也从洪洞县搬来。贾家除了农田耕作，有人回忆说早先凭借赌博起家，赢钱建起了房院，也有人回忆说还是受益于"赶高脚"。所谓赶高脚，就是赶一帮骡马驮队做生意，类似马帮。桑干河源头一带，水力丰富，水磨众多，油坊也就多了，据说民国初年仅司马泊村就有一百二十条榨油设备油梁。那时的朔城区还叫朔县，西山盛产的胡麻都被拉来榨油，于是催生了胡油贸易和大牲口养殖。吉庄神头一带的许多村民使用畜力赶高脚，把胡油长途贩到太原、平定、阳泉、榆次等地，换回布匹、席子、糖、明矾和白洋等，成为地方上主要的支柱副业。赶高脚应当可以归入那个时代农村商品经济萌芽的范畴了。

除贾们院之外，土堡北墙外的北场院李沛、李勇也是民国二十几年赶高脚队伍中的佼佼者，李沛就因赶高脚赚了钱后，买下连们院连恒峰

吉庄残损的土窑

在西花儿沟的一片田亩。北场街好像只有北场院算一家代表人物。那个年代，赶高脚赚了钱再买地，也算农村特色商品经济的体现，经商再好，土地作为立身之本的地位不可动摇。

至于土堡南墙外的堡壕街，乡间贵族气息相对淡了，比如有名的皮裤院，这称号就好像充满贫雇农的品味，不过皮裤院出来的三步娃老前辈却开创了另一种非主流文化的先河，有点类似赵树理笔下的李有才，抑或也有点鲁迅先生笔下阿Q的味道。三步娃称得上一位奇人，村里至今流传他的笑话最多。据说此人追求标新立异，从来不顾忌世俗的目光。在村里老年人记忆里，三步娃一身奇装异服，头戴茭皮子编的大草帽，身裹破皮袄，腰扎鸡毛捻成的绳子，屁股后吊一片狗皮的臀帘防寒，脚上的鞋子破烂不堪。本来鸡毛不能捻绳，但三步娃自有办法，找个木槌将鸡毛捣绒了，问题就迎刃而解。三步娃抽烟，使用的烟袋是一只完整的黄鼬子皮，烟锅杆则套上一条蛇皮。他的烟叶不充足，往往掺和了揉碎的干树叶，吸起来呛得别人受不了，反正三步娃的所作所为让村里乡亲看了不大舒服，暗地里形容他"脱寡"。换作文学语言，类似于修辞手法的"夸张"，但在土话范畴真不好解释，大意好像是很过分，很出格，不合常理、不合时宜等等。反正很难说准确。有一年吉庄庙院唱戏，忽然三步娃呜呜咽咽痛哭流涕，人们吃惊地问起原因，三步娃悲伤地说："哎呀呀，这一院人都死呀！"

人们气愤之余，恍然明白三步娃说的确是真理——试问百年以后，大家谁还能继续活着？但正像鲁迅先生讲的那个故事一样，邻家小孩贺满月，众亲朋都来说些祝福小孩将来升官成才之类的话，唯有一人说这孩子将来一定要死，结果引来一顿恶揍。虽然满屋人只有这一人说的是真理，但因不合时宜惹来麻烦。三步娃与此人应属同类。据说三步娃脾气不错，喜欢和小孩开玩笑，往往露出嶙峋的胳膊，揪起一撮松垮的皮肤说："信不信？我身上没血。"一针穿过去，果真不流血，太瘦了的原因。

三步娃一生不乏大胆想象和惊人之举，曾经学过飞鸟，左右手臂绑两个柳条簸箕当作翅膀，屁股后插一把大扫帚当作尾巴，从崖头一飞而下，可想而知，不仅没飞起来，而且跌个半死。这个故事让人感觉倒不可笑，似乎飞机的发明，也是当初美国人莱特兄弟出于对鸟类的羡慕，并催生了仿生学造福人类的发明。另有一次，三步娃把一个半升子覆扣在地，侧耳细听里边的动静，人们好奇地问他干什么，他神秘地说："这下面有一班子戏。"可能当时看来实在荒唐，可是几十年以后出现了小喇叭或收音机，不就是盒子里有一班子戏？竟好像印证了三步娃朴素的科学预见性。

三步娃还是一个非常机智和幽默的人，流传至今的蹭饭故事十分逗人。想当年大南院开了一处皮坊，专门硝制畜皮、加工套绳皮具之类。有一年来了几个贩羔皮的河南人，住进皮坊，时常吃些好的，香喷喷的。三步娃过来串门，彼此熟了，开饭时客人出于礼貌，挽留三步娃："一块儿吃吧。"三步娃也不客气，端碗就吃，发展到每次开饭按时光临，客人就受不了，商量说："以后谁也再别礼让他。"结果三步娃再来，没人吭声让他吃饭，他站在那儿看看情况，搭讪问："你们猜猜，今天这饭我吃还是不吃？"假如客人说："你肯定不吃。"三步娃嘿嘿一笑："猜错了，我肯定吃。"假如客人说："肯定吃呀。"三步娃又笑："嘿嘿，说对了。"反正是个吃。后来无奈的客人提前藏起多余的碗筷，等三步娃过来时抱歉说："本来想让你吃些，可是没碗筷了。"三步娃早有准备，从怀中掏出碗筷，笑嘻嘻地说："好说，碗和筷子我自带着呢。"以后村里有了俗语：三步娃蹭饭——究竟吃呀不？

关于三步娃家的光景，没有迹象显示特别穷苦潦倒，首先他的两个儿子各自成家立业，特别是他的二儿子李文秀心灵手巧，会打草囤、烧砖瓦，善于制作村妇们到奶奶庙求子的泥娃娃，尤其是擅长绘画过去村里许多人家供奉的大仙爷像。

儿子虽然出息，但三步娃似乎更喜欢我行我素，有过当乞丐的经历，寻常碰见死猫死狗总会弄回去改善伙食。一次村里李林仁家的大白狗患

大仙爷像

病生命垂危,遭到主人遗弃,三步娃闻讯前去拾掇,但剥皮时白狗一息尚存,嚎叫起来声声悚人,三步娃嘴里还念念有词:"叫你再咬我!有本事再咬我!"

皮裤院的另一个特点,就是说话喜欢使用夸张的修辞手法。过去有种土生土长的烟草,乡下都叫作兰花,家家户户院内种几株。可唯有皮裤院的兰花名气在外,原因嘛,出于夸张。据说还是三步娃某个孙辈跟人说过的,第一句:"我家掰兰花叶子,需要打梯子上去。"另一句:"那年下大雨,别人家都漏水了,但我家三间窑只用一片兰花叶就全遮住了,屁事没有。"还有一句:"我家的兰花杆,能用在三大王庙当柱子。"一株兰花,最高不过一米多,长在皮裤院,一下竟被玄乎起来。兰花的

供桌

神话究竟出自皮裤院何人之口，已经不好刨根，但因为兰花的缘故，村里人就把皮裤院改称兰花院，相反皮裤一词的来由，倒已不大清楚了。

其实，兰花院的笑话，不过代表了一种典型的乡村谐趣，一种中国农村不可或缺的主要文化组成，其中包含的元素之一，该是乐观豁达。乐观被确定为穷人顽强生存的基础。三步娃老前辈固然可以定义为旧中国农民中的另类，但绝无受到诋毁的理由。

堡壕街上的李渠家也值得一提，不过这家的院名没有叫响，旧时院落也无迹可寻。上溯百余年前，李渠的爷爷名叫李和，据说原先很穷，出去当磨匠时无意间从磨盘下得了一笔无主的外财，时髦来说等于挖到第一桶金，也就步入老财的行列。想来外财来路机密不宜张扬，所以李和格外低调，加之他在村里辈分较高，人们都叫他李和爷，深受乡亲们尊重。

吉庄最南的一条街就是南垣街，氛围再次气派起来。且不说老监生的大门院、李家根祖槐树院、李家云庙院都在南垣街上，还有坐落在街道东端的大南院，越发不容忽视。有据可考，大南院老辈李宜在清朝同治年间是一位秀才，由于上辈经历了六代单传，香火不旺，所以他热心

院内荒草萋萋的大南院一角

投身于村里的慈善事业以求福报多子，曾经独资在堡东建起过一座五道庙，组织过魁星庙、三大王庙的重修工作等，但收效仍不乐观，他下来虽然有了四个儿子，其中的老大、老三生下不久就不幸夭折了，老四到了十二岁，已经开始读书，却因为生病不治，少年亡故。这样，剩下老二李继善又成了独苗和单传。不过李继善很是争气，前赴后继地生养四个儿子，全部顺利长大，分别名叫李会元、李会锦、李会文、李会丰。

大南院家道殷实，典型的庄户老财，到李继善手里，村东直棘地竟有田地七顷多。乡村老办法计亩，一顷是一百亩，那七顷就是七百多亩啊！即使那时是小亩，换算成现在的计量单位大亩，也达五百六十亩。大南院保存下来的几处老宅，还有当年的前院、后院、过厅、书房院等一应俱全，光是打粮场足够十几亩，四周土板墙围起，一角盖有土木结构的小二层看场房。这般规模令人啧啧。其中李继善居住的主宅，名叫"善保堂"，寓含了大南院的家训——"善能自保"，折射出一种小心翼翼的立身之本和处世之道。

李继善名副其实，确是善人。村里老年人传言，每到夏日开锄，穷人往往奔走相告说："能到善保堂吃粥了！"然后一窝蜂荷锄过去帮工，包括刚能扛动锄头的小孩和滥竽充数的老弱，大家混几天饱食，善保堂并不计较。"善能自保"，善保堂的一句家训，或许就是吉庄文化的精髓之一。

吉庄人善于编创顺口溜，概括各个时期的世事沧桑。比如清末的"冯连两家李本良"，反映的是当时三个兴旺的家族；民国初年又有一段，变成了四句：

> 水刮北场院，蛋打直棘店。
> 贼偷李和爷，火烧大门院。

这几句暗指四户惹人羡慕的殷实之家的盛极而衰。其中第二句的"蛋打"，指冰雹乱砸的意思。

随着村庄格局引出的上述人物，如老监生、连步云、李继善、李和爷、三步娃等，其生活的年代，大致定格在清朝末年、民国初期；他们不一定同龄，但具有相同的时代特色。

简而言之，各具特色的乡村四合院分布在吉庄的四条街上。四条街道之外，另有堡东跨过庙沟的当铺地李家和阎家。阎家建在一处早年人们取土挖下的低洼坑地，日常潮湿，泛起盐碱，村里根据谐音称为"盐碱圪钵"，现在村里有阎春枝他们一脉，老辈是熟皮子的毛毛匠，从交城搬来。当铺地就是现在李达仁、李忠友他们这家，拿李达仁老人的话来说，他家世世代代老实务农，对村里发生的什么事从来不多过问——这是另一种明哲保身的有效方法。李达仁手里至今完好保存着他家从清代嘉庆年间到二〇〇〇年前后的许多买地分地的契约，同治、道光、咸丰、光绪、民国、伪蒙疆国、晋绥边区、包产到户等等，各式各样的版本极其珍贵。从李达仁老人身上，一方面反映出当铺地人家非常有心，另一方面反映出几千年来中国农民对土地的依恋，视土地若命根的思想，很有代表性。

## 三、历经五百五十年保存下来的三大王庙

老百姓靠天吃饭，在大自然的威风面前从来束手无策，喊出"人定胜天"的口号，也就是自己给自己壮胆。中国农民最恐惧的自然灾害，就是洪涝和大旱，"女娲补天""后羿射日""魃女驱雾"之类的故事，无不与老天爷的反复无常有关。无奈之余，人们创造了龙王、雷公、电母和旱魃等一组神祇，排入以玉皇大帝、阴曹阎王为首的传统神仙序列，恭敬之极。在这一背景下，出于尊神敬神的乡村庙宇便应运而生。

吉庄也不例外，只不过建庙另有地域特色。现在幸运地保存下来的三大王庙，坐落在村子东南，南垣街东口之外，其数度变迁留下极其明显的时代印痕，有着足够多的文物和古迹可以佐证。

先从地理环境说起。由于位于洪涛山麓，吉庄不可避免地成为暴雨过后山洪肆虐的冲击范围，因此在国家大规模兴修水利设施的一九七〇年以前，每到雨季，村民一贯是风声鹤唳、草木皆兵。自古以来，洪水就在吉庄村边冲出两条南北走向的沟壑，充当了自然形成的泄洪通道，其中一条在土堡以西，名叫西寨沟，另一条在土堡以东，名叫羊道上沟，正好把村子夹到中间，两条沟在村南汇集，那是一块洼地，有庙以后，村民称之为"庙沟"，洪水灌满庙沟，才夺路汇入桑干河道。西寨沟上游直通神婆山东麓，羊道上沟则由上游大峪沟和杏核沟合并而成，如果来水较小，东西两沟尚能排去，一旦雨多的时候，山洪就像猛虎下山，很容易冲决沟沿，满山遍野地乱窜，房舍遇之浸泡塌毁，田地遇之禾肥流失，人力根本不可阻拦。是为水灾。

按照老百姓传统的阴阳五行说法："水为财。"西北为天门，东北为鬼门，西南为人门，东南叫地户，地户也叫水口。吉庄的水口就在南垣街东端，那里又有羊道上沟经过，排水的同时可能带来财散之忧。为了镇水聚财，村里老辈子就在沟西地户的方位建起了一座小庙，二层结构，下置门洞，方便人畜通过，上边有阁，供奉了两位主神，面南的是文昌帝君，面北的是送子观音，俗称"奶奶"。村里人简称这座庙为文昌庙，也叫魁星阁，是现存三大王庙的前身。

文昌庙建成的时间，无以考证，大约在三位大王还没有诞生的北魏之前。所谓文昌，原是天上的六星总称，有说在北斗魁前，有说在北斗之左，六星各有星名：上将、次将、贵相、司命、司中、司禄。东晋时蜀人张亚子抗击前秦苻坚战死，后人在梓潼郡建祠纪念，到元仁宗时敕封张亚子为辅元开化文昌司禄宏仁帝君，所以文昌帝君也就有名有姓有记载了。有关史料还这样写过文昌帝君："生及冠，母病疽重，乃为吮之，并于中夜自割股肉烹而供，母病遂愈。后值瘟疫流行，梦神授以《大洞仙经》并法箓，谓可治邪祛瘟，行之果验。"所以说文昌帝君不仅抵抗外族入侵，还是孝顺救民的楷模。至于他身边形影不离的侍神魁星，则是封建时代读书人的偶像，主宰文运。魁星长相十分狰狞，青面环眼，赤发独角，右手拿朱笔，左手持墨斗，右脚金鸡独立站在大鳌头上"独占鳌头"，另一只左脚后扬，整个造型如同一个"魁"字。

因为文昌庙早已踪影全无，其规模造型不好想象，只听吉庄老年人说，阁上的文昌帝君和送子奶奶背靠背坐着，一派和谐。只是有些委屈二位吧，权且一庙两用，也算是吉庄人的独家发明，穿衣吃饭看家当，财力有限尽力而为，重要的是诚心可嘉。文昌帝君在仙界管事很广，又是行善尽孝的榜样，加上魁星协助，负责保佑村民出人头地、丰衣足食；另由送子观音负责保佑人丁兴旺，也就达到了两全其美的拜祭愿望。至于二位主神身边的侍神下属比如魁星等怎样安置，现在谁也不知道了。

俗话说，"三十年河东，四十年河西"，神仙也一样。文昌帝君和送子奶奶大概没有想到，本地的三位大王一旦走上神坛，竟然取而代之成为吉庄村民崇拜的首要神灵。这一过程相对漫长。反正是以后吉庄百姓觉得手头稍微宽绰一些，就在文昌庙东建起一处新的更豪华气派的庙宇，由正殿和东间偏殿组成，正殿供奉三位大王，偏殿供奉龙王，名字简称三大王庙。三大王庙不知与文昌庙比邻了多长时间，等到文昌庙年久失修，文昌帝君和送子奶奶就要再受些委屈了。

还得先从随同三大王庙一起保存下来的三件标有具体时间的文物来解读一番。

其一，一截残断的石亭，直径二十二厘米，高八十厘米，为六棱柱形，现存于吉庄村委会仓库内。由于磨损严重，外表的一些记事内容非常难以辨认，经过朔州历史文化专家李柱的多次拓印，断断续续连缀读出以下凌乱字句：

天顺三年□启盖庙……弘治八年岁次乙卯孟春□立……朔州卫同马邑县军弘治四年三月初九日□庙前建立焚香石亭一座……计开乡老宋旺□致仕官张纶□阎的名……

这一比较珍贵的文物，大体可以说明三大王庙开工于明代天顺三年（一四五九年）；弘治四年（一四九一年）建起这座焚香石亭，作为纪念；四年后的弘治八年（一四九五年），可能庙宇完工；主持建庙人员，包括乡老宋旺，退休官员张纶、阎的名。"致仕"，古代官员退休的特称。而所谓石亭，类似一段石柱，底座固定，顶上有翘檐结构，具有装饰或纪念意义。当然现在剩下的，只有原来石亭下部的一截了。

其二，一只砖土烧制的脊兽，高六十厘米，宽三十厘米，包括基座和吞脊兽全身组成。据说该兽是龙生九子之一，排在老九，名叫螭吻，又名鸱尾或鸱吻，嗓粗而好吞，一般出现在殿脊的两端，专管灭火消灾。现存吉庄三大王庙脊兽，兽身搭有垂幅的装饰，上面刻记"乾隆九年"，基座刻记"天下太平"。

这一脊兽，可以证明庙宇在乾隆九年重修过，究竟大修小修，也很难说。

其三，最为完整的一块石碑，高一百三十厘米，宽六十五厘米，碑额两个大字"流芳"，背面为捐钱人花名，正面是重修文昌庙碑记，内容也经李柱拓印如下：

### 重修文昌庙碑记

文昌帝君者，非若他神只仅可以一德名焉者也。一上将，建威武；二次将，主武事；三贵相，理文绪；四司中，主文事；五司命，主人间似续；六司禄，主赏功进爵，总名曰，天府至于医药符箓，役使群动，又其余事。凡疾病患难，水火盗贼，祷祀而求者，靡不立应顾。神之有功于人者，如此而人之思报乎？神者安能已耶？

吉家庄旧有文昌帝君庙楼，不知创始何年，庙形载在邑乘前，帝君而后，观音由来久矣，庙东兼有大王庙、龙王庙也。观音慈航普度，大王、龙王泽润生民要舆。

文昌帝君皆吾乡俎豆馨香以祀之者也。因大王、龙王庙之戏台倾圮，村人共议重修妥鸠工饬。村兴工于同治元年春，将戏台增修阔大，陆续盖西禅屋三楹。迨二年，天雨浩大，神之台墩被水刮损，庙楼遂塌。固知庙废，则灵爽难栖，祠荒则神明弗侑也。村人不安于心，更议重修。

适开契吾山，得钱六万余，用以助勷盛事。是以人修兼以神修也。兴工度材，将台墩补葺坚固，庙楼增修画美，并前修之戏台皆丹青彩泽，焕然一新。狭者广之，朴者华之，悉易陈腐为神奇矣。前后兴工八载，共费三百余金，厥绩用成。庶几诸神在天之精英罔时怨恫矣乎？而吾乡所以报祀者，具名有凭依焉。爰将捐资氏开列于后，以示不朽云。

朔平府儒学廪生：尹　珩　敬撰

马邑乡儒学庠生：李　宜　敬书

经理：李秉贞　李　堂　李　玉　刘申之　李　满
　　　李守成　李　荣　李光林　李廷彦　贾克仁
　　　李　宜　李日新　李载阳　李　臻

木匠：李文英　杜善继　朱日贞

子：朱　旺　武映奎　李善章

石匠：张应清　子：张永成

泥匠：王守业　任　玉　李长龄

丹青：姬　亨　句登山


大清同治八年　岁在屠维大荒落橘月谷旦　立

碑文对文昌庙、三大王庙、龙王庙及戏台于大清同治元年到八年的这次重修，介绍极为详尽清楚，时间、人物、原因、背景等等一应俱全。标点符号是代为加上的，方便阅览。解读一下，可以得出几个结论：

其一，同治八年（一八六九年），吉庄之庙再次修复一新，文昌帝君依旧处于主导地位，三大王、龙王还处在"兼有"地位。

其二，庙楼的修复，应当保持了原有的风貌风格，"狭者广之，朴者华之"，化腐朽为神奇，还是明代的基调。

其三，写文章的两位文化人，一是廪生尹珩，一是庠生李宜。廪生、庠生都是秀才的别称，因为明清时代，学校叫"庠序"，秀才得以进入县学，也叫"邑庠生"；如果在县学的成绩名列一等，则称廪生，政府特地给以粮食补贴，清末好像是每月有米六斗。

其四，踊跃参与修复庙宇的乡民，想来都是一些精英，十四位经理人，就有十二位出自李家。李家的大户一说可见一斑。经现在村里老者逐一研究，有重修文昌庙碑记拓片的还可弄清楚身份，比如李宜，前边已知是大南院老辈；李秉贞属当铺地；李日新属兰花院；特别是李载阳，属大门上，家里开面铺的，因此村里还流传着俗话"李载阳面铺，来不来记上"，说的是李载阳一旦忘记谁赊过他的面粉，随口就说："管他来不来，先记上。"好一笔糊涂账。

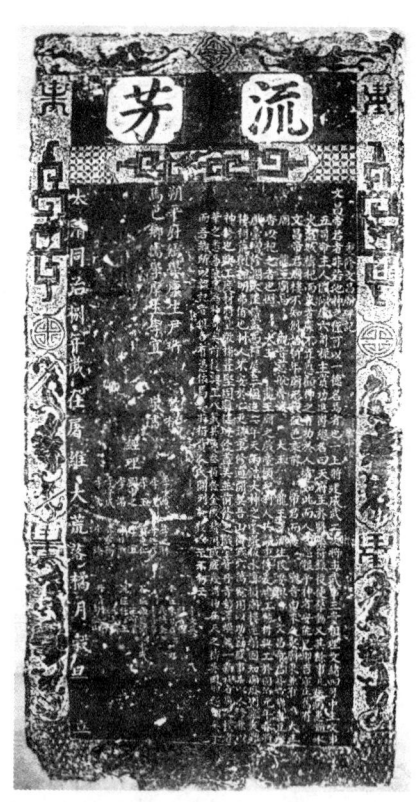

《重修文昌庙碑记》拓片

第一章 看似平凡的吉庄 却原来与众不同

其五,最后解释一句拗口的时间名词——屠维大荒落橘月谷旦。朔州学者罗国柱先生这样翻译:屠维、大荒落,结合成天干地支的"己巳",橘月为九月,谷旦算比喻,好日子的意思。假如没有深厚的古汉语基础,看上去丈二和尚摸不着头脑,懵懂不得要领。用这样的文字记录时间,是那时候的传统惯例,而非文化人故弄玄虚,不想让普通村民拜读。

其六,解释一个名词:契吾山。翻阅清代重修的《朔州志》,在马邑正北的洪涛山下、黄道泉东,一座小山署名"契吾山",显然就是当今吉庄人称为"馍馍山"和"簸箕山"的小山。从石碑的碑文可以认定,那时候吉庄人就开始了开山的副业,看史书应当就是卖石头、烧白灰等,收入还算可观。

上述三件文物被吉庄村支书林建国宝贝似的搜寻回来,另外还有一件庙里的古董已经落入盗贼手里,不知所终。那就是三大王庙院内钟楼下悬吊的大铁钟。大钟直径一米多,高约一点五米,重量六百斤左右,好在铁钟铸成时间不太久远。有些老者记得钟身所铸文字的大体内容,见证着距今最近的一次庙宇扩建。戴眼镜的、一身文化人气质的李万山肯定地说,那次扩建时间是民国十三年(一九二四年),第二年完工。

据上年纪的老者描述,吉庄文昌庙在清末还有废墟,不过民国十三年的三大王庙扩建后,文昌帝君、送子奶奶按照村里人说法叫作"寻房住院",都进入龙王殿,与龙王爷共同挤扎在一起,并且反客为主居中而坐,龙王却成为文昌帝君面前的配角,样子就像师爷或者虞侯。同时,另一位神灵后来居上,显赫一时,那就是马王爷。村民在主殿三大王殿之右新建了西殿,也称马王庙,由马王爷及其下属独居,新绘了一系列的神像壁画,附带增加的建筑还有庙院的钟楼。

凡事都有其前因后果。马王庙建成的时代,正是吉庄村商品经济步入短暂的繁荣阶段,几乎家家户户养了大牲口,其中马骡居多,组成运输队伍赶高脚,毫无疑问大牲口成为踏开财路的关键因素。不幸的是,民国十三年朔州瘟疫流行,吉庄大牲口被疫病传染,接连死亡,村民遭受了惨重损失。那时迷信盛行，人们不懂得对瘟疫科学救治，为了遏制瘟疫，只好选择为马王爷盖庙，请马王爷出面保佑牲口别再遭殃，这一燃眉之急绝非文昌帝君和送子奶奶可以解决。

马王庙的防瘟效果怎么样权且不问，吉庄却留下很出名的说法："打倒一棵树，盖起三间马王庙，全村割了二十顶大洋柜。"反映村民就地取材、公私兼顾的故事。当年吉庄庙后有一棵参天杨树，究竟多高多大，没法形容，据说从南边进入朔州地界时爬上雁门关就能看得见，还说早上太阳升起，杨树影子可以遮去堡里的半条街。这样一棵奇树竟成为供奉马王爷的首先牺牲。关于二十顶洋柜一说，好像没有掺假，听村里李润文老人说，他父亲担任木匠，仅仅利用杨树的树根，就为他的六个儿子每人加工了一顶洋柜。如今分给李润文家的洋柜还在使用，不过没有传闻中那样多费木料，方方正正也就是民间普通的"半揭盖三尺柜"，很简单很适用的粗笨家具。

到了马王庙落成，文昌帝君和送子奶奶寄居在龙王庙内，三大王庙的格局基本再没改变，并且比较完整地保存下来，坚持到了二〇〇九年的再次重修。早先的文昌庙不说，只从天顺三年算起，从头到尾已经跨越了五百五十年。

吉庄三大王庙现存庙院仍是四合院，南北长六十米，东西宽三十米，四面有墙，正殿偏殿面北朝南，一共九间；殿后另有小院，南北九点三米，东西围墙下各有巷道，东巷道一点三米，西巷道零点八五米，可供行人前后院穿行。其中三大王庙脊高七点五米，左右偏殿略低，西殿相差一米，东殿相差零点九米，这里有东高西低的讲究。

进入正殿即三大王庙，或称大王庙。正殿带廊，入深六点五米，三间开空的大厅，面阔八点三九米；前厅敞开，左右两柱支撑两道栋梁，前柱高二点八三米；殿顶六檩五椽，上设五脊六兽及前后十二个跑兽，铺排山瓦。左右山墙呈山峰状，两面出水，高出殿顶，将两侧檩头全部包裹，属建筑学上的硬山顶结构。这一结构带有明显的民居风格。如果

维修前的大王庙正殿

更排场了,就有歇山顶,其正脊两端到屋檐处分开成为垂脊和戗脊,再复杂还有庑殿,那是皇家级别的专利。

殿内后墙处专筑神台,高约一米,入深一点六米,台前木质槅扇包龛,三处龛门敞开,露出三位大王的神像,神像为泥塑坐姿,高达一点七五米,像后壁画的幅高二点六米;殿内东西隔墙壁画的幅高也是二点六米,宽为五点七米。最为显赫的当然是神像,三位大王分居内部相通的三间龛内,其中大王、二大王均被盗贼锯去头颅,颈部露出不忍目睹的杂乱锯痕,显示神像的木质构架。最西端的三大王像尚完整,黑脸如墨,横眉怒目,嘴角下弯紧抿,络腮短须好像丛刺,凶狠威猛之极。他头戴云纹便冠,身着线条流畅的阔袖袍服,裤袂均为黑色,罩袍红蓝搭配,一手随意

三大王神像

放在膝头，一手被折去，据说持有宝剑。三大王身后墙壁上，绘有一条侧身跃出云水间的四爪苍龙，龙西绘有秘书性质的文官，好像在请示什么。龛内西壁绘有一位着彩衣飘带的妇人，手持金色双钺，无疑就是电母。

另外两尊神像，中间的大王衣服与三大王类似，双手持圭平端胸前。背后的壁画绘有两条飞龙，相向钻出云头，龙尾高翘。二龙的头顶上方，留下尺余左右的一块空白，听说那里原有一位观音似的女神塑像，身份是大王弟兄的母亲拓跋公主，也已被盗。两条飞龙的左右各有两位武将画像，头戴朝冠，披挂描金铠甲，上身着红色朝服，手中持有笏板，全都侧身环拱大王而立，年龄神态各不相同。最西一位，白面无须，下颌略尖，显得年轻有为，腰下袍裾淡绿；依次一位，紫糖方脸，眉粗额高，颌下短须浓密，好像豹眼张飞，腰下是白色的袍裾；东边第一位，三绺短须，神态沉静，袍裾淡蓝；最后一位老将须眉雪白，袍裾淡青。这组壁画，清楚地表明大王是君临朝廷的君主，四位将军则为他的朝中重臣。

正殿神台东端的二大王塑像，身姿与三大王类似，身后壁画是一条正面扑来的飞龙，头角峥嵘，振鬣欲吼，好像即将破壁而出。龛内东墙，与西边电母对应的位置，绘有一位雷公，身后黑云团裹，人身龙首，赤发如火，穿扮好像大王身后的武将，双手叉腰，露出两条胳膊的肌肉虬结，一脸的满不在乎。

根据村民介绍，被盗的大王头像为红脸，不喜不怒，严肃庄重；二大王为白脸，慈眉善目，和蔼亲切。看来三位大王虽然一母所生，相貌性格却完全不同。他们的举止行为，在神龛之外的壁画上又有显示。其中西墙的壁画外被抹了一层泥皮遮住，大约当年为了保护古迹，内容不得而知；东墙虽然被磕碰得坑坑洼洼，但大致可以看出壁画的部分内容。

左首一位仪态万方的红衣贵妇站在亭间，年龄也就二三十岁；旁边一位侍女为她高张宫扇，容颜尚带稚气；亭下两位男子，一文一武，官员模样，文者纶巾大袖，似乎正在谈论着什么，武者秉剑肃立，一派洗耳恭听的模样——只见贵妇优雅专注地看着前方，目光所及，从上到下

壁画上的拓拔公主　　　复原了的拓拔公主泥塑

出现画中的三位主要人物，最上方靠前的一位男子，黑脸黑须，身后带一个小夜叉；居中一位男子，方脸大耳，面如重枣，身后带一个童子，手举令旗；最下方靠近亭边的一位男子，白净面皮，雍容沉着，身后也跟一个童子。

显而易见，画中的三位主要人物，就是大王兄弟，他们告别身后的母亲，全都起驾向前，不知是出征还是出巡，其同仇敌忾、所向无敌的气势跃然画上。画面正前，还有一支仪仗队伍，队员年轻标致，分作两列；其余一些造型各异的牛鬼蛇神们，或者高举火轮，或者鼓腮吹号，或者手持葫芦，或者手持曲尺，追随在三位大王的鞍前马后，连同翻滚的云海水波，构成一个蔚为壮观的神话世界。那么，主宰这一神话世界的三位大王，到底何许人也？

他们就是神婆山下神头的三位拓跋大王。可以这样说，吉庄三大王庙完全属于神头三大王庙的翻版，具体到两处的主次，吉庄李如昆老人解释说，他们村这座三大王庙，就是专为神头三位大王建起的行宫，如

大王庙壁画

同三位大王的另一处办公地点。此大王也就是彼大王,而画中的红衣贵妇,可不正是传说中吞珠育龙的拓跋公主?

吉庄三大王庙,同样是"神名拓跋,庙号桑干"。

据金代《重修桑干神庙记》,其中一句写得很明白:"以故老相传,神有三王,谓之兄弟三人,母拓跋公主。或曰:饮是泉而诞三王,次者能伏桑干之龙。而旧庙像尚有龙俯伏之状存焉。又于庙西壁绘画母子仪像,所传数百年不绝。"这句话也等于用文字概括了吉庄三大王庙正殿壁画的内容,原来公主只喝了神头泉水就诞生了三王,吞珠一说仅限于民间传说了。而三王竟能管理或控制桑干龙王,使之造福一方,难怪要居于正殿,而龙王只能偏安一隅等候指令了。既然神名拓跋,那么拓跋三王又是谁呢?有人得出结论,说是老大名叫拓跋广济,老二拓跋宏济,老三拓跋普济,却没交代怎么考证而来,也许自有其道理。不过,翻阅《魏书》,拓跋氏的三位大王,莫不是鲜卑兴盛之初拓跋三部的化身?

史载鲜卑族兴旺于朔方(前秦长城以北、代国黄河以西)、代北

桑干龙王成为拓跋大王的随从

(阴山以南、陉岭以北、上谷以西、黄河以东的草原丘陵地带),"统国三十六,大姓九十九",威震北方,所以晋封拓跋氏为代公。实际晋朝前后的拓跋,在他们建立北魏前还有一段历史值得注意。最知名

东偏殿神台拥挤的众神

的鲜卑首领拓跋力微，于二五八年带领部族迁徙到定襄的盛乐，在位五十八年，活了一百零四岁。然后他儿子拓跋悉鹿继位，悉鹿之后传位其弟拓跋绰，随后继位的又是拓跋力微长子拓跋沙漠汗的儿子拓跋弗，再后是拓跋力微的儿子拓跋禄官继位。这时鲜卑的地盘分成了三部分：禄官自己居于东部，地在上谷以北、濡源以西；沙漠汗的长子猗㐌一部，居于代郡的参合坡以北，猗㐌的弟弟猗卢居于盛乐故城。其时鲜卑骑兵多达四十余万，鲜卑部族实力雄厚。三〇七年，禄官去世，猗卢统一各部；三一〇年，西晋封其为代公；三一四年，又进封代王。到了三八六年，拓跋珪改国号为魏；三九八年称皇帝，迁都平城（今大同）。

可以说，拓跋氏称雄北方的厚实家当，就应该在三王并存时候积聚起来。后来他们在神头建立神庙，供奉又是三位大王，完全可能将禄官、猗㐌、猗卢推上神坛，作为授命于天的依据所在。所以，朔州几位研究北魏历史的本土专家曾经推测"大王"即为"代王"，虽说是一家之言，也应该有不少的理论支持。

不过，吉庄三大王庙的三位神像，身份总是不好交代。有人搜集整理民间传说，把拓跋公主说成是拓跋珪的女儿，和"神名拓跋"不大相符，难道拓跋珪的外甥也姓拓跋？再者，拓跋三王也有明确的父亲，母亲也非一母。另有版本，与神头的一种风俗有关，据说在祭祀三王时，姓石的不需要下跪，自称是三王的娘舅，就等于承认公主是石家的姑娘，她既然生育了拓跋三王，那就是拓跋家的子媳，哪里又存在未婚先孕的道理？这一说法也不能说毫无依据，因为《魏书·宫氏志》记载，北魏孝文帝汉化改革时，将鲜卑的乌石兰姓改为石姓。

反正公说公有理，婆说婆有理。有的自圆其说，有的圆不回来。似乎很容易找到一般的神话经不起使劲推敲的漏洞，但是这里千万不要忽略拓跋公主及其姓氏说法中蕴涵的重要信息。拓跋公主未婚而孕，反映出草原游牧文明的母系社会色彩，而民间又给公主找出一家石姓的娘家，又是中原农耕文明的封建伦理所需。矛盾双方的对立统一，恰恰显示了桑干河源头处的地域文化特征。

众所周知，雁门关外、内外长城之间，自古以来就是胡汉相争的要地，比如匈奴、鲜卑、突厥、契丹、女真、鞑靼等等的游牧铁骑，无不饮马神头泉意在中原，引来狼烟四起。胡汉双方在漫长的争锋、碰撞过程中，其文化习俗彼此渗透，彼此交汇，彼此相融。尤其是北魏孝文帝拓跋宏，将国都由平城迁往洛阳，继而大胆地对他的鲜卑族实行汉化运动，禁鲜卑语改说汉语，改鲜卑姓为汉姓，鼓励鲜卑人与汉人通婚，改胡服为汉服，仿南朝典则定官制朝仪等，在历史上影响深远。所以北魏孝文帝改革，成为胡汉民族融合的典型例证，而有关拓跋公主的传说故事，其实也就是民族融合的一个生动的缩影。

正殿壁画权且说到这里。继续介绍下去，就是前厅西南墙根，另外筑一砖龛，一尺见方，上部居然有檐，形同一个庙中的小庙。村人介绍这个龛里供奉的神叫作"孤魂爷"，被迷信地当作通入阴曹的必经之路，比方有的小孩生病或惊吓丢了魂儿，必须赶紧来这里喊叫吆喝，所以孤魂爷也算三大王庙的附属神位之一。孤魂爷上方，利用一块闲置的檐下墙壁，还绘了一位狰狞的鬼卒，相对应的东墙地方，画着同样凶狠的钟馗，大约类似于两位门岗角色。

出正殿，左转进入东间偏殿，也是三间开空，空间比正殿略小，殿顶五檩四椽，前柱高二点六五米，面阔六米，入深五点五米，神台和雕花木龛类似正殿。也有几位一米多高的泥塑，但头颅都已损坏，不知是哪些神灵，现在搬出去复原，还没有定型。至于龛内壁画，那就热闹多了，龙王、文昌、奶奶，一干神像拥挤在正面墙壁上，第一排坐在神座上的一共九位大神，第二排站些随从侍女，除了居中一位送子奶奶和东端神座下的一位当师爷的龙王可以得知身份外，其余红脸黑脸方脸圆脸长须短须冠冕无冕的，各具形态，大概就是文昌、魁星之类，不去一一辨识。

东殿左右墙壁画，画面大小相等，高二点六米，长四点七米。西墙画面的内容，大体显示三位大王骑马归来，其母在亭廊等候，面露慈爱地欣慰浅笑；亭下仪仗分列，乐队的十位美女使用不同乐器奏乐，背景仍是云朵和一干牛鬼蛇神组成。东墙壁画，基本是正殿东墙壁画的翻版，人物场面雷同，但保存比正殿的清晰一些，磕碰的麻坑较少，所以更具保护价值。

正殿和东殿壁画，其画技风格都是工笔重彩、写实、唯美。这恰是明代壁画最主要的三大特点，人物造型严谨，形体比例准确，体态生动自然；男性各具表情，却并不过多夸张，女性端庄清丽，举止雅静；背景及服饰层次清楚，线条一丝不苟。可以说达到了相当的艺术水准。从麻坑剥落处可以发现经过几次的修补描金，但都是同色颜料的叠加，证明修补时没有脱离原画的基础。

画中人物的衣饰，则具备传统汉服、特别是明代的特征，交领、系带、右衽、宽袖，有的上衣下裳，有的衣、裳相连，宽大的裁剪形成行云流水般的褶皱线条，随风而动，却毫不拖拉，美感十足，与胡服及旗装的简洁或硬朗截然不同。

所以，正殿、东殿的壁画虽然未经权威认定，但大致能够确定原画出自明代。横向比较，知名的山西繁峙县公主寺壁画，是国内公认最具代表性的现存明代作品，被定义为"艺术成就大大丰富了中国绘画史的内容"，其人物造型及场景背景，与吉庄三大王庙正殿、东殿壁画如出一辙。

相形之下，修建于民国十三年的三大王庙西殿，就带有明显的清末绘画特征。

马王庙前柱高二点五三米，面阔六点三米，入深五点四五米，正面也有神台木龛，但龛内没塑神像，仅有壁画接受香火，因为建起时间不是太久，保存也最为完好。正面主神当仁不让为马王爷，据说此神是道教神话中的马赵温关四大元帅之马元帅，也叫马天君。他曾大闹三界，后被真武帝收服，成为其帐下三十六天将之一，《西游记》中挨过孙悟空一顿收拾。

俗话道"马王爷三只眼",就是此神的形象标志。

只见画上的马王爷,酱色脸庞,左右两眼的眼角下垂,第三只眼从眉心立起,三只眼睛白多黑少,鼻下两撇鼠须,颌下一片浓须,算不上相貌堂堂,却令人感觉并不害怕,甚至有点亲切。他上身红袍,下身金甲搭配绿袍,高举的双手握着十字交叉的两把宝剑,屁股下坐一张虎皮,人物比例很不协调,脑袋不小,胳膊却很细,宝剑又如同儿童玩具。奇怪的是,他还有第三只手,蒲扇一样放在小腹部位。再看左右四位侍从,两位少年儿郎,相貌端正身穿长袍,其一举着拂尘,其二举着托盘,托盘内立一匹小马;靠外的两位,武士装束,其一标致,脚下摆了八字站立,另一个生得有些丑笨,也举着托盘,盘内又一匹小马。

马王爷右首龛内,画了一位端坐的绿袍官员,三绺长髯垂胸,文质彬彬的样子,左右两位侍从各捧陶盆,一盆装满带有植物的土壤,一盆盛了盆景一样的小巧土山。"厚土至上",显然这位官员的身份是土地老爷,在这里地位低于马王爷。马王爷左首龛内,画着另一位官员,长得和马王爷几乎一样,只是没有第三只眼睛,他的左手高举,两指捏一粒红色

三只眼睛的马王爷

药丸；一旁的两位侍从，一位被盗走，只剩双脚，另一位也是武士装束，手举托盘，盘内还有一匹小马。看来这位官员，该是马王爷手下的兽医。

不管马王爷、医官、土地老爷，其造型与一干侍从同样很不合比例，他们的身体比侍从们要大上一倍以上。这一风格在殿内东西墙壁画中更有体现。这两块壁画，各高二点五五米，宽四点六五米，西墙画面内容为马王爷出府，云层衬托，罗伞高张，马王爷胯下一匹墨色的麒麟神兽，左右跟着土地老爷和医官；东墙壁画则是马王爷驱瘟图，医官骑马冲锋在前，中间马王爷骑在神兽背上高举双剑，杀气腾腾，后边土地老爷也骑白马跟随，几位侍从摇旗呐喊。画面最右边，有两个被马王爷神箭穿身的瘟妖，箭头溅出血来；其一人身公鸡脑袋，其二蛇身分出男女两个人头。在画面上，神兽、马匹腰身肥壮却腿脚灵巧，敌对一方的妖怪合起来也没有神兽的尾巴大小。

总之，马王庙的壁画技法、人物动物造型带有夸张和写意色彩，绘画手法趋于粗疏，明显逊于正殿和东殿的壁画。其风格有些接近于陕西发现的巨幅清代壁画"三国故事"。

站到正殿前台阶往南望去，最引人瞩目的就是庙院东南角遗存的钟楼，造型别致，棱角分明。热心的五台县古建筑工程队老板娘常爱花写来这么一篇说明文，字迹娟秀：

修复前的钟楼

　　钟鼓楼是一座古老的四歇山顶建筑，每个占地面积九平方米，总高五点九七米，台明高一点七米，见方三点一米；四柱，柱高二点三米，面阔二米，柱径十八厘米；檐檩长二点三米，径十八厘米，一檩一契一额枋，上用抹角梁，十二乘十四厘米来承托井字梁和金檩子，金檩子上搁太平梁，承托雷公柱，上面搁脊檩，歇山架博风板，老角伸出带翘，仔角延伸，四角翘起；屋面用布瓦和小青瓦，正脊安吻，边角带兽，排山沟滴，四角悬挂铃铛，是中国古建筑中最独特而美妙的古老建筑之一。

满纸多是古建筑术语，有的好理解，有的不好理解。

庙院剩下的附属建筑，还有一座戏台，背靠南墙，脊高五点四米，东西面阔十点五米，南北入深八点六米，顶部为过垄脊；舞台高度将近一米，台口朝北开敞，唱戏时村民就在庙院观赏；其余东西禅房和山门都已倒塌，二〇〇九年重新修复。

到此，吉庄三大王庙大概可以给人一个初步印象了。总结一下，结论是——"六庙（三大王庙、龙王庙、马王庙、土地庙、奶奶庙、文昌庙）合一"。这样的组合，有佛有道，有仙有神，有灵有异，大杂烩一样，

负责保护大王庙工程的李万山和古建筑工程队的常爱花

在中国也不多见,还不包括散落在村中其他各处的五道庙、关老爷庙及大仙爷。比如朔州近邻恒山悬空寺,号称儒释道三教合一,才是释迦牟尼、孔子、老子三位主神而已。

说来吉庄老乡实在令人佩服,家底不厚,建庙不易,于是兼容并蓄,并且可以做到"与时俱进",从中充分凸现了百姓崇拜的现实意义,对于相对高端的愿望比如"独占鳌头""出将入相""出人头地"等等,似乎那样遥遥远哉,可望而不可即,可遇而不可求。相反,生存才是最大的当务之急,保证糊口要紧,缓急轻重权衡下来,一边是对水涝的恐惧,一边还得靠天吃饭,雨水是收获之本,旱灾同样令人不寒而栗,要想风调雨顺,要想旱涝保收,只能倚仗领导桑干河龙王的拓跋三王的恩赐。当神头盖起三大王庙,吉庄不甘落后,也要盖三大王庙。牲口有了瘟疫,马上添加马王庙,还不能让送子奶奶、文昌帝君流离失所,"固知庙废,则灵爽难栖,祠荒则神明弗侑也"。一句话道出吉庄人的心声:哪位神仙都不宜得罪。做个农民,容易吗?

吉庄太有意思了。

居住环境依托土堡,谓之"军转民用";建起的庙宇,海纳百川,谓之"六庙合一";地处游牧文明和农耕文明的碰撞区域,崇拜汉化了的鲜卑三王和汉族的马王、文昌等,其文化构成又反映了"胡汉交融"。能够包容,能够应变,能够接受,由此反映出吉庄的个性就是两个字:坚韧!

这就是吉庄的文化韵味,也是吉庄的寻常而又与众不同之处。

在摇篮般的桑干河臂弯,吉庄村的历史就像桑干河水一样九曲悠长。

就以百年的时间作为见证。

# 第二章 苟且在风雨飘摇中的小农经济

## 一、娃们，像个蒸馍馍的火色

上溯到将近百年前——大约是一九〇〇年到民国二十几年，具体时间只能模糊一点。反正找不到文字记载，只听些口头的叙述，总带有民间故事之嫌。而民间故事开头往往千篇一律，总说"古时候"或者"从前"如何如何。能够把年代确定大致范围，已经严谨多了。

那时候吉庄人感觉最隆重的乡间活动，当数祈雨祀神。朔州当地十年九旱，较少出现雨水丰盈。纵使神头、马邑一带，虽说泉水丰富，却多也排入桑干河谷，大面积的庄稼种植，还得依靠老天爷的雨露所赐。因而祈雨的传统已经不知沿袭了多少年，循环往复，成为一道很奇异的

祈雨的村民向上天敬献牲灵，以示虔诚

风景，让人们记忆深刻。因为乡俗说拓跋三王专门驱策桑干河龙王，所以祈雨的主要场所理所当然选在神头三大王庙。每年需要雨水的季节，一般在芒种左右。传说阴历五月十三日是关老爷的磨刀日，应当下一场磨刀雨。不管下雨不下，神头人首先唱几天戏，就算拉开当年祈雨的序幕。戏场选在东神头村关老爷庙内，剧种以晋剧和耍孩儿为主。当年的明星包括大同的晋剧名角腊玲、肖玉凤、花女，"肖玉凤会唱，腊玲会浪"，花女会什么，已经不清楚了；而耍孩儿名角多来自繁峙剧团，唱红脸的有秦师傅，坤伶有二娃旦、三娃旦等。演出效果如何，且看不大的关老爷庙院人头爆满，许多妇人都爬上东西禅房观看，怀中抱着吃奶小孩，敞胸露乳全然不顾。看到入迷时，小孩早掉落檐下，妇人却察觉不到，只管搂着烟囱，一边拍打一边低声哄弄："哦哦哦，睡觉觉……"

序幕过后，到阴历六月十三日，祈雨活动才到高潮。西神头村又要唱戏，需要支付戏班二十多个大洋，不过有利于拉动旅游产业和赶集式的商业活动，因为在几天时间里，周围七十二村都要派出队伍前来三大王庙依次祭拜，最远还有山阴县马营庄那边的。各村组织者称为"会头"，由村里威望较高的乡绅担任。受到公认的还数马邑村的祈雨队比较排场，会头姓卢，是个歪脖子老汉，人们都叫卢歪脖，身上十字披红，骑着高头红马，想象也是气宇轩昂、表情肃穆。卢歪脖的左右另有两三位红马骑士，作为会头的助手；接着跟随一班吹鼓手，齐步奏乐；

出府龙王

最后才是人数不少的村民团体，还牵着一只肥羊。

来到三大王庙院前，卢歪脖下马整衣，率领村民进殿叩拜焚香，其中最关键的仪式，有个专用名词叫作"领牲"，顾名思义为"领取牺牲"，再通俗来解释，就是乡亲们把供品献出来，祈祷恳求大王弟兄接受。具体步骤是：由会头卢歪脖亲自操作，端来净水冲洗羊身，再用毛巾擦干后牵入殿内神像前，把它的耳朵剪破一点，挤出一两滴鲜血落入小青碟内，完了给羊的伤口洒些白酒，如果羊身哆嗦一下，就等于神灵收纳；如果羊没反应，就预示祈雨者不够诚心。三位大王有多大的力量呢？民间流传着这样一则故事，从《朔县民间故事集成》可以翻阅到详细内容：在一个干旱的年份，百姓纷纷前来三大王庙祈雨叩拜，其中包括朔县东南乡曹村的财主马君粮。依照一般故事的套路，自然是马君粮财大气粗，进得大殿，他与众不同，没有下跪，没有烧香，而是坐在椅子上让同来的曹村百姓上香、打磬、击鼓、跪拜，偏偏领牲之羊纹丝不动，显然大王弟兄没有笑纳的意思，于是惹得马君粮出言不恭，叨叨了几句顺口溜：

你是神头三大王，我是曹村马君粮。
你虽三年不下雨，我有十年超余粮；
你阴雨连天，我有上岗高地；
你天高云淡，我有河湾水地；
你要下冷蛋，我有山药萝卜；
你若水冲庄园，我有金牛地契。

悻悻说罢，马君粮翻身上马，带着百姓返回曹村。

这马君粮为什么口出狂言，敢和三大王较量？原来他有千顷土地、万石粮谷；有九连堡庄园，有金牛犊和地契。更甚者，他为大明朝皇帝进贡粮食有功，万历帝朱翊钧赐号"君粮"，意即君王所食之粮，故人称马君粮。三位大王碰到马君粮这样不识时务的老财，故事的结局也就让马君粮措手不及，叫苦连天：刚回到曹村的马君粮遭遇了突如其来的雷电暴雨，平地起水，马君粮的家产庄园都被淹没，他抱着地契及金牛犊爬上一棵大树躲避，然而他爬多高，水就涨多高，直到他将地契和金牛犊扔到水中任凭冲走，大水才匐然回落，村子中央被水截成河槽，当初的一个曹村，变成现在的南北两个曹村。据说以后每年刮风的季节，河槽中还能看见一撮一撮的红糜子，抓在手掌上一搓，却是红沙子，人们都说那就是马君粮的粮谷变成。

关于马君粮得罪三位大王的故事，在神头一带至今耳熟能详。此外还有个小范围的传说，好像发生在近代。都说神西村有个三满肚，担任祈雨的会头，家中也有钱，到了庙内不跪，面向黑脸的三大王说："三弟，你领也领呀，不领我也走呀！"回到村里后，当夜下来一场瓢泼大雨，第二天山洪暴发，顺沟而下，吉庄有人看见水头上有两只羊一边咩咩叫着一边相互碰着角。每碰一次，水位高涨一截，最后将三满肚不知冲到什么地方这才罢休。

上述马君粮和三满肚的故事，实际是水灾的记录，但演绎成祈雨不诚所致，说明百姓对三位大王极其敬畏。当然，作为牺牲的羊也不留给三位大王，而是由集资买羊的村民杀掉再瓜分一空，包括头蹄下水之类，大家改善一次生活。买一只羊，总得二三十个大洋，若不是给神灵供奉，村民在青黄不接时哪有机会吃肉？

到神头领牲，各村都有固定的日期，否则容易撞车。比方新磨村，就在磨刀雨的阴历五月十三日，神头五月十八日，吉庄六月二十日等等。如果遇到旱情严重，领牲后还要将神像请回村子继续祈祷。神像不是神台上的主神，而是另有一位出府大王，二尺多高，方便移动之用，与之配套的是庙内预备的銮驾等全套设备，就像唱戏的道具。其时人们把出府大王搬入銮驾，十六人抬起，后边撑开两顶红罗伞，前边高举"严肃""回避"的牌子，吹吹打打，模仿朝廷的规格。

反观吉庄三大王庙，祀神活动不太密集，倒是保存下一位木雕的出府神像，显然事务不太繁忙。所谓行宫嘛，就是大王弟兄闲暇日子过来居住一段；那边忙碌，这边自然冷清。实际也就是吉庄人自己拜一拜，还有碰上特别的大旱，到神头领牲效果不太显著的时候，村里自有一套规矩，首先挑选七姓的寡妇们打扫庙院、大殿，并且不许沾染荤腥，只能吃些小米；然后年轻人跪在神像前"跌棒"，把一束木签一样的小棒任意抽出一根，搁在头顶再跌下来，小棒上写有不同的签语，代表神谕。跌出"风调雨顺"一类，下雨有望，村民皆大欢喜；跌出"人心不齐"之类，雨水怕要渺茫，村民就得反躬自省，有则改之，无则加勉。

　　有过那么一年，眼看旱得无法下种，吉庄村里一片恐慌，不论到神头领牲还是在本村向三位大王哀求，统统不见下雨的迹象，会头李德成心急如焚，只得另某法子。他派出人去调研，得知二十里铺村刚刚下过一场透雨，灵机一动，说："一定是二十里铺的龙王显灵。"当即给李义堂、二面换等三四人面授机宜。当天夜间，李义堂几个手提麻袋，头戴柳枝帽，特务一样摸入二十里铺村，侦察一番，待到夜深人静，到二十里铺的庙内偷了人家的出府龙王，也是二尺多高的塑像，用麻袋装好，搭一个简易担架，一路小跑抬回吉庄。

　　偷龙王虽然不恭，但回来却真当贵客看待，村里二十几个十四五岁的童男子被分作十几组，每组在龙王前烧一炷香，轮流跪拜，香火烧尽才敢起来。也真奇怪了，很快天气晴转多云，大雨欲来。坐镇的李德成出去翘首望天，以手加额喃喃自语："哎呀娃们，像个蒸馍馍的火色。"比喻下雨的几率很大。他赶紧吆喝："娃们，满羊群挑羊吧。"后生们七手八脚从村里的羊群中拉出最大最好的一只羊，羊主人名叫大五十一，等于让他提前卖了。李德成就在二十里铺龙王跟前完成领牲仪式，透雨随即普降下来。吉庄的父老那个高兴啊，怀着丰收在望的喜悦杀羊炖肉好生痛快，天气晴好后一群人敲锣打鼓抬了龙王归还二十里铺村，同时向人家真诚致歉。二十里铺村民又怎好计较？吉庄嫁在二十里铺村的李

林家口村的小庙大致如此

尊贤姐姐还得招待娘家客人,给大伙做了一顿白面揪片。

也有损人利己的时候。又有一年天旱,村里打听是林家口村人在作祟。原来,林家口村位于杨涧山口,可能与地理位置有关,老是被冰雹轰炸,俗话说"蛋打一条线"。全村土地正好处在山坡一条狭窄地带,雹灾频发。于是村民请了高人指点,建起一座"逼雨庙",却不善于封锁消息,结果被吉庄人得知内情,深恐逼雨成功。这可不是儿戏,不能城门失火,殃及池鱼。吉庄人经过研究,决定实施破坏。也像偷龙王那样,四毛小等人奉命悄悄赶到林家口村,寻到逼雨庙一看,不过是一米多高的小型寺庙,模型而已,也没人看守,大家当即动手拆毁,还要挖开庙下的土层检查,结果刨出一些花花绿绿的五色细线,据说那就是所谓的"镇物",当即远远扔掉。至于林家口老乡看到逼雨庙废墟作何感想,不得而知,吉庄老乡却去掉一块心病。

不论偷龙王还是破坏别人的小庙,总归出于偶然,以后的风调雨顺,还得去感动本村的主神,所以吉庄人并不敢冷落自家庙里的大王们,竭尽诚意安排得无微不至。那个年代,村里专门养活看庙老头,名叫"驻庙老道",人选必须是口碑良好、诚实勤快者,有无家口均可,除了荣誉,一年由村民集资供应三千六百斤炭,另有二十亩庙地,分布在北沟堰、西沙滩、马宅洼等处,待遇不错。那年月前前后后的驻庙老道有李天林、李福、愣李大、刘宝、大占魁等,独身住在禅房,负责日常卫生和维护。看庙留下好名气的,还数李天林,据说他一生行善,驻庙期间不仅把庙院、神殿打扫得干干净净,一尘不染,而且在殿前栽起六棵杨树,浇水施肥,从不懈怠,后来长到一人合抱,一九五九年村里修建车马大店才被砍倒。

听说当时的庙院戏台往南,还有扩展出去五十多米的庙前广场,也属庙院的管辖范围。广场把同治年间修庙碑文中所提到的台墩包括在内,台墩南端建有一堵照壁,照壁外凿有一口水井,二米多深,井水清冽甘甜,可供全村饮用,不论取水多少,水位始终不高不低。根据台墩的形状,村民说是一只乌龟,趴在那儿喝水。乌龟的脖子部位,正好通过一条大路,村民又说乌龟脖子被车子碾断了,因而无法遁去,只能乖乖伏在那里,一心一意守护庙院。

对村里小孩来说,庙院是个充满童趣的去处,就像鲁迅先生笔下的百草园。那时候殿内的砖下和墙缝里蛐蛐较多,孩童们常到庙院捉蛐蛐,做捕鸟的诱饵。至于捕鸟机关,相当简单,就地挖一小坑,坑上拿柳枝支起匾子,蛐蛐就拴在柳枝上,蠕蠕地挣扎,鸟儿下来啄食时拉动柳枝,匾子立即落下,正好将鸟儿压入坑内,束手就擒。当了俘虏的鸟儿包括"红火焰""马不楞""一点油"

庙祝李兴富

等,都有"不自由勿宁死"的气节,往往被玩耍几天后就绝食而亡。

驻庙老道看见小孩进来,并不驱逐,但威胁几句在所难免:"不敢到神像跟前,小心神仙怨怪。"由于对尊神敬神耳濡目染,小孩一般敬而远之。其实他们玩耍的地方还多,村南桑干河的吸引力更大。到了天气转暖的季节,河中水大流急,半尺多长的鱼儿甚至敢于撞击涉水人们的小腿。

小孩们戏水、捉鱼又是主要内容,但不去急流中去,只在岸边的浅处"垛鱼窝",找几块石头垒个小窝子,有些没运气的鱼儿犯了糊涂扑进去,等待它们的将是一丛篝火的炙烤了。

想象一番小孩玩耍的场面,古庙、河流、鸟儿、鱼儿,充满了乡间间特有的和谐气息,说不上世外桃源,起码也远离喧嚣。百姓们日出而作,日落而息,日子应该在怡然淡然中缓慢度过,似乎这里就是世外桃源。

其实不然。有些命运的悲剧,已然在吉庄上演。

## 二、墙上金把吊,地上山药窖,怎么没写?

世事无常,富不过三代,这样的规律在小农经济的吉庄一再得到证明。

先以老监生的儿子小监生李士忠说起。

有人曾经见过小监生留下的一张老照片,其人是个疤脸,头戴高顶子礼帽,上身穿一袭狐皮大衣,下身是长袍,手持长达五尺的烟锅,模样有如传统士绅。他的烟锅除了能破吉尼斯世界纪录外,实用价值并不高，点火还得别人效劳。小监生话语不多，遗传了他老子简短的一句发音方式："哼！"不管怎样，监生的身份放在那里，村里调解矛盾纠纷，依旧要请他在场来主持公道。在别的乡老唾沫乱飞摆事实讲道理过程中，小监生闭目吸烟，一声不吭，当事情基本摆平搞定，大家上前向他请示："二爷，这样结果怎么样？"小监生才撩起眼皮说："哼！就这吧。"出力不多，但是面子大，调解的功劳照样归他所有。

村民印象中小监生的落魄，应当从他老子的葬礼开始。老监生驾鹤西游后，葬礼之隆重前面已有交代。老子英雄儿好汉，小监生也不含糊，等他老子一咽气，马上拨出大把银子，嘱咐手下的佣工跑腿们筹备荤席用以招待宾朋乡亲。谁知手下一帮子办事浮躁，大鱼大肉采购得早了，又值三伏天气，酷热无比，不等行礼烧纸的正日，所有荤食全部臭了，恶气熏天。小监生鼓起鼻子抽上几抽，眉头却不皱，让大家将所有鸡鸭鱼肉统统倒入厕所，居然填了满满一茅坑。然后，重新置办素席，虽然破财却没损大门院的面子。

村中民居帘架

一朝熬到正式当家，小监生从小养成的不良习惯失去约束，抽鸦片上赌场肆无忌惮。隔壁住着的刘有忠就见识过小监生的奢侈。刘有忠家穷，喜欢赌博，一次，打闹回一点儿熟鸦片，正要吸食时，碰上小监生进来，他连忙说："二爷您先尝尝。"小监生倒不客气，半躺下几口就吸得精光，犹未过瘾，说："再拿吧。"刘有忠苦笑道："二爷，没啦。"小监生鄙夷地说："哼！光是胆大，没东西还敢让人？"从腰间掏出装有一两洋烟的铜盒子，扔到刘有忠面前："尽管吸！"把刘有忠高兴得眉开眼笑。

相反，小监生在家业经营上并不投入，经商、种田很少过问。他家在神头开了当铺，全凭两位业务经理李吉和李德胜打理，生意本来不错，年底结账却亏了不少，原来两位经理做假账瞒哄老板，从中大肆贪污。

小监生不计成本、随心所欲做事，也造成极大的挥霍浪费。举两个例子：一是他看见大南院李继善宅门上一副精致的木质帘架，羡慕不已，就高价请来知名木匠原样仿制。木匠使出浑身本事，做出成品却总难让小监生满意，他的极端挑剔使工程一次次返工，让几个临时工几乎干成了长期工。二是小监生自忖身价不低，决计打造一种精巧实用且便于携带的防身兵器，以防兵匪盗贼袭击。但十八般兵器选来选去都不中意，最后确定锻造一副"手撑子"，但加工的工艺要求较高，寻常鼓捣锄头镰刀的乡村铁匠根本玩不了，小监生就从远远雇来几支过硬的铁匠小组，各自筑起洪炉，依照其口授的意图制作手撑子，互相竞争比赛，不惜代价追求精益求精，当然一如既往地达不到小监生的要求，折腾得铁匠们焦头烂额。

大概小监生喜欢从张扬中满足他的极大虚荣，所以年年都要在家中大操大办"谢土"仪式，并邀请附近村庄的乡绅名流前来参加。"谢土"属于道教斋醮中的一项活动，据说仪式上要把铜钱及粮米若干，撒放于四面八方，吉语一套一套的，摘录二段：

一要人丁千万口，二要财宝自丰盈。
三要子孙螽斯盛，四要头角倍峥嵘。
五要登科及第早，六要牛马自成群。

七要南北山府库，八要寿命好延长。
九要家资石崇富，十要显贵永无疆。

一散东方甲乙木，代代子孙食皇禄。
二散西方庚辛金，代代子孙斗量金。
三散南方丙丁火，代代子孙早登科。
四散北方壬癸水，代代子孙大富贵。
五散中央戊己土，代代子孙寿彭祖。

仪式完毕后，自然摆开筵席大宴来客，推杯换盏尽醉方休，花钱不少。吉语的内容，简直把好事滴水不漏说完了，可惜事与愿违，没有苦心经营，再大的家产都会被扬洒一空。神头乡绅李广生参加了几次小监生的谢土仪式，一眼看出端倪，饭后转一圈，对小监生客套说："士忠，啥时候手头紧张，和我吭声。"小监生记在心里，后来过年感觉钱不够花，就去向李广生借了八十个大洋，往后不断再借，仍旧拮据不堪。传说一年冬天小监生在神头开设的当铺抽鸦片，炉火熄灭，冷得瑟瑟发抖。一旁的李吉请示说："二爷，没柴炭了，连开水都没法烧。"小监生哼了一声："把木柜劈烂。"李吉说："好端端的柜子，我舍不得。"小监生又是一声"哼"，亲自取了斧头，几下打坏柜子，让李吉塞入炉灶。

如此这般，小监生没有算计，最后他从李广生那里居然拖欠到八百多大洋，加上利息数目更大，无力归还了。李广生前来讨债，实现了放贷的终极目的，小监生一纸契约，把大门院抵给李广生，签字画押手续俱全。接着，李广生就要搬来吉庄定居了，下来通牒要把小监生扫地出门，其时小监生夫人坐到大门口死活不依，责骂李广生："官凭印信私凭约，你凭什么来占我家的房院？"李广生马上掏出契约，说："你男人亲自写下的。"夫人拿来一看，看出破绽，她绝望地狡辩说："墙上金把吊，地上山药窖，怎么没写？"金把吊就是拴绳子之类的金属挂钩，山药窖也不用解释,总之也算强词夺理。但众人自有公道,刘有忠、郭如山被请来调解说合,到底是李广生再给了小监生一笔大洋,小监生夫人才在一声叹息中随丈夫搬出高档住宅大门院,栖身于往南不远他们家的长工院内,炮换鸟枪。那笔大洋拿在手里,小监生还想重振家业,投放出去在打麦场上打井,准备种园子,好像也打出水来,还下了涵管,但最终没有得到利用,不知什么原因。后来他落魄到依靠典当度日,却还要顾及面子,害怕乡亲们碰上,所以就经常趁着夜间光顾神头的高家当铺。

　　监生家族就此衰败了,吉庄新添了一位乡绅李广生,即将风云一时。同一时期,另一位乡绅李继善也出问题了。

　　李继善毕生遵从"善能自保"四字真言,却没能为自家求得一个善始善终。都说他与神头人李仙涛、李锦涛兄弟交情不错,到头来却因为这两位朋友栽了跟头。那年李氏兄弟大兴土木构建新房,资金周转发生困难,于是向李继善求援,李继善自己拿不出多少,转而向高升庄一位姓句的朋友借来八百两白银,再借给李仙涛、李锦涛救急,行为很仗义的。

　　谁也没想到,过了一段日子,李继善后颈部位患了对口疮,本来不算要命的疾病,但那种毒疮最忌油烟。那年阴历十月一日,村里按传统给油神爷过生日,家家户户磨了黄米面,加工一种叫作三道子的油炸食品,偏偏有人来请李继善过去说合一个矛盾,李继善没有防住油烟,导致对口疮恶化,很快就病入膏肓。其时他的长子李会元已于二十岁夭亡,儿媳妇开始年少守寡;二子李会锦刚刚十七岁,还在外面读书,听说父亲病危,马上赶回家问候,父亲弥留之际留下一句话,就是让他去神头索要那笔八百两银子的巨额债务,然后归还高升庄句姓债主。

　　等打发了李继善,李会锦就此中断学业,担当起一家之主的重任,首先他去了结父亲的三角债,过神头找到李仙涛弟兄说明来意。但令他目瞪口呆的是,李氏兄弟信誓旦旦表示所欠银子已经还清,并且有根有据地叙述细节，某日亲手将装钱的红布包塞入李继善袖内，八百两银子毫厘不差。李继善死无对证，又没有什么欠条借据之类，这笔钱算黑了。一个刚扔下书包的读书郎李会锦只能接受残酷的现实。中间也不知经过哪些痛苦或伤心或感悟世态炎凉的心路历程，最终他果断卖掉神头的铺产，还是不够，再卖掉吉庄直棘地的部分田产，凑够八百两白银之数，悲壮地送往高升庄姓句的手里，成全了父亲临终仍旧念念不忘的做人信用。

十七岁当家的李会锦，当然不懂庄稼的学问，他是彻底的外行，总要瞎指挥一番。比如安排长工干活，留下笑料百出。一次长工请示他："东家，咱今天干啥呀？"他说："一个人切草，两个人翻粪吧。"实际切草是两人的活儿，翻粪一个人就够了。都说倒霉时放屁也砸脚后跟，李会锦就碰上这样的霉运，掌权后碰上接连三年的春旱，种下三百亩小麦，颗粒不收，只得改种些糜子黍子，却不值钱，收回一大房的糜子，不够长工组长郭三老汉一年的工资。李二掌柜在极端困难的情况下再次做出唯一选择——卖地。吉庄有句俗话："买上大南院的地，足够亩数。"别

大南院当年的书房

人卖地，九亩约摸按十亩，大南院的地，十亩足够十亩，信誉过关，没几年七顷田地剩下两顷多。下边的弟兄开始惶惶不安。

那时候老四李会丰也已娶妻成家，他岳父出主意提出让他倡议分家。这样的要求无可厚非，而且李会锦自己掌管大南院确实力不从心，也唯有将家产一分为四，房舍、田产各有归宿，实际每家按分到的土地来说，在村里也不算差劲光景。其中李如昆的父亲李会文（老三）在皮坊院，宅子不算好，多分土地二十多亩作为弥补，一共分来七十多亩。本来二先生李会锦住了大南院主宅，但跟西门上李旭以"同义源"名义承包税收赔了钱，将田地都卖了去补窟窿，并提出跟老三换房院，结果李会文再给二哥二百五十元大洋后，搬出皮坊院入住大南院。

李会文跟二哥做了交易，却加重了自己的负担。代表形象的房子还得修缮一下，他就将十八亩田产卖给旗杆院，修房以后还有盈余，则买回李家坟八亩薄地。卖了好的买差的，村里叫作"肥马掉瘦马"。好在李会文上过私塾，练得一笔好字，在村里也教私塾，过年时写过一副对联，被国民政府神头二区的区领导下乡看见，大为欣赏，当即招聘他去区上当助理，每月十三个现洋的工资，虽然不多，但也迈入工薪阶层，细水长流月月都有进账，干到日寇入侵之前，共有七八年时光，中间妻子亡故，又续娶了一回老婆。

中年丧妻，也还罢了，李会文遭受打击最大的一次，莫过于儿媳早丧。他的长子李如岐结婚后，与新媳妇时有吵闹，感情不大融洽，最终导致新媳妇想不开，悄悄喝了鸦片膏一死了之。死者是大夫庄村杨浩然的大闺女。而当年杨浩然娶的是吉庄李叔贞的女儿，同样喝鸦片膏死了，吉庄李家曾经去兴师问罪，据说糟蹋得够呛，拿筛子喝烧酒；现在一报还一报，大夫庄人前来李会文家讨伐，李如岐独身逃往太原，李会文花钱消灾，再次卖掉二十多亩土地才打发了苦命的儿媳，光景开始进一步窘迫。

类似大门院、大南院发生变故的，还有西门上的李旭，前边已经提及，因为和李会锦包税失策，一败不起。假如需要总结一下原因，大可归结为几位乡村精英自己将自己和家人推向人生低谷。而贾们院的没落，纯粹缘于突然和意外。

## 三、咱村家家户户去一个，你要不去，那就我去

老辈子时，吉庄村已有练拳习武的传统。虽然达不到自成门派，也说不清楚究竟师出何处，但拔尖人物还是有的，比如李惠德就算一位。李惠德祖上名叫李如，其成名之战有些离奇古怪。相传多年前有个耍猴的来吉庄赶集，带了一只手段非凡的大马猴，大马猴善于搏击，和常人对打少有对手，于是主人哗众取宠，扬言谁能击败大马猴，赏银三百两。村里的李杰也有点功夫，心中不服上去挑战，被大马猴痛殴一顿，这时候李如来了。李如大大咧咧，踩倒后跟趿拉着鞋子，进场后观察一回，忽然脱下一只鞋扔往大马猴头顶上方，大马猴一惊，灵巧地飞身跃起攻击鞋子，不防被李如闪电似的一掌击中腰部，当即坠地毙命。至于三百两银子的彩头，怕是猴主掏不出来，但李如的手段令吉庄武林心服口服。

李如还有更英勇的事迹。他姐姐曾经嫁过圣佛崖村，丈夫喜欢串门子打伙计。串门子打伙计，意思是找情人的勾当。李如姐夫甚至还和别人玩起换妻游戏，即将实施时李如得到消息，他只拿一根短棒独闯圣佛崖，背起姐姐就走，圣佛崖不少村民前来拦截，李如边走边打，所向披靡，短棒打坏不少圣佛崖人的小腿，他和姐姐毫发无损，顺利突围。由于李如的名气在外，吉庄武林沾光不少，别的村子争相来吉庄聘请武术教头，出去的叫作"坐房"，到了民国成立，吉庄出外坐房的就有十几个，

其中深得李如真传的李惠德尤其突出。

大概也是出于倡导全民健身，那时神头二区经常举办拳棒比赛，李惠德报名参加，夺过几次奖杯、奖品，也拿回过锦旗。据说他的强项有单刀破枪、空手夺白刃等，寻常四五个人不是对手，但平时深藏不露，不像有的年轻人一样学了两下就去打架。李惠德在弟兄三人间排行老二，自家土地不多，他有时外出坐房，有时打短工贴补家用，但决不给人做保镖当打手。冬天闲下来，村里的个别孩子也到他那里学艺，家境盈实的拿几个烟火钱孝敬孝敬，但没见他培养出哪个成气候的弟子。有一年，村里李成林家的骡子走丢了，曾经雇佣李惠德前去寻找，大概也有发现骡子就凭武力夺回的意思。李惠德出去几天，还打探到骡子的目击人，但人家掌握了情报漫天要价，李惠德掏不出钱来，线索也就断了，他只好无功而返，没有显示手段。

倒是村中的李观，只学会一套二路鞭，使唤一条一米长的鞭杆，专门打人手腕，就像程咬金一样三板斧制敌。相传一次跟随高脚队出发时，李观担任护卫，路过雁门关的关沟遇到土匪，他立即挥舞鞭杆挺身出去迎战，土匪上来一个，被他一下打折手腕，再上来再打残，最终大获全胜，号称"鞭打一关沟"，从而令吉庄村高脚队名声在外，民国初期很少再遇到拦路的土匪袭击。

不管怎么说，村里有几个会武功的，容易壮胆，也敢出去拣些软柿子捏捏。甚为出名的事是曾经组织过一次抢亲的行动。早年李文岁的母亲自称大仙附体，出外去当神婆，使些巫术给人治病，或者驱妖捉鬼，还闯出不小的名气。一次，她带着儿子到西山峙峪的磨石沟出诊，看中那户人家的小姑娘，三寸不烂之舌一说，双方为小孩订了娃娃亲。等孩子们到了成亲的年纪，神婆已经不在人世，家道衰落，地无一垄。李文岁又比较懒惰，越发有些潦倒。不过他记得婚姻之约，独自去磨石沟求亲，对方一口拒绝，告诉他说姑娘已经另许他人。

眼看磨石沟这家欺人太甚，反复无常，吉庄父老哪能坐视不问？当即由李文岁带路，几位练武人物如李惠德、李文章、李忠堂等摩拳擦掌，奔袭几十里地，居然强行把磨石沟的女儿抢回吉庄，当天为李文岁举办了洞房花烛仪式。李文岁穷得丁当响，吃了上顿没下顿，连房子都没有，只能临时寄居在李文德家的西房。不过媳妇善良，自己也认命，凑合着与李文岁过日子，谁知二三年也没生小孩，致使婚姻基础不稳。她父母那边看看不像话，隔三差五把闺女叫回去住上一段，李文岁跟着过去，也不受抬举。

一天，李文岁从岳丈家回来，忽然变了模样，只见他满脑袋生疮，脓血淋漓的，好像一颗骷髅，村里人都怀疑被岳丈那边暗中给他服食了要命的猛药，于是支持他进城打官司，请官府断案，索取赔偿。官司一打不要紧，大输特输，不仅没有获得赔偿，媳妇也如愿获准离婚，重新嫁入城内一户姓高的权势人家当小老婆。这下吉庄武林不敢轻举妄动了——直到解放初，李文岁从北山当兵回来，才和媳妇破镜重圆，过房来侄儿支撑门户，夫妻还抱养一个姑娘，终于像个家庭了。

后来的一次村民集体行动，才踏踏实实证明了吉庄武林实际不堪一击。

一九二七年六月，阎锡山任国民革命军北方总司令，晋军和张作霖的东北奉军打得雁门关外鸡犬不宁。因为在老百姓心目中，奉军属于欺上门来，而且名声很臭，所以被骂作"粪蛋子军"。

其间，一批奉军驻扎在交通要道马邑，经常作恶，糟害地方。一天，两名骑兵溜达到了吉庄，不知是闲逛还是心怀鬼胎，反正闯进贾们院，苍蝇似的纠缠住贾祥林的妹子。贾妹已许配给马邑姓陈的人家，那时还没有出聘。有人说她拿着柜子的钥匙，两个老总想夺来开柜搜抢财物，有人说她受到调戏，总之她坚贞抗争，在家中高声呼救，"非礼呀非礼呀"的意思吧。村里人很快过来许多，没说的，马上动手与两个老总撕扯起来，先是死死抱住其中一个老总，另一个在慌乱中开枪威胁，子弹擦边打在四豁牙老子李丕林腿部，这下犹如发出号令，大家动手打成一团，不防开枪的家伙脱身跑了。另一个被按住无法动弹，忽然四满老汉冲过来，抬起穿着牛鼻子鞋的大脚，一脚狠狠踢中老总的面门，那小子一声惨叫，眼睛顿时肿了，眼珠也险些被踢出来。

吉庄人闯祸了。

但是大家居然能够沉得住气。有的老者说，青天白日朗朗乾坤，难道没有公理可讲？部队不就举着奉军的旗帜吗？咱们是正当防卫，他们是糟蹋百姓，不如找奉军的长官讲理去，讨个说法。况且手中捉着一个老总，又缴了他的枪械，究竟怎样处理才好？好像捧着一个烫手的烧山药蛋。吵嚷研究半天，村民觉得采取主动胜于过后被反咬一口，因此最终达成共识，决定集合起来到马邑告状，说好每户抽一人参加。

然而，和部队讲理，大伙难免嘀咕忐忑，其中李德胜的一句话侧面反映了村民的畏怯心态。他跟弟弟李德成说："兄弟啊，咱村家家户户去一个，你去呀还是我去呀？你要不去，就我去吧。"当老大的，大事面前比较自觉。

不管怎么说，吉庄没有一家找借口拒绝出人，很快集合起来七八十

当年村民痛打奉军士兵的地方

号村民，包括给李文岁抢亲时所向无敌的几位武林高手。大家做一副担架，抬起腿部流血的李丕林，押着那个眼睛青肿的俘虏，浩浩荡荡向马邑进发。刚走到两村之间的小泊村，距马邑不到五里的地方，前边尘土飞扬，奉军大队人马迎面赶来。村民们还在酝酿如何接洽讲理时，奉军士兵根本不问青红皂白，眨眼功夫如狼似虎冲上来挥舞枪托、皮带乱打一气，吉庄老乡哪是对手？全都没命地四散奔逃，最数受伤的李丕林跑得飞快，显然枪伤仅在皮肉而已。

这还不算，奉军随即进入吉庄，反过来找贾们院讲理，人家的讲理就是不讲理，只让白花花的刺刀说话。村里李林仁比较义气，试图代表村民说说当时的真实情况，却遭到奉军狠打，连皮袄皮裤都被打烂了。这样谁还再敢出头？秀才遇上兵有理说不清，贾们院只能告饶求情，一个劲地下软蛋。奉军里有个文书之类的曹先生，在一旁掌握火候，看看差不多时，开口来当中间人说合，结果贾家同意了一个类似《马关条约》的不平等协议，主动杀掉全部三十多只羊犒劳部队，另外卖了土地，支付大笔现洋作为赔偿，好歹送走东北那嘎达来的神圣。俗话说"为出一口气，卖了十亩地"，贾妹事件，见证了吉庄人的团结，也使贾祥林一家付出昂贵代价，从小富走向贫困。

可能奉军的不请而来，预兆着一个动乱时期的开启。吉庄人不一定能够敏锐地判断往后还会发生什么，但可以肯定的是，乡亲们痛切地感受到，面对枪杆子或者官府衙门时，不论练有多么高强的武功拳棒，依旧屁事不顶。好像在潜移默化中，吉庄的练武之风日渐式微，相反学习文化之风在小孩中普遍开来，"万般皆下品，唯有读书高"，这样通俗的道理流行了几千年，老百姓不敢奢望通过读书当官做宦，起码达到识字脱盲，总也没有坏处。

开始仍以传统的家庭式私塾为主，规模很小，并不当作产业，仅是有钱人培养子弟。其中李会文、李会丰都当过私塾先生。大约一九三〇年前后，李会文已经担任二区助理，李会丰则受聘到李广生私塾执教，

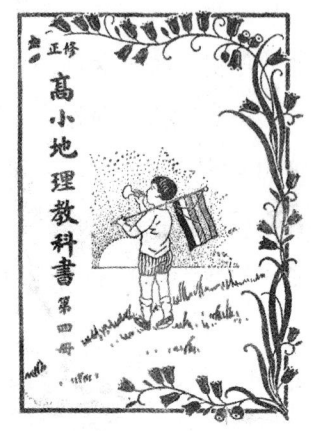

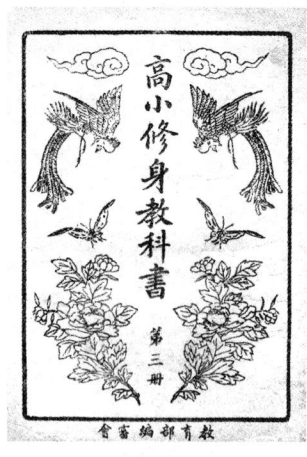

民国时期的教科书

主要教授李广生的儿子李道；村里李林仁也办了私塾，请回马跳庄的张先生教授他的一个儿子一个侄儿。再过几年，李林仁的私塾逐步上了规模，相当于贵族学校，每个学生一年的学费是六元大洋，也集中起像样人家的小孩十六七个，特地请来一位名师，是山阴大羊村的老学究麻照华。麻照华已经六十多岁年纪，满嘴没牙，据说是朔县二高小毕业的，教学内容仍以传统的孔孟之道四书五经为主，先让学生背诵，然后才摆开架势讲述内容，术语叫"开讲"，很讲究的。

私塾的教学，总有些古板的色彩，学生们难免就会沾些书呆子气，日后也留下个热闹的笑话。说的是村里的二根五脑袋聪明，他父亲在神头开着杂货铺，培养长子大根五自小经商，而送二根五进私塾读书。一天大根五准备出去收账，临时让弟弟来铺子里掌管柜台，嘱咐说："若是有谁赊账，你就记在账本上，记清楚点儿。"二根五满口答应，等老大回来问："有没有赊账的？"二根五说："有一个。"老大拿起账本一看傻眼了，只见账本上写着："大清早起，戴白孝帽一人，赊走水烟两包，朝东走了。"他哭笑不得，责备弟弟："你这没名没姓，我向谁去要钱？"二根五说："反正我给你记清楚了。"真是记清楚了，时间地点人物原因结果，记叙文的要素一个不少。

　　与此同时，公立学校已经成立，就设在三大王庙的东禅房。官府派来老师招收学生进行义务教育，桌椅板凳由国家提供，仅收取学生一点书钱。按当时的宣传，只招收穷人家的孩子，村里逐一评选，家庭好些的剔除在外，老师是西树院村的，名叫刘辅汉，教学也有了统一课本《复兴国语》等，图文并茂，通俗易懂。同时，西禅房还有一家私塾，由村民集资请来红壕头村的徐育人老师任教，每年收取两三元大洋，招收无法进入公立学堂的孩子，教学也没有固定内容，学生自己拿什么书都行，包括《三字经》《百家姓》《论语》以及白话文课本等，徐老师因书而异，学生拿什么书，他就给讲什么书，一个一个轮流讲过去。庙院的公私学堂，总而言之门槛低多了，所以入学率较高，两个班各自招收了二三十个学童。有的读一段时间，只要家庭条件允许，仍旧转入李林仁私塾深造，有些朔县二高小毕业的学生，还会慕名过来深造，可见麻照华先生的影响非同一般。

　　私塾房的学生除了逢年过节请老师吃饭外，每天还要给老师倒夜壶，打扫卫生。但公立学堂就少了儒家一套的师道尊严培训，"废止小学读经，废除尊君尊孔"，开始接触时事政治。当然并没有时事政治的课程，只是通过老师教给学生几首歌曲，让大家传唱。那时二区有个妇女干部，专门到每村负责检查妇女们是否放脚，发现继续缠足的就要汇报区警卢贵仁，由卢贵仁上门罚钱，金额五毛或一元大洋不等，五毛的是铜板，一元等于二百五十个铜板。对此村民开始还有抵触情绪，把怨气发泄到山西土皇帝阎锡山身上，编了顺口溜暗中讥刺：

　　　　初三十三二十三，
　　　　河边出来个阎锡山。
　　　　阎锡山，灰拾翻，
　　　　大姑娘缠脚他也管……

为了配合政府禁止缠足运动，学生们先是学会《放脚歌》：

> 东方起来五更白，
> 女儿起来把窗开，
> 忽听娘叫缠足来……

《放脚歌》唱起来，总是针对身边的事情，学生们好歹有个直观认识，内容也就懂了，但接着学会的新歌，那就有点人云亦云的味道。

其中一首：

> 九一八，
> 失去了沈阳城，
> 亡国之奴，
> 好像丧家之犬……

歌词虽然说及亡国奴，但真当亡国奴似乎离吉庄还遥不可及；虽说村里还有年轻人被政府抽去参加防共保卫团，也就儿戏一样，外号"莜面队"，很快散伙回来。那年神头唱戏，桑干河正发大水，朔县的县长到神头看戏，曾经骑着高头大马顺吉庄兜了一圈，村民碰见的都讲县长生得魁梧不凡，一副太平官员的气魄，由他治辖下的朔县，哪里会有动荡？

# 第三章 挣扎在日寇铁蹄下

## 一、卦上说，哪里下雪哪里不好

一九三七年多难之秋，吉庄人牢牢记住了一场远山的早雪。

当亡国奴的日子原来说到就到了。

朔县境内的枪声首先从马邑响起。

就在阴历八月二十九日，日军的小股侦察部队已经接近马邑，听说没有声张，只是放走几只信鸽；第二次仍由小队日军开一辆汽车进入马邑，组织抵抗的国民党军队闻讯前来围攻，双方发生了战斗，但互相好像摸底试探一样，没有分出胜负，国军很快退回朔县县城，结果马邑就此被日军占领。

那天午饭后，李会锦和李林仁几个人蹲在村子东北角的五道庙跟前，

南山秋雪（李柱　画于吉庄）

大家面带忧虑。李林仁对李会锦说："二叔，您看这日本人下来，已经火烧了吴佑庄，不知到咱村杀人不？要不您给打上一卦？"李会锦学过《易经》，懂得占卜算卦一套，他说："那我回家推演一下。"站起来拍拍屁股上的土灰，回家去了。一会儿他出来，若有所思地说："卦上说，哪里下雪哪里不好。"听起来含糊其辞，但众人下意识地东眺西望，忽地心头打个寒战，因为就在南山峰峦间，凛冽一片银白，谁也不曾留意一场初雪竟已覆盖在雁门关山区。至于这场初雪是否关乎吉庄安危，大家有点迷茫，正要再向李会锦询问天机，忽然有人往村南一指，低呼一声："兵！"

霎时气氛令人心悸。只见通往马邑村的路上，影影绰绰一支骑兵小队疾驰渐近，一位撒腿奔逃的年轻人被追赶着快要跑入吉庄。李会锦连忙招呼大伙就近躲入他家，没几分钟工夫，村里就尖厉地传来四五声枪响。李林仁叹口气说："日本人来了。听说他们到了哪里杀到哪里。唉，这些匪徒滥杀无辜怎么办？我出去看看形势吧。"大伙劝他不要去，他啥话也没说，挺身出去了，过了不久打探回来了，说："果然是日军部队，追赶马邑赵生金的儿子。听说那后生为了躲兵，想投奔咱村他家的亲友四洋气，出来时莽莽撞撞瞎跑一气，引起人家哨兵怀疑，喊他站住，他越发跑得快了，结果部队派出骑兵抓他呢。他能跑得过四条腿的牲口？已被逮住了。"

事态看来没有想象的严重，李会锦几个多少松一口气，问李林仁如何是好。李林仁义不容辞说："没人接待不行。我再出去吧。"他重新返身离开李会锦家，来到不远处的李会丰家院内，发现赵生金儿子被捆绑在那里，吓得抖作一团，五匹战马拴在一边，突突打着响鼻，尾巴上扎了红头绳，甩来甩去。几个士兵正在屋内啃西瓜。李林仁哈腰进去好言应酬，谁知那些骑兵满口说出的竟是接近于山西口音的内蒙话。原来他们都是口外的土匪部队，卖国求荣投奔了日本人，并且担任先头部队，匪首就是臭名昭著的王艮和李守信。当然这些以后人们才知道。

带头的排长满脸疤痕，倒没有为难李林仁，相反还把李林仁当作管事的，提出要抽几口鸦片。那时候村里的鸦片也不稀缺，李林仁急忙找来一些，又叫比较机灵的村民李善伺候排长。排长半躺在炕上，李善恭恭敬敬给他装锅点火，土话就叫"喂洋烟"，也是一桩细活儿。一会儿排长抽罢，四洋气匆匆跑来，两手托着炕沿，俯身在排长跟前给赵生金儿子做保人，说："老总，外面那个是我亲戚，良民……"排长正惬意间，受到干扰，半闭的眼睛猛地瞪起，大骂四洋气："你妈的，上我身呀？"跳下地挥舞马鞭将四洋气抽得半死。李林仁急忙求情，他的说话比较婉转顺耳，好歹使排长消了气，这时骑兵又提出喂牲口，李林仁嘱咐一旁刚刚十二岁的李如昆回家装来一斗高粱，倒在院内让战马吃。

李如昆刚回到家，大门忽然被一脚踢开，看看又是疤脸排长，院内的狗往前扑咬，被排长打了一枪，夹着尾巴逃窜而去。排长往屋内看看，随即掉头走了，然后沿门逐户接连踢开大门，好像寻找什么，而李如昆再也不敢出门。事后听说排长挑出村里两名妇人，借口让她们到李会丰家为士兵做饭，她们知道清白不保，只管一个劲哭泣，却也不敢抗拒。有些长者长叹说："没办法，这是灾祸！逃不过去。"村民阎换文胆大，凑近李会丰门口窥探，却被放哨的士兵打了一顿。

那天李林仁费了好大周折，好容易才将五个为虎作伥的伪军送走，而且马邑赵生金儿子也侥幸得以担保获释，大难不死。这还不算完，李林仁还有善后工作，买了一些活鸡和大葱，派李旺老汉用李如昆家的毛驴驮着，送到马邑的伪军驻所。李旺老汉回来已经很晚，毛驴倒是完璧归赵，但笼头、缰绳一律被解去装备了伪军骑兵。

目睹了伪军凶狠的吉庄百姓形同惊弓之鸟，无不彻夜难眠，从第二天开始，不少村民就像马邑人一样，纷纷乱跑避祸，好像离开自己村子就是安全。跑到山区的居多，只有李惠德一时失误，得知乡下个别有钱的进城寻找庇护，居然也盲目跑入朔县城里，结果阴历八月二十四日日军攻下朔县城，制造了惨绝人寰的"朔县大屠杀"。李惠德确实命大，他藏身在李如昆三姑家,那里恰好紧邻日军进城后设立的司令部,不在屠杀的主要街道,让他逃过大难。十几天以后李惠德跑回吉庄,吓得大病一场,跟村民讲述说日军杀掉三千多人,包括那位器宇轩昂的县长都不能幸免,使得城内血流成河白昼鬼哭,凡是经历过的人,无不魂飞魄散,心胆俱裂。

事实上那样血腥的屠杀,别说亲眼所见,即使耳闻之后,也会不寒而栗。虽说眼下日军或伪军没来吉庄烧杀掠抢,但吉庄已经彻底失去了四平八稳的安然。动乱当头,公学自动宣告解散,私塾也关门观望,老师则各回各家。神头二区不复存在,担任助理的李会文同时失去了工作。马邑常年驻了一队日军,城头飘忽着刺眼的太阳旗。李林仁被推举成为吉庄的维持会长,经常到马邑去跑腿子,回来讲些所见所闻,一次还说:"日本人操驴哩!"谁知道是真是假,或许不是空穴来风。

维持会李会长并没干多长时间。当村里人第一次听说洪涛山区来了抗日的红军,首先将矛头对准了靠拢侵略者的维持会,手段真的高强,神不知鬼不觉就来吉庄收拾李林仁,把他两个儿子大辣椒、三辣椒捉到山区,只跑脱一个二辣椒。然后红军通知李林仁听候吩咐,帮助购买一些山区紧缺的纸笔、布匹之类。李林仁惜子心切,赶紧委托村里李壮当联络员与红军接头,表示唯命是从。李壮回来悄悄跟乡亲们说,原来红军就是共产党,已经改编成为八路军,并不随便杀人,相反只跟日军为敌,在北山的头领名叫侯泼,人称侯队长。

夹在八路军和日军间的李林仁日子十分难过。他不敢花八路军的钱,人家需要什么他往往自己掏腰包,日军来要钱粮他又不愿意完全分摊给乡亲们,也得自己多垫进去,结果家中七八十亩土地和一匹骡子、两头毛驴卖个精光,本是上中等家境几乎成了穷光蛋。有那么两三年后,大辣椒和三辣椒平安回家,而维持会也告一段落,村里另外有了日伪政府指派的甲长负责日常的应付差事,甲长由李惠德担任,手下两三个打杂的村警有李耀山、李裕仁等。那时日军好像建立了什么蒙疆政权,吉庄村保存下来一张地契,记录了李裕仁将西花儿沟十二亩地卖给本村聂占科,其时间落款在"民国二十八年",并列写有"成纪七二四年",就是成吉思汗纪年,证明伪蒙疆政权已经在民间留下过印痕。还有日票强制流通,一元等于一块大洋,但在民间并不吃香,人们私下兑换,一块大洋能够兑来一块二毛到一块三毛日票。

吉庄地处公路沿线,被日军划归"爱路村"圈内,村民也就属于所谓的"良民"。而山区统统叫作"匪区",日伪军经常去扫荡,填井、烧门窗、把碾磨的碾磙子扔到山沟里,总之破坏一切生存条件,下三滥的手法无所不用其极。"爱路村"虽然受到日军的糟害相对较少一点,但是小农经济也到了破产边缘。

大约日军入侵的第二年,吉庄百姓还想种地,其中三福贵李仁勤劳,在村南靠近小泊村的角沟拉着毛驴春耕,远处一个该死的日本兵无端打来一枪,枪法精准,将毛驴一枪击毙。那是一匹正当青壮的草驴,相当于李仁的心肝宝贝,就此一朝化为乌有。李仁当下哭得稀里哗啦,也不管自身安危,硬是请几个帮手把死驴拖回,给村里众人吃了。自此则更加剧了人们的恐慌情绪,往南方向谁知道在不在日军的射击范围?往北方向谁知道碰上碰不上扫荡?结果谁也不敢出地。一九三八、三九连续两年,全村土地基本荒了,

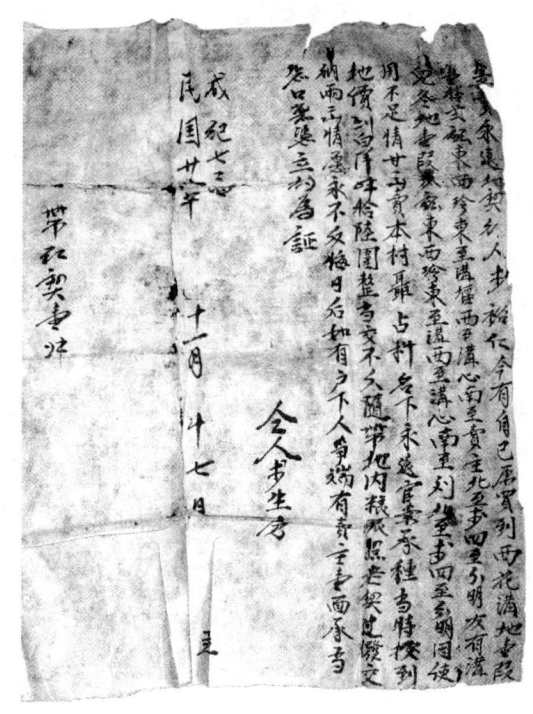

见证伪蒙疆政权曾经存在的地契

伪蒙疆军队

油坊全部关门，赶高脚的贸易活动烟消云散。

不管百姓有没有收入，繁杂的劳役却没完没了，村里人也叫应差。甲长接受任务后，让村民轮流出去，需要携带证件，一般是请有文化的在小幅白布上简单写明哪个村干啥的，类似介绍信一样，再加盖村里一块方章，就可通行。其中家里有牲口的，多数走些长途，比如往县城驮官炭，或者到山区建碉堡，自带干粮草料，报酬分文没有，纯粹白干，好像属于应尽义务似的。

一年派下驮官炭差事，村里轮到李如昆和李四鳌一组，周期是十天，两天一趟，从平鲁山区韩村一带的五间窑、三梁顶等小煤窑驮了炭，送到县城南关的砖窑上，一匹毛驴一趟也就能驮百十来斤。带队的也有警察，负责办理有关手续，应差的只管出工出力。第一次到了县城门口，李如昆发现站岗的有一个日军、两个警察，日军姿势标准，好像立一条擀杖，两个警察来回游动，发现可疑的就要搜查，见到出入的长官之类，马上举手敬礼。李如昆不识趣，看见一个警察向他走来，连忙笨拙地学着敬礼，却被警察拦住骂了个狗血喷头："你妈的，想当共产党？"后来回村说起，村里人都也痛恨警察蛮横，据说一次贾桂林应差路过城门，嘴里含一个烟锅，让警察一掌就打飞了；还有李堂进城顺便买了一个洋烟戥子，出城门时被警察折成两截。

且说那次李如昆他们的驮炭队伍夜宿东街的客栈"万客隆"，正准备拿出小米做饭，忽然一阵喧哗，原来"万客隆"往西一处院内驻有日军，白天扫荡抓回的一位八路趁着天黑逃跑了。一队日军闯进客栈到处搜查，凡是住店的一个一个检查介绍信，翻译忙着盘问大伙，但最终一无所获。晚上李如昆他们睡下，一连三四次有人查铺，刺刀就在眼前晃来晃去，谁都没有睡好。连驮炭队的带队警察也受不了，说："搜个毬？八路早已跳城墙跑了！以后咱们不住城里，就住在歇马关算了！"

第二天把炭卸在南关一处居民的院内，天上下了一点细雨，李如昆看见院内铺满密密麻麻的小石头，奇怪的是那些石头猩红鲜艳，红得炫人眼目，他忍不住问院主人："这是油漆刷过吗？"院主人压低声音咬牙切齿说："后生，这是日本人杀咱中国人流过的血！"李如昆听得毛骨悚然，想象不出中国人究竟流淌了多少血，竟然渗透到石头里！一会儿离开县城时，城门口增加了岗哨，变成两个日军、四个警察，严加盘查过往百姓，李如昆看见他们，眼前就再一次闪出南关满院子的红石头。

大约到了一九四〇年以后，日军开始在南榆林、窝窝会、陶卜洼、窑子头，包括神头沿线修筑碉堡，目的是防范日渐活跃的八路军游击队。一次，李如昆和五辣椒一组被派到西山李家窑村驮石头，条件足够艰苦，饮水只有村里麻黄坑中存积的雨水，污秽不堪，漂浮着粪便和蛤蟆蝌蚪，老远就扑来古怪的气味。村里有个朱家老财，三儿子朱福给日本人干事，他家院内倒是有口水井，却根本不许外来应差的饮用。不过李如昆二人运气稍好，碰上监工的警察是城里孙老财的孙子，而孙老财也在吉庄买了六七十亩土地，五辣椒家是他家佃户，与孙警察认识，得以在李家窑沾光，用些朱福的井水；孙警察还要假公济私，让李如昆、五辣椒牵了毛驴驮他去仓房坪溜达，实际是与他的情妇幽会。大白天的，他在情妇家鬼混，李如昆两个蹲在门外等候，心中好歹不是滋味，觉得丢人现眼，还不如回去驮石头。

另有一次，李如昆就近在神头的碉堡工地干活，司马泊村一个李生才在警察手下当临时工，就是所谓的"青年队"，这人仗势欺人，喜欢指手画脚，动不动就指使这个指使那个，食指一勾说："来来来！"因为大家邻村上下，彼此知道底细，李如昆对他实在厌烦，狠狠白了一眼，那小子马上向警察告状，其中一个警察卢银是警察队长许泉的女婿，拿一根荆棘条过来，一把拉住李如昆，将李如昆两条小腿抽得青肿才罢，周围百姓看了，都在心中咒骂："他妈的，**警察**没一个好孙子！"

## 二、李成新唱秧歌——赖死个赖

毫无疑问，日军手下的警察没一个好孙子。然而，比**警察**更为恶劣的，却是所谓的密探，即便衣特务，他们在沦陷区神出鬼没，无处不在，无时不有。

想当年朔县日军宪兵队手下臭名远扬的有三大密探：一是上泉观的王祥；二是面高的黄德军；三是吉庄的张存厚。对吉庄人来说，王祥、黄德军离得远，不曾领教过什么，张存厚却是本村乡亲，"事迹"那就多了。

张存厚父母早亡，年轻时跟他五叔同院而居，住一间小破房，寒碜得不像个光景，有一次因为一桩小小纠纷，竟把他的五婶子张五老人揍了一顿，受到村民嗤笑。后来张存厚娶了冯家岭的媳妇，成家立业，不知通过什么渠道去面高五区当了区警，平时也很少回村，他的女人生育了两个女孩，一个叫大金女，一个叫二金女。等日本人一打过来，老张忽然摇身一变，投靠了日军一个叫石则的翻译官，成为受宠的密探，顿时踌躇得志，与过去的张存厚不可同日而语。

最先，张存厚在神头开办了一家俱乐部，说白了就是开赌场，依靠日伪政府扶持公开聚赌，规模还不小。为了吸引赌徒，造出声势，专门请来一帮晋剧演员组成剧团在神头老爷庙唱戏,附近村民就叫张存厚戏班。开始阶段那就热闹了,每天上午、下午、晚间连续三场,附近的百姓蜂拥而至,过足了戏瘾,一旦遇有拥挤,张存厚手拿皮鞭迎头抽打,谁也不敢反抗。台上几名女演员把风头出尽了,有杨兰兰、贾梅兰、八岁红、一朵云、滴滴旦等,各自都有保留节目,比如一朵云的《三上轿》、贾梅兰的《四郎探母》等等,尤其是滴滴旦,名副其实的娇滴滴样子,花哨得不行,下台后脖子上围一条完整的狐皮,最能唱些腻戏,如《狐狸缘》之类,她的眼神左瞅右瞟,勾魂摄魄。有时唱戏期间,县城来了日伪大官或者土豪劣绅,演出就要中断,演员退场下来接待握手,打情骂俏,不亦乐乎,乐队则选些传统曲子予以现场伴奏,也就不成个规矩。

唱戏只是其外,赌博才在其中。俱乐部就设在老爷庙旁边,设施很排场,冬天供热还用地灶。参赌人员来这里很受欢迎,人们看戏间隙,都可进去一试手气。当时的赌博方式,还以传统的押宝为主,庄家坐在那里,面前搁一个去皮柳条编成的匣子,里边再套装一个铜盒子,叫作宝盒子。押宝的时候,周围全是押宝之人;开盒子时候,猜中的手舞足蹈,猜空的一声叹气,然后欲罢不能,直到最后,多数要输红了眼睛,最大的赢家还是俱乐部老总张存厚和他的背后主子。因为自古以来,当赌头放底抽红都是来钱最快的捷径。

俱乐部纵赌很有一套,不

日伪时期的旧戏班

论有钱没钱一律来者不拒，有钱的当下见了成效，没钱的也可以赊欠，也可以随口空喊，全部由张存厚担保，也不怕赖账，因为他的手下有一帮子小密探，号称"马鞭队"，吉庄老乡李先担任队长，凡是欠钱的记住名字、特征、身份，然后上门暴力索要，驴打滚利滚利的，而且绝不会出现呆账坏账，为此附近百姓倾家荡产的屡见不鲜。

当然，有些密探警察照样输钱，例如吉庄村的阎四圣，也在日军手下当警察，输得焦头烂额之际，居然掏出手枪抵押，俱乐部不许，他就踢翻设施，大闹一场，结果被张存厚告到石则翻译官那里，不知怎么处理了。不过阎四圣有了吹牛的资本，以后落魄回村后屡屡夸口说只有他敢和张存厚叫板。

张存厚的戏班子唱到一年头上，观众逐渐减少，直至戏院门可罗雀。常言说物极必反，天天看那几个传统剧目，即使唱戏再精彩也会令人腻烦。看看人气不旺时，戏班经常进行宣传，隔一段就贴出海报，广而告之说请来哪里哪里的名角等，效果也不好。不过演员照唱不误，有俱乐部养活着，何须顾及台下有没有共鸣？而俱乐部的赌台前依旧人头攒动，因为赌博如同吸毒，一旦上瘾，很难戒除，更别说那些天生好赌的赌棍了。

这时候，赚了钱的张存厚衣锦还乡，首先挑选村东较好的红围地买了八十亩，每亩五十大洋；然后，他瞅准村里的老财子弟贾存小抽鸦片变卖家产，花钱买下贾存小位于堡里街的一套四合院，建筑档次不亚于大门院或大南院，尤其是一座高大排场的门楼，森严不俗。这样，张存厚等于迅速跨入吉庄地主老财阶层，而且派头十足，不是其他土老财能够相比，即使风流一时的老监生在世，怕也难以望其项背。看看那身装扮，上下洋布衣服一尘不染，衣袖箍一块红布，写着"中日亲和"，脚下则穿了吉庄有史以来的第一双皮鞋。关键张存厚还骑着一辆自行车，让村里人们大开眼界。一次，他四叔的妻舅来吉庄走亲戚，听见身后铃铛响没有留意，忽而张存厚骑车超过他，下了车子就骂："你妈的，没听见老子打铃子？"他四叔连忙上去说："别骂别骂，我的亲戚。"张存厚才悻悻罢休，丢下一句话："若不是我四叔家亲戚，老子甩你两耳光！"完了扬长而去，他四叔望着侄儿背影，一脸的怅惘。

即使到了三十年以后，一辆自行车在中国农村也算稀罕，何况当年？想象张存厚在村民眼里出人头地，像个大人物一般，有钱有势，有房院有田产，又值四十多岁的年纪，没些男女话题反而不太正常。据说老张看上了村里的二改玲，或者和二改玲有了眉来眼去，反正情节也不太清晰，就那么一回事吧。二改玲是李壮的二闺女，已经嫁入本村贾们院的贾佑为妻，新婚不久尚未生育，模样当然漂亮，令张存厚垂涎不已，兔子也吃窝边草，决心要娶回去当小老婆，一再托人上门跟贾佑协商，提出把二改玲卖给他。那时候卖老婆虽不稀奇，但不到山穷水尽谁干那种没出息营生？贾们院自然不能答应，贾佑即使在张存厚面前自惭形秽，却也出于男人的本能，竭力保全自己的婚姻，一口拒绝了关于老婆的买卖。

眼见软的不行，张存厚就来了硬的，忽然一天撕破脸皮，带着几个马鞭队的队员径直进入贾们院，将贾佑拽出街头，拿来杠子压腿，严刑侍候，无法无天，贾佑疼得哭爹叫娘，涕泪交流。张存厚单刀直入地问："你妈的贾佑，卖老婆不卖？"贾们院早已丧失了如同当年跟粪蛋子军争斗的胆量，全村人同样人人自危，因此贾佑的哭叫，只能博得满腔同情，却喊不来哪怕一个帮手，被强迫之下他只能选择了屈服，呜咽说："卖呀，卖呀。"这才从杠下解脱出来，两腿哆嗦，好歹站立不稳。张存厚如愿以偿，也要走个程序，立即邀请他的朋友、南山人孟发堂担任中间人，主持双方达成买卖协议，至于张存厚给了贾佑多少钱，他们谁都没有跟别人透露过数额，总之，二改玲与贾佑解除了婚姻关系，改嫁成为张存厚的二房小老婆，还给张存厚生下一个男孩。

再过一二年，张存厚在他家办起一所私塾，聘请李会锦过去教书，招收村里的孩子们就读，至于收费多少，大概随行就市。相信张存厚并非出于盈利目的，或许为了自家孩子的启蒙着想，或许也想在村里做些功德事情。不论动机如何，客观说来办学育人总该受到称道，只是由于张存厚仗势欺人从不收敛，口头禅就是"老子甩你两耳光！"，吉庄人提起来无不嗤鼻。比如，他夺娶二改玲也罢，以后却看着贾们院人人都不顺眼。一次，穷孩子贾桂小赤脚从他面前经过，他抬起穿皮鞋的鞋跟狠劲踩住贾桂小的脚掌，贾桂小受疼，使劲想推开他，他的左右耳光就抽到贾桂小脸上，噼啪作响。再如，张存厚企图占有李林仁兄弟李林义一块打粮场，李林义死活不让，不仅遭到张存厚毒打，还被捏造一个什么家中私藏违禁物品的借口罚去三四十元现洋，倒不如把打粮场白送了张存厚。

除了张存厚定居在本村，吉庄街头经常还晃悠着城里来的其他密探的身影，他们一丘之貉，把打人当作家常便饭。

其中一个密探名叫张哈明，他的职位不比张存厚，只靠两条腿步行，到了吉庄一般在甲长家里过夜和吃饭，偶然一回不知怎么安排到李沛家中住宿，他感觉卫生条件不大放心，就问李沛："你家有壁虱没有？"壁虱指的是臭虫，晚上爬出来咬人吸血。李沛心中反感，低声嘟囔了一句："壁虱谁家都有，那是我们的土脉。"土脉之说，大约意思就说相依相存吧，属于李沛的歪理，但肯定没有恭顺附和张哈明的成分，张哈明听得顿时大怒，动手就将李沛打趴下了。

前边提到过的那个李家窑村的朱福，好像在密探中算个小头目，行为更是令人发指。一天他来吉庄，正好碰上村里的神经病人二刘金。二刘金疯得天日不知，素日嘴里嘀嘀咕咕，两手空抓乱抽，没运气竟然朝着朱福手舞足蹈起来，朱福哪能容忍这样的挑衅？管你神经不神经，马上给了二刘金一顿拳头巴掌，二刘金本能地抱头鼠窜。但朱福火气难消，喊来甲长李惠德前去缉拿二刘金，李惠德怎么解释都无济于事，只好领着朱福在庙沟追上二刘金，朱福操一截大棒上去猛击二刘金脑袋，致使二刘金头破血流，几乎丧命。那会儿村民围来不少，默默观看，让李惠德无地自容。从那以后一直到死，二刘金始终躲在家中，门都不出一步。

猖獗的密探并非尽职尽责侦察八路军，他们根本不具备那样过硬的本事，许多时候都在借机作孽，用自己的实际行动诠释了什么叫作"汉奸"。首先，这些人挖空心思搜掠民财，要么从这村白要了瓜菜菽麦，到那村摊派转手卖出；要么鸡蛋里挑骨头，在百姓家中到处搜寻，随便认定哪些属于违禁的物件，然后敲诈勒索乱开罚单。当然，他们还不放过任何索贿的机会，甚至包括人命事故。

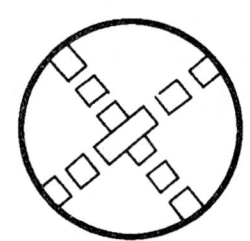

伪保安队参谋徽章

伪保安队徽章

再次要提到三步娃老前辈的一段经历。那年冬天，乞丐苏三在吉庄庙后他姐夫李旺的看园房子内栖身，三步娃也过去寄宿，两人往灶膛烧些枯枝败叶避寒，有说他们争炕头，有说苏三打呼噜厉害，总之晚上三步娃竟把苏三弄死，谎称被土匪杀掉了。苏三的性命本不值钱，那年代没人过问就算了。李旺还没吭声，不想消息已经传入密探谢爱的耳朵，这人与苏三沾点表亲，事后来到吉庄，破案子一样，一个劲问："谁杀了我的表兄？"很明显三步娃杀人嫌疑最大，因为土匪谁杀一个乞丐？三步娃的儿子李文明赶紧出面，塞给谢爱三十大洋，事情才被摆平，就算私了。自那以后，李文明把父亲关在家里不让出来，三步娃受不了束缚，不久之后居然自杀身亡，一代乡村谐趣宗师走完了人生的旅途。

不择手段欺负良家妇女，又是密探们最热衷的勾当，哪个村稍有姿色的女人只要被盯上了，无异于招来跗骨之蛆，吉庄李成新就曾经深受其害。

李成新的父亲一辈子当木匠，特别擅长爬梁，也就是制作安装榨油的大梁，在神头一带闯出了名气，他看中新磨村的美女海心，就给儿子订了亲事，娶过来的时候让全村小伙子羡慕不已。谁知日军一来，海心遭到密探的觊觎，最终与李成新离婚，后来辗转嫁给一个油坊的老板。当年新磨四大美女，除了海心之外，还有刘梅女、开花、二蹦蹦，她们的婚姻同海心一样充满了悲剧色彩，其中开花嫁给密探张哈明，解放后离异；二蹦蹦男人拉响手榴弹，与她同归于尽；刘梅女出嫁后不久离婚。这是题外话了。

且说李成新失去老婆，伤心不已，把一腔怨恨发泄到海心身上，他喜欢唱几句大秧歌，还自编了歌词到处哼哒哼哒：

> 我在外面当木匠，
> 狗贱人私通岗所长……

倒是挺押韵，内容也贴切，有点戏文的味道，但从他嘴里唱出来那就差劲，嗓门先天难听，曲调又拿捏不准，结果给吉庄留下一句歇后语："李成新唱秧歌——赖死个赖。"

## 三、"赶高脚"成为传说中的一个名词

随着战乱的突然降临,吉庄人在仓皇失措中开始经受生存维艰的考验。但不管怎样,每一个明天的太阳总要照常升起,即使是度日如年,谁也还得想办法苟且偷生。大约勉强熬到一九三九年,社会环境稍微安稳下来时,吉庄的村民慢慢恢复了生产,犹如石头下的小草,顽强地从细小的缝隙挤出地面,使田园里重新焕发出一线生机。

按照那时候的农业情况,好些的亩产不过三斗多,大约一百一十斤,差些的顶多亩产两斗,也就八十多斤,这还是指高产的高粱,换作谷子、豆类,数字就要打折。应该说即使产量微薄,多少总算收获,但是根本经不住一应支出。其中日伪当局的一项主要名目,叫作"收囤粮",让村里按亩摊派任务,每亩上缴二十多斤,品种不限,高粱、谷子、豆类均可,唯有绿豆特殊,一斤相当于其他粮食的二斤。

囤粮落实以后,各家还得负责送到铁路附近北邵庄李普缸房的仓库,名头上多少也有所报酬,却并不以现钱结算,村民统一只能收到少量的白洋布,人称"囤粮布",妇女们就凑乎着给家人缝制衣服,根本没心思染成黑色蓝色什么的,美观方面彻底无足轻重,所以村里有人常常穿出一身白衣,好像发丧时的孝服。

光是囤粮也罢,关键村里仍要按亩抽钱,应付警察密探下来的吃拿卡要,每年每亩大概三块大洋。看起来这个数额不大,但一经算计,那就很不得了。还拿高粱为例,一合子相当于四升半,十五斤左右,卖价才一块大洋,三块大洋就是四十五斤,加上囤粮的二十斤,一亩地的

六十五斤粮食已经贡献出去；再就是名目繁杂的税种，除了传统的以外，随便就能增加出来，比如有谁上缴迟了，马上予以惩罚，另收一笔滞纳金，美其名曰"督查税"，没有喘息回旋的余地。

层层盘剥下来，多数百姓辛苦劳作一场，糊口依旧困难。大约从一九四二年开始，吉庄部分胆大的村民发现附近的油坊也逐渐开始开门榨油，于是心中蠢蠢欲动，决定冒险组织起来出去赶高脚，谁知接二连三遭致挫折。其中最倒霉的是槐树院三福贵的侄儿李树山和旗杆院大猴儿眼李恒。李树山自家本来没有牲口，他就替别人拉驴，挂靠性质的，跑一趟能赚二块大洋。那次高脚队进入山区，天空忽然飞来两架日军的飞机，转圈儿盘旋一番，可能怀疑发现了八路的驮队，迎头扔下两颗重磅炸弹，轰隆轰隆的巨响过后，所有脚夫和牲口乱跑乱窜，跌破油篓洒光了油。等到硝烟散去，人们看见李树山趴在黄土下昏迷过去，一条胳膊被炸断了，而由他拉着的毛驴也已血肉横飞一命呜呼。

有一次大猴儿眼李恒，赶高脚到了雁门关南，不知怎么回事竟被日军抓起来，严刑逼问是否给八路军送油，同行的两位西河底脚夫惨遭杀害。大猴儿眼虽然留下一条小命，但也吃尽苦头，日军用辣椒水使劲灌他，然后再踩他的肚子，让他在鬼门关走了一遭，全凭他自己始终没有胡乱招供，否则绝对不会活着回到吉庄了。

除了日军以外，出没的土匪又是高脚队的另一只拦路虎。那几年土匪多如牛毛，在日伪统治鞭长莫及的山区尤其活跃。一次，吉庄高脚队返回来时候，刚下雁门关到了朔县东南乡的汴子疃村一带，忽然冲出一队土匪，手持大刀凶神恶煞的，将高脚队悉数控制，逐一搜查驮垛，不少脚夫将大洋藏在席筒内，结果被土匪用快刀劈开席筒全部卷携而去，毫厘不留，下手狠心之极。类似这样的拦路抢劫现象极其普遍，赶高脚经常险象环生，如履薄冰。什么武术拳脚，这当儿全然没有发挥作用，大概遇到拿出兵器拼命的土匪，只能不吃眼前亏了。

事实上那么多土匪，都是生活逼迫下比较大胆的百姓，比方神头就

旧时赶高脚的帮队

有一支外号"黑马队"的土匪队伍，白天露面都是普通村民，晚上却出去盗割日军铁路沿线的电线，曾经被日军抓获并杀掉了其中的贾五疤、喜悦子、二海小等。苦命的贾五疤死过两次，头一次后颈挨了一刀，半夜里有人偷剥他衣服时，他哼哼着醒来，自己托住下巴挣扎跑到耿庄他姐姐家，一口气吃下三碗面片，然后藏进干草垛内养伤。稍微恢复一点，他害怕连累姐姐，偷偷潜回神头，不料再次落入日军手里，重新成为刀下之鬼。

回头再说吉庄人赶高脚，因为一旦上路，就意味着把脑袋挂在裤腰上，生命财产朝不保夕，所以吉庄的亲人都也跟着提心吊胆，走时依依不舍送到村口，走后牵肠挂肚寝食难安，盼到半个多月头上，男女老少集中到庙南的照壁跟前翘首等候，高脚队有时迟回来一天半天，大家都显得丧魂失措，害怕万一传来什么噩耗如何是好。由于面临日军和土匪的双重威胁，沿路安全不保，因此没过多久，吉庄的赶高脚就基本上偃旗息鼓，这项贸易活动就像进入死胡同一样，昙花一现似的彻底退出历史舞台，以后吉庄百姓再难看到长长的驴骡队伍离开村口时近乎壮观的场景，"赶高脚"成为传说中的一个名词。

种地冷枪难防，赶高脚此路不通，然后就在一九四三年，吉庄村雪上加霜，人们种起的一些成材的林木也不能保全，原因是日军在小泊村南的桑干河谷搭建一座简便公路桥，与阎锡山手里修建的铁路桥距离不远，桥面全长三四百米，一律使用木料，专门派人就近到各村物色挑选主干顺直的杨树，叫作"号树"，凡是可用的先在树身劈出记号，应差的木匠随后过来砍伐，就算无偿征用。那一年村里的青壮年都要抽去建桥工地轮流劳役。眼看天气已经下雪，干活的人们光身子泡在河里，冷得浑身青紫，但监工的小把头、马邑下关人郭守印硬是不许上来烤烤火。后来，郭守印居然拉起棍子讨吃了，他很会干，到哪个村先弄清哪个姓的人多，他就自称姓哪个，讨吃效果比较显著。

郭守印从监工沦落为乞丐，或许也是抽洋烟的缘故吧。

洋烟在朔县的泛滥，大约也是从一九三九年往后开始的。先是日伪当局成立了所谓的"官烟局"，发动各村种鸦片，也有上缴任务，价格不高，但节余的百姓可以出售。起初村民不愿接受，有点谈烟色变，毕竟鸦片是令人深恶痛绝的毒品，在日军入侵前根本没有销路。然而时过境迁，当人们发现鸦片的收益远远超过了种庄稼时，迫切需要改善生存条件的压力代替了理性的考虑，鸦片种植很快普及到家家户户。

为了控制洋烟收购，甲长们负责逐户登记，叫作"丈烟地"，也还产生了腐败现象，各家希望少报一些，于是在鸦片地的垄沟里悄悄放一块大洋，亩数丈量出来可以缩水。当时神头一带的官烟局还是设在东邵庄李普那里，人们早春种植，伏天割奶，只需将烟奶晒干，就能去上缴任务了。为了浇洋烟，村民在地里挖了不少土井，又害怕偷窃，晚上又出去守夜，一般住在地头的窝棚里。为防止夜深犯困，有人就随意烫一点儿烟奶，结果时间一长，居然上了瘾；有毅力的自己戒了，戒不了的也就放任自流，不可收拾。三塌鼻就是其中之一。他原先算是堡里街的好光景，虽说底子不厚，却也属于中上等的，只因吸洋烟失去自控，入不敷出，最终将老婆卖到司马泊，连儿子也被老婆带了去，人财两空。

三塌鼻想老婆想儿子都精神失常了,每天疯疯癫癫,嘴里唱些梁山伯祝英台之类的调子,有时让几个小孩拿小树枝当哭丧棒跟在他屁股后边,他自己扛一根大树枝当招魂幡,一路哭天抢地的,场景凄惨。他死时还不到四十岁,他父亲怒其不争,连口薄棺材也没给他买,找人在祖坟附近挖个浅坑一埋了之。

也有不失时机大发鸦片财的,李广生就是特例,他凭借"放树梢"脱颖而出,一举成为吉庄首富。

李广生取代小监生入住大门院时候,光景并不冒尖,不过是有牛车、有牛、有几个羊而已,可能购买豪宅消耗了手中的原始积累。那时在吉庄人眼里,李广生算得上一个过硬的庄稼把式,比如大旱之年,别人田里很难出苗,唯独"赵李组合"可以保墒,基本上保苗齐全。赵李组合指的是北邵庄的赵三常和李广生,赵三常耕地李广生耩田,讲究深浅适中,没有谁学得来。

开始时李广生为了争抢祖传田产,还跟他兄弟李焕生动过刀子。原因是他母亲去世后,留下八十多亩养老地,由老二耕种。李广生想分一半未果,导致兄弟阋墙,老二将李广生刺了十几刀,虽没出人命,但作为赔偿,李广生得到四五十亩土地。可能由于他自己的辛苦和过硬的技术,李广生的生活还算如意,家中存粮较多,为他在村里广种鸦片提供了"放树梢"的物质条件。

美丽而邪恶的罂粟花

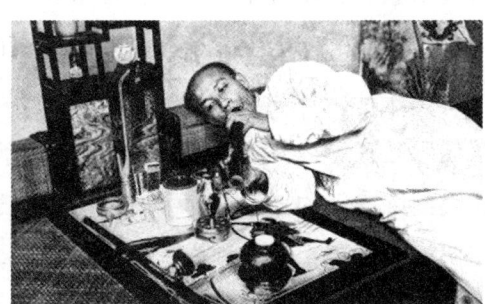

吸大烟

所谓"放树梢",是当地一种放贷性质的专有名词。那时土地过于集中,地少或没地的穷人居多,春天青黄不接之际严重缺粮,于是李广生拿出他家储粮,借给乡亲救急,但他有个条件,说好春天借一合子高粱,初秋鸦片收割时还他一两烟奶,可以熬制熟鸦片三钱。这种物物交换也不好算计是否属于变相高利贷,但李广生得到的鸦片绝对可观,他利用那时鸦片供不应求的畸形经济环境,跟许多大烟贩往来交易,循环往复,交易数额越来越大,最后带有垄断性质,有时一笔生意几千几万大洋,结果没两年时间头角峥嵘,家中再添两头大牛、两头毛驴,土地增加到三顷,常年雇佣三四名长工。村里原来几家压过李广生的老财远远落入下风,有些望尘莫及。

在乡下有钱就有地位。李广生财大气粗的同时,当仁不让坐上吉庄乡绅中的头把交椅,说出话来也不一般。客观说来,他曾经对保护三大王庙还做出过贡献。日军入侵以来,谁还顾得上庙宇?住庙老道散伙回家,组织祈神活动的会头也自动解职。那年莜麦黄熟时节,人们都忙着割烟奶,村里顽皮的小孩李光仁到殿内玩耍,折断了三大王手中的宝剑,偏偏天上下来一场罕见的冰雹,将地里的莜麦打成光秆,人们只好拿了簸箕和笤帚满地里扫莜麦。传开是李光仁激怒三大王时,李广生大为恼火,上门严厉地责骂李光仁,李光仁母亲惶恐极了,赶紧找了胶水,到庙上小心翼翼粘好断剑,然后和儿子一起跪在三大王神像前虔诚道歉,苦苦请求原谅。以后即使没人看管庙院,小孩都不敢乱动庙内的东西。

富甲吉庄的李广生开始养尊处优,有了闲情逸致,他最喜欢养鸽子,家中繁殖了一大群。那会儿个别日军也来吉庄溜达,主要为了打鸽子,小孩们跟随在后边,争抢遗落的子弹壳。庙院钟楼上原先风铃不少,基本让随便练靶子的日军打掉了。一次,两三个日军进村后没有打下鸽子,他们跟踪到李广生门前,李广生大门紧闭,于是一个日军示意拣弹壳的李如昆上前叫门,李广生儿媳开门后,日军进去捉走不少鸽子,还让李如昆在内的几个小孩提着送到小泊去,给些糖块的甜头。第二天,李广生找到李如昆，狠狠抽了李如昆几耳光。

　　同所有乡村老财一样，李广生也很重视后代的成才，其子李道已经结婚了，还要去代县师范读书，然后又转学到太原深造，如果世道不变，将来的前程肯定不可限量。与李道一同出去求学的还有大圪墩的儿子。另一个老财子弟李渠则到日军在北邵庄办起的日语学校就读。这些学生无形中起了导向作用，村里的私塾再次增多起来，除了张存厚家的，李会文也季节性地在李银院内办了两个冬天，同时李涵的父亲李善集也开办了一家。

　　再说李广生"放树梢"的行为，一定程度缓解了吉庄穷人最现实的糊口断粮问题。吉庄给外边的印象可能还算不错，居然与五百余公里以外的晋东南有缘，牵扯到人口贩卖。据说一九四三年那边暴发了严重的蝗灾，蝗虫飞起来遮天蔽日，地上的杂草都被啃光了，百姓饿殍遍野，死神肆虐，忽地有个年轻人，姓袁名叫白合，带着三四个女人跋涉来到吉庄。

　　白合说话伶俐，善于察言观色，不知通过哪种关系介绍，住入三银栓家里。

　　村里话比腿长，很快人们得知，其中一个女孩是跟随白合私奔出来的，另外几个也是为了活命准备任由白合贩卖。当时拐卖人口很常见，没人追究是否犯罪，白合的行为也就好像正当生意一样，他在三银栓帮助下发布了口头广告，不到半个月时间，待价而沽的妇女们就被吉庄和附近村庄的光棍抢购一空，每个也就五六十个大洋。一个年龄最小的姑娘，看样子还没有发育成熟，卖出去又退回来。

　　好歹小姑娘又被转卖，白合也尝到甜头，连续贩卖几次，吉庄还买下几个，比如面蛋蛋媳妇、李增堂媳妇、侯秀英等，老家在潞安、高平、襄垣一带，反正故乡没吃的，她们都老实留住了。三银栓五十多岁，光棍打了多年，跟着白合跑了一趟，乘机给自己便宜选择一个四十多岁的中年女人成亲，那女人比较圆滑，鼓动村里李光女人跟她结伴跑单帮，撇开白合能多赚一点。李光女人轻易上钩,带了本钱与那女人走了一次,倒是顺利回来,又凑了更多的资金第二次出发,谁料在太原被对方卷了所有的钱财溜之大吉,李光女人顿时陷入绝境,叫天不应的时候,不知怎么碰上在太原工作的神头人二麻烦,二麻烦给她几个小钱,指点她沿着铁路回家。她回来以后黑干黑干的,剩下皮包骨头。也害得经历过男欢女爱的三银栓,重新打光棍面临着长夜难熬。

在这里特别需要提及一个人物,那就是姚焕芝。她是襄垣人,同样被贩卖而来,但与白合无关,人贩子另有其人。据说头一家她在后山的花圪坨一带嫁给一个老头子,过不下去,就自己逃出来寻找归宿,选择了年纪相仿、和新磨村美人海心离婚了的吉庄的李成新。姚焕芝敢于为自己做主,不是寻常妇人可比,其性格使然,让她以后在吉庄成为妇女们中的佼佼者。

# 第四章 实现了耕者有其田

第四章 实现了耕者有其田

## 一、小泊霍天龙遇害了

对于吉庄这样很闭塞的小村子来说,许多外界信息在第一时间根本无法掌握。毫无疑问,吉庄人无从知晓抗日形势的发展,哪怕懂得易经八卦的李会锦也不可能预测日军的最后下场,当然在一九四五年的秋天更没有谁听到过日本裕仁天皇的投降广播,然而,村民还是能从一些突然反常起来的迹象中,敏感地发觉了改天换地的苗头。

最先夹起尾巴的是神头的警察,他们有人从吉庄白拿走过不少香瓜,忽然破天荒地主动前来付钱,村民吃惊之余,互相询问:"这不是太阳

敌伪投降(沙飞 摄)

从西边出来吗？警察怎么变得有了人性？"没几天，有人传言说，日本人无条件投降了。位卑未敢忘忧国啊，一种不可言状的欢欣情绪在吉庄村潜滋暗长，人们切身感到头顶即将搬去一座大山似的无比轻松。只是事出太突然了，大伙甚至怀疑小道消息不太真实，因此都去悄悄观察在日本人手下呼风唤雨的张存厚有什么动静，但不知什么时候起，张存厚已经不再露面，他好像从人们的视野里蒸发了。以后他的大老婆带着大金女二金女回到平鲁那边的娘家；二改玲也和儿子一起躲往父亲李壮家，看看丈夫没啥音讯，只好携子改嫁到林家口村。据可靠说法，张存厚只身逃到内蒙包头隐姓埋名，解放后偶然遇到一位朔县老乡喊出他的名字，他吓得上吊自尽了。

张存厚在吉庄失去踪影没几天，外边的消息接连传来，都说日本人已经离开朔县，集体朝大同方向撤退云云，看来树倒猢狲散这句名言应验到了张存厚身上。根据地方史料记载，日军走后，八路军二分区神武支队于八月十七日进入县城，但当晚先期接受投降的警察头子杜玉堂、王谋突然反水，冷不防发起攻击，继而八路军被迫撤离，县城就被警察部队盘踞，可能他们已经跟阎锡山方面有所勾结了。

与杜玉堂、王谋不同，朔县另一位知名人士霍天龙则做出了另一种人生选择。

小泊人霍天龙是明代霍巡按的后代，在乡邻间名声不坏，抗战前就当过晋绥军，日本人初来时，他到南山落草为寇，拉起队伍成为绿林好汉，以后接受日军招安改编，被封为由他组建的"兴亚团"的团长，在朔县城内驻扎。为此小泊人出来很牛气，开口闭口就是一句话："我小泊的，姓霍！"一九四〇年夏季，应县土匪乔日成投降日军后又脱离日军，扯起抗日旗帜，朔县"兴亚团"不知怎么牵连进去，建制撤销了，当兵的转为警察，霍天龙解甲归田回村为民，日子依然好过，娶了代县的一个少女当二太太，养着一头牛、一匹骡子，日常牵头到桑干河南边的村子拉些土盐贩卖，名气依然在外。

当日军败降、一帮子汉奸警察甚嚣尘上抢夺了县城，霍天龙旗帜鲜明地站到共产党一边，他谋划凭借自己的影响，策反城内的警察部队归降八路军，只是采取的方式充满绿林色彩。他跟神头碉堡的警察队长许泉、另一个窑子头碉堡的警察队长邱弼，包括城内的警察头目杜玉堂等人都有交情，大约关系还不错，所以能够将他们都请到耿庄商讨大计，提出集体投向八路军阵营。杜玉堂与八路军已经势不两立，哪能再受霍天龙左右？他提前已把许泉拉拢过去，做好应对准备，但当场不表态拒绝，只是暧昧地提议："咱们回城内谈吧。"邱弼发觉不大对劲，暗中对霍天龙说："眼下不能进城，怕是鸿门宴。"霍天龙不以为然说："自己人，怕什么？"就跟随杜玉堂等来到县城，被请上城墙类似于视察一样，不防被杜玉堂手下的头目康步成从后抱住抓获，霍天龙同谋之一邱弼也束手就擒，另一人朱福被扔下城墙摔死了。随即杜玉堂在文庙前将霍天龙、邱弼枪毙。

消息是通过当时的联合村大村长曹殿奎传到吉庄的。那天曹殿奎来吉庄有事，不知怎么在李会文家同村警李文斌聊天时说："这狗×的，小泊霍天龙遇难了……"从他的语气可以发觉，其一霍天龙深受本地父老们的同情，其二乡下的村长、村警仍旧摸不清局势，心中惶惶迷茫。

又过了没几天，日军竟然重新露面。

那天下午秋高气爽，李如昆拉着一头牛、一头驴，同村的李守信拉着两头牛，两人一块到邻近的新磨村河湾地放牧，不觉走到二三百亩的一片稻田跟前。稻子就是当年日本人种下的，吉庄不少村民曾经应差参加了挖地、拔草，顺便还受日本人犒赏看了一场稀罕的黑白电影。曾有一些上了年纪的老农评价日本人瞎折腾，雁门关外哪能产出稻子？但事实证明桑干河谷用水便利，稻子长势良好，齐刷刷的株高足有二尺多，李如昆、李守信忍不住交口称赞道："哎呀，那么整齐！"随即他俩觉得蹊跷，分明稻穗已经全黄，需要赶紧收割，地里却不见一个人影，假如刮一场大风，几万斤大米不就全完了？琢磨之后李如昆分析只有一种可能:日本人不在了。

日本人可能真的不在了!

这一念头刚冒出来,李如昆不知多么痛快,顿时肆无忌惮,招呼李守信说:"咱俩下河洗洗去!"然后二人拴好牲口,脱衣跳进桑干河,浑然不在乎水流已经凉意袭人。不承想刚过一会儿,猛地远处传来马达轰鸣,一辆接一辆的汽车首尾相衔从北向南开上简易木桥,每辆汽车上插着一面太阳旗。李如昆和李守信急忙爬上河岸,抓起衣服藏到矮树丛后观望,只见车队足有二三十辆,满载全副武装的日军。杨木搭建的便桥经不住风吹雨打,不到两年已经多处腐朽,打头的汽车正好压塌一块桥面,车轮被卡住抛锚了。军官连声喝骂士兵下来推车,但士兵显得无精打采,勉强鼓捣了半天,汽车纹丝不动,随同的中国人跑去新磨村找人拖拽,直到夕阳将要落山,车队才脱困往朔县县城方向驶去。

日军的车队走远了,桥头聚来不少在地里做活或放牧的百姓,大家纷纷议论。其中一个名叫田润成的神头人说,他刚才也被日军叫过去推车,认出随同日军一起行动的县长夏绳禹。人们搞不清日军到底投降没有,看看天色昏暗,都怀着复杂的心情陆续散去。

但形势终于一天比一天趋于明朗。不过十几天,动作也还快捷的阎锡山就派来接管大员掌控朔县,很快,吉庄的甲长也被调换,李普取代了李惠德,村民得知新来的县长名叫卢平,驻防的主力阎军番号四十二团,团长就是李梦书,许泉、康步成都到他手下担任了连长。对吉庄人来说,李梦书并不陌生。他是神头村二宝银的儿子,其亲

抗战胜利后被阎锡山收编的日本军人

[第四章] 实现了耕者有其田

六叔六宝银早年担任阎锡山政府的河曲县长，抗战前就把李梦书接到太原读书。抗战期间李梦书一直给二战区干事，据说深受重用，所以才接受委任回乡招兵买马，成为阎长官抢占晋北的急先锋。李梦书的四十二团实际上也算军队，但老百姓无法区分，依旧称他们警察。在日本人手里时寻常人等当个警察没后门不行，李梦书却敞开军营来者不拒，结果神头一带报名前去穿那一身黑蓝制服的人比比皆是，近乎时髦或流行似的，吉庄也有二三十个，比如李存富、李佐、二占疤、蜜葫芦、大金福、三成才、李惠魁等，其中的二黑鬼李存富老得牙都掉了，同样实现了当兵吃粮的梦想。

好像村里只有李文才有些眼光，并不看好四十二团。李文才曾经在小泊桥头当过密探，却跟八路军王尚志经常来往，大概受到王尚志教诲，一心倾向于共产党这边。一次李梦书来到吉庄，专门寻找李文才，准备招纳到手下来给个一官半职，但李文才不在村里，他老子李洲替儿子敷衍一回，说："他常年不回来，我也摸不着他的影子。"相反大金福的老子李文玉忙着跟李梦书套近乎，花钱给李梦书买了三个梨吃，很荣幸的样子。不过，参加四十二团并非传闻中那样待遇优厚，属于驴粪蛋外面光。李惠德的哥哥李惠魁已经提拔当了排长，一次生了重病，被李惠德接回村里，三四天后就一命呜呼，他的远房侄子三成才哭着说："我叔没钱买药吃，当排长穷得只有一身军装，上头连一文钱的军饷也不发，死了也不给抚恤。"相反李梦书其人，生活很奢靡的，神头吉庄一带还流传着关于他如何吃饭的故事。据说李梦书就喜欢吃饺子，饺子民间也叫"扁食"，每天厨子都向李梦书请示："老爷，今天吃啥饭呀？"李梦书回答时就拖长音调的两个字："扁食。"吃法也讲究。厨子煮好饺子，再需拿胡油炸了，然后用碗碟扣一会儿，直到饺皮酥软李梦书才吃。就是这样一个团长，带领一支没有军饷的队伍，除了掠夺地方，怕也难以维持，士兵出来往往又抢又拿，列队报数时嘴里还大口吞咽夺来的馒头，所以时间不长名声就臭不可闻，加之还有阎军成立的"爱乡团""挺进支队"

之类组织，各显其能地胡作非为，以致乌烟瘴气、怨声载道，被老百姓统称为"顽固军"，形象地反映了民心的向背。有一段顺口溜编得很生动：

> 爱乡团，混饭哩，
> 挺进支队，扰乱哩，
> 四十二团，实干哩。

所谓"四十二团实干"的来由，源自一次战役。资料也有记载，时间在一九四六年的二月上旬，史称"神头惨案"。那时共产党的力量也已发展壮大，神头一带靠近洪涛山区的负责人姓刘，人们都叫他刘区长，不知是临县人还是林县人，经常化装成算卦先生潜入顽固占领的村庄张贴标语散发传单，宣传共产党代表人民利益的方针政策，特别是发动群众开展反奸清算斗争，替八年来受尽日伪荼毒的老百姓说话，所以很得人心。

当时神头、吉庄好像地处国共斗争的交错冲突地带，共产党的队伍也过来，顽固也过来，谁来都找村里的甲长。按理国共双方处于停火和谈之际，但顽固在神头打响了第一枪，制造了"神头惨案"。那天正值正月初五，刘区长带人集合附近村庄的村民到神头开会，吉庄也去了一二十个，其中一个名叫润四，光景也一般，但女人生得漂亮，和城里的赵科长来往不错，使得润四自忖有了靠山有了势力，听会期间嘴巴失控，说了一句出风头的话："银钱够花势够住，就盼两天大寿数。"刘区长听见了，将润四数落一顿，等于间接灭了他的张扬，大伙都也感觉熨帖，评价刘区长确实代表群众说话，谁也没料到刘区长已经到了危险的时候。

那天夜间，刘区长失之警惕，就在神头村住下了，结果陷入顽固的包围，爱乡团潜入吉庄村，挺进支队布置在吉庄村北的簸箕山，四十二团从西南向神头发起攻击，拂晓前枪炮大作，刘区长带领队伍仓促抵抗，大部分战士突围而去，其余牺牲、受伤、被俘的一共三十多名，最不幸的是刘区长身受枪伤落入顽固之手，捆在顽固头目石宝贵的马后，拉着回城，然后惨遭活埋。这里应当记住，刘区长本名刘永胜。而石宝贵解放后跑到包头，干了淘厕所的营生，肃反时被遣送回神头。

再说获胜的顽固趾高气扬，押着俘虏到各村命令派饭，光是吉庄李会文家就安排来六位顽固，一个头目问吃什么？李会文说："就有豆面。"那个头目骂骂咧咧说："大新正月的，老子给你们除了害了，怎么给老子吃豆面？"挑肥拣瘦硬要吃馍馍和油糕。那些被俘的八路都戴着毡帽，穿着穷人的衣裳，其中竟有哥俩，一个在四十二团当兵，一个却当了俘虏；另外顽固也有哥俩，听说是安子村郭进士的孙子，郭大给机枪手递弹药，让一颗子弹从屁股打进去从肚子钻出来，抬入吉庄村高富贵家时已经死去，郭二抚尸痛哭："我哥昨晚连饭也没吃……""神头惨案"发生后，顽固表面上看好像越发得势了，四十二团的一个连驻在新磨村，北邵庄车站和小泊铁路桥都有部队，时常组织人马到周边活动，有恃无恐。一次，连长许泉骑着高头大马带兵进入吉庄，也没有接到情报或发现情况，随便就架起迫击炮盲目往北山打了几炮，吓得村里鸡飞狗跳。炫耀完武力，以为平安无事，当晚许泉就住在吉庄。

第二天一早，李如昆起来准备到庙沟挑水，出门一看，庙沟的低洼处影影绰绰趴着十几个八路，再回头一看，自家大门一侧还有八路军战士埋伏，架着一挺机关枪。他急忙回去关好大门，听到机枪响起几排后沉寂下来，才敢扒上墙头偷窥，只见战斗已经结束，八路军都在庙沟集中，昨天还神气活现的许泉此刻成了俘虏，手下的人马鸟走兽散。李如昆和李耀山等几个胆大的村民凑过去围观，看见许泉鞋子都没有了，跪在那里，一个劲直喊："饶我命！饶我命！"接着新磨村方向传来枪声，好像顽固的援兵来了，八路军带头的郭连长一枪击毙许泉，骂道："你这个坏东西，顽固！"挥手带人撤走了。村民李进老汉受过许泉欺负，扬眉吐气说："叫他再厉害！我想挖他的脑子！"

一会儿工夫，果然四十二团的骑兵上来，给许泉收尸，摘下李先家的一扇大门，找人来抬许泉，但看热闹的村民早已四下躲藏，近处只有放羊的李望章，顽固喊他过来，他撅起屁股就跑，被顽固瞄着打了一枪，却没有打中。没有法子，顽固只好出来两个士兵，将许泉抬走了。

跟随其后，四十二团另一个连长康步成也险些送命。康步成娶的老婆是神头小梅梅，有时他从新磨村来神头看老婆，挑选不少护兵保护他，但那些护兵照样草包，一次两个八路战士在神头扔了几颗手榴弹，康步成的护兵全部跑散了，还被八路军顺手牵去战马，小梅梅吓得再不敢住在神头，搬到康步成的驻地新磨村。后来顽固失败，康步成也逃往包头养马车，解放后被押送回朔县镇压。

## 二、大二三金靠，开会开下个这哦

再说顽固一方处处挨打，下坡路走得很快，一般情况龟缩在据点不敢出来。共产党发动群众展开轰轰烈烈的对敌斗争，就拿吉庄来说，村民们也出了一番力气。每到晚上，山区的共产党就下来了，还是原来的村警大五十一敲着锣满街吆喝："老乡们，叫去贾们院开会哩。"开会的时候，村民发现共产党队伍的武器并不先进，人人却另拿着板斧、锯子、钳子等，领头的队长有平鲁西山人陈茂、王斌等，号召村民跟他们到铁路沿线砍电杆、割电线、破坏铁路，说："乡亲们尽管把电杆、枕木抬回来，别给顽固留下。顽固已经成了秋后的蚂蚱，蹦跶不了几天，咱们穷人就要当家做主了。"有的村民问："破坏了铁路，当家做主以后又怎么办？"王斌他们都笑着说："有破坏就有建设，将来咱们有了力量，还愁修不好铁路?"

　　动员完了,吉庄村民们愿意参加破坏活动的人很多,往往一晚上出去的足够七八十号,胆大的把枕木、电杆抬回来劈开烧火,胆小的则找个地方埋藏。月黑风高的,顽固顾头顾不了屁股,而且共产党展开了行之有效的政治攻势,向顽固喊话晓以利害关系,宣传立功受奖等,使顽固人心惶惶,待在据点里胡乱打几枪,子弹都冲天上飞去。

　　顽固最后一次骚扰吉庄,在一九四六年春寒料峭的季节。四十二团下辖一支手枪队,全部由朔县的有钱人子弟组成,二百多队员必须自己掏钱买手枪和弹药。队长叫刘宗义,北邵庄人,念书出身,脾气也好,只是不懂打仗。一次四十二团得到情报,说是南山大涂皋一带将有共产党的骆驼运输队经过,运输的都是大洋。想来李梦书比较之下觉得手枪队还算有些实力,就派手枪队出去抢夺骆驼和大洋,又怕战斗力不行,还在北邵庄车站遗留的二十多个日军中抽过几个编入手枪队参战。

　　那次战斗共产党早有防备,再不给顽固任何机会。手枪队遭遇大败,队伍全部跑散,倒是几名日军死打硬拼,最终战死在异国他乡。尸体拉回来后,顽固派人到吉庄摊派枕木,准备焚烧火化日军,村里轮到李广生和李如昆出工,一家出车,一家出牛,两人配套后从北山拉了十几根枕木,送到北邵庄车站。当时回国无门的日军居然很客气,给了两人一

李广生家遗存的石磨

包吃剩的大米，够一脸盆的样子。李广生丝毫没有分开大米的意思，看来计划全部独吞。回到村里卸牲口时，他抱养的女儿遇喜跑过来说："刚才有个穿皮袄的陌生人，袖里露出半截枪，过咱家门口转了一圈走了。"李广生顿时脸色大变。穿皮袄拿枪支，那还不是共产党？要知道当时顽固大肆渲染有钱人在共产党的天下没有好结果，所以李广生怕共产党，大概彼时他开始做出最坏的打算。反正从那天以后，在村里再也没有出现过李广生的影子。

实际上李广生真的悄悄跑了，然后又秘密接走家人，将偌大的家业一朝抛弃。据说李广生先到太原，当了几天阎军的马医官，解放后辗转流离在内蒙，与先期跑出去的弟弟李焕生重逢，"渡尽劫波兄弟在，抱头痛哭泯恩仇"，还是李焕生将李广生伺候到死。李广生儿子李道一直在包头，"文革"时回到吉庄。至于李广生的大洋、烟土下落哪里，大概带去一部分，但又有一种说法在吉庄广为流传，居然涉及人贩子袁白合。谁都知道白合贩卖妇女总共没赚多少，一直寻房住院，一段时间借居在村西偏远的高银成家，距离李广生一处田产不远。恰好李广生出走后的朔县解放初期，白合暴富一样，能够拿出大笔本钱购买驴驹、骡驹、

李广生家月台遗址

牛犊等往外贩卖，再贩回手工白布出售，得以在神头开办了百货商行，取名"华盛荣"，聘请李会文过去打工记账。因此村人猜测，极有可能李广生夜半月下埋东西时被白合无意间发现，让白合拣了现成的便宜。

李广生走后几个月，社会治安很乱，神头附近也就处于无政府状态，一些不法之徒乘机抢劫偷盗，甚至冒充武工队，也不说共产党的或国民党的。崞县一个姓张的商人在神头开的一家"广德昌"商行，因为是外地人更被欺负得无法维继，只能暂时歇业，将值钱的东西带走，其余托付吉庄李会锦照看。李会锦虽然从吉庄叫了十几个乡亲帮他到晚上轮流下夜，但无法阻挡明火执仗的抢夺，他无奈把所有货物搬回吉庄，不过是些水烟之类的小百货等，一版子水烟价值也就七个铜钱。

到了一九四六年六月的一个晚上，山区的共产党武装再次来到吉庄，然后向铁路方向出发。这次他们带了充足的弹药，还有随行的担架队伍，村民暗中猜测，怕是要展开一场大战，所以大伙迟迟没有睡觉，不知是紧张还是害怕。大约半夜时分，忽听县城那边枪炮大作，接着遥远的空中如火焰一样的弹痕划破夜幕，让人惊心动魄。时间不长，听着炮火还向西北一线移动，总之一夜不曾停歇。第二天人们终于得知，顽固彻底完了，朔县县城和铁路线上的北邵庄、前寨等据点全被共产党攻下。大汉奸杜玉堂等由群众公审后被执行枪决。

有历史资料为证。当年八月十日的《晋绥日报》记载了六月十六晚上解放军晋绥、晋察冀两军区主力部队发动晋北战役第一仗，即解放朔县的全过程，称"晋北战役"为最漂亮的一仗，顽固军除一百八十多人逃跑，其余全部被歼灭。逃跑的李梦书先是到了大同，继续搜集残部，降格担任营长，平津战役还在天津打仗，顽固全军覆没时，他乘乱潜逃陕西宝鸡，一九六〇年被镇压。

总之，直到一九四九年新中国成立，顽固的部队再没有进入朔县。不过，隐藏下来的顽固残余分子仍旧不断地兴风作浪，成为名副其实的土匪，在吉庄还制造过一桩血案。

八路军开进朔县城

那时共产党晋绥政府为了医治战争创伤，首先开始禁烟运动。吉庄也来了工作人员，查禁鸦片种植，没收烟土、烟具，村里成立的民兵自卫队和儿童团组织协助工作，叫作"捉洋烟灯"。禁烟组住在堡里街连门院，收回的烟土、烟具暂时集中到连门院一间闲房，等候上级安排统一处理。据吉庄的老者回忆，禁烟组人数不多，印象只有两个管事的，其中一个外地人老李，一个小黄。事发头一天还来了一位检查工作的谢处长，他写了一封信，派贾俊、贾贵小等三位自卫队员送到吴佑庄的共产党武工队去，谁知碰上土匪假冒武工队，半路将信截走，等于掌握了情报。那帮假武工队傍晚就到吉庄踩点，在刘礼的小商铺买了几盒金枪牌卷烟。那一段村里经常有武工队来去，人们习以为常，丝毫没有引起禁烟队的警惕。

到了后半夜，谢处长三人住在连门院西正房，已经熄灯歇息了；东正房却由吉庄民兵自卫队员李增耀看押着山阴东上河村一个店掌柜，原因是解放区的贸易队入住他那里时，他将一卷布匹监守自盗，可能谢处长承办此案。李增耀彻夜点一盏昏黄的胡油灯照明，忽然从窗外伸进一颗黑乎乎的手榴弹，他哪有经验？顿时吓呆了，然后土匪破门而入，其中一个左手端起油灯，右手举枪进入西正房，大声嚷嚷："谢处长，乔

## 第四章 实现了耕者有其田

军来了！"谢处长刚刚坐起，土匪的油灯迎面扔来，同时枪声响起，击中他的胸口。老李摸黑跳窗而出，腿部也中了一弹，但他坚持爬到隔壁羊圈躲藏起来；只有小黄蜷伏在后炕角落，土匪忙着抢夺烟土，没有发现他。他年龄还小，吓得不轻，第二天结结巴巴什么也说不清楚。

土匪很快撤离，其时西下房还住着著名的共产党干部王尚志的母亲林龙，她急忙起来招呼人们抢救伤员，但谢处长已经牺牲，老李流血太多也危在旦夕。村里派出李如昆、四毛小等抬了担架送老李到西山峙峪的部队医院，李如昆还拿一个水壶一路给老李喂水。走到张家口村时，老李的脸色一阵比一阵发白，几乎没有了血色，水已经喂不进去，他猛地一把死死抓住李如昆的手腕，接着没有了呼吸。大家只好抬着老李返回吉庄。

那天，连们院摆下两具棺材。闻讯赶来的公安局曹队长、武委会大队长王斌开始查寻凶手，先是捉起为谢处长送信的贾俊三个。村里的二占疤自告奋勇提供了一条毫无价值的线索，说："王队长，我昨天见了几个人，穿的军装，挎着枪。"结果被王队长捆住，先关进山药窖；另一个住在连们院隔壁的李先，头天去了岳父家，回来想吸洋烟，却没有点灯的胡油，想过连们院借油，一进门看见了棺材，也被王队长关进山药窖等候审问，但是最终二占疤、李先、贾俊等挨了王队长的一顿狠打，却没能交代出什么。

王队长之所以气愤填膺、失去理智一样，还因为前几天他的通讯员二焕喜刚刚被害。二焕喜是北山伏庄人，顺道骑马回村看望父母，却被同村的五连小看见了。五连小当过日本人的宪兵，朔县解放后隐藏下来，串通十几个村民一心与共产党为敌。他发现二焕喜后感觉机会来了，先派一个叫二平的问二焕喜啥时候走，二焕喜说："不过夜了，当天就下神头。"二平说："我正好有事到神头，咱俩相跟上吧。"二焕喜哪会怀疑有诈？就跟二平同行，到了一处山崖的拐角，遭到五连小等人的埋伏，被杀死了。五连小等抢走马匹枪支，然后到吉庄抢夺了烟土，作为投名状逃往应县投奔了著名的大土匪乔日成。所以他们袭击谢处长和禁烟组时自称"乔军来了",就以乔军自诩。

遗憾的是王斌队长最终办了一起冤案。虽然他到伏庄询问过二焕喜的父母等,却没有侦查到五连小等人的突然消失,结果将伏庄的大、二、三金靠三兄弟捆绑下来,凭借大金靠皮袄袖上的一滴血痕为证,主观认定了凶手,随后县公安局将那哥仨拉到神头河滩上执行了枪毙。王尚志母亲林龙察觉可能有冤,准备追去建议"刀下留人",但枪声已经响了。大金靠与吉庄沾亲,他的女儿嫁给了三辣椒。实际上金靠弟兄与二焕喜根本没有瓜葛,获罪带些"三人成虎"的因素。临刑前大金靠表现得很豁达的样子,跟他的两个兄弟说:"走哇,没办法。人家开会开下个这哦。"人死了,俗话却留下一句:"大二三金靠,开会开下个这哦。"朔县方言,"这"字后边常加个语气助词"哦",跟"靠"字很押韵的。

以后王斌终于得知真凶所在,又了解大金靠袖口的血滴是他杀了牛犊溅上去的,但生米早已做熟。当然,严格说来,大二三金靠手头间接也有一条人命。日伪时期他们兄弟就在伏庄将林家口村的林贵成打断腿,用毛驴驮下来交给北邵庄的日军,使林贵成遭致杀害。林贵成是吉庄女婿,娶了李成斗的女儿为妻,李成斗当时还去看过女婿,林贵成含泪说:"您回去吧,我等来世报答您。"林贵成为人很好,曾经在山区当过八路军,一次碰上李如昆,拿出八路军西北农业银行的大花脸钞票买了麻糖请李如昆吃。他在八路军干了一段后,开小差回村,却又跟神头的所谓"黑马队"有了来往,日军杀掉贾五疤那次,本来连他也捉起来了,但被他逃脱重新跑到山区,谁知又让金靠兄弟抓获。林贵成的儿子长大后,找到大金靠的儿子二反复讨个说法,二反复承认说:"人是我父亲和叔叔们给捉去的,交给日本人,也不知道最后的结果。"不过大二三金靠已经作古,冤有头债无主了。

在此顺便从史料中摘录关于王斌的生平简介:

王斌，出生于一九一三年三月，山西朔县下水头村人，抗战爆发后，他的家乡成为敌后抗日根据地。一九三九年十一月他任行政村自卫队兼下水头自卫队长，一九四一年光荣加入了党组织，先后担任朔县二区武装部大队长、朔县五区武委会大队长，察哈尔军区炮兵连指导员……

王斌同志在多次战斗中，总是身先士卒，冲锋在前，受到了上级表扬，一九四四年十月份，晋绥党委授予他"乙级战斗英雄"的光荣称号。

一九四七年王斌调任平鲁县武委会主任，一九四九年担任朔县警卫连指导员。在社会主义革命和社会主义建设中，王斌同志依然发扬战争年代的优良作风，任劳任怨，脚踏实地，曾多次受到省、地、县各级政府的表彰，一九六六年因病退休，一九八〇年病故。

## 三、三福贵，还我的大花牛

从一九四六年朔县解放以后，吉庄的甲长、闾长及村警一同宣告班子散伙，共产党的行政村组织相应成立。行政村相当于乡级政府，但没有固定场所，一般流动办公。各村则进驻工作组，访贫问苦，组织贫农选举成立农会，吉庄农会李成斗当选为主席，成员包括李成德等几个，其中李存富则担任了民兵队长。禁烟就是农会配合上级开展的其中一项工作。

李成斗当时不到五十岁，只有三间破房，羊道上种着七八亩坡地，

诉苦登记（炜克 作）

头一个老婆早逝，留下三个女儿，他又娶了女人，还带来一男一女两个孩子，其贫困可想而知。原先李成斗日常当当媒妁，来往各村撮合光棍寡妇重组家庭，赚几个酬谢勉强维持家用。李成斗为人直爽，由他负责农会，办事很是公道。

但李成斗并不是共产党员。吉庄第一个共产党员名叫贾润，就是贾们院曾与奉军抗争过的贾妹的侄儿。贾润在村里光景状况属于中下水平，一直给李会丰当佃农。李会丰平时教书，儿子们都小，其中的老大在下水村姥爷门上跟着有名的姚武仁老先生读书，所以家中八十多亩土地无人顾管，就交由贾润去耕作，秋后收获回粮食两家分配。村里也不知什么阶级名称，只叫"拌种"，彼此关系与地主、佃户的性质一样。大约在日军投降以后，贾润的活动有些神秘，谁也不知道他已经秘密加入了共产党，等到朔县解放，党员身份才公开了，人们看见区长王宗贤来吉庄时和贾润握手寒暄，对贾润都有一种"士别三日刮目相看"的羡慕。随即贾润成为干部，离开吉庄，被安排到行政村工作。

吉庄农会成立之初，临时把李渠家当作开会碰头的地方。李渠还

[第四章] 实现了耕者有其田

在太原上学,据说进了阎锡山的军官学校,按村里人的说法是他参加了顽固的"学兵团",又传说看看国民党败局已定,李渠坐飞机到了大同,反正他妈也走了,赶去大同找儿子,留下他老子,非常懦弱窝囊,村里谁也不好去为难这样的人。总之他家那时候房子空余,院子也不小,挺适合农会召开会议、集合群众,一时成为吉庄村的政治中心。

当时的历史背景是,一九四六年五月四日,中共中央在延安通过了《中共中央关于土地问题的指示》,其核心就是要实行"耕者有其田"的政策。贯彻到各地解放区,可能情况各有不同,但正如毛泽东所要求的那样,解决土地问题的目标始终成为工作的根本。具体到吉庄,以两支工作组的进驻分成了两个阶段。头一支工作组的组长,人们都叫任主任,瘦瘦弱弱,看上去四十多岁年纪,他组织批斗的内容比较单纯,只限于"反奸清算"。那一天天气还热,农会召集全村男女老少百余人到庙院开会,斗争汉奸恶霸。本来吉庄的张存厚、李广生等属于最具代表性的斗争对象,可是他俩都跑了,于是日伪时期的甲长李惠德和参加过四十二团的四大头李存仁成为首选,他俩被捆绑起来,站到正殿前的台阶下,台上坐着任主任和农会人员。

先由任主任讲话。他首先介绍了解放军在东北连连获胜,已经占领四平等等,然后重点声讨李惠德和四大头的罪行,大体包括三条:投靠日本人、白吃白喝、欺负老百姓。李惠德没有多少恶行,四大头在村里也没干什么坏事,两个民愤不大,加之村民头一回面对斗争场面,多少心存顾虑,不摸底细,所以会场反响较冷,被斗的李惠德和四大头一声不吭,群众也殊少踊跃发言。

倒是有个不识时务的李普,一个劲地往前挤凑。李普就那一副吊儿郎当的模样,旱烟袋搭在肩头,五十多岁了还喜欢踩倒跟穿鞋子,素日出地经常顺手拿些别人的庄稼;而且他吸食鸦片成瘾,脸色灰塌塌的,怎么看怎么像个不成器的二流子。任主任瞧着李普反感,回头和农会人员商量,打算抓起李普展开严厉批斗,李成斗几个觉得不妥,悄悄给了李普一点暗示，李普吓得脚底抹油，赶紧溜出会场，最后李惠德、四大头也被解除羁捆。任主任在吉庄住了两天，骑着李广生留下的一头大黑驴离开吉庄，临走他非常感慨地说了一句话："吉庄是个好村子。"他的话究竟有哪些含义，村民实在琢磨不透。

关于"批斗"这一名词，按字面解释，就是用说理、揭露、控诉等方式打击矛盾的另一方，其前提总要出现矛盾双方并且发生过冲突。或许他们没人能料想得到，当国家发生了翻天覆地的革命、当革命的胜利成果需要保卫之时，开展批斗当然势在必行，不管激进还是保守甚至初始时候的目标模糊，不管结果可能出现"左"倾还是出现"右"倾。想来也是难免，吉庄人刚刚参加批斗运动，一时怎能进入状态？

其后的批斗过了一个阶段继续展开，另一支工作组接替任主任进驻吉庄，组长姓李，名字不详，组员有神头区里的郭兴堂、张德仁等二十多岁的年轻干部。他们并没有急着召开村民大会，而是分头发动群众，开展了"三查三整"。那时老百姓对"三查三整"不可能了解细致，资料显示为"查阶级、查工作、查斗志，整顿组织、整顿思想、整顿作风"。对吉庄村民而言，他们首先懂得了查阶级，脑袋里开始有了地主、富农和贫下中农的名词，特别是"地主"容易理解，土地多了雇人拌种，可不就能划分进去？人们记得工作组郭兴堂这样通俗地宣传说："地主，自己不劳而获，全靠剥削穷人，穷人不能活。"

吉庄被确定符合地主条件的一共三家，实际上都找不到影子。前边已经提到的李广生跑了，李渠母子不在，还有一个油牙子李满，带着两个儿子大银如、二银如也跑去太原。所谓油牙子，就是胡油交易时的中介人，解放前神头一带众多油坊卖油，都得经过李满之手，他们有一个油篓、一个油瓢，作为标准计量器具，别人根本没有计量资格。其中李满在"三查"斗争前一年刚和本村二愣哥李乔合伙花去千几现洋买下城里八大财主之一的孙家在吉庄的五十亩土地，种了一年就赶上解放，从个人命运角度来说就算比较差劲。跑走了民愤较大的地主，富农就被置于风口浪尖。二愣哥算一个，沾了油牙子李满的光，他平时睡觉还枕木头，只因从牙缝里节省才攒钱买了地，人均占有土地的亩数便达到富农指标。第二个李善仁，儿子李军曾经就读过太原的阎锡山军校，然后在四十二团担任副营长，解放后被判刑十八年，家里地也不少。第三个就是大南院李会元的儿子李如松，他本是李如昆的亲哥哥，和妹妹一起过继给大妈名下，一家三口八十多亩土地，够上了富农。还有三福贵和李士杰等。吉庄富农和地主加起来，大致就是十几家，其余中农不少，可占人口的百分之三十，贫农约占百分之五十，剩下纯粹的雇农没有几家。

查清阶级成分，群众也经过了发动，无不扬眉吐气，工作组才有的放矢地展开批斗。就在李渠家的院内开会，先是揭发富农们剥削贫下中农的罪恶，给大伙儿印象较深的就是针对李善仁老婆的控诉。据说李善仁老婆一天中午在家吃完饭，出来向无米下炊的穷困乡亲高调炫耀："你还没吃饭哪？哎呀我家刚吃完荞面圪坨呢。"这样说话比较刻薄，被起了外号叫"荞面圪坨老人"。还有一例，说是长工给她家担回水来，她只要前边水桶里的，而挑剔后边桶里的水可能被长工的屁熏过，统统让长工提出去饮驴浇菜。类似荞面圪坨老人的事儿，不足以渲染令人义愤填膺的效果，反而容易引发笑场，并且真的让李善仁老婆的故事几十年挂在村民茶余饭后的嘴边，被津津乐道。也许事实并非那么逗人，经过加工也未可知。

接着工作组要求富农老老实实将埋藏的大洋、烟土等悉数拿出来上缴充公，自然富农们异口同声交代说没有没有，于是工作组参照有的村庄的做法，安排一些积极分子将富农脑袋朝下拽了脚腕，上街去拉着走。被拉的有三福贵、李如松、李善仁，另外几个主动交出牲口、家产什么的，不再为难。槐树院李树安专门负责拉他的叔叔三福贵，工作组的说法叫划清阶级界线。

不可否认的是，吉庄这次批斗富农，仍然等于走了过场，就算形式一样，因为拉人的、被拉的一概不太严肃认真，双方都也忍俊不禁，嘻嘻哈哈。上街后看看工作组没出来监督，村里人赶紧七手八脚给几个富农或者身上围了皮袄，或者屁股下垫上牲口的颈套，生怕造成伤害。有人还问富农："你们乏了吗？要不站起来歇歇。"三福贵裤子磨破了，露出肉皮，有的村民调侃李树安："喂，不能再拉了，再拉你叔要出毛病啦！"还有的说："李如松你为啥不哭？小心交代不了。"往他脸上撒一把土，制造假象。李善仁上了岁数，没拉多远就哼哼唧唧，结果半路爬起来，和拉他的村民相跟着走了一圈。

批斗进行了一天，就算结束。客观评价，吉庄富农遭遇的"暴风骤雨"实在太温和了，几乎是"和风细雨"，应该是农会主席李成斗和民兵队长李存富从中采取了一些保护措施。相反，据说邻近的极个别村子搞得很厉害，对地主火烤打吊，红壕头村的恶霸马五甚至被挖了眼珠。还说新磨村的大、二海泉兄弟交出四五千元大洋，吴佑庄的三正娃从自家茅厕挖出一大陶盔的烟土和大洋。另有西影寺村一个穷汉偷听农会开会被发觉了，就给他定了富农成分，人们说他为自己偷来一个富农。

不过，吉庄的富农很快就笑不出来了。随着土改政策的执行，首先地主富农的房子、家具、粮食、衣物、牲口等由农会登记，除为他们留下基本住房和生活用品外，剩余分给够条件的贫农。比如大门院李广生的房子，分给刘克功、林满、阎文生、三金福等；大南院李如松自己留下一间半，其余分给贾晟、李锦山、李怀德、李惠德等。再如三福贵，李耀山分走他的毛驴，李佐和李宗富两家分走他的大灰骡。而张存厚的房院之前就被人们拆毁，没什么可分的了。

然后，分田分地雷厉风行，进展迅速，吉庄全村八九百人口，平均分配不足四千大亩土地，确定每人四点五亩。谁知红双围地还有神头地主的百十多亩，被神头村民分去，这样吉庄不够分配了，行政村只好从大洼村给吉庄分来三四百亩，但距离十几里地，分到的村民也没有去种。

到现在，村民李忠祥家中还保存着一张《晋绥边区土地证》，成为见证土改的珍贵文物。《土地证》上印刷了表格，用工整的毛笔小楷填写，字迹已显模糊，仔细辨认是"朔字第二二七一〇号",分地人为李忠祥的父亲李裕仁,内容如下：

> 查本县第九区吉庄户主李裕仁家在土地改革中分得土地：二十八亩五分，房屋：窑五间，经查确属实在。为保证人民土地房屋所有权,特为证明。嗣后此项土地所有权即归该户所有,此证。

看来当时的土地证也包括了房产证。下面的表格内，清楚地填写着：当铺地窑五间、房后地平地一亩、花儿沟山地七亩五分等等明细,后面的表格还有附记,写明分地人员一男一女两个大人、两男一女三个小孩：李裕仁、李得小、李二得小、张大女、李伏仙。朔县人民政府的骑缝章隐约可见,落款签章是手写印刷字体：朔县县长郭崇信和农会主席孙兴

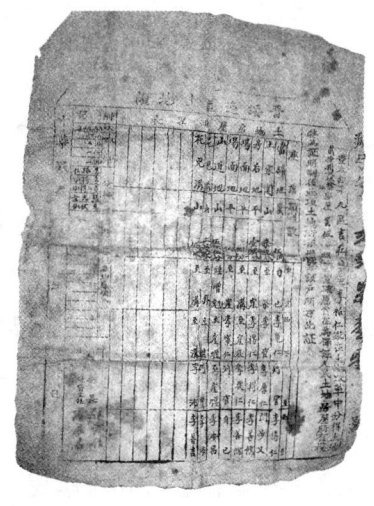

李忠祥和他家保存的土地证明

昌。时间已经不大清楚，只能看出"中华民国"四个字，但从资料可以查实，郭崇信担任朔县县长的时间是一九四七年十一月至一九四八年十月。

总之，农会主席李成斗工作做得细致公道，按照产量搭配肥地、薄地以及山地、坡地，掌握土地、房屋资源合理分配，全村达到了户户有房住，家家有地种。那种历史上数千年来人们梦寐以求对土地分配的理想主义社会形式，一朝脱离了虚幻色彩，传说中的"耕者有其田"变成了现实。

以一种唯物主义的观点来看问题，也不能说地主富农们没有失去多数土地的悲伤情绪，毕竟这种悲伤属于人之常情。就拿吉庄三福贵作为代表，他有时走过原来属于自己的田边，忍不住长叹一声；有时看见别人使唤他家分出去的石磙子，也会黯然神伤；种田需要时，他又找李耀山、李佐等人商量想借来曾经是他家的驴骡一用。诸如此类。结果三福贵落得一个妄图反攻倒算的灰名。有人又编出两句俏皮话来褒贬他，一句是："三福贵，灰脊背。"有辱尊严的。另一句是："三福贵，还我的大花牛！"纷传三福贵向贫农索要分去的大花牛，显然无中生有，因为他从来没有过大花牛。

相对而言，富农李士杰十分开明，他识得时务，主动献出宅院、田产、牲畜等交由穷人平均分配，所以虽也被绳子捆过，却没受更多的皮肉之苦。而且村里特殊照顾他家，不仅给予退还房院，又退还了一辆平板车和一头大黄牛，确实待遇很不错。其中另一个关键因素是李士杰属于八路军军属。还是朔县刚刚解放的一九四六年的阴历八月间，八路军一二〇师三五八旅从包头下来休整并补充新兵，地方上号召青年人光荣参军，前提是家中弟兄够三个的选拔一人。当时吉庄一共有四人应征入伍，成为三五八旅的战士，分别是李士杰的儿子李雨、槐树院李树银及四面子、五辣椒。四面子官名李守信，李旭的儿子；五辣椒李喜，曾经的维持会长李林仁的弟弟李林义之子。

亲人寄给李雨的照片

在往后三五八旅编入西北野战军挺进大西北的战斗中，李守信和李树银负伤复员回村，李喜不幸于一九四七年的延清战役时牺牲于陕西清涧县，其媳妇林桂英带着三岁的女儿改嫁给村里的李宗山，重新组建了家庭。本来李雨闯过了数次激战的枪林弹雨，在军旅生涯中迎来了第一面五星红旗从天安门广场冉冉升起的历史性时刻，还获得了华北及西北解放纪念章，谁知一九五二年五月二日，他竟在青海省贵德县的昂拉平叛战斗中牺牲。李雨参军前就结婚了，走后第二年妻子卢桂英生下女儿李翠梅，至今身为退休教师的李翠梅手中依然保存着两张珍贵的证书。

一张是《革命军人家属光荣纪念证》，不到一尺见方，在华表、国徽、国旗围绕的图框内，金黄色的"永垂不朽"四个大字构成醒目甚至炫目的压底背景，纪念证内容如下：

## 革命牺牲军人家属光荣纪念证

字第肆玖陆贰贰号

查李雨同志在革命斗争中光荣牺牲,丰功伟绩永垂不朽,其家属当受社会上之尊崇。除依中央人民政府"革命军人牺牲病故褒恤暂行条例"发给恤金外,并发给此证以资纪念。

主席 毛泽东

中华人民共和国中央人民政府之印(章)

一九五二年十二月十日

烈属证

比这张纪念证稍前颁发的,是另一张同样尺寸的《革命军人牺牲证明书》,图框以八一军徽、军旗及麦穗、军舰剪影组成,内容如下:

## 革命军人牺牲证明书

烈字第04296号

李雨同志于一九四六年九月参加革命工作,在二团三营七连任付排长,不幸于一九五二年五月二日在执行剿匪任务中光荣牺牲,除由我军奠祭英灵外,特怀哀悼之情敬报贵家属,并望引荣节哀。持此证明书向朔县人民政府领取抚恤金及革命牺牲军人家属光荣纪念证，其家属得享受烈属优待为荷。

　　此致
李士杰先生

　　　　　　　　　　　　中国人民解放军　西北军区
　　　　第一野战军　司令员　彭德怀　政治委员　习仲勋
　　　　　　　　　　中国人民解放军西北军区政治部印
　　　　　　　　　　　　　　一九五二年九月十三日

烈士证

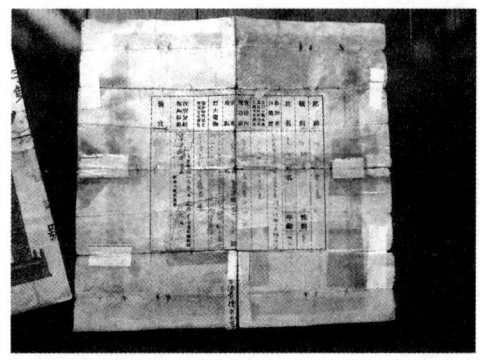

烈士证背面

这一证明书不像头一张那么完好。经过六十余年的存放，折痕透纸，有些字迹需要放大辨认，后面用几条细白的胶纸粘贴，无言传递着烈属的孜孜情怀，看了叫人唏嘘不已。也就是在背面，以填表的形式记录了烈士简单的相关资料：

**部别**：一师二团三营七连

**职别**：付排长

**姓名**：李雨

**性别**：男

**年龄**：二十三

**参加革命简历**：一九四六年　二团三营七连战士　付班长　班长　付排长

**是否中国共产党员或新民主主义青年团员**：一九四七年二月入党

**曾建何种功绩**：练兵记小功一次　行军记小功一次

**安葬地点**：青海省贵德县尖巴区

**烈士遗物**：草包、太平洋单子、条单子、被面、被里、枕头、背心、衬衣各一件；西北、华北纪念章、功臣章各一枚；五万元。

**适合条例第七条规定之意见**：不适合第七条可执行第三条

**政府发给抚恤粮数**：人民政府于一九五二年十二月十日发给抚恤粮壹仟捌百斤

……

透过两张证书已经泛黄的纸面，我们依旧可以感受到身为烈属而受到的诚挚礼敬。

李雨和李喜，无疑都是吉庄的自豪。

# 第五章 翻身农民当家做主

## 一、土井多深多粗，萝卜就长多长多大

"三十亩地一头牛，老婆孩子热炕头。"土改后的吉庄村民开始切身感受属于农民的滋润生活。包括地主富农在内，虽然财产分出去了，但他们依然拥有跟别人差不多的生活生产条件，看着大家平平等等的，彼此失去了高低贵贱之分确也不错，心理逐渐平衡下来。

家家有了土地，那当然要隆重对待，好好侍弄。政府又禁绝了洋烟，原先罂粟花烂漫的水田好地更是年年丰收，口粮根本不用犯愁。吃饱肚子就想着改善伙食，于是村民就开始多种小麦和瓜菜。吉庄的香瓜，历史上很有名，解放前只有个别地多的人家种一些，因此显得特别稀罕。现在村民约定好了似的，各家种下的香瓜加起来足够七八百亩。

那一年老天也特别眷顾，雨水应时而充足，香瓜获得大丰收，进入伏天时节，满地香气馥郁袭人，闻着使人迷醉。其中林满分到富农李世杰的一亩多菜园子地，长出来的香瓜特别喜人，一根蔓上挂了七八个，有些熟得瓜皮绽开细小的裂纹，流出蜜糖一般的瓢汁，引来一群群蜜蜂轮番叮吸。想象一下，香瓜的主人看了，那种惬意真的没法形容。

最能把香瓜卖上价钱的地方是平鲁的井坪。据说只要提到吉庄香瓜，没出息的井坪老乡嘴角马上能溢出涎水，他们互相见面，往往这样打招呼："你今年吃了一顿吗？"就是指吃到吉庄香瓜没有，如果饱餐过一顿，简直要遭来一片妒忌。既然市场行情不错，沿路也没了土匪顽固之类骚扰，吉庄村民都赶了驴骡驮着香瓜到井坪销售。当然不能完全称之为销售，因为全部以粮食交换，那年井坪豌豆很多，结果吉庄瓜农换回大量

豌豆。交换条件是一合豌豆十六斤,等值十三斤香瓜。一匹骡子每次可驮二百多斤,一头毛驴每次可驮一百七十多斤,去时重量正好适中,回来却压得驮不动了。往后年载光景,吉庄家家户户吃豆面,豆面窝窝、豆面饼子、豆面拌汤,过时过节擀豆面,变着花样吃。豆面在乡下属于仅次于小麦面的细粮,能经常吃到豆面,乡亲们已经很满足了。

当然井坪老乡也不能放过机会,趁机向吉庄的香瓜队推销他们的特产。李如昆记得他跟李佐结伴去井坪,吃到井坪的糖饼和一窝蜂。一窝蜂实际也是酥皮的糖饼,做得无可挑剔,晚上摆到墙头,第二天看去,酥皮就被风吹没了,只剩一个馅坨。李如昆他们经常留宿的一家旅店,店掌柜招待非常热情,对李如昆问长问短,仔细地端详打量,原来他的一个守寡的侄媳妇居然相中了李如昆,有意探讨嫁娶。那小寡妇缠一双小脚,模样十分耐看,可惜李如昆已经成家,遗憾地辜负了小寡妇的一腔情意。村里的李文福知道了底细,以后碰上李如昆总要开一句玩笑:"二叔,上井坪去哇。"

除了香瓜,那年吉庄的粮食和山药萝卜都长得喜扑扑的。地里种洋烟时挖开的土井,直径三米多,或深或浅的,家家户户两三眼,土改后失去用途,都被人们填了,凡是井口部位的粮菜肯定鹤立鸡群,结果给了三步娃孙子李俊发挥祖传本事的机会,他吹牛说:"我家的萝卜籽不同一般,种到井口地方,土井多深多粗,萝卜就长多长多大。"也不知他的萝卜籽究竟神奇到什么程度。不过,另一个侧面反映出来的也是吉庄村民对土地的信心和对丰收的喜悦吧。

相应地,就像爱惜自己的眼珠子一样,吉庄村民把一腔心血浇注给了土地。他们开始自发地构想土地增产需要采取什么措施,首先考虑的就是灌溉。那年头雨水较多,山洪频发,一年要下来几次,可能造成破坏,但在山洪暴发乱冲乱撞以后截留放缓的水流,就为浇地提供了唯一的水源。吉庄往北有两条来水的途径,其中主要的一条来自杏核沟、西寨沟,洪水进地后留下的是砂土,人们都叫"油油土",太阳光下亮闪闪的，庄稼不长；另一条来自大峪沟，洪水下来携带的都是红胶泥，浇一次能淤一指之厚，富含养分，最适合改良土质。但大峪沟在吴佑庄地界，洪水基本被吴佑庄老乡控制。吉庄人想从中分一杯羹，那简直等于触动吴佑庄人的命根子，但天性顽强的吉庄村民是不会放弃这个香饽饽的。

开始是个体行为。李文章分了王家围一块地，正好在大峪沟的沟边，他自己拦一个小坝，能够引水进来。吴佑庄村民哪能允许？试图集中人员阻拦，但李文章练过拳术，身高体壮，站在地头做出拼命的架势，对方就胆怯了，只能容忍一二。农会主席李成斗感觉一旦发生争水斗殴，势必不可收拾，应当由政府出面解决才是上策，所以一次到区里开会，他理直气壮提出分水的要求，理由是大水来了吉庄也要受害，那么受益的就应当包括吉庄。这样区领导只好协调，好容易形成决定：分给吉庄大峪沟洪水资源的三分之一。至于如何计算三分之一的数字，当然难以精确，类似葫芦僧裁决葫芦案，不过吉庄可以光明正大到沟边作为一番，农会组织全村出动，从大峪沟横挖一条分水口。

那就是吉庄的第一项水利工程。沟边碎石矽砂，坚硬无比，村民费了老大力气，出动毛驴犁铧、锹铲锄镢，以最高生产力水平开挖水道。有的村民本来不在受益范围，可是没有人计较得失，出工照样干劲冲天，终于疏通出一条简易沟渠，能浇部分土地，比如小沙滩、刘家围、王家围、羊道上等，粮食产量不同程度得以提高。那时候上级也有了公粮任务，数量不多，每户平均百十多斤，村民同样积极上缴，支援在全国打响的解放战争。虽然战争的气息在吉庄渐渐散去，但村里许多青年还在陆续应征入伍，不免使人们又有远虑，最担心分到的土地得而复失。

相应地，民兵组织相当活跃，也没有支前任务，就担负起维护治安和主持公道的职责，但队伍的管理还缺少一定的规范，有时难免做出一些过火的行为。

长城脚下幸福渠（白雪石、侯德昌　作）

　　前边说过，张存厚的大老婆回到平鲁冯家岭村，大概她的兄弟也是村里的民兵队长，看到姐姐落得家破人散的结果，心中愤恨不已，他不怨姐夫当汉奸带来报应，却认准二改玲不该来插足。于是组织几个民兵一起趁夜赶到吉庄，秘密捆起二改玲的父亲李壮，押回平鲁准备教训一番。李壮难卜自己生死，吓得心惊胆战，半路碰到一个行人，几乎擦肩而过时，连忙大声呻吟起来："救命哇！救命哇！"那人竟是圣佛崖村民兵队长孟权。孟权曾经带人修筑神婆山工事跟顽固对阵，因此在神头一带特别有名，他和吉庄李明德是表兄弟，与李壮也认识，李壮也叫他外甥长外甥短的。其时孟权听得声音熟悉，回头一看竟是李壮，不由喊一声："大舅！"随手从腰间拔出一颗手榴弹，吓走了冯家岭民兵，李壮才脱了一难。

　　话说回来，吉庄民兵也不含糊。一个例子也能佐证：稍后行政村干部、张家口村的任焕文想把李世杰捆到别的村子批斗一番，农会主席李成斗和民兵队长李存富坚持说："我们村的事，就由我们自己办吧。"任焕文不依，双方争吵起来，结果李存富叫来民兵将任焕文捆起吊在李江家的门头上，任焕文气得大叫："我是上级领导干部，你们这样胡闹要负责任的！"上级也罢，李存富反正不买账，任焕文最终无可奈何。

被吊过的还有吉庄李增耀的女人。李妻是从高平被贩卖来的，和婆婆常常吵闹，民兵得知后，自忖责无旁贷，就上门捆住李妻吊起来，很快她就吃不消了，哭着承认错误，告饶不已："哎呀妈！骂婆婆是我的过，打婆婆是我的过，扔窝窝头是我的过。"李增耀好像事不关己一样，还说几句幸灾乐祸的话："狠狠打，狠狠吊！"

汉奸恶霸伏法（彦涵 作）

那年神头村有个二泉小，半夜来吉庄打算偷窃羊倌二伏小的羊，被巡逻的民兵发现，上前捉住，从腰间搜出一把刀子，审问一番也吊到庙上，民兵们每人至少打二泉小一棒子，以儆效尤，然后释放。"给咱捆起！""给咱吊起！"好像成了民兵的流行语。以后看来，民兵的做法不值得肯定，但在当时特殊环境下，总是有效地保证了村里的安定。

民兵积极分子李万，最擅长捆人，几乎轮不到别人动手。李万是三步娃的另一个孙子，性格很特别，就像《水浒》里的唐牛儿，平日跟伙伴们一起集资改善伙食，村里叫作"打平伙"，比方买了鸡蛋，伙伴们就拿言语激将李万："人家李万天生不好吃鸡蛋。"李万居然十分配合，乖乖说："哎呀！我真的不吃鸡蛋，闻见鸡蛋味儿就恶心。"立马跑出外边等人家一口气吃光光。实际上他怎能不喜欢吃鸡蛋？

补充以后的一个事例。李万不久参军，据说也曾赴朝作战，复员后给村里人讲了非常精彩的经历，说："在朝鲜我要不就立大功了，全因自个嘴馋啊！那次我在战壕里埋伏，忽然一架美国飞机低飞而过，我急忙脱下一只鞋子扔向飞机，正好击中油箱，飞机一头掉落下来，跳出一个美国佬，我仔细一看正是杜鲁门，立刻将他一把抱住。那小子狡猾，随手递给我一个牛肉罐头，我忙着吃罐头，不想让他趁机跑了。"众人听得开始吃惊继而大笑，李万瞪起眼睛骂道："笑什么？笑你妈的那个？"正因为关于俘获杜鲁门的传奇，李万理所当然被确定为三步娃的正宗传人。

李万入伍前经常放些厥词的地方在三大王庙院的西禅房，那里成立了公办学校，实行义务教育，课本统一，老师也由政府安排，校门向所有适龄儿童敞开。这样私塾也就自然没人再办。老师的来源都向社会招聘，凡是报名的基本就能上岗，虽然强调试用三个月，但文化人稀缺，很少有试用结束被辞退的。本来四先生李会丰也报名并被录取为正式教师，但像他这种旧文人胆小怕事，顾虑太多，经历"三反"时听人说教育局长跳井自杀，所以他干了一段时间就吓得辞职不干了。

吉庄学校分配来的教师是马跳庄的贾银，日伪时曾在北邵庄的日语学校读书，与吉庄的李增福、李增禄等是同学。他单独一人，自己做饭，挣钱还以第一套人民币万元为单位，每月十几万，相当于一九五五年以后第二套人民币的十几元。到了晚上，小学生放学回家，学校又变成夜校，年轻人过去学习珠算、识字扫盲，学习文化蔚然成风。

那年四月八，吉庄的、外村的女人们都来上香祈子，李文秀的泥娃娃卖得火爆。庙院十分热闹，喃喃的祷告声与朗朗的读书声还有树梢鸟雀的鸣叫，声声入耳。村里的三成才李怀德好事，担任了方丈似的，忙前忙后替女人们点香、点灯，摆放一些花馍馍和土豆粉加工的素菜之类贡品，表现极其殷勤。其实他的醉翁之意不在酒，而在于贡品上，到了晚上他招呼贾老师、李如昆等几个说："后生们，打闹些吃的吧。"大家一起去庙内收拾贡品，馍馍和素菜攒起好几盆子，几天都吃不完。

与学校暗中争抢吉庄文化阵地的，忽然有了另一股邪道门会，那就是不怀好意的一贯道组织。

> 一贯道，为我国民间宗教之一，又称天道。是非法邪教，起源于明朝中叶，盛行于明末清初。最早的教派可能是罗教，之后分化各种不同教派，一贯道是很晚才兴起的一支。其渊源可溯至清末王觉一。他借用《佛说皇极金丹九莲证性皈真宝卷》及《开示经》中的偈语，建立"东震堂"，接续先天道统。以无生老为信仰主神，标榜弥勒佛三阳信仰，并以儒家为中心，主张三教合一；在形式上，夹杂着中国古老的谶纬图说；在组织上，无出家之说，而由俗家信众求道后称为道亲。
>
> 一贯道是帝国主义与国民党反动派掌握和利用的工具，是欺骗与陷害落后群众的封建迷信组织。北平的一贯道始自一九三三年，至一九四六年前后中层以上坛已达一千三百六十余个，家庭佛坛无数，道徒二十余万人，成为北平地区最大的反动封建会道门组织。

具体到吉庄，寻常村民哪里知道一贯道的来龙去脉？起初一贯道也不保密，李如松被岳父发展加入进去，李涵也加入了，还当了什么坛主，其诱惑寻常百姓的说法是死了可以成仙升天，公开的旗号是劝善，慢慢地活动迅速起来。大约进入一九五〇年秋天，村里有了谣言，甚嚣尘上，说是有谁要抓住男人割蛋，抓住女人割奶头，又说庙里还有专门割蛋割奶头的人吃过鸡蛋留下的一堆鸡蛋皮，说那些人穿的腾云鞋等等，反正夜半三更时村民在远处天空看见了焰火弹,吓得人心惶惶,大伙闭门不出,造成道路阻隔,夜间大人小孩都爬上房顶躲避。学校因此也暂时放假,惊慌气氛笼罩了一切。吉庄已有了村级组织,李宗富担任支部书记,景怀当了村长,他们组织民兵预防无形的敌人,夜里出去查巡。景怀喜欢开玩笑,一次他和贾俊一起捉弄村里最老实的张忠厚,两人在黑暗中将张忠厚突然按住,吓得张忠厚魂不附体,就像李鬼被李逵踩在脚下时哭求的那样:"我上有老,下有小,饶命哇!"恶作剧的景怀、贾俊两个大笑不止,显然玩笑开得大了。

直到"镇反运动"时,村里人们才知道造谣惑众、滋事捣乱的是一贯道。根据历史背景,新中国成立初,由于国民党残余势力包括特务、土匪、恶霸、反动会道门等三百余万敌对分子进行各种破坏活动,甚至武装暴动,所以中共中央发布了《关于严厉镇压反革命分子活动的指示》,运动从一九五〇年底开始到一九五一年底结束,维护了社会秩序,巩固了新中国政权。神头李梦书的几个叔伯弟弟也进入被镇压之列。一贯道在运动中灰飞烟灭,吉庄也追随中国一起步入社会主义的初级阶段。

可见,一贯道也是引发镇反运动的主要因素之一,其下场完全咎由自取。虽然吉庄的李涵、李如松并没有什么参与一贯道活动的记录,镇反也相对没有给他们多么严厉的打击,但他们等于背上了历史的债务;加上"三查"斗争平息下来以后走投无路回到村里的地主李渠和李满的儿子大银如、二银如,四个人就成为吉庄日后每次斗争运动的主要对象和靶子。

控诉一贯道的罪行

## 二、吉庄的姥爷舅舅们，的确坏透了

随着一贯道的土崩瓦解，封建迷信那一套吃不开了。吉庄最初接受的一个新的名词叫作移风易俗，具有代表性的现象之一，就是提倡革命性的婚姻自由。《小二黑结婚》的故事风靡一时，凡是具有三仙姑、二诸葛作风的家长都成为众矢之的。

在旧社会村里的男女成亲，一律沿袭"父母之命、媒妁之言"，好像既定的陈规陋习，媒婆的一番花言巧语加上家长的拍板，换过生辰八字，不在相克的忌条内，往往就能决定年轻人的终身大事，似乎与政府无关，也没有什么结婚证一说。需要离婚的，也就是双方父母的一句话，只是男方完全主动，没有男方同意，女方无权选择去留。就拿二改玲当年再嫁张存厚为例，不管张存厚采取什么手段，贾佑总得首肯才行。

女性地位低下自不必说，实际婚前男性同样非常被动，甚至在进入洞房前，都很少能有机会看上女方一面。这样就抹杀了双方的审美取向，恋爱更是天方夜谭。吉庄李怀堂算很机灵的一个，居然悄悄买通媒人跟着前去侦察，到了红壕头村岳父门口，远远看见坐着四个乡下女郎，媒人随手一指，说："那个，那个。"李怀堂慌张之际发现其中一个美貌如花，让他一见倾心，直以为就是那个了，谁知到时候娶回来的却是天壤之别的另一个女子。大失所望的李怀堂懊丧极了，回门那天故意从驴背上摔落下来假装受伤，连岳父的家都没入。但是木已成舟，到头来他还得服从命运，就那样姑且着生儿育女过了一辈子。

还有个经典故事，将买卖婚姻控诉得体无完肤。话说吉庄曾有一个如花似玉的美女待字闺中,是谁家的姑娘倒不详了。这美女的父亲把女儿当作摇钱树,一味索价很高,对女婿的要求却不管老丑病残。恰好邻村一家富户,儿子患了鳞屑病,肌肤长满鱼鳞一般的疥痂,好歹娶不过媳妇,家中着急,开出高价求婚,竟跟吉庄美女的父亲一拍即合,那父亲收取大额钱物后喜滋滋将女儿嫁过去。新婚后女儿回娘家,母亲问女儿:女婿和婆家人待她如何。女儿满腹委屈地跟母亲说:"我爹闹了俩好钱儿,给我找了个涩皮儿。"真是字字血泪。

相比之下,李如昆就赶上了婚姻自由的时代。他于一九四六年娶亲,女方是林家口村的人,彩礼为七十二个现洋。因为害怕土匪知道,岳父独身来吉庄换帖,就像走亲戚一样悄无声息达成婚约。李如昆连未婚妻的影子都没看着,娶的时候三乘轿子,娶客、送客、新娘乘坐,吹鼓手奏乐陪伴,头天拜天地入洞房,新娘的红盖头揭去,双方都不太钟情,但也得木偶一样任凭摆布;第二天拜父母、拜娘舅等,看着成了夫妻,总归不能和谐恩爱,勉强过了不到三年时间,女儿已出生了,李如昆仍然报名参军,当兵去了阳高县。一年后他离开队伍回来担任村里的副粮秣,负责协助粮秣阎春育收管公粮,都是谷子,再碾成小米,送到东榆林由天主堂改设的政府粮库。虽说李如昆也算在村里受到培养,但媳妇响应婚姻自由的号召,提出与李如昆离婚,不愿意继续维持家庭。她的请求自然得到区里的支持,痛快地给双方办理了离婚证。

拿到了离婚证,女儿也判决归了前妻,前妻还分走部分田地,李如昆为离婚付出了不小的代价,他只剩下李家坟的八亩薄地。当然,

八十四岁的李如昆精神矍铄

对新生活的向往，使他并没有丝毫气馁，而是伸出双手改变暂时的困境。他到六顷地四爷的坟地挖出二亩四分小块地，打下一眼土井，能够种些小麦和蔬菜；当时政府修铁路，在洪涛山建起石料厂，他又去打石头挣钱，每天可有大约旧币五千元的收入，干了两个月，攒齐三十万元，充其量就是新币的三十元，这样自由结婚的条件成熟了。村里的刘克勋从中牵线搭桥，介绍李如昆到红壕头相亲。这回男女双方坐到一块儿，两个鼻子四只眼仔细打量，互相还获得了简单交谈的机会，都感觉情投意合，李如昆就把三十万元的票子作为彩礼交给女方父母，成全了一桩新的姻缘。虽说还算依靠了媒人，但父母包办的婚姻模式沿袭几千年后已被打破，到了后来还有了说法："公元一九五三年，自找对象不花钱。"遥想那时候离婚再娶的情景，李如昆感慨万千说："老婆是自己看对的，好歹没怨了。"

大约在一九五二年前后，李佐接任景怀担任吉庄村长，阎春育任粮秩，李如昆任副粮秩。秋后收公粮的时候，村里出事了，据说村长和粮秩二人被发现了贪污行为。前边说过，收回来的公粮全是谷子，需要碾米才行。李渠家有较大的侧碾和扇车，村里指派小监生的儿子李威承包了碾米的营生。庄户人都知道，谷子去除糠壳，存在一定比例的损耗，饱满的一斤可碾小米八两，稍差的可碾七两多。

究竟李佐和阎春育的问题出自哪个环节，因为年代久远难以查到资料，但回头分析，好像不是很严重，或者是他们当干部缺少经验，反正谷子变成小米后，数量与常规有了一定的出入，区里当即把二人捉去盘查了四五天，倒没有怎么追究，但职务不许保留。区委书记张玉成带了下乡干部刘疤子刘文明来到吉庄，规范村干部的任职，实行了全村有史以来第一次民主选举。过程严格而郑重，简易制作了选票，提出十几位候选人，由村民逐户逐人投票，采取差额选举，同意的画圈儿，不同意的画叉号，最终结果，村长选出了李如昆。李如昆的小女儿李金枝写过一篇《父亲其人》的文章，肯定了她父亲担任村长的时间为一九五二年,又交代李如昆是一九五三年经张玉成、林芳介绍加入的中国共产党。一九五四年,神头乡成立,支书李宗富被选拔到乡里工作,支部书记由林芳担任。

林芳是吉庄参加过抗美援朝的退伍军人。他的身世,或许能够代表什么叫作彻底的贫农。这就还得上溯到他的爷爷一辈。林芳本是平鲁宋红沟人,他的爷爷林希生养了四个儿子,老大为林芳的父亲林应祥,其余权且以林二、林三、林四称谓,仅有林应祥娶了娘家在吉庄大南院的媳妇,剩余三个打光棍,全家傍崖掏窑栖身。穷弟兄一多,难免会横行无忌,其中林三名声比较响亮。据说曾有三个土匪到村里勒索钱粮,不期遇上林三,林三操起一把铁锹骂道:"三爷还饿得要死,轮着你们这些灰孙子来敲诈?"一锹将一个土匪的小腿劈断,其余两个逃之夭夭。村里人害怕土匪报复,硬是把断腿的家伙抬回家好生医治,直到痊愈才恭送走了。

不知是否与儿子们的养活能力有关,总之林希上年纪后一直讨吃要饭,最终死在北邢家河的河沟,儿子们找到他时,野狗已经啃去了他的耳朵。接着,林芳的母亲也自杀身亡,原因嘛,多着经常无米下炊,伺候丈夫和三个小叔子吃饭让她感觉没什么熬盼,于是选择了壮烈地纵身跳崖,身后留下两个男孩:八岁的林芳和六岁的林满。时间应该在一九二九年。

林满唯一留世的单人照片

歌曲唱道:"有妈的孩子像个宝,没妈的孩子像根草。"林芳、林满失去母亲,也就失去了最重要的人间温暖。林应祥守着破家苟且偷生,林四刮野鬼一走了之,林二、林三到山阴的峪沟给人放羊，干脆把林芳兄弟也带去，一块儿赚口饭吃，两个大羊倌两个小羊倌相依为命。林满太小了，时时刻刻想家，一次偷偷沿着山沟独自往回跑，却迷了道路，只好瑟缩在崖下一个土洞内号啕大哭，不料引来野狼，虎视眈眈在洞口附近转圈，幸亏他二叔找来，否则就成了狼的美食。

看看长此以往不是办法，林应祥一咬牙，背了一口锅带着两个儿子在那年正月初四逃亡到吉庄村，投奔岳父门上求生，暂且寄身在当铺地李宽仁家，因此林应祥在吉庄落得一个"逃女婿"的外号，依靠打短工凑合着度日，林芳、林满则给地主李广生当小羊倌，村里也叫"打伴"。李宽仁妻子好心，经常接济他俩几件破衣服、送些剩饭。当时李如昆还未婚，跟父亲、继母分开居住，自己生火住一间屋子，林应祥常去寄宿，李如昆也不避讳，都喊他一声"逃女婿"，换来他爽朗的一句"二叔！"，声音蛮洪亮的。

林芳为人不错，也很直爽。土改时候区里鼓励青年参军，村里提出条件说只要林芳兄弟其中一个当兵，可以将他们户口落入吉庄，能够分房分地。林芳抢着报名了，对弟弟说："我这人也不成器，就轮我去吧。万一我上战场回不来时，你自己无论如何要娶个媳妇，不要断了咱林家的香火。"

说完义无反顾地入伍而去，不久雄赳赳气昂昂跨过鸭绿江，参加了抗美援朝。

与祖辈父辈不同，林满很有心眼儿。到临近解放，放羊已经成了把式，独立出来自己当大羊倌，给村里人放了一大群羊，手头开始挣钱。他很注意形象，穿得虽然破旧但也整齐干净，一年冬天还弄了一顶狐皮帽。李宽仁看看这后生出息，就把他姨哥、兰花院李江的闺女介绍许配给林满。成亲后按照乡俗说法，娶了李家的姑娘，就不能再在李家门上居住了，于是林满搬到庙沟一侧阎家寄居。到土改后分田分地，林满更是积极上进，接任了村里的民兵队长，并且入了党。可以说，林芳兄弟一来是大南院外甥,二来有当铺地的渊源,三来又跟兰花院结亲,等于在吉庄拥有了特别的群众基础。

一九五一年时,林芳不仅没有马革裹尸,而且火线入党,光荣复员。他见过了世面,也不夸夸其谈,给人感觉颇为深沉。由他担任支部书记,也算党员中的合适人选。他上任之初,虽然一字不识,但口才不错,直来直去的,工作比较尽职。

李佐等被查贪污,可能传递一个信号,那就是国家经济一下子难以恢复,粮食紧缺,"以粮为纲"成为重中之重。所以林芳当了支书,粮食问题也是首要工作。实际从一九五二年、一九五三年,政府全面统计粮食产量,掌握比较准确的数字。到一九五四年各村春耕前就要报上产量,叫作"茬前定产",参照的是前一年的产量,同时国家出台了粮食统购统销政策,规定农民除了上缴公粮,还要将口粮、饲料以外的余粮统一卖给国家,有个说法叫作"三定":定地、定产、定粮,茬前定产就成了执行余粮收购的基数。可是那年偏偏气候不好,收获肯定小于预测,全村需要上缴和卖给国家大约十几万斤粮食,人们担心难以保证口粮,所以肚子里悄悄打开小算盘,谁都想打些埋伏。

等到夏粮上场,事实证明果然歉收,按照确定的任务,征购小麦出现了困难,而工作组进村首先召开党员干部会议,要求他们为国解忧,紧紧裤带争取带头完成指标,然后再集中群众开会动员,不过效果并不显著。一时村干部压力很大,林芳急得团团乱转,在会上说过一句名言:"我是吉庄的外甥,按理不该这样说话。'姥爷舅舅们',的确坏透了。'"吉庄的李宗富本来已经到乡里当了干部,都是不脱产的,每月挣钱十七八元,好像他因为好人思想作怪,由他负责的几个村的小麦征购情况不大顺利,结果遭到领导批评,被辞退回村子。村里还有一个高二,小麦收回来实在太少,并已经磨面吃了,法院一位姓梁的下乡干部吓唬他说:"你回去穿衣服吧,明天我带你去法院。"他信以为真,当晚交代老婆说:"唉,谁让咱把麦子吃完?人家让我进法院。兰花烟哪去了?

你给我多准备些。"当然捉他也不至于，但客观承认，他确实对任务无能为力。

到了秋收以后秋粮下来，状况依然如故。多数人们将口粮缩减一部分，顶多完成百分之七八十，极少数的就跟高二一样，最终只能完多少算多少了。当时下乡工作组的组长是县供销社主任施光，成员包括县里的干部杜金花和智和。杜金花派饭到了三老丑家，被狗咬了一口，当她得知三老丑加入过一贯道时，就用阶级斗争的观念埋怨村干部："哎呀！怎么安排我去一贯道家吃饭？"下乡干部智和比较实在，了解一番粮食产量，实事求是地摇头说："今年的任务肯定完不成了。"

进入一九五五年，村民的日子就更不好过了，到了青黄不接的时候，几乎一半的村民吃不饱肚子，看看瓮里的粮食即将见底，大伙想方设法地节省，真的使裤带一紧再紧，甚至有的人家存粮告罄。政府发现情形堪忧后，下拨救济粮让百姓暂度饥荒，但难以满足供给。吉庄由李如昆负责发放购粮证，他家顿时热闹非凡、门庭若市，前来申请的乡亲一家接着一家，他家喂了一条小狗，人们怕咬，来时捏一块石头打狗，走时丢在院内，每天他老婆直管往外边扔打狗石。

救济也不多，各村都有限定，发放就像撒胡椒面一样。寻常一次开出只能二三斤、五六斤，最多开十几斤，凭证经乡里批准再到北邵庄的粮库购买，好像每斤小米八分钱。拿到指标的匆匆走了，拿不到的死缠硬磨，有的真正无米下锅，也有的未雨绸缪竭力希图多占一点。其中三步娃的儿子李文秀还端碗到李如昆家，将李如昆老婆熬出的一锅白菜稀饭喝个精光。阎四圣老婆则哭笑兼施地说："李如昆，你卡住想往死饿我们？"李如昆抵挡不住，上下为难，没办法他只好跟乡里负责救济粮的秘书李权约定说："凡是我的私章在购粮证上盖正的，那是揭不开锅的，你就批准；凡是盖歪的，家中还可坚持，你酌情减些。"

这个秘密，许多年一直藏在李如昆心里，想起来就勾起他的辛酸，因为就在那一年，他的父亲李会文去世了。他自己种着八亩多地，前一年也交售多了，看看不够支撑，却不忍心让儿子走后门给他开一斤救济粮，为了节约，他吃饭掺杂的谷糠太多，有人还见他到地里拔起苦菜生吃，所以身体很快垮掉，眼看小麦快要收割，他已经一病不起，没能熬到新粮下来就离开了人世。

## 三、储粮归储粮，也不能把圣像糟蹋了

解决粮食问题的压力，使得作为农业大国的中国亟待寻找提高粮食产量的突破口。当时美国国务卿艾奇逊曾经说：人们的吃饭问题是每个中国政府碰到的第一个问题，而这个问题始终没有解决。他甚至断言：共产党能够打天下，但解决不了中国人的吃饭问题。记得电影《金光大

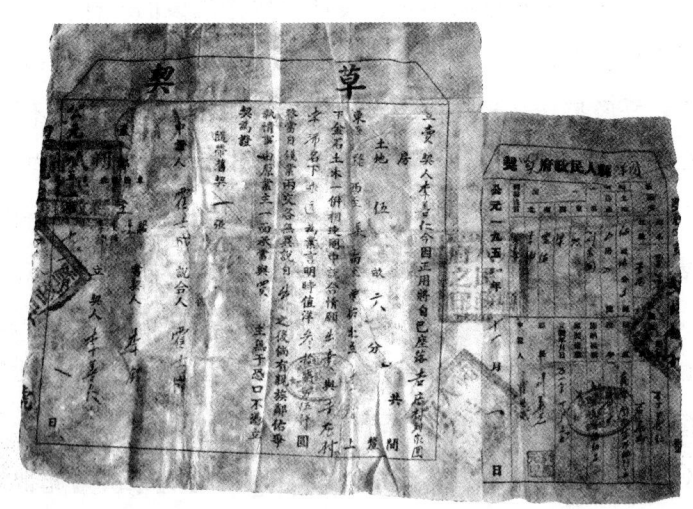

土改后有人卖地的地契

道》有过一个经典的镜头：主人翁高大泉愤怒地拿锹铲掉墙面的标语"要发家，种棉花。"其场景是否真实且不议论，但可以看出人们对粮食问题的焦迫。那个时代，百年积贫，百废待兴，生产力水平十分有限，而且，从吉庄找到的地契中，可以发现当时依旧存在土地交易现象，比如一九五一年十一月，李善仁就将位于刘家围的五点六亩地以三十七万五千元（相当于新币三十七点五元）的价格，卖给了李沛，契约是印刷品格式，可见也在政府规定和允许的范围。有的村民好吃懒做，有的难免碰上天灾人祸，有的无力购置生产资料而难以下种等等客观因素，卖地也就难以避免。那么，以后会不会出现新的土地兼并？会不会又出现新的地主富农？会不会再次走向两极分化？可以肯定的是，土地交易肯定不可能被忽略和放任，或许已经引起政府的高度重视。

于是，"互助组""合作化"直至集体化，这样的生产方式给农业提供了一条行之有效的出路。

吉庄自从土改以后，长工、短工或者说打工，已经被人们视作深恶痛绝的剥削现象，但是分到土地的村民独家独户种田，或耕或种或收，季节不饶人，"七月秋忙，绣女下场"，有时候人手畜力支绌，也是一个现实弊端。因此劳动时互相帮忙，有兄弟父子之间的，有邻里之间的，也有亲朋之间的，其形式并没有形成书面的概念，俗称为"伴工""换工"，即以劳动力交换劳动力，谁也不需要给谁付钱。慢慢地，三户五户伴工关系比较固定了，劳动生产率得到一定程度的提高，上级给定义了新名词叫"互助组"，予以提倡，舆论也集中宣传"组织起来发展生产"。

互助比较单纯，自发的因素居多，一旦上升到互助合作的号召上，则有了组织行为。互助合作运动在吉庄开展很快，一九五五年就经下乡工作组督导，在互助组的基础上，成立了第一家示范性的农业初级社，由五十户村民组合起来，共集中土地五百多亩，李宗富担任社长。加入这个初级社还有条件，光景比较富裕的、历史不清白的、家底太穷的，一律拒之门外；每户要有劳力、有牲口、有生产本钱等。从当时的实际情况看来，人们打心眼里对互助合作充满神往，被允许加入初级社的兴高采烈，引来羡慕的眼光。李如昆地少、没有牲口，本来不够入社的资格，但下乡干部边立仁说话了："老李当村长，不入社不合适。"于是李如昆不仅破格进入初级社，还担任了副社长。这个合作社也有章程，其中最关键的一条规定：土地归初级社集体所有，收获粮食在完成国家征购任务的前提下平均分配。

到了一九五五年秋后，初级社就开始运作，各家提供种子等，还合资买回一头牛、一辆牛车，天气变冷时到煤窑拉炭，分给社员们，仅这一点已算有了优越性，大伙儿倒也兴致勃勃，准备拉开架势到第二年大干一场。但是谁也料不到形势变化太快，初级社作为个体经济向集体经济还没有正式过渡，农业合作化在全国已经迈开更为快速的步伐。春节刚过，下乡工作组突然要求吉庄成立高级合作社，乡里给起了一个名字叫作"高潮社"，社长由李宗富担任，也算"政社合一"，村长被社长取代，李如昆则被派到县委党校去学习。村里所有村民一律入社，土地全部归于集体所有，牲口、农具等也作价给了集体，一辆牛车也就几十元，一头毛驴十几元，也包括羊，可能几元吧，都记在公积金个人明细账上，只有猪还保留了私有。高级社下设五个生产小队，各小队成立饲养处，由专人担任饲养员。这时候，城镇商业也开始公私合营，怀仁县有人出售比较先进的胶轮马车，李宗富低价赊回两辆，配备六匹骡子，方便集体运输。村里的李守艺曾经在呼和浩特市赶过马车，村里决定由他执教培训一批掌握赶车技术的车倌。

村里公认，加入大集体最亏的就数当年在神头当过票号老板的李旭。李旭土改后全家十几口人占有水仓地的中等田地四五十亩，他本来又一次打算创出一个奇迹，雄心勃勃地说："代县有一家种果树的，一两年发了大财，我见过人家那处四合院，真是气派。听说盖房子时东房比西房差一寸，马上拆掉重来。财大气粗啊。"说到做到，他投入全部心血，将自家土地全部种上槟果，还养了一辆牛车。槟果是苹果的一种，当地都叫红果子，成熟时紫红色，个头就像核桃大小，气味特别芬芳馥郁，而且可以从中秋节存放到过年以后。在村民眼里，那就是最可触及的中秋节奢侈品，无论穷富总要购买，增加节日的气味，所以李旭瞅准的项目确实前景诱人。

眼看一九五五年，李旭见了收获，槟果开始挂果，只是数量还少，不能对外出售，但从果树的生长状况来预测，第二年一定可以大量采摘，待价而沽。谁知赶上了集体化，果树主人一朝被变成吉庄高级社的社员。村里评估时候，树叶偏偏起来虫灾，叶子都被啃花了，一棵树好像作价五角钱，也挂在账上。以后李旭的果子，村民年年每人能够分到几十斤，县里、乡里的干部也来要些，就好像村里的土特产礼品来源，李旭家分果子时与所有乡亲一视同仁，慢慢地年轻人吃果子也想不起种果树的人了。

纵观李旭两次创业，一次开票号，一次种槟果，谋的全是大事，却都没有取得应有的回报，有头无尾，半途而废，无疾而终。所以村民替李旭总结一下，以一个比喻来形容："李旭，光编筐筐不收沿。"意思都是半成品，犹如唐僧取经历经九九八十一难，最后没有取到真经、修成正果。村里人好像没听见李旭有过什么抵触情绪，他和四个儿子表面平静地接受了集体的安排。倒是那个喜欢出风头的李普，念叨过几句不和谐声音，对集体化后的自我生活总结如下：

睡觉睡得通明觉，

不怕贼偷耗子盗，

不怕官兵要草料。

按照全国局势说来，从土地改革到农业合作化的基本实现，经过了短短四年时间，而吉庄仅仅用了前后不到两年，速度简直令人不可思议。然后，吉庄跟随形势开始完善村里的大集体体制，也还体现了"各尽所能、

吉庄果树园（李柱 画）

按劳分配"。首先给社员定工分：以土地收入粮食的成本核算，累加耕、锄、收割等项需要的人工，再形成定额，出勤记工就有了依据；当然有些技术工种，工分相对高一些；至于社级或小队级的干部，劳动方面一视同仁，所得工分介于中等水平，总体也体现了公平合理。

  进入那年五六月间，吉庄所有庄稼都按期下种完毕，忽然李如昆接到通知，让他从县委党校提前回村，他感觉好像有点异常，却没想到竟是任命他担任社长，接替李宗富的职务。原来，农业社成立后，吉庄组织村民到采石场打石头，派出骡车拉石头跑运输，集体有了副业收入，其中李宗富经手的五十多元下落不明，据说依此被定性为贪污行为，将李宗富就地免职。想来李宗富不至于贪污，他只是没一点文化，管财务批单子只会写"五元"，有人借十元，他就说："你不能先借五元，过两天再借五元？"有人借三元，他又说："你别借三元，就借五元吧。"不出问题才怪——以后，李宗富一直在村里劳动，好像当过几天小队长，最终给学校看门，直到默默去世。有过创办吉庄合作社的经历，或许是他人生最难忘的一段辉煌。

  在此期间，村支书林芳也卸任了。那两年林芳经人介绍，结束光棍生涯，娶过一个山阴的女子。无奈媳妇天生的近视眼，做饭什么的难免不太利索，因此不受林芳喜爱，她本来已经怀孕，但跟丈夫经常闹别扭，最终还是离婚走了，当然还带走了肚里的小孩。那小孩最终的结局怎样，已是石沉大海。家庭短暂散伙使林芳变得有点颓废，村里还传出关于他的风言风语。乡里经过考虑，觉得林满更适合当支书，于是兄弟接过哥哥手中的接力棒。刚好大门院李祥妈守寡，将林芳招赘过去，给李祥当了继父。

李祥妈是晋东南人，那年被袁白合贩卖上来的，年纪还比林芳大一些，丈夫当吹鼓手，中年早丧。林芳倒插门进去以后，很招李祥妈的喜爱，夜间无聊的人们听房，听见李祥妈唧唧咕咕向林芳倾诉衷肠："我早就看对你了，只是探不上，现在可探上了。"传出来使吉庄有了一段男女佳话。只是李祥顽劣，让林芳吃了不少捉弄。林芳喜欢喝些烧酒，往往给几个钱让李祥拿酒壶出去打酒，李祥经常打一半酒掺一半水，余钱贪污。为此他挨了不少打，却越发变本加厉，再买酒时，仍打一半酒，然后将酒壶尿满。后来林芳身体不好，不到五十岁就去世了。李祥妈再当一次新娘，嫁给了村里的大江苏李金福。大江苏的父亲名叫李发态，也算是个古怪人，吃饺子时问儿子："这是什么？"儿子说："饺子。"又问："香不香？"儿子回答："香哩。"李发态就说："香的话，你就自己去挣钱。"把饺子自己吃光，不给儿子留一个，采取的是激励或刺激的教子方式。

单干和合作社的鲜明对比

二江苏在抗日战争时期就死了,老大把他光身子埋入土里——这只是轶闻而已。

再说村级班子走马换将后,不久就是秋收季节,粮食收回来六十余万斤,堆积在场面上,犹如一座座小山丘,比之一家一户收回去的壮观多了。但是,同时面临一个现实的难题:这么多粮食,往哪里存放?不管以后缴公粮、分口粮,眼下首先需要仓库。经过众人议论,村里决定利用空置的三大王庙。庙内几间神殿完完整整,也不漏雨,又比较干燥,权宜储存粮食。有人提议说:"储粮归储粮,也不能糟蹋了圣像。"林满、李如昆几个也都赞成,于是指派村里世代都是泥匠的张忠厚、张金厚、张七小等动工改造神殿,在神台前砌筑隔墙,地面搭起猫道眼一样的防潮层,前厅装了仓板门,粮仓就算告竣投入使用,外加一个东禅房,顺利解决了粮食储存看管的难题。以后部分村民即使脑袋里还有迷信思想作怪,自然而然也就烧香无门了。

实事求是地说,正是因为村干部的保护措施,使吉庄三位拓跋大王、送子观音等神仙的泥塑和相关壁画,长期被隔入一个狭小的黑暗的空间,好像封存了一样不见天日,却得以比较完好地留存起来,直至四十多年以后能够以文物的形式重新受到重视。横向对比一下,不久后的几年间,同乡的神头三大王庙、新磨村明代霍巡按建起的老爷庙和楼台,一并被拆毁夷为平地,成为一个时代的牺牲品。

仍旧回到一九五六年。

其时庙院的西禅房由于学生的增多,已经太狭窄,结果学校就乔迁到堡墙外东南角的李渠家。这里补充介绍一下李家大院:坐东朝西以东为正,最东边五间包砖正窑,窑后布置了菜园;窑北为三间面南的瓦房,窑南为磨坊、羊圈;往西出去小门,又是外院,北面三间砖包窑,南边安装了大侧碾,大门从西打开,可由车辆出入。这样的四合院优先让学校占用后,彼此调换,村支部和高级社迁来庙院西禅房办公,而李渠一家则搬入李万山家的小房子去住,房产就算无私奉献给村里的教育事业。

虽说为自己的阶级被迫做出牺牲,但村民都能够记住李渠家充当过学校,总归一桩间接的善举。

　　除了粮食,集体的副业收入也有进项。那年村集体跟神头采石场达成一项用工协议,承包为火车装石子,等于近水楼台垄断一样,神头村都插不进来。采石场自备一列小火车,拖拉着十几个车皮,每个车皮容积十八点五六立方米,可装石子标准为三十吨。每次火车进场,村里需要组织一百三十多个青壮年同场干活,大约三四个小时才能装起来。有时晚上来,有时上午或下午,每装一次每个村民可以获得八至九角钱,集体统一结算,其中的百分之三十作为零用钱发给个人,其余折合工分记在账上,这样集体可以入账百分之七十的现金。虽然装一列火车仅仅百十多元,但日久下来就当时来说数字也还比较可观,只是有时装车和农活儿冲突,两年后采石场便自己成立了装卸队伍。村里只好再去马场揽些零活儿,为共同富裕的目标添砖加瓦。当然也有实在不适合农业合作化的,最特出的就数养羊。开始归了集体,依旧指派原来的羊倌二伏小负责放牧,小羊随不了群,规定分别寄养在村民各家,喂大一只可记三个工,但村民忙着出勤劳动,没有太多的心肠和时间给饲养小羊,一

禅房变成粮仓

整天都关在圈内,健康状况令人担忧。每次村民开会,主持人要求大家发言,二伏小每次都表现积极,开口往往是老生常谈的一句话:"我有个意见哩。"主持人问:"啥意见?"他心疼地说:"叫我的羊羔们晒晒日头吧。"说来说去,哪里管用?"我有个意见哩"倒成了一段人们形容二伏小的笑话。逐步地,就像养猪养鸡一样,个人家庭允许养羊了,人们的私心也就暴露得比较明显,常有损公肥私的勾当,以自家的小羊替换集体的大羊,以自家瘦羊替换集体的肥羊,偷梁换柱漏洞不小,结果几年后集体干脆解散了羊群,任由村民自己养殖,有勤快的收工后自己出去放羊,也有小孩放学拔草,各家喂着十只八只三只两只的羊不等,过年时杀一只,不用买肉了。

　　至于失去用武之地的二伏小,再没人听到他说"我有个意见"的话,他只好丢开羊铲回小队参加劳动,农活又不擅长,被安排赶了一辆小平车。习惯了多年放羊的他,嘴里常常不由自主吹出招呼羊群的口哨,接着还用赶羊的腔调指挥拉车的毛驴,但毛驴听不懂,气得他骂骂咧咧。人们听见,都要奇怪地看他,以为他睁眼做梦,指驴为羊。

# 第六章 鼓足干劲,力争上游

## 一、不能让毛主席看见我家的尿盔子

时间依旧还在一九五六年前半年。

充满激情的吉庄高潮社开始为了共产主义这一近乎神圣的目标而迈出步伐，那个目标对社员来说就是：楼下楼上，电灯电话；点灯不用油，耕田不用牛。

但共产主义不是天上掉下来的，也不是等来的。怎么办？就一个字：干！

高潮社开始采取各种措施，有的合乎实情，行之有效；有的不择手段，收效甚微。

其一，撕毁了一纸合同。当时城里南关有一位姓马的师傅，经村里同意在庙东投资建起一座砖瓦窑，双方也写了合同，由马师傅上缴吉庄不多的租金。随着高潮社的成立，土地都归集体所有，怎么能提供给个人发家致富？恰好村里得到信息，获知全国最大的钢厂之一包头钢铁厂准备在朔县建设一处厂矿，开采张家口村的石头，作为工业原料，据说很秘密的，可能是战略需求。反正吉庄有人看见包钢的人到马师傅的砖瓦窑买砖。于是村干部商量，能不能夺过马师傅的业务，使砖瓦窑变成村里的支柱副业。于是村干部出面跟马师傅婉言交涉，马师傅也还识得形势，委屈地收拾一下，从吉庄撤退了。砖瓦窑由吉庄高潮社接管，也算改造成吉庄头一个村办企业。男劳力多要装车、种地，背砖背坯都让妇女去干。但以后的效益不尽如人意，原因是手工制砖，标号不达要求，包钢买去只能盖平房，需求已经不大。两年后，七里河村又上马烧制机砖，使得吉庄的原始手工制砖被工业建筑需求淘汰，民间百姓盖房却又无力使用，结果吉庄砖瓦厂步履维艰，只能熄火停产。

在争取砖瓦窑所有权的同时，吉庄拉开水利建设的序幕，力图从根本上改变靠天吃饭的状况。那时地下水位很高，经过县里的专家前来考察，建议打井取水。也没有什么钻井机械，全靠人力挖掘，选址在六项地到黄杨树地之间，一共成排地挖开直径两米多的十八眼井口，两米多就能见水，见水再挖两米就可以了。挖井时场面很感人，下边青壮年挖泥，装入帆布大包，每人每天十分工；上面架起滑车由妇女们拉上泥包，每人每天二点五分工，最高的仅仅三分。不过，大家好像谁也不在乎挣多挣少，人人争先恐后。当然，不能还像以前个人掏井那样，光是一个土洞，设计需要用砖筑碹井筒，步骤是木匠制作木函，相当于井管，挖一截移动下一截，到底后上面才用砖碹。

加工木函必须用材质坚硬的木料，村里就要就地取材，干部满街转转，看中连们院连恒峰的两棵千年榆树，不用说，轮到连恒峰无私捐献了。村里的两位木匠李成新、刘克勋被安排前去打树，等了半天远远望见榆树丝毫没有摇晃。李如昆就过去看看究竟，一看几乎笑出声音，只见李成新、刘克勋二位将大锯扔到屁股后边不管，却在树下供奉了馒头，上几炷香后，点起黄表纸敬纸，完了双膝跪地，趴下起来地磕头作揖，嘴里喃喃哝哝说："大仙爷，各位神神，俺也没办法，硬让打树呢，别怪怨我俩……您们离开些……"总属匠人艺人，尤其相信神狐鬼怪之类存在，也不能说思想落后。

相比之下，吉庄另一个人物表现出另一种崇拜，就是前边介绍过的姚焕芝。

先从背砖说起。吉庄碹筑井壁用砖没有使用本村砖瓦窑的产品，而是远远跑到马邑去拆城墙。当时政府号召可以无偿利用，各村都去争抢，城砖厚重，每块三十余斤，有的砖上还刻有一个"霍"字，马邑人都说那是乾隆年间地震，城墙塌毁了半截，还是霍家出资修复的。吉庄人拆下的城砖，一边由马车往回运输，一边人力背扛，单程四里路，来回就是四公里，妇女们也发挥了半边天作用，参加背砖的不少。其中突出的名叫雷月娥，是李成的老婆，身高体壮，一次能够背两块，很了不起了，有的男子都自愧不如，但偏偏她没有背出什么名堂，最终让姚焕芝抢了新闻。

如今的马邑古城片砖无存

事实上姚焕芝比较瘦小，她自己说过出身贫苦，但人们总能从她的言谈举止看出一丝大户人家的气质，而且语言表达能力过关，县里来了妇女干部下乡，就由她去接待，总能善解人意，遇到开会发言，她痛诉身世，说哭就哭，娓娓道来。姚焕芝还在行动上真诚流露出对领袖毛主席的崇敬，家中正面墙上贴一幅毛主席画像，她要在画像前挂一幅门帘，晚上则放下来将画像遮住，说："千万不能让毛主席看见我家的尿盔子。"这事、这话传出来让村民肃然起敬。当然姚焕芝凭借自己的能力，得到上级的赞赏，觉得是个人才，很快她进入干部行列。村民有记得她在一九五六年担任村妇联主任，但她儿子保存下的一纸证书，说明她的官比村妇联主任要大一级。

那是一张洇了水渍的发黄纸片，对角折叠过，展开大约二十厘米见方，周围红色边框，上面正中为一面五星红旗，竖排的文字以毛笔写就：

### 朔县人民政府任命通知书

人干字第三七号

兹任命姚焕芝为神头乡人民政府副乡长

特此通知

县　长　孟祥营

副县长　张生莲

一九五四年三月十一日

下面加盖朔县人民政府公章。可见，姚焕芝于一九五四年就成为乡里的副乡长，大概也是半脱产的吧，只不过刚进入角色还不大知名，而一九五六年的背城砖让她在神头一带一举成名，而且出了大名，只是书面和口头，人们也不区别是姚焕枝还是姚焕芝。这里不能质疑凭借她的体力可以背负几块城砖，只从流传下来的故事就发现，有人帮她加工了说辞：据说姚焕芝一次能背十八块城砖！以后还传出她背了三十六块！玄乎了。这么多的城砖压在她瘦弱的乡下妇女背上，使得村里有人误解好像她亲口吹牛似的，但从当时的背景

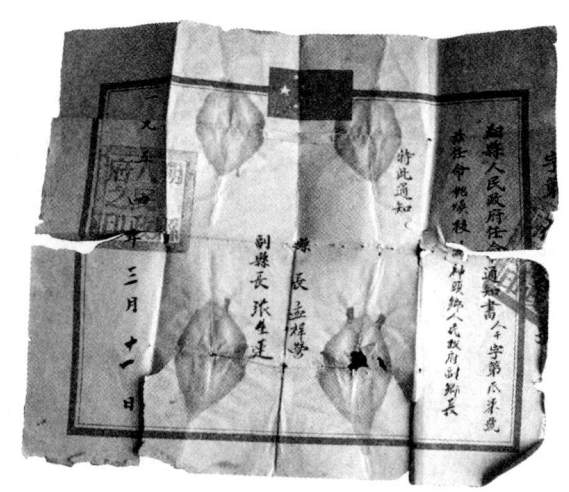

姚焕芝的副乡长任命书

而言，象征意义远大于客观实际。她后来的人生传奇就和城砖分不开来。

就在那几年，姚焕芝出席了地区劳模表彰会，从她给儿子留下的一枚勋章来看，距离背砖两年后即一九五八年，她获得"全国妇女建设社会主义积极分子"光荣称号，那绝对是国家级的奖项，朔县或许独一无二，勋章也应当在北京领取的，姚焕芝极有可能受到过党和国家领导人的接见，不知她见没见过申纪兰——但姚焕芝最后都不是国家干部，最终她依旧是个农妇，其结局与所有农妇毫无区别。

在姚焕芝带动下，吉庄涌现出不少妇女劳动积极分子，其中包括妇联主任林贵英、雷月娥等。当年林贵英进城参加表彰会议时，曾经被奖励过三个粪叉、一把薅锄。粪叉以后遗失了，薅锄被她一直保存下来。林贵英那时刚嫁过来，公公不让出门抛头露面，姚焕芝是她本家妯娌，也不敢动员，就请下乡干部毛桂香上门说服林贵英的丈

姚焕芝的省人大代表勋章

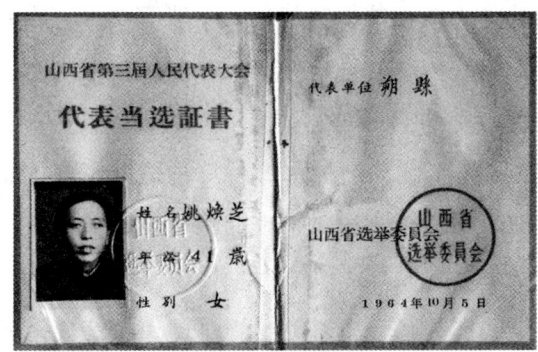

姚焕芝的省人大代表证

林贵英和她的奖品——"薅锄"

夫李宗山。毛桂香问李宗山:"老李你同意你媳妇参加妇女活动不?"李宗山反对说:"一个女人家,能有啥用?"毛桂香说:"那你是不同意?"林贵英表态了:"革命是我自己革命,与他无关。"后来林贵英入党了,丈夫不给钱让她交党费,她就上街拣破布烂鞋卖到供销社,每年两毛钱党费,拣二斤就正好。

再说十八眼水井于两个月全部完工后,村里集中原先个人交回的水车三台,上级又无偿分配来几台水车,开始仍旧以人力推动水车抽水浇地。那种水车,与江南的脚踩水车不同,专为抽取井水设计而成,上面立起三角铁架,往下有一根四寸的钢管通向井底,管内由铁链串了间隔的皮塞,只要推动绞盘的横杆,拉动铁链,水就抽了上来。不过,配套并没有横杆,高级社又组织人马满村拆除废弃的旧房,搜集橡木,存放在李林仁院内,挑拣顺溜的作为绞盘的横杆使用。一般四个人一组,也有两人一组的,效率不算很高,一眼井间歇地一天顶多能浇三亩地。考虑到人力有限,李如昆还到城里的五交化公司花两千多元,买回一台笨重的"锅驼机",以烧炭制造蒸汽做动力抽水,就算村里第一台农业机械,吉庄也有了真正意义上的水浇地,当年灌溉面积达到五六百亩,庄稼长得谁见了都高兴。

因为买锅驼机跟五交化的经理熟了,李如昆看见城里的干部们凭指标购买自行车,眼红得不行。那是一种墨绿色的普通"飞鸽",据说出口苏联又转内销的,每辆一百七十元。李如昆缠着经理照顾他一辆,经理的脑袋好使,拿笔在名单的缝隙里填写了李如昆的名字,等于走了后门,让李如昆如愿以偿。他把崭新的自行车推回村里,真的就像个干部的样子。遇到神头乡长韩守艺,韩守艺婉言批评说:"老李你哪如买件大皮袄实用?"言外说他影响不好,但木已成舟,算个插曲。

李如昆当年那辆"飞鸽"牌自行车

还说灌溉。事实总是很有说服力,凡是浇水的土地,亩产都有大幅度的提高,杂粮也可以亩产达到二百多斤,吉庄一共收获的六十余万斤粮食,除了余粮上缴国家十余万斤,剩下村民的口粮、种子和饲料也不在话下,冬天卖粮后加上副业,总算每十分工折合人民币一元钱。按照合作社章程就要分红,劳力较多的家庭能够拿到现金一千元之多,马车又出去拉炭,家家户户分回去,一时"大河有水小河满"的喜悦让社员们喜形于色,大伙浑身轻松,想想照这样下去哪里还愁温饱?马上进行消费,把村里的供销社都购买一空。一九五七年,集体已经略有基础,就统筹兼顾种了部分莜麦,人均分到五十斤,各家改善生活起码也算细粮。

转眼进入一九五八年,吉庄已经引进名叫"金皇后"的玉米,水利建设又一次快马加鞭,还是经过上级有关部门帮助设计,决定在庙南的大深沟筑坝。沟内有一眼泉水,终年不绝,一直白白地流入桑干河,如果将泉水蓄起,引导水流自然浇地,可不一劳永逸?工程也在春季拉开序幕,依照设计方案,以泉眼为水源,前后夯筑两道堤坝,前边的堤坝预备截留上游的神头海水,所以还有分水的闸口,水多了就开闸排放。堤坝底厚五六丈,高度也达两丈多,参加筑坝的社员们就在沟底作业,刨崖取土,力大的男劳力挑扁担,推独轮车,大脚妇女挎箩头,小脚妇女抬筐子等,堤坝每筑尺余,就要打夯。

打夯是十分有趣的苦力活,为了保持使力一致,好嗓门的必须站出来喊号子,吉庄老乡临时没有编出顺应形势的新民歌之类,还得搞出传统的那一套内容,喊出来就显得不伦不类:"噢嗨哩嗨哟,举起夯来嗨哟!快往东边看哟,偏花帽来喽……"什么叫偏花帽?还是旧社会大户人家的媳妇,一般戴一顶装饰偏花的黑大绒女帽,优雅而流行,慢慢地偏花帽就成为"美女"之类的特指名词,干活看美女,不知疲累。但在吉庄的水利工地,偏花帽无异于村民的精神鸦片,"阿Q"式自我满足。

偏花帽,到下一个流行时代到来,可能还得等待到若干年后。

干到天气渐热,当工地上的男劳力只穿一件大裆裤时,妇女也纷纷赤膊,什么优雅都让臭汗冲散去。一百多劳力的队伍,远看犹如蚂蚁啃骨头的场景一般,说不上壮观吧,给人感觉有点奋不顾身的壮烈。其间发生了一次意外,由于疏忽了安全,李德仁忽然被塌陷的土崖掩埋,众人急忙解救,挖开一看,当肚压着百十斤的土块,他的耳朵鼻孔眼睛都让黄土蒙住,看看像个不经彩画的泥塑,已经昏迷了。妇联主任林贵英趴下给他掏耳朵、拂眼睛,大声吆喝:"五爷!五爷……"李德仁好容易苏醒过来,眼睛扑腾开一条细缝,林贵英忙问:"五爷,难活不?哪里难活?"李德仁却说出一句文绉绉的豪言壮语:"为国尽忠,死了也没怨!"

李德仁小名叫仁五疤,所以他留下的俗话是:"仁五疤为国尽忠,死了没怨。"那天大伙找来门板将他抬回家,观察一下,身体倒没受伤,而仁五疤爬起来还要赶到工地。他是一个善良的村民,也算半截手的毡匠,常常给人讲解旧社会的十二家硬行当:"僧道贼王捕,媒婆店脚衙""下九流不包括穷"等,有点文化。他老婆是个盲人,生在安庄元家的书香门第,只因残疾才嫁给仁五疤。她能够做饭,还能穿针引线,只要谁来她家一次,再来时就能听出脚步。

庙沟大坝筑起后,慢慢开始蓄水,吉庄腾出手却开展起一场类似急功近利的运动——当然也是县里号召的。这项运动说的专业些,称为"集资",土俗些则叫"死宝变活宝",做法就是动员社员贡献出旧社会留存下来的银器、银元、首饰、元宝，支援国家建设。村干部先是开会倡导，然后分工上门进行思想工作，当然针对的目标仍是地主富农居多。李如昆负责说服富农李世杰："四爷，人家都说您有现洋，如果真有就拿出来，是个好事情，给您荣誉的。"李世杰回答很有趣："你们不妨捆我紧些，吊我高些，银元是没有的。"他跟李壮因此还让县里叫去盘问，最终还是没有。

还有一位李四岗老婆，姓张，前夫是神头人，干过顽固，打仗死了。她嫁到吉庄，人们估计她手里有些所谓的"死宝"，开会时提出来，让她自己考虑。李四岗老婆五十多岁，缠一双小脚，劳动非常积极，但她太胆小了，吓得不知所措，那天男人要去装火车，她拦住说："你能不能不去？要么今儿别去了。"男人说："误了挣工怎办？"没有看出她的异常，硬是出门而去，她当夜想不开跳进堡后头一眼十几米深的枯井，等人们找到，她已经痛苦地死去。临终大概后悔不该跳井，她还试图自救，仅靠双手竟把井壁挖出深深的几个小台阶，死后十指已经血肉模糊。

也不能说吉庄就没有埋藏的银元。讲个奇闻吧，关于三喜毛老婆和四喜毛老婆妯娌两个。北场上李积善兄弟叫作三喜毛、四喜毛，四喜毛买了李善仁的三间土窑居住。有一年雨多，三喜毛窑坏了，临时搬入四喜毛的东窑，四喜毛老婆恰在东窑地上埋了银元，每天不放心过去看看，"此地无银三百两"一样。忽然一天被盗了，她怀疑三妯娌是内盗，气愤不已，喝了灭蝼蛄的农药砒霜，医生前来用黑绿的药水灌她，她开始狂吐，猛听咔的一声，喉间撞出鸡蛋大的一块干痰，坚如顽石，落地蹦弹，脚踩上去还打滑，竟然一举治好了她多年的气喘病，"塞翁失马，焉知非福"。四喜毛老婆对男人很好，经常自己吃高粱面，却给男人吃莜面，口头禅曰："元宝打炭，抵不住一个老汉。"

总之，死宝变活宝运动收效不大，只有支书林满和姚焕芝不知从哪里弄出三百多个大洋，作为仅有的运动成果上交完事。倒是隔了一年，村里在二愣的门外挖山药窖，竟然挖出三百多大洋，但没人承认是谁的。

## 二、吉庄拿一千多斤白灰，把街道都刷了，让全县人来开大会

类似姚焕芝、仁五疤的事迹，代表了吉庄在那个时候发自内心的激情，谁也不应该有理由怀疑其真诚。一九五七年底准确的统计数字显示：国家"一五"计划超额完成，全国粮食产量一亿九千五百零五万吨，比一九五二年增长百分之十九，农业总产值五百三十七亿元，增长百分之二十四点八。中国的农民，跟他们农民出身的领袖一样，激情盈溢起来，就发展到浪漫主义的范畴，然后容易产生骄傲自满的情绪。比如庙沟水利大坝完工后，取名为"跃进渠"，发出了一个令人近乎不安的信号。

"跃进"一词，应当早于后半年开始的著名的大跃进运动，但就在之前的一九五八年二月，《人民日报》社论就提出国民经济"全国大跃进"的口号："我们国家现在正面临着一个全国大跃进的形势，工业建设和工业生产要大跃进，农业生产要大跃进，文教卫生副业也要大跃进。"隔天，另一篇社论《鼓足干劲，力争上游》诠释跃进一词："跃进与冒进有原则的不同，它是群众运动高潮中，千方百计，打破常规，采取新的方法或新的技术，以比通常快得多的速度，迈大步前进。"出发点是想要尽快改变国民经济落后的状况，但由于忽视了客观规律，欲速而不达。不过沉浸在浪漫中的中国要刹车已不太可能。

所以，吉庄跃进渠的寓意还挺超前的。

跃进渠生逢其时，很快就改变了设计时的自然引水模式，而是变为电灌站。因为就在一九五八年开春，县长到神头乡调研，发现水资源丰

富，立即着手安排在神头装起一个小型的发电机，具体原理是什么，老百姓搞不清楚，反正将设备沉入神头海水，就能发出电来，只够为东神头、西神头、吉庄供电，所以与朔县众多村子一九七五年左右通电相比，吉庄等三个村提前大约十五年进入电灯时代。然后，上级调拨两台小功率的水泵给吉庄，接了电从跃进渠抽水浇地，效率确实实现了飞跃，全村浇地面积达到三分之二之多，而且只用七八天时间。

吉庄电灌站（李柱　画）

电灌模式，就是从蓄满水的庙沟向东筑渠三百多米，引水到盐碱圪钵的沟沿上地，然后用水泵抽水提高十多米，可以浇灌村东六顷地、黄杨树地、红围地、双围地等，占全村田地的三分之二之多。实际上这就是一级高灌站，为以后修筑二级三级高灌站，向村北更高的坡地引水奠定了基础。与此同时，吉庄两年前所挖凿的十八眼水井，因为人力取水效率低下，又与电灌浇地在同一地界范围，所以失去用武之地而被淘汰，不再使用。

当时县里组织不少乡村干部前来参观，山区一些干部看到抽水机抽上的水从直径尺五的管子喷涌而出，简直视作天方夜谭，羡慕得赞不绝口："哎呀，这可是好东西！"

当时吉庄的电灌技术人才名叫张凤岐，原是阎锡山时代兵农合一骨干分子，他父亲就是石匠，认祖到神头张家。张凤岐写一手好字，据说在天津、北京读过书，精通测量和绘图，被吉庄请来协助建设水利工程，很受器重，可惜肃反被揭穿身份，受到批斗，不能继续为吉庄发挥特长。失去这位工程师后，自豪的吉庄人在成绩面前头脑发热，考虑也欠科学了，于是干过一项不太成功的水利工程。地址在水仓地的西地头，那里也有泉眼，流量不大，却涓涓不息。村干部觉得在这里蓄水，可以解决水仓地一带的灌溉需要，李如昆还煞费苦心起了名字叫"天流"。于是再次组织人力，挖下长三十多米、宽二十多米、深五尺多的大坑，坑壁用石块砌筑，指望抬高水面，引流入田，取之不尽用之不竭。然而事与愿违，泉水只蓄起一米时，水面就不再升高，村里只好抬来锅驼机抽水，却抽了不多就见底，很久又蓄不起来。无奈使用当时落后的钻探设备打算钻几眼人工泉增加水量，但下面都是岩层，报废了两根昂贵的钻杆。这样天流计划只好半途而废。"天流"的流产，就已经算盲目冒进的产物。但比之一九五八年其他一些做法，实在是小巫见大巫。

前前后后，形势真的在一日千里地变幻飞跃。

通电后就通了有线广播，小喇叭每天三次准时播放，为大跃进宣传造势，人们听到的深入心灵深处的口号就是"披星戴月干，一天等于二十年""人有多大胆，地有多高产"之类，通俗易懂而振奋人心。不知是县里还是乡里的一位女播音员还来吉庄的庙院走了一趟，据说她是北京人，说话实在好听，穿的衣服虽然普通，与本地的女性相差无几，但风度就是非同一般，像吉庄青年人的梦中情人一样，被挂在嘴边谈论了许久。

宣传来宣传去，朔县的典型是神头，神头的典型则是吉庄。据李如昆回忆，应当叫作"五化典型"，要求追赶有名的晋南稷山县太阳村。事实上太阳村好像只是乡村卫生搞得全国知名，得到了毛主席的称赞，但吉庄学习太阳村经验时已经扩大了工作范围，涉及"五化"。关于五化，宣传术语包括组织军事化、行动战斗化、生活集体化，吉庄的五化好像又具体了一点,有幼儿化、食堂化、妇产化、卫生化,可能还有农业机械化?反正口号太多,即使吉庄人能记起来的也不太准确。县里还专门派驻了整理材料的笔杆子,是一位名叫吴秉青的中年女干部。机械化就以水泵、锅驼机作为代表了,这里根据大体意思介绍另外几化:

一、幼儿化。严格说应该叫"幼儿入园",将学龄前小孩集中起来,免费看管,统一服装及卫生用具,配套小食堂,为的是解放妇女从事生产,地方设在南垣街小监生的二儿子李宣家。李宣已经亡故,一个女儿出嫁,一个儿子跟大夫庄奶妈生活,房子空置正好利用。村里抽出两三个妇女担任保育员,入园的幼儿开始有四五十个,像那么回事,只是不太正规,两个多月后基本转变为应对参观的面子机构,上级来人则开园开灶,来人一走小孩回家,办了年载光景,散了摊子。

二、妇产化。村里投资在南垣街西头盖起一座产妇院,专门接待全村妇女接生坐月子,并不收费,还给吃些细粮、供应一斤黑糖。配备医生,专职的是请来的西河底土大夫史宪章,这人五十出头,也挣工分,擅长针灸、偏方、拔牙什么的,态度很好,不论半夜三更,随叫随到,当然他对接生可能不太熟悉,于是神头乡医疗所的名医郝振芳等前来常驻。妇产化使妇女们生育保险多了,因此很受拥护,可惜维持乏力,到一九六〇年后自行关闭,留下一个史宪章扎根吉庄,摇身变为赤脚医生。

三、食堂化。也在初秋,吉庄率先成立公共食堂。全村共三个,伙食以小米粥、烩豆腐土豆菜为主,有时还有莜面,顿顿见素油,在乡下就算待客的饭了,各家到吃饭时间从食堂用盆子、罐子打回家,一日三餐管饱,许多人家拿回去吃不了,就喂了猪狗。可见浪费不可避免,食堂挥霍着吉庄还很薄的家底。李如昆家所在的小队食堂开张时,还杀了他家一头猪来庆祝,社员们高兴得脸上油津津的。不过,这样的食堂在一两个月后的中央政治局郑州会议后关门了。而一九五九年的食堂是另一回事。

四、卫生化。重点在除"四害":苍蝇、蚊子、老鼠、麻雀。蚊子和老鼠生存能力太强,灭起来难以见效,所以除四害的主要目标对准了苍蝇和麻雀。一个步骤是改良厕所,将茅坑尽量密闭,苫盖粪堆,不给苍蝇滋生的环境;第二个步骤则显得有欠科学,那就是消灭麻雀。

灭麻雀的背景还要向前回到一九五五年,据说有的农民反映麻雀祸害庄稼,不知什么人还算了一笔账:每只麻雀秋收季节每天吃四两粮食,四只麻雀一天竟消耗一人一天的口粮,"以粮为纲",怎么了得?当时的农业部向中科院动物所咨询,有科学家回答说对麻雀的食性没有系统研究过,不敢肯定是否需要消灭。但没多久"农业四十条"出台,第二十七条规定:"从一九五六年开始,分别在五年、七年或者十二年内,在一切可能的地方,基本上消灭老鼠、麻雀、苍蝇、蚊子。"由此,麻雀与真正的"三害"一起,被判极刑。

一九五八年的《人民日报》有一篇描写北京灭雀的文章,读来惊心动魄,极为惨烈:

> 四月十九日,从清晨五时开始,北京布下天罗地网,围剿害鸟——麻雀。全市三百万人民经过整日战斗,战果极为辉煌。到十九日下午十时止,据不完全统计,全市共累死、毒死、打死麻雀八万三千二百四十九只。

北京灭雀那个排场,也不知怎样有零有整地统计出死麻雀的数字。吉庄灭雀就没人算计过,但肯定不在少数,男人、小孩齐上阵,人人加工了弹弓,见一个打一个,同时堵雀窝掏小雀。上级供应了毒药,人们拌入小米,制成毒饵撒放,当时庙院有一棵直径一米多的老柏树,吃了毒饵的麻雀飞上树梢去逃难,一会儿扑棱棱掉落一个,一会儿扑棱棱掉落一个。县里还分配给吉庄一支火枪,由社长李如昆专职保管使用,装了火药和米砂弹,一枪能喷一大片。

## 第六章 鼓足干劲，力争上游

那些与人类世世代代同在一片蓝天下的麻雀十分伟大，乃至看见男人们的影子，就疾速振翅飞离，于是吉庄的男人们围了花头巾，化妆成女性接近麻雀进行奇袭。听小喇叭宣传，朔县沙楞河有个二小，灭雀奋不顾身，一次到厕所的墙缝里掏雀，不防脚下一滑落入茅坑，被灌了好几口粪汤，他露出脑袋后一边吐粪一边大骂麻雀："喝粪归喝粪，反正要掏你呀！"结果一骂成名，二小与吉庄的姚焕芝一道去北京出席了"五化"表彰大会。而吉庄李如昆也作为"五化积极分子"代表，到省城太原参加了省级表彰大会，其奖品是一枚印有毛主席和赫鲁晓夫亲密交谈的像章。

灭来灭去，麻雀吸取血的教训，漏网的纷纷飞往人迹罕至的山区或者野外打游击，村里再也看不到麻雀的影子——庆幸的是，到了一九六〇年三月，毛泽东对卫生工作有了新的指示："麻雀不要打了，代之以臭虫。口号是'除掉老鼠、臭虫、苍蝇、蚊虫'。"从此，麻雀获得平反，它们惊魂一定，逐步回归乡村，不计前嫌继续与人类和谐相处，没心没肺地。

灭雀只是一个非常时代来临的前奏。

而少了麻雀的吉庄，当然需要从根本上改变面貌，那才能起到作为"五化典型"的榜样和示范作用。为了体现村子通电这一最出彩的优越性，南垣街首先安装了一排路灯，所用电杆就是李如昆到城里的县长办公室，由县长亲自批出来的，共有二十多根，也记不清给钱没给。那次他头一次坐上非常舒服的软椅子，好奇地询问，原来有个很古怪的名字，叫作沙发。

那年五月份开始，宣传口号号召人们敢想敢干，五年超过英国，十年赶上美国，全国各条战线正式掀起"大跃进"的高潮，令老百姓茫然的是不知道英国、美国究竟是怎样的水平，吉庄则忙着继续完善形象工程，把临街的墙体用白灰粉刷，墙头砌筑了砖帽子，营造出城市的一点皮毛。尤其在南垣街，外墙比较整齐，上面或者写了大幅标语："农业大跃进！"或者请人画了巨幅的宣传画，有的画着骏马，寓意一马当先、万马奔腾，有的则画着一辆汽车拉一棵玉米棒子，一节火车皮拉一根萝卜，一节火车皮拉一颗山药蛋。可想而知，画上的山药蛋、萝卜、玉米棒子该有多么巨大。

传说中的大玉米

焕然一新的吉庄接待了一次全县召开的现场会，多数参观者不乏溢美之词，只有北邵庄一位在县里工作的干部姓温，说了一句比较刺耳的话："吉庄拿一千多斤白灰，把街道都刷了，让全县人来开大会……"言外之意没有意义，走形式主义。但一旁马上有人提醒他："你这样说不对。这是反映一个村的精神面貌，是很好的表现。画面上的大玉米、大萝卜、大山药都要变成现实。不敢胡言。"

又是批电杆，又是开现场会，李如昆等于认识了县长，顺便了解到一些零碎的信息，比如他得知上级干部正在进行下放，据说县委书记赵维基是原来的省委组织部长，而县长王近山原来是省商业厅的厅长。接下来，王近山县长下乡来吉庄的次数不少，一般住在李广生家的院里，他没有架子，很容易接近，李如昆等人与他熟了，还敢和他的通讯员陈龙开玩笑。等王县长伏案工作时，陈龙在另一个屋子打盹，大家学着王县长的口音吆唤:"陈龙,陈龙!"陈龙顿时一跃而起,反应机敏。

一次,王县长转到河湾地,看见一帮子社员锄田,当即兴之所至,也加入进来锄了一圈,休息下跟大伙随便聊天,拿出一盒"大前门"牌的香烟,每人分发了一支,人人受宠若惊,吸得津津有味。然后再锄一圈,再坐下休息,王县长一看烟盒快要空了,僧多粥少,就不给社员发放,自己却忍不住吸了一支。等他将烟头扔下,二愣的三弟李合急忙悄悄拾起,大大吸了一口,别的社员看见,纷纷来抢,嚷嚷说:"给我吸一口,给我吸一口!"结果人们轮流吸一口,烟屁股就烧嘴唇了。王县长见状,有些为难,给社员不行,不给社员也不行,让大家捡烟屁股更不妥,于是再吸烟就把烟头掐入土中揉烂,杜绝社员乱抢烟屁股。以后他出地干活,干脆不装香烟,对村干部说:"我不抽烟了,我买糖吃。"口袋里放了糖块,就没必要散发了。

就在王县长下乡的那段日子,神头乡实现了人民公社化。公社的含义比较难以把握,大致就是社会成员共同生产、共同消费的社会结合形式,不过让老百姓理解,好像原来的乡政府变成一个更大的农业合作社,各村的农业社变成公社的一个生产大队。神头人民公社成立之初,也变过花样。其一,组建超级生产大队。比如东神头、西神头、吉庄、小泊、吴佑庄、苗子山、伏庄就合并为神头大队,李如昆担任大队长,神头村石光碧担任党支部书记。其二,忽然有一天,神头全村男女老幼全部搬到吉庄来居住,拖儿带女背锅带铺盖的,吉庄人忙着腾闲房,帮助安置,乱套了。不知县里哪个干部想出的点子,好像这样

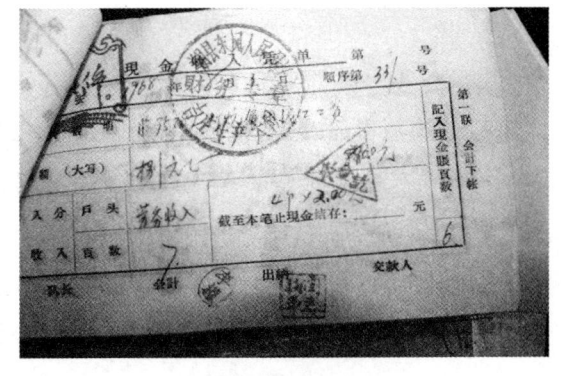

极具时代特色的戳印

共产主义就实现了。不过太短命,一个多月神头人就回去重立门户。而所说的超级生产大队,也没维持多久,除了极个别山村还保留小队建制,其余仍旧恢复了每村一个大队。

吉庄大队重新划分为六个小队,比原来增加了一个。

从一张遗留的下账的单据可以看出,神头人民公社曾经叫过东风人民公社。大概那是"文革"时期的称谓。回头再看吉庄如幼儿化、食堂化等所为,可以由一九五八年十月二十五日的《人民日报》的文章找到根由:

> 全国基本实现公社化以后,人民公社当前的关键问题是什么?是分配问题,是办好集体福利事业特别是办好公共食堂、托儿所问题,是实现组织军事化,行动战斗化和生活集体化问题。公共食堂和儿童福利事业这两件事情如果办不好,就不可能巩固生活集体化,不可能从家务劳动中把妇女解放出来,而使生产受到影响……

### 三、叫我解说,比串门子张口还难哩

跃进的节奏还在加快,人也更加狂热,吉庄村里的老百姓受到感染,胸中好像烧起一团火焰,但火焰朝哪里喷射,却有点无所适从。

到一九五八年七月份,还是小喇叭加大力度宣传农业战线传出的喜讯,湖北长风农业合作社首先放了一颗大卫星:早稻亩产一万五千三百六十一斤。亩产万斤的消息使吉庄人议论纷纷,简直不相信自己的耳朵,小喇叭说错了吧?但农业部随即公布夏粮产量增长百分之六十九,总产

吉庄的土豆田

量比美国还多出四十亿斤。这就等于官方出面打消了人们的疑虑。

榜样一出,各地立即效仿,特别是河北徐水一举成为放卫星的明星,由县委书记亲自向毛主席汇报:一亩地山药蛋预计二十万斤、小麦十二万斤、皮棉五百斤……果真是"人有多大胆,地有多高产"啊。

轮到吉庄,下乡干部让村里估产,上报数字。从当时实际情况看,即使说玉米亩产实现了突破,最多一千斤的样子,曾有朔县下关的劳模尹来鹏创下"玉米千斤、山药万斤"的纪录,已经难以超越,所以吉庄的村干部就照此多报一点,立即遭来领导评价:"你们保守嘛!要有魄力才行。"给以讥笑。表面看好像征求村里的意见,并不强求指标,数字也要从村干部嘴里说出来,但形势逼人,报不到一个卫星不能过关。最终社长李如昆咬着牙一步一步将山药蛋的亩产捏造到十二万斤,下乡干部孟祥富插了一句话:"这么个整数不好听呀,多少要挂个零头。按十二万五千斤怎样?"于是山药亩产预计为十二万五千斤。李万继承了兰花院的吹牛本领,像这般吹牛却也会自愧不如。

很快吉庄的这颗卫星通过典型材料,报送到有关新闻媒体的编辑部,忽然一天,来了一位独行的记者,五十多岁年纪,文质彬彬的样子,操一口外地口音。他脖子上挂一部照相机,到村里跟李如昆接洽,首先提出借一个小盘子秤，然后让李如昆带他到山药田实地采访。李如昆暗自嘀咕：这不是要捅破吹起来的气球吗？只好挑选一块长势最好、位于顺道路的山药地，惴惴地请记者参观。记者顾自蹲下，拔起几株山药苗子，仔细搜尽苗下的山药蛋，拿秤来称分量，平均每株也就三斤多，他问李如昆："一亩土豆多少株？"李如昆无法隐瞒，只好如实说："大约三千株吧。"记者又问："吉庄全村多少土地？"李如昆说："按大亩算，三千四百亩。"记者点点头，显然心中有数了，但嘴里并不表态。

尴尬的李如昆摸不清底细，开始磕磕巴巴为记者解释，说："我们这山药，还要施肥……等上了冻才猛长呀……地下能串三层，名叫三层楼。"不管怎么算，一亩地十二万五千斤，装满麻袋密密地码放，也得摞好几层。身为庄稼把式的李如昆怎能不脸红呢？吹牛也得和牛商量呀，他的难为情真的无法形容。以后吉庄就留下一句俏皮话："李如昆的山药，三层楼。"好在记者仍旧没有评说，并不戳穿他的谎言，只是提出要求说："我还想到桑干河那边看看小泊的水稻，但不敢蹚水，你背我过去好吗？"李如昆说："没问题，没问题。"将记者背着送到桑干河南岸。那位记者没有留下姓名，他始终好像谜一样让李如昆毕生难忘。他能够实地采访，还准备一个小秤，应该想说真话，但不知最后说出来没有。

当然，记者对真实产量的采访，在浮夸的浩荡风潮中并不能泛起多少涟漪，来吉庄参观卫星的人们依然络绎不绝，总得挑拣一位能说会道的解说员来现场讲解，做到绘声绘色，才能使卫星具有华丽的色彩，而不能像李如昆那样笨拙地自圆其谎。这时候，李普的大儿子李绍先成了最佳人选。

李绍先其人博闻强记，口才过人，肚子里学问很多。他看过的古典名著比如《西游记》《三国演义》《水浒传》《金瓶梅》《三言两拍》等，能够以评书的方式完整地全本讲述下来，还有一些民间故事之类。每到农闲或傍晚消夏时，堡里街往往聚集好大一伙群众，将李绍先围在中间听他讲故事，几乎成为吉庄固定的一道风景，文化气息很浓郁的。据说有一次李绍先曾经跟几个伙伴出去打工，途经一个村子没人留他们住宿，眼看要流落街头，李绍先坐下开始讲故事，吸引来一帮听众，讲得悬念迭出，娓娓而来，让那个村的村民欲罢不能，最终家家户户抢着请李绍先去家里上等招待，伙伴们就沾光了。在吉庄人们说起李绍先，往往要拿出李成新来相提并论。姚焕芝老公李成新也能讲故事，但他的记性欠佳，尤其记不住人名地名，全凭拿吉庄的人名地名代替，乱点鸳鸯谱。比方由他讲述《金瓶梅》吧，话句是这样的："古时候有个人……叫个什么？就叫仁五疤吧，他喜欢招惹女人，看中了一个女的……这个女的叫个什么？就叫二改玲吧，他俩谋害了二改玲的丈夫。那丈夫叫什么来？就叫张存厚吧。在哪个县呢？……就算在吉庄西沙滩地吧……"笑得人们前仰后合。

这样看来，担任卫星讲解员非李绍先莫属。李如昆请他过来做一番面授机宜，说："二哥，你给咱解说这亩产十二万五千斤的山药吧。"李绍先极其为难地说："你叫我这样说，我比串门子张口还难哩。"串门子，就是打伙计，跟别的女人勾搭成奸的意思。李绍先打这样的比方，朴实无华，却非常令人震撼，可以作为中国农民最经典的语言记入史册。但是，李绍先也体谅李如昆的处境，最终推脱不得，只能不情愿地接受了解说任务，站到田间地头开始了他的"串门子张口"，不过他的解说仍旧很委婉，力所能及地说得含糊些："山药蛋学名马铃薯，也叫土豆，见肥就长，能够高产的。春天下种前首先要晒芽子，叫作'春化'，然后再施以底肥，亩产可以实现突破。至于每亩十二万五千斤，只是一个估产的数字，等秋收回来就能证明了。"

经过一番造势，吉庄入驻了三名宣传人员，其中包括县委办公室的一位陈主任和乡里的材料员王德铭，他们根据形势需要，进行了正面的采访，然后撰写了新闻稿，很快把吉庄登上《山西日报》的头版位置，文章一开头几句，还是采用比较时髦的顺口溜或者新民歌的格式："一进神头乡，机器当当响，电灯亮堂堂……"内文肯定包含了卫星成

"放卫星"招贴画

果,写到李如昆时,说:"大队长李如昆表示:'坚决要完成!'"虽说当时的报纸无缘见到,但吉庄土豆亩产十二万五千斤,其实已经不算大卫星,因为侯马新绛县东方红人民公社的卫星更为惊艳地亮相在报纸上,内容大体说,以社主任刘文生为主经营的一亩红薯试验田,共产一百一十三万九千七百八十九斤,比吉庄土豆亩产高出一位数。且看人家的详细解说:"一亩红薯一万五千四百株,平均每株收七十余斤,最高一株产一百二十五斤,每块红薯一般达五至十斤,最大一个二十八点四斤,地面四尺以下都有红薯,连串的薯块和薯蔓一样长。"看数字倒像很准确,有零有整的。

可见,吉庄的卫星还是小多了。

在陈主任的报道中特别提到吉庄的经验,其中一条说到深挖地,好像还配了照片,但无缘见到那张报纸,也就不敢肯定。但吉庄真的挖过一番,选择在村东种菜的西斜子地,也不用犁牛,全部使用人力锹挖,深度达二尺,据说为了水肥循环。这样的深挖需要两排劳力,前边一排十几人,后边一排十几人,后排撵前排,步步紧逼,谁也无法偷懒,社员们不堪劳累,将这种方法称为"狼撵羊"。不过公社和大队心照不宣,都感觉深挖地是个形式,多此一举。事实上村里的园灌地一直都是人挖,哪里需要深挖两尺?那时候种了蔬菜,西红柿、白菜等,给新磨村的部队鸭场供应饲料,签订的合同是每年四十万斤,而一九五七年全年卖过去的达到七八十万斤,大队挣来一笔不菲的副业收入。"狼撵羊"的示范田刚挖了两三亩,就宣告停止了,因为大跃进的另一桩举措,正在秋收季节迫近前以更大的规模全面展开。那就是火红的大炼钢铁。时间开始在天气酷热的七八月份。按资料记载，宣传口号的发出，应该在八月十七号，国家确定要把钢铁作为首要大事来抓，年计划完成一千零七十万吨钢铁，比一九五七年翻一番。于是，全民被动员起来，为"钢元帅升帐"让路。

当年的《人民日报》记者写下的《沸腾的日日夜夜》，真实地记录了全民炼钢的狂热场面：

> 千百万钢铁大军开进了荒山野岭，唤醒了无数沉睡的山冈。爆破手们在常年寂静的山谷里，点燃了开掘的雷管、炸药；无尽的矿石、煤炭，像流水一样涌向炼铁、炼钢炉前。
>
> 夜晚，列车在原野上奔驰，不时从成群成列的高炉旁穿过，旺燃的火焰呼呼作响，映红了漆黑的夜空。

当时神头人民公社刚刚由刘焕接任支春仲为书记，县里蹲点干部包括组织部长赵海泉，他们召集各村干部开会，进行大炼钢铁紧急部署，要求全力以赴组织社员炼钢。炼钢本是高科技工业项目，对祖辈跟土坷垃打交道的农民来说太遥远了，说实话连吹牛都搭不上边，不料却让他们亲自动手实际冶炼，有点匪夷所思，但是干部群众满腔誓超英美的豪情，丝毫也不怀疑自己的能耐，马上停下手头其他工作，**摩拳擦掌就闯入与种田风马牛不相及的领域**。经专家探明伏庄山上有铁矿后，神头公社当先开矿取石，为各村提供炼钢所需的矿石。

随即吉庄集合了全村男女劳力上山背矿石，来回要跋涉二三十里路程，每天往返一趟，需要三四个小时。由于坡陡路窄，大家只能分开，上午一队下午一队，轮流出发，一般每人每次要背二十斤左右的一块，远远望去，一队百十多人马真的和一队黑乎乎的蚂蚁毫无区别，其中的辛苦一言难尽。李如昆带头只背了一趟，衣服后背就被磨开一个大洞。

后来人们加工了垫肩、坎肩，多少能保护一下肩背。

　　村里刘汉室在城里当干部，他媳妇刚刚怀孕，也得加入背矿石的行列，她虽然得到照顾，只背十几斤的矿石，却因为缠过小脚不敢下坡，干脆坐下吆喝着李如昆的名字大哭："李如昆啊，二叔啊，这可怎么办呀？"还是林贵英过来出主意说："别哭别哭。你把石头从坡上滚下去，然后到下边再寻找。"这才解决了困难，结果妇女纷纷效仿。刘汉室媳妇怕被别人把矿石拣走，还得做个记号。林贵英记得神头村一名怀孕妇女，背矿石时竟在伏庄的烂窑里小产了，大队只好派人背她回去。

　　相对而言，最苦的就数公社的"训练班"，集中各村一些生活作风不好的、参与赌博的、戴有地富反坏帽子的人等，共有六十多人，他们统一行动，比寻常社员所背矿石更要加倍。比如吉庄的李壮老汉，平日喜欢赌钱，被列入训练班。他已有六十多岁年纪，一趟必须背回两块矿石，他驮着一个篓子，下山时候摇摇晃晃，让人看得心惊胆战。

　　虽然社员们已经跑得足够快捷，但坐镇公社的干部赵海泉还嫌效率不高，召集各村干部开会，说："人家采石场工人比你们干劲大！有个姓元的小伙子，一次能背五十斤，而且一天往返两趟。"西神头村大队长李世贵不大服气，嘀咕了一句："采石场工人顿顿要吃碗口大半斤重

难忘的记忆：全民炼钢

的馒头，路上还带一个，咱们吃些高粱面，比不了的。"被赵海泉听见，立即将李世贵抓了典型，批判他思想不进步。各村连忙表态要再鼓干劲，陆续将矿石堆放到村外的崖下、沟边或埂畔，七高八低好像发红的坟丘一般。

　　吉庄的炼钢场所和各村一样，比较分散，挖坑或者掏洞，简易弄个土法炼钢的炉膛，填入柴炭，上边码摆矿石，然后不管三七二十一，点火引燃起来，先是浓烟滚滚，继而火焰乱窜。炼钢的块炭由大队派出马车从煤窑大量拉回来，至于木柴嘛，把全村拆毁破房时存放在李林仁院内的破檩旧椽使唤一个精光。同时神头公社在吉庄村西一处名叫"大圪坝"的沟内集中炼钢，有别的村也有一些单位，傍着崖壁掏开一排子的土窑洞，就算大型炉膛，数量不下几十个，任何排烟通道都没有，但规模上去了。炼开以后，公社还让吉庄大队献出抽水的锅驼机改用鼓风，李如昆害怕弄坏，稍有犹豫，遭到下乡干部上纲上线的批评："老李你还有党的原则吗？"李如昆只好带人将锅驼机弄到大圪坝去，却因为那家伙太重，移动不便，无法派上用场。

　　于是鼓风依旧采取土办法，人们设计了一种"牛舌头"设备，相当于一个扇风板子，就是把人们院门的门板卸来，上部悬挂在木架子上，下边派人拿绳子拉，拉起来再放开，耷拉着真的好像牛舌头一样，鼓风也还见效，每扇一次，火苗呼呼作响，热浪逼来，扶架子的需要赶紧挪着架子后撤，四五个小时过后，柴炭烧尽，一炉就算完毕，矿石没有化作铁水，却变成不方不圆不像个形状的炉渣团子，看似炼成了钢铁，事实是废物，以后村民垒猪圈都用不上。

　　就这样炼了一炉又一炉，连晚上都不许停歇，在夜色昏暗中，只见各村同样冒烟冒火，星罗棋布，映照得天空一片赤红，有些金蛇狂舞的诗意，现在看来当时的做法有悖科学，谁能说当时不让人心潮澎湃呢？在柴炭和激情一起燃烧的火红岁月里，吉庄大王庙钟楼的铁钟几乎被抛入火坑。当时没有矿石可炼的村子，听说还搜集户家的废铁回炉，所以在吉庄下乡的妇联干部毛桂香就盯上了那口铁钟。

据说那口钟铸造十分讲究，声音悠长悦耳，极其富有穿透力，旧社会住庙老道在每天晚间人们休息时都要敲击三十六下，紧五慢六的，表示"定夜了"，起到一个钟表的功能。新中国成立后挂在钟楼下，没人再管它，从使用价值说就算没啥用处，所以有一天大队开会，毛桂香提议说："咱们能不能献出庙院的铁钟，支援国家的大炼钢铁事业？"另一位下乡女干部吴秉青表态支持，吉庄村干部默不吭声，带有抵制的意思，李如昆有点着急，开口反对说："这样，大方向完全正确，我也同意，可是拿走铁钟后，钟楼就失去支撑，马上会倒塌。一口铁钟倒无所谓，钟楼可是最讲究的，专家还来研究过，很有名气的。"两人发生了争执，以至于年轻的女干部毛桂香抽抽搭搭哭了，但在村干部的一力周旋和坚持下，铁钟到底保存下来，未被毁于一旦。毛桂香是右玉县人，据说以后当到朔县的妇联主任。

吉庄的大炼钢铁持续了大约一个月。正是秋收黄金季节，天年不错，尤其经过灌溉的田地，庄稼长得超过任何一年，可惜大队忙于跟随"钢元帅"冲锋陷阵，只安排一些行动不便的老年人勉强留守农田，耽搁了收割日期，一些谷子、高粱、糜黍等不同程度掉落了颗粒，蔬菜更是自生自灭，只有刚引进的玉米和土豆、萝卜等影响不大，但来自其他方面的糟害不可避免。

大队为了发展副业，专门养了母猪，生下小猪崽分到户家去养，可以挣工分，秋后算账。而且待小猪长大后卖给国家，每头猪能留十斤八斤的自留肉指标。人们记得李世宝捉回一头小花猪，却懒得悉心饲养，一顿也不喂，从小就放入庄稼地里，收购期间满世界寻找，等捉到一看，长得肉乎乎的膘肥壮硕，见人就想发动攻击，好像野猪一样，也算一桩新闻。

不妨顺便举个大跃进以后的例子，关于刘克功之猪。传说刘克功自家喂的一头小猪，一次跑出去啃吃庄稼，村民张银厚恰好看见了，拿起土块就打，骂得连猪的祖宗三代都捎带进去："操你奶奶！吃大队的粮食？老子一石头就砸死你！"恰好遇到刘克功出来，问："你骂谁呢？"张银厚说："不知谁家的猪……"刘克功一看，说："那是我家的猪啊。"当时刘克功已经担任副支书，张银厚急忙改口说："哎呀，这小狗娘娘的真乖哩，进地就懂得撅起嘴头拱草根哩，庄稼连看也不看。"以后吉庄留下俗话："张银厚骂猪，小狗娘娘的真乖哩。"刘克功证实说这则笑话属于有人诋毁张银厚，根本没有的事。

笑话归笑话，侧面证明吉庄人在大集体时期，能够做到很自觉地维护集体利益，而容忍李世宝的花猪在庄稼地如入无人之境，则反映出一九五八年人们确实被大跃进的各种动作忙乱得心无旁骛，连至关重要的庄稼都顾不得问津。

槐树院厕所墙上搁着的废渣团

最终上级发现土法炼钢有些画饼充饥，所以及时纠正，有条件的地方——比如神头，建起几座像样的高炉冶炼矿石，好歹炼出了半成品的铁团子，具备继续加工的价值，由国家拉去一批。而各村的土法炼钢，也就偃旗息鼓，把一种不甘落后的精神和脱离规律的教训，一起留存在历史的长河中。据说那一年全民参与所炼出的三百多万吨土钢、四百一十六万吨土铁，全无一点儿利用。有资料说，土法大炼钢铁使全国损失大约二百亿元人民币。

应该说，吉庄大炼钢铁还有过一个尾声，好像是为神头的高炉加工耐火筒。具体做法是，由各家将耐火土块拿回去塞入灶膛熏烤，然后用碾子压作粉末，再加水搅拌，捏成小筒，放到野外空地上二次熏烤使之凝固。那些日子，村支书林满每天举着白铁皮卷成的喇叭，站到村里高处的窑头上，招呼社员集中起来突击完成任务。到底他当年怎样吆唤的，却又让人们编出了顺口溜："背回钢铁，拿上风匣，带上耐火筒筒走哇！"

等林满的余音散去，吉庄彻底送走了过路神圣"钢元帅"，社员们回头蓦然发现田间一片狼藉，匆忙亡羊补牢。根据庄稼的生长状况，和往年对比，凭经验判断全村的粮食产量起码可以达到八十万斤，应当会突破历史记录，然而，吉庄坐失了这个机会，入库的粮食仅能保持一九五七年的水平，不足七十万斤，上缴余粮却要超过一九五七年，大约有十六万斤。不过，大炼钢铁投入的人工、拉炭成本、正常的副业损失等等，公社并不补贴，大队前两年积蓄的一点家底被消耗殆尽。

# 第七章 勒紧裤带,共渡艰难

## 一、我们村也能近水楼台，出几个高粱面大学生

对寻常村民来说，大炼钢铁之年，口粮略有减少，光景却不至于非常拮据。但进入一九五九年，村干部心中已经一个劲地叫苦不迭，产生了恐慌的苗头：一来春雨久盼不来，虽有井灌电灌，但难以抵消老天的影响，粮食再一次面临减产；二来公社确定的余粮征购指标，要在上年基础上大幅提高，而一九五八年的基础数字，水分实在太大了。

农业社时村里有句说法，叫作"农业损失副业补"。自从神头采石场自己成立装卸队，吉庄就挣不到装卸费了，也是一笔不小的损失。在粮食指标的压力下，蔬菜又不敢多种，那么，副业新的潜力从哪里挖掘？经过一番开动脑筋，吉庄还是发现了商机，决定盖一处车马大店，尝试发展第三产业。当时公路不太发达，多少年了通过吉庄的主要道路仍是一条土路，人称"东大路"，沿着桑干河北岸，从山阴县直通平鲁那边，吉庄扼据其中。以前山阴和朔县东南乡一带许多村庄的百姓到平鲁煤窑驮炭，吉庄是必经之所，因此个别村民利用自家院落，挂起小店的旗号，留客住宿，收些小钱，比如李士忠、李树山等都当过店掌柜。

等到成立农业社，时兴大队给社员拉炭，粗略估计，每年冬天过往吉庄的拉炭马车、牛车或驴车总在大几千辆，一趟都要歇脚一晚，吉庄是最佳投宿的位置，而政策不允许个体小店继续存在，由集体开店正是不错的主张。除了住宿费收入，关键还可积肥，哪个入住的牲口不留粪便？虽说一九五八年已经倡议田间推广化肥，吉庄也拉回一些，但人们觉得不大可靠，有的拿回家实验，先给院内的花草施用，由于没经验，

化肥投量太大，花草多被灼死了，所以大队赶紧把化肥打入冷宫，觉得那东西太毒，不敢冒险。"庄稼一枝花，全靠粪当家"，总是农家肥踏实。

店院大约就在这间窑洞的后面

当即吉庄大队从春天备料动工，选址在槐树院一侧的云庙院，那处祖祠的废墟新中国成立前族人视若圣地，谁也不敢动土，大跃进期间那就另当别论。根据院址大小，大队除设计三间通铺大店舍、伙房、长三十米宽二十米的大粪坑、牲口棚圈之外，另建一排十几间的大队办公室，彻底结束搬来搬去的办公场所。店舍掏空需要大梁承重，这回轮到庙院李天林当年种下的大杨树发挥作用了，一声令下，木匠刘耀、刘生前去砍伐，其余檩椽，李如昆担任采购，到附近各村比如桑干河南岸的刘家湾、西河底等村子购买，也就是物色一些旧房子拆解。其间他连遇两番晦气，一番在西河底拆旧房时，不小心竟将人家邻居的房子弄坏，赔了五百多元；另一番则更惊险了，他蹚水回村时恰好桑干河洪水暴发，几乎被冲倒淹死。

几个月时间，车马大店和大队部同时竣工，这样吉庄又多了一处大院，人称"店院"。吉庄车马店可能是最初乡镇企业的雏形吧？与店院一起给村民留下比较深刻印象的，有两桩新生事物。

## 第七章 勒紧裤带，共渡艰难

其一，是彻底颠覆了世俗理念的爱情故事。参加盖房的有一个北邵庄姓杜的小泥匠，当小工的有村民李合的妙龄闺女，这两位在劳动中产生了好感，一个收工以后迟迟不回，一个上工以前早早就去，说话投机，干活不累，甚至双双对对走过吉庄的街道，大概也有了花前月下。虽说提倡婚姻自由已经多年，但一些村民、尤其上年纪的长者，还是看不惯年轻人公开谈恋爱，难免指指画画。不过，小泥匠和李姑娘根本不予理睬，依旧甜甜蜜蜜，最终收获了爱情。

其二，有了承包一说。关于承包，怕是计划经济年代的一个贬义词，但吉庄挖砌粪坑工程时破天荒地进行招标承包，喊出的工钱是四十个工，相当于四十多元。要知道当时的公社一把手才算十七级干部，月薪好像七十二元，一个公办老师，月薪仅有二十九元多，那么四十个工听起来就是一个好大的数字。李宗富的儿子李维神头高小毕业不久，很有锐气，获得承包资格。但是他实在缺乏对劳动成本的核算，结果赔钱了，亏得大队心中有数，完工后给他补贴了一点。

车马大店建成运营，效果还真跟当初的设想差不多，一个冬天可以攒粪二百多车，住宿的车把式每人每晚收一元钱，他们喂牲口自带草料，人吃也自带米面，交给车马大店的伙夫做饭，同时免费供应开水。首任伙夫正是善于讲故事的李绍先，他这个人如果不说几句经典的幽默话倒奇怪了。比如客人要一碗开水，他把大锅烧热，舀一瓢水从锅沿绕一圈流入锅底，听得"哧啦"一声，等于水开了，再舀给客人，应付一样，随口还说："来喽——人家吃小炒羊肉，咱是小炒开水。"

店院创收的同时，吉庄还获得一次投机赚钱的机会，却摔了一个跟头。那时生产队经常买牲口，一般李如昆出去采购，最合算就数阳方口煤矿退役的拉煤用骡，一匹上好的三千多元，寻常的也就两千元、一千元，数量不少。城里的牲口牙子名叫温四元的，得知吉庄开店，牲口信息灵通，一次他忽然带着太原冲压厂的采购员王树华来找李如昆商洽，说是冲压厂准备收购一批骡子。真实情况是厂领导确实派王树华出来买几匹牲口养一辆马车，谁知王树华"华而不实"，不仅是个彻底的外行，而且喜欢炫耀，擅自弄权，开口就问李如昆："你们有多少骡子能卖？"李如昆试探着问："不知一匹给多少钱？"王树华说："最少还不给你一万元？"李如昆大吃一惊，心想一万元一匹卖出，再从阳方口两三千元一匹买入，那利润高得还不吓人！

看来天上要掉馅饼。王树华十分痛快，看看吉庄大队的牲口，连马带骡挑选了十几匹，就算成交，其中一匹大拐把骡子，蹄子稍有些毛病，居然作价一万二千五百元，真是天价。交易额一共十几万元。那个时代，都凭单位的介绍信，买卖牲口不存在行骗一说，根本没有拖欠或赊销，所以李如昆非常放心。在交付牲口时，饲养员李宽仁抱住大拐把骡子依依不舍，王树华爽快地掏出十元钱小费塞给李宽仁，其时买牲口的往往给饲养员三角五角意思意思，一下子拿出十元钱的主儿实在罕见，顿时让在场的人们目瞪口呆，夸赞王树华说："到底大城市来的！"

王树华那次买牲口，一共花出四十多万，除了吉庄的还从别的地方采购，包括朔县酒厂的几匹老没牙骡子。但是，王树华砸锅了，冲压厂并没让他买那么多，付钱出了问题，于是几天后领导急忙通过省里有关部门斡旋，又亲自来朔县商量，提出把牲口退回原主。朔县农工部长乔日升召集一干卖主到酒厂开会，牲口也拉回到南关的保合寺，看来退货已成定局。李如昆看看那些牲口，变得瘦干巴巴，提出说："不能想退就退，耽误了我们生产，必须赔偿损失。"冲压厂态度诚恳，一概答应。这时李如昆认出酒厂的厂长居然就是当年法办大、二、三金靠兄弟三人的游击队长王斌。他向王斌问起那个案子，王斌惭愧说："唉，就是个冤案。"李如昆跟他开玩笑说："人家的儿子要找你呀！"

随即李如昆跟王斌还起了纠纷。就在开会之际，外边报告死掉一匹大骡，王斌立即兴奋地表态："肯定是我们酒厂的那匹！"因为牲口一旦死了，冲压厂就得按王树华的天价付款，死了倒比活着好。李如昆也说："咱先看看。"一看却是吉庄的大拐把，但王斌以上压下，硬说是酒厂的，两人大吵一气，最终王斌理亏，不再坚持，这样大拐把舍身换钱，使吉庄落得将近万元的纯收入，还有其他牲口以饥饿为代价得来的八百元劳役费、损失费之类补偿，一共一万三千三百元。不久太原冲压厂汇来一万四千元，多了七百元，会计李万富无法下账，只好临时挂着，等候人家追究再行退还。

后来王树华犯了错误，被逮捕了，专案组下来取证，温四元大概抽取过好处，吓得上吊自尽，接着专案组又让吉庄大队出具材料，指证王树华私自骗卖了大拐把，当事人李如昆急忙辩解，说："我为党负责，那匹骡子绝对死了。"专案组把手枪都摔到炕上，说："光天化日之下还敢包庇？"李如昆据理力争，提出证人名字，但专案组又问骡肉哪去了，李如昆哪里知道？结果提供材料也就不了了之，至于王树华付出什么代价，吉庄无人知晓。

依旧在一九五九年，吉庄还引起了整个朔县，甚至整个雁北地区的瞩目，一所大学罕见地决定在吉庄成立，这所大学就是以后大名鼎鼎的雁北师专。其间还有过一波三折。

还得从当时特定的背景说起。起先吉庄人听到传闻，说苏联专家在朔县勘察出大型油田，所以国家准备在朔县建设一座四十万吨的炼油厂，将朔县规划为能源重镇；同时忻州和大同两个专区即将合并，成立大同专区，专区行署也要从大同迁来朔县；接着，又有确切消息说忻县师专和大同师专已经合二为一，并组建"晋北师专"，就是雁北师专的前身。出于前瞻性考虑，师专被确定在朔县选址筹建，很快筹备处成立，不知经过怎样的事前研究，反正筹备处三四名工作人员忽然光临吉庄，住在李世杰家中，还从北邵庄雇了一个伙夫做饭，他们一待就有半年多时间。

师专筹备处的负责人名叫马林扬，容易让人听为"马羚羊"，不知担任过专员还是副专员，总之人们称呼他"马专员"，他带着手下的几个人常常到吉庄的地界转悠，勘察什么。就说最低官职吧，马专员起码应当在副地市级别，比县太爷大半格，不过他的生活很清苦，寻常跟筹备处几个人同吃一锅粗粮淡饭，有时嘴馋了，自己改善生活，吃些田地里生长的野草牛犊草，那种野草有些呛人，怪味很重，马专员一般凉拌，使用酱油、醋和星点豆油作佐料，好歹总算新鲜蔬菜了。他往往抿一口烧酒，嚼一口牛犊草，曾经和吉庄大队长李如昆倾诉苦水："老李，我这人四处生活，家庭也各处分散。老婆在大同，儿子在北京读书，老父母留在老家。唉，就我这百十元工资，紧张啊。"

慢慢地马专员跟村干部熟悉了，就透露说本来计划把师专建到县城西端赵什八庄一带，但他们感觉吉庄风土不错，所以一致认为将师专建在吉庄为妥，直棘地一块地皮看着比较令人满意。他还描述远景规划说，在这里建起大学，将来还要陆续配套附属中学、附属小学，最下边再办幼儿园，形成一条龙教学体系。村干部不敢向他多问，却悄悄向筹备处其他人员打探，听说师专计划占地三百亩，东自铁路，北至果树园，南达跃进渠，西到庙沟，构想挺宏伟的。很快，这样的规划方案被县里、公社，包括吉庄人都知道了，村里社员们议论纷纷，多数持有反对意见，说："咱村就那一块好地，都让学校占去，种粮靠什么？"

百姓的意见传到前来下乡的地委文教书记赵子顾耳朵里。赵子顾眼睛红红的好像患有高血压，平日吃饭老在额头敷一块湿毛巾，据说还是中央下放干部，不知怎么跟饶漱石牵连了，才被降了官职。一次他陪行署的秦专员坐了蛤蟆车到吉庄，召集师专筹备组和村干部开会，问李如昆："村里群众是否抵触，不愿意留下师专这所学校？"李如昆表态说："个别群众一时不理解，不过我很赞成。村边办一所大学，文明风气能影响村民，再说我们村也能近水楼台出几个土生土长的高粱面大学生，将来有前途的。"马专员也一力坚持把师专办在吉庄，他说："吉庄有山有水，像个办教育的好地方，离朔县城也不远。而且朔县即将变成几十万人口的大城市，吉庄可能处在最合适的位置。"

但赵子顾十分注意群众呼声，说群众不同意，强行上马容易挫伤老百姓的感情。他在会上跟马专员争得面红耳赤的，推荐另选西神头村一块平整的旱地，主要领导秦专员当场没有表态，却专门到西神头实地看看，觉得地皮太小，没有发展前景，最终倾向于马专员的方案，不久有关会议正式通过在吉庄建校的决定，并将李如昆吸纳加入建校委员会。当年秋后师专校舍开始动工，先期占地一百三十多亩，每亩补贴了村里四十元人民币，通俗来说就是一亩地卖了四十多元。双方讲好学校建起来后，所有厕所的粪便由吉庄大队负责处置，用于积肥，而学校的菜地仍由吉庄大队种植，供应学校食堂，一举两得。这也是公社按照吉庄村干部的意愿做主给吉庄争取来的附加条件。

这里有一张比较珍贵的手写协议原件，可以见证当时土地征用情况：

### 五九年土地购买契约

立契约：晋北师范专科学校基建委员会（以下简称买主）

神头公社吉庄管理区（以下简称卖主）

根据上级五九年度扩建校投资任务，按征用土地协议书逐渐征用的精神，经双方协商按下列条款征用：

所购之面积在本年九月二十四日所购之地的南段再继续征用，东西长一百四十公尺，南北宽五十五公尺，计地十一点五五市亩（详见附图）；

征用地价根据协议书协定精神，以四类地，按三年定产，年产为一百八十斤（市），原粮每斤平均价格八分，每亩计人民币四十三点二元，共计款四百九十八点九六元正；

本契约一式五份，双方各执一份，其三份报送有关部门备查。

买主：晋北师专基建委员会

卖主：神头公社吉庄管理区

公元一九五九年十一月十一日

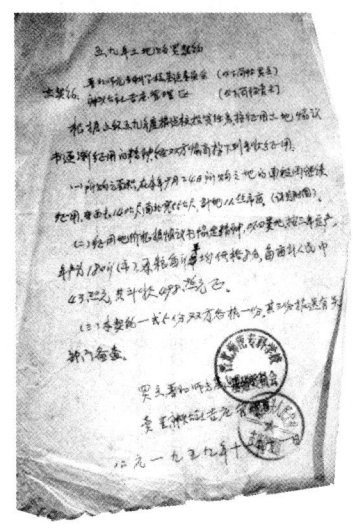 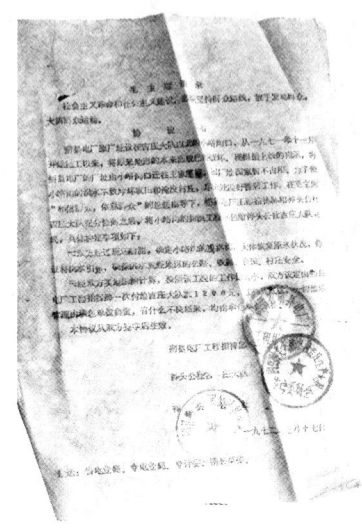

**当年晋北师专征占土地的协议**

当年师专校园就开工了,由地区建筑公司承建,城里光明社的毛驴车队拉石头拉砖,吉庄负责拉油砂,很快盖起了教学楼和配套的一批平房。那座俄式楼房,成为朔县第一座楼房,有些标志性的意义,三乡五里的百姓曾经结队去观看,开开眼界。紧接着师生入学,马专员担任常务副校长,省里一位姓郭的十三级高干担任校长。头一届学生有一千多,来自晋北各县,朔县籍的不多,就近好像只有吴佑庄村的李弼。老师几百号,不少都是哈尔滨工业大学刚毕业的大学生。

大学的到来,无疑使吉庄在街谈巷议时平添了令人感觉与寻常农村大相径庭的许多谈资。在这里略举几个例子。比如一位傅作义部下出身的老师,其妻从大城市来朔县下户,搭坐吉庄李守艺赶的马车走到神头时,好奇地问:"这儿怎么没有跑街车?"她指的是出租吧?幸亏李守艺到过呼市,回答说:"还有跑街车?就这马车还是我们生产队的。"比如师专郭校长喜欢买了西红柿,剥皮后浸了白糖吃,一位繁峙籍的校工出来说:"那家伙香得舌头往外边跑。"再如学校的学生饭后把窝头扔得到处都是,那种窝头掺了麦面的,特别好吃,村里的狗跑进校园,不仅能够饱餐，还往家里衔些，让足不出户的猪跟着沾光。最轰动的是学校排演了话剧《红岩》，邀请吉庄村干部观摩，社员们也拥挤进去观看，直看得如痴如醉掌声如潮，都成为扮演江姐的路秀珍老师的超级粉丝。后来路秀珍和丈夫都调往太原银行学校，但一直将吉庄老乡视同亲人，凡来做客热情有加。李如昆的二闺女和三闺女都通过她的引导进入银行学校读书，毕业后分配了工作。

只是大队积肥和卖菜的如意算盘落空了。师专围墙圈起后，吉庄支书林满和大队长李如昆找马专员协商接收校园内的菜地，马专员摊开平面图，一块一块地指着问："这块要不要？"两人回答："都要。"恰好碰上郭校长，一听吉庄要地就大发雷霆，表示拒绝，霸道地说："你们要吧！我马上给省委打电话，就说学校办不下去，没菜吃。"果真把电话打到上面，很快地委书记王明山来了，批评地方干部说："师专新建起来，没有基础，你们不能干扰人家生活。"县里的文教部长田祥无端受了训斥，发牢骚说："当初有协议嘛，也是中央精神！地委上边还有省委，省委上面还有中央！"但他哪有本事把小问题反映到地委之上的省委和中央？最终是师专自己种菜，使用师生的粪便施肥，吉庄最多闻闻粪味。村里的群众一个劲地抱怨："他娘的跟上师专啥油水也沾不上，大粪也不给！

雁北师专教学楼——朔县有史以来第一幢俄式楼房

就有男生女生出来搞对象,尽给地里踩些小路!"

随着形势发展,朔县没有成为能源重镇,雁北师专相应地遭致起落。到一九六二年,师专被裁撤,改为县办神头中学。

## 二、一肿一塌,就要给个说法

还得把时间退回到一九五九年。

果如人们春旱时就预料的那样,吉庄的庄稼生长状况很不尽如人意,谁看了都会摇头叹气。特别是全村种植的八百多亩山药蛋,种子退化了不说,不到季节早早竟火霜了,苗子在灼热的阳光炙烤下,如同大火熏蒸过,蔫死过半,这引起下乡考察的县委副书记崔其昌的焦虑,他出面让有关部门帮助,希望将山药起死回生,喷洒过不少硫酸铜,但是效果不算理想。什么三层楼,什么十二万五千斤放卫星,无人再敢吹嘘,亩产保证三四千斤,那就阿弥陀佛。按当时四斤山药顶一斤粮食,还算接近千斤的粮食产量,而那年的玉米也就亩产几百斤吧,杂粮更别说了。

但是,上级要求缴售余粮的任务很重,那年实际上缴的粮食达二十万斤,山药卖到供销社是五万多斤,虽然都已超过了一九五八年,但离公社的指标要求还相差甚远。同时根据公社命令,社员养大的猪也不能擅自宰杀,全部由国家收购,那年吉庄一共卖给国家二十二头猪。

回头分析一下,当年中国的粮食形势面临更为巨大的困难。一九五九年七月,华东地区长江洪水造成大面积饥荒,也拉开了全国三年自然灾害的序幕,全年粮食产量较一九五八年下降百分之十五,甚至跌落到一九五一年的水平。而国际方面,中苏关系恶化,为了民族尊严,中国全民过紧日子，全部归还苏联的外债，"宁愿吃草根，也要还债"，老百姓义不容辞喊出这样的口号。

毫无疑问，大跃进的浮夸风也造成国家征收粮食额度严重超出实际产量。

比如吉庄，因为被树立成农业典型，有着榜样的使命，所以面前已经搁着一组虚报过的上一年的基础数字，好像人为立起了一座必须翻越的高山。

在秋收来临之际，县委书记赵维基带人来到吉庄，往地里插旗子，这次连村干部的意见都不再征求了。旗子分两种，一种红旗，一种黄旗，地头插了红旗，代表亩产双千斤，插了黄旗，代表亩产一千斤以上。所有水浇地当然红旗飘飘，中等的照样红旗飘飘，最起码的标准也得插上黄旗，此外没有不达千斤的。村干部陪着县委书记一行到了山坡的旱地，看见地里的谷子稀疏黄瘦，谷穗最多三寸长短，连头都弯不下来，一亩能收二百斤就算卫星，但只见县委书记俯身掐下一个谷穗，打量良久，最终下令地头插上黄旗。那一刻，可能县委书记的心情同村干部一样惶惶不安，无法用文字来描述。据说朔县大夫庄公社书记张如林因为粮食产量说了一些真话，就被打倒了，经常挨斗。可见，那个特定的历史阶段，实事求是需要付出相当的代价。

当然，虚报了产量，更要承担严峻的后果。

吉庄按照红旗、黄旗来纸上谈兵，粮食产量绝对是一个令人满意的数字。但实际秋粮入库后，差距就显示出来了，报的太多，收的太少，上级就要一个说法：粮食哪里去了？于是村干部又有了新的任务：寻找理由吧。还得凭空杜撰材料，比如：张三家喂了几只鸭子，每只鸭子跑出来偷吃五六十斤；李四家饲养一头猪，跑出去糟蹋了三五百斤；村民人人私心作怪，平均偷回家几百斤。最奇异的是，捏造名单时候，还写上二刘金来凑数，让他也偷窃生产队粮食五百斤。二刘金是谁？就是日军侵略期间被密探朱福打个半死的神经病人，自从那次挨打后他连门都不出，居然摇身一变成了偷粮贼。村民阎春生看到名单，气哼哼说："二刘金？给他个元宝也不懂得拿，哪懂得出去偷粮食？真是日怪了。"

日怪不日怪，倒是其次，关键在于实打实上缴余粮。任务下达以后，大家都傻眼了，因为连第二年的种子和牲口的饲料都搭进去都不够。李如昆前去向当时的公社书记刘焕汇报，刘焕叹口气，不容商量地说："你们先全力以赴上缴吧，种子什么以后再说。村里利益要服从国家利益。"显然上缴任务沉重，只能是采取杀鸡取卵一样的方式。村干部们除斗胆留存下少量的种子外，牲畜饲料每匹大牲口每年一百二十斤、母猪一百二十斤、羊五斤等，已经无法保证了，而社员的口粮已经压缩到一年只有二百二十斤，如何填饱肚子又一次成了问题。

不知是"共产风"还没有刹住，还是为避免大面积饥荒的发生，一九五九年的秋后，吉庄大队根据公社的布置，再次恢复了公共食堂，全村还是三个大食堂，各自生火开灶，社员们不再在家中做饭，自然也不曾分口粮。大队干部也进行了一番相应的鼓动。

吉庄的跃进渠南坝，聚起深水后，

当年的庙沟水库（李柱　画）

各种野生鱼类天然繁殖，有的居然长到十斤左右，远没有达到由大队组织捕捞的程度，只是个别有窍门的社员自发地弄个一条两条改善生活。特别是四讨吃，手中私制了一杆火枪，中午有时在坝沿"守株待鱼"，等大鱼耐不住酷热，探头露出水面呼吸，他就瞄准开枪，偶然也能击中。像四讨吃这样的能人，在村里也属凤毛麟角，但还是被县委办陈主任发现了新闻，为此陈主任写了一篇报道，在《山西日报》发表，夸奖神头公社"鱼肉大米藕根菜，南方的生活搬到雁北来"，也算有些素材依据。村干部李如昆记住报纸上的语句，给社员们开会时，现买现卖，说："我们开办食堂，目的就是'鱼肉大米藕根菜，南方的生活搬到北方来'。"人们对于食堂的认识，依旧寄托着"共产主义是天堂、人民公社是桥梁"的乌托邦希望，其中二辣椒听着就流涎水了，一脸神往地问李如昆："二叔，那咱们可好好吃呀吧？"李如昆想想集体仓库中的那点可怜的存粮，不无酸楚地话中有话地对二辣椒说："一定介怎给你吃呀！"以后人们见了二辣椒就调侃："二辣椒，一定介怎给你吃呀？"

实际吉庄的大坝，也就算土打土闹，技术含量不高，首先没有设计泄洪口，所以坝堤的安全难以得到有效保障，往后就被一场大洪水冲垮，许多鱼儿跑得无影无踪。大队再次筑起坝堤，同样又在另一场大洪水到来时崩溃。直至水利部门插手管理，正式修筑了泄洪口，而吉庄的筑坝人最终没有吃到几条鱼，鱼肉大米藕根菜的南方人生活，不过是画饼充饥。

食堂开办之初，吉庄人才真正感觉到粮食的缺乏。就按每人每年二百二十斤的定量标准平均下来，每天也就六两；如果真有大鱼大肉，六两主食大概足够了，但那个时候，肉食压根儿没有，蔬菜嘛，就是盐水里漂浮几根土豆丝，如此状况下，六两粮食绝对是杯水车薪。只是当年各家或多或少有些陈年的存粮，社员们偷偷回家吃些，不至于肠胃空空，然而进入一九六〇年，户户的存粮告罄，可就真正地狼来了。就在那一年，所有中国人的肚子经历了最严峻的考验。

为了防止青黄不接时的某一天彻底断粮，吉庄采取了严格的节约措施，春节后到播种前，还是比较清闲的时节，食堂伙食标准压缩到每人每天四两粮食，只够熬玉米面糊糊喝，一天三顿不变，每人每顿仅分得一瓢，总比吃稠饭在视觉上和体积上多一点。为此五、六队的食堂管理员李庆银获得一个形象的外号，名曰"稀糊糊"。

　　不能说李庆银在吉庄不算个人物。他于新中国成立初参军入伍，因为表现突出在部队被提拔为干部，然后转业到湖北武汉，从事管理犯人的工作，据说还担任了官职，老婆去找他，几乎就在武汉安家。然而，一九五九年那边洪水泛滥，可能饥饿早于吉庄，所以他带老婆跑回来，舍掉了大城市和好不容易获取的公职，大概觉得家乡总能吃饱肚子。叶落归根以后，他依然保持着部队本色，热心帮助村里做些公务，因此食堂成立，村干部看到他比较可靠，就让他管理五、六队的食堂。他虽然走南闯北见过世面，但限定了下锅之粮，也无法把稀糊糊做成稠饭，于是吃食堂的乡亲对他缺少理解，众口一词埋怨他，把他称为"稀糊糊"，使得村民以后对一九六〇年饿肚子的记忆，全都集中到他的外号上，只要说起一九六〇年，必将"稀糊糊"三字挂在嘴边，忆苦思甜一般。

　　与"稀糊糊"相对应的，还有一种食物，村里人比喻叫"二百二"。

新门神尉迟恭粮食大跃进，秦琼钢铁大跃进

"二百二"就是百分之二汞溴红水溶液,呈暗红色,许多年村里人都靠它涂抹外伤消毒。吉庄有的食堂玉米面也不充足时,又用高粱面熬糊糊,高粱面的黏度不够,熬出的糊糊不挂碗,稀得照见人影,吃起来苦涩寡味,但颜色红红的,与"二百二"非常相似。社员们在到食堂的路上,彼此打招呼,问:"你干啥去?"回答:"打二百二去。"

或许考虑李庆银难以胜任食堂管理员,不久他的职务由刘克功代替。刘克功是个有心人,他找人到秋季打粮场上,将场边墙角的瘪谷子搜集起来,用电磨加工成糠面子,熬糊糊时掺杂进去,糊糊稍微稠了些,但充饥效果不敢恭维。那年刘克功管理的食堂还吃过唯一的一顿油糕,本意也是让大伙解解馋,谁知一斤黄米做成糕顶多拳头大小,贪心的社员入嘴就能囫囵咽下,好像猪八戒吃人参果,不知什么滋味。所以得出结论是:吃什么也不能吃糕。

瘪谷子之类都被一扫而空,地里刚冒出头的野菜被连根挖掉,能吃的榆树皮也剥光了,各食堂只好开动脑筋,寻找新的粮食替代品。有的弄来玉米芯,磨碎掺进玉米面做窝头,蒸出来后异常坚硬,咬不动、咽不下;有的出去挖蒲草的块根,淡甜淡甜的倒好吃,但是进了肚子就猛烈发胀,叫人感觉连肋骨都要撑破;还有把一种名为碱葱的野草煮过加了盐吃,直至再煮杨树叶。杨树叶的苦涩实在不好形容,吃一口不如不吃,但下乡干部尹功有为了给村民做榜样,假装吃得津津有味,一边努力下咽一边夸赞:"好吃,好吃。"

说到下乡干部,状况真比老百姓强不到哪里。一支以地区文教局长李石府为队长的下乡工作队进驻吉庄,队员三名,包括一位女干部。那时食品奇缺,有钱都买不到什么,于是李局长一队人马自带了几袋晒干的甜菜叶子,就住在三、四队的食堂,为的是开完会后利用食堂的锅灶煮食菜叶。

还有相邻的晋北师专,师生的生活也好不到哪里,所以秋收后,不少师生到地里大海捞针一样捡拾偶有遗散的甜菜和土豆,在地里烧着吃,根本不顾斯文脸面了。

春暖起来后,开始进入农忙,为保障劳力的体力,吉庄再次调整供应标准,规定所有社员基础口粮为每天四两,凡是出勤的可以补助六两的粮票,吃到一斤;那么不具备劳动能力的老者和孩童只能以四两粮食度过一天,维持生命的条件降到最低。其实壮劳力每天吃一斤粮,干活时候还是头晕目眩,站立不稳。在外卖工给大队搞副业的石匠张维新回村,祈求大队长李如昆说:"我饿得实在坚持不住,真想好好吃一顿。"李如昆看他出去挣钱不容易,就悄悄嘱咐食堂管理员给他蒸了十几个窝头,他连水都不喝,一口气吃完,摸着肚皮说:"今天可舒服了,肚皮展了……"

饥饿使人往往出现精神幻觉,孙发英老汉留下又一句经典的说法:"咱是没肉,要是有面的话,再借上一点调料,咱就吃它一顿饺子。"细细一想,他连同陈述、假设、计划,吃饺子的三个必需的条件一样不缺,纯粹是自我安慰,精神胜利法。不可否认,正是饥饿,使一位老农把语言的表达技巧发挥到了极致。不过,孙老汉敢吃老鼠打牙祭,倒是真事。

再说参加劳动的社员,纵使头重脚轻,毕竟每天能有一斤粮食下肚;孩童吧,有四两粮也就勉强;关键就是上了年纪的老者,四两粮食不够塞牙缝,处境岌岌可危。人们记得一位李世春老汉,一位李四鳖老汉,都已六十多岁,他们个子高大,比较费饭,四两粮食吃下去无济于事,饿得全身浮肿,皮肤青郁光亮,看着很像吹起的气球,眼睛都剩下细缝了。同样浮肿的老者不在少数,看着叫人揪心。村干部发觉不妙,紧急在大队部成立一处小食堂,人称"浮肿食堂",稍微提高伙食标准,收容浮肿的村民过来开小灶,给以力所能及的救助。浮肿食堂不知算不算吉庄的独创,但这一人道的举措确实在很大程度上避免了不堪想象的后果发生。

浮肿人员进入浮肿食堂养息几日,多数恢复过来,但应该承认,吉庄还是死过十几个老者,比如李世春,比如李四鳖,比如林满的父亲"逃

[第七章 勒紧裤带，共渡艰难]

女婿"等，他们浮肿得太厉害，本身又瘦弱有病，当浮肿消退，形体重新变为皮包骨头之时，大限也就到了，犯了民间所谓"一肿一塌，就要给个说法"的生命禁忌，也就走到了人生的尽头。"给个说法"的意思，就是土医生所说考虑后事的含蓄术语。

其间村支书林满也浮肿了。大队长李如昆劝他说："要不你也到浮肿食堂吃几天，别让身体垮了。"林满坚决地摇摇头，说："我不好意思。"全凭身体素质还行，没有趴下，而且在他父亲生命垂危时，他硬是没去蔬菜园拿过一棵菜。林满这个人，做人做事的原则性很强，党叫干啥就干啥，对自己严格要求，绝不含糊。一次他的闺女放学途中经过一片已经收完的山药地里，捡回遗漏的十几个小山药蛋，他硬是一步一棍子打得女儿将山药蛋送给集体，有点不近人情。林满也没有文化，但记忆力极好，到上面开会后回村传达时，可能将会议精神前后颠倒，却不会漏掉任何内容。同所有农村干部一样，林满有时候工作作风粗暴，不讲究方式，而处于特定的时代，并非一个人的人格缺点。

曾经在一九六〇年锄田的时节，吉庄人勒紧裤带同饥饿作斗争处于要紧时刻，朔县副县长杨日荣还来了一趟村里，他调查发现，吉庄真的到了巧妇难为无米之炊的地步。为官一任，造福一方，责无旁贷的清官情结促使他不能对吉庄粮食的严峻形势坐视不顾，所以利用手中的职权，调拨来三千斤玉米，暂时缓解了吉庄的燃眉之急。随后杨副县长在开会时说了一段实话："我原本想来吉庄搞个一万两万斤粮食，谁知偷牛不成反而倒贴了缰绳，我不仅没搞到什么，还得再给吉庄玉米。"从他的话中可以琢磨出两方面的结论：一是全县都在饿肚子；二是吉庄饿得更厉害。杨日荣后来调离朔县，到左云担任副县长，但吉庄人一直没有忘记他。三千斤玉米不是一个大数字，也不一定解决根本性的问题，但受人之恩，心存报答，雪中送炭总是胜于锦上添花。

补充一点：社员饥饿期间，牲口的饲料更是没有颗粒，全凭大队组织人马到处割荒草，才解决一点问题。

## 三、看看，那家伙脸色变了，汗水也流下来了

在饥饿面前，吉庄的社员们表现出的坚韧顽强和执拗，或许其中还带有丝丝的不择手段，但在那样的特殊年代里，的确值得同情。

首先出现了一股外流风潮。

所谓外流，就是流动出去，好像蒲公英的种子，随风而飘，落脚在一处境遇稍好的地方。雁门关外，尤其朔县一带的百姓，古往今来就有走西口的惯例。每到生活维艰时候，人们都会西出右玉杀虎口，流离到内蒙谋求温饱，所以西口古道曾经留下过数不清的辛酸而优美的歌谣，比方"哥哥你走西口，小妹妹我实在难留……"，比如"哥哥你不成才，卖了良心才回来"等，荡气回肠缭绕了不知多少年，乃至成为一个独具特色的文化符号，深深印记在浩瀚的中华文明史册中。

吉庄的外流人员也是走西口，但不同于老辈子那样漫无目标，他们直奔内蒙钢城包头，投亲戚，访朋友，找活儿干，不用为了吃饭发愁。好像那边政策宽松灵活，来者不拒，据说也给落户，为人们提供机会到各个大小煤窑就业。当时吉庄全家出去的不下二十几户，还有

如今的李润文家境依旧不太宽裕

## 第七章 勒紧裤带，共渡艰难

个别单身的年轻人。开始村里派人看管阻拦，外流的就趁夜溜走，防不胜防，最后只好放任自流。实际村干部也有睁一只眼闭一只眼的私心，毕竟走一个，村里的负担还少一分，要知道多一个人多一张嘴呢。

这里只以李润文外流为例。李润文当时已经到采石场当了长期工，每月也挣四十多元工资，但他家七八口人，负担很重。而一九六〇年的物价，实在让他不堪重负，一颗鸡蛋五角钱，一斤山药五角钱，一斤玉米到了三元多，而之前的粮价不足一角，涨幅可想而知。就像李如昆买过的自行车，在商场涨价达到六百多元，超出一个工人一年的总收入。换而言之，家口在农村的国家工作人员真比全家都是农户的日子难过。所以李润文合计一下，挣工资养家养不了，于是率领全家卷起简单的行囊，逃离吉庄去包头投奔了他的一个舅舅——那些单身出口的年轻人，大多一直留在包头的煤窑，以后都转为正式工人，脱离了农民身份，而举家外出的，到一两年后家乡的境况好转，大都返回来了。其中李润文全家是一九六二年回到吉庄的，正好误过分自留地，又一次经历了挨饿，不过他再没有动过外流的念头。

金窝银窝，不如自家的狗窝，外流的苦楚一言难尽。

与外流行为同时出现的，就是出去讨吃的也不少。朔县山区个别村子的上缴任务较轻，粮食相对不太紧缺，甚至食堂里还能吃到馒头。吉庄一些为了食物不顾面子的乡亲，闻风摸到信息后，偷偷拿起打狗棍子前去讨吃。严格而言，不能说就是十足的乞丐，他们也带了家中比较光鲜的衣服、被褥和祖传的首饰去换取粮食。其中新中国成立之初担任过民兵队长的李存富因此连老婆都跑了。开始一次，李存富跟老婆蔡兰兰一起到西山利民一带讨粮，也还颇有收获，回来后夫妻合计合计，蔡兰兰对丈夫说："下次你就别去了吧？大男人面子上不好看。再说你不如留在村里好好劳动，给咱家挣些工分，我一个人走吧。"结果她独自再上西山。想想一个挨饿的妇人单身跑到能够吃饱饭的地方，哪里能够经得起诱惑？不久她竟被一个赶骡子的山里人勾引而去。李存富气不过，曾经向法院告状，县法院还给吉庄大队下来一份公函，但蔡兰兰最终没有回来破镜重圆，据说后来再次劳燕分飞，又嫁了另外一家。而李存富再没另娶，究竟是无能为力还是对前妻念念不忘，不太清楚。如果说在文学的范畴，或者人性化理解，蔡兰兰没有受到谴责的理由。有人解读《红楼梦》时，分析高贵的大家小姐史湘云在家道衰落后为生活所迫，就进入丐帮谋生，倒没听谁去口诛笔伐她。

一九六〇年的吉庄，不管外流，还是讨吃，总算个别人物所为，若论普遍的现象，那就是偷窃，说白了就是偷粮食。

其时吉庄的种植结构已经发生变化，小麦、豆类、谷物等，只在洪涛山麓的坡地少种一点，剩余多以高产的玉米为主，其次是山药，还有菜园地三十多亩蔬菜。蔬菜全为副业创收，卖给采石场工人和部队鸭场，社员可以购买一点，价格在外销每斤三角的基础上降低一半，因为有专职人员看守，社员想偷是没门的。田里最早被糟害的就是小麦，大人小孩爬进地里揉了麦穗吃麦粒，民兵全力看管巡逻，一次抓住了伏庄大金靠的儿子，捆起来带回村游街一回。

那年吉庄还种了一点草麦，就是大麦，制作饴糖使用。大麦刚刚接近黄熟，六辣椒晚上出去趁着月色，拿了镰刀麻袋专削穗头，民兵营长刘克功挎着步枪带一名民兵巡逻时，发现六辣椒已经削了半麻袋。他们从玉米地靠近过去，距离十几米时刘克功大喝一声："李润你别削啦！"六辣椒闻声，扔掉麻袋撅起屁股逃窜，刘克功追赶过程中还朝天放了一枪，最终追入村里将六辣椒抓获，带回大队开会批判，下乡干部审问他："你为什么偷大麦？"六辣椒交代说："我家实在活不下去啦！"下乡干部驳斥说："别人吃得不比你家多，为什么人家就能忍耐？"六辣椒无言以对，最后哭哭啼啼说："我再也不敢了。"

另一个例子：李怀德老婆初秋也偷了十几个山药蛋，揣在怀里一个下午，直到傍晚收工，回家经过村口，让护秋的搜出来没收，那妇女很不甘心，说："哎呀，几个钟头我好容易将山药蛋捂热了……"妇女偷

[第七章] 勒紧裤带，共渡艰难

山药蛋在农业社时也属平常。曾经有个笑话，说的是包产到户以后，农妇下入自家山药窖整理窖藏，爬上来才发现无意间怀里藏了山药蛋，习惯使然。

农田里因盗窃损失最大的作物就是玉米。大概出穗授粉时，玉米棒子刚刚灌浆，社员们已经潜伏进入无人能够发觉的青纱帐，掰下棒子生啃，而且甘甜可口，啃完一抹嘴巴，毫无偷窃的证据。不仅是社员，许多懂事的狗也向社员学习，练就了摁倒玉米啃棒子的技巧。那些年打狗运动年年进行，打狗的依据主要出于对玉米的保护。因为偷啃难禁，那年秋收时，一亩玉米顶多收回一小车棒子，而且能够留在茎秆上的棒子寒碜猥琐，只有三四寸长短，好像连饿贼都不屑一偷。其时张有财担任大队会计，据他回忆的数字显示：吉庄当年全村粮食产量仅仅三十三万六千斤，比往年减产一半以上，除了年景不好，社员的偷窃难辞其咎。

那年冬季吉庄发生过一起较大的偷窃案件，庙院东禅房的杂粮仓库被窃贼挖洞进去，偷去三四百斤荞麦。挖墙入库，就算大案要案。大队干部十分焦迫，觉得偷盗之风必须狠下心刹上一刹，所以决心自己破案，

当年的年画《护秋图》

务必一查到底。为此支书林满下了辛苦,夜间带着张有财在村里转悠,寻找线索。他俩爬上仁五疤的窑头,在朦胧的夜色下观察哪家烟囱冒烟私下做饭,忽地发现相邻的张维新家窑头破了一个窟窿,透过窟窿只见张维新老婆正在灯下拿一个棉花团子给襁褓中的三儿嘴唇沾些白水,而那个小孩饿得连哭声都发不出来。林满沉默良久,嘱咐张有财说:"明天给张维新六斤麦子吧,否则小孩要饿死了。"六斤麦子,就是吉庄支部书记能够特批的权限。仓库就那么一点私房粮食,除了三斤五斤地赈济危困,谁也不敢动,贼偷去了如何了得?

经过一番明察暗访,大队很快心中有数,基本划定了范围,然后召集一些嫌疑分子开会,严厉指出偷盗集体粮食已经犯法,没有好下场。随即下乡干部开始色厉内荏地讲话,有针对性地不点名咋呼说:"我们知道是谁作案。政策是坦白从宽、抗拒从严。大家看看,那家伙的脸色变了,汗水也流下来了!看那狗的像!"当干部们目光炯炯从嫌疑分子脸上扫过,小名大占的李增禄果然脸色发白,也不知流没流汗,总之做贼心虚,目光慌乱躲闪,露出马脚。散会时候,林满拦住大占说:"你等一下再走。"大占顿时心理防线崩溃,连声讨饶:"我交代,我交代。"供出与他结伙偷荞麦的人,有他的兄弟二占和贾兴、贾世成等一共六人。

当即,干部们分头出去收缴赃粮。其中小队长李文有带几个人去了贾世成家,贾妻哆哆嗦嗦揭开一个小瓮,里边就是贾世成瓜分到的一斗多荞麦。李文有心存恻隐,装走荞麦时偷偷给瓮底留了一斤多。然后做贼的贾世成和大占、二占等瞅机会跑了,大队只控制住一个贾兴,下乡干部下令送到城里的公安局羁押起来,但被公安局拒之门外,说是村村都来送贼,人数太多无法处置,还是村里自己批斗就算了——如同一句老话所说:"法不治众。"负责押送的民兵说:"帮我们压压偷盗风吧,好歹震慑震慑。"公安局最后勉强将贾兴关了三四天禁闭,就放他回家,也不见起到以儆效尤的作用。

显然,特殊时期的形势让百姓意识到:原来偷粮没罪。

[第七章] 勒紧裤带，共渡艰难

带来的后果是，偷盗在吉庄禁而不止。大队虽然一再加强人力巡逻，就像刘克功一干民兵都带枪吓唬，但左支右绌，依旧防不胜防。最离奇的还有一桩案子。缘于浮肿食堂为了照顾病人，磨下一袋白面，大约八十多斤，晚上管理员李忠堂等三个人就睡在浮肿食堂，白面放在头底的炕沿下，门窗也关闭得严严实实，不料天亮后白面竟然不翼而飞，而门窗并未被撬，有点蹊跷。但李忠堂他们说不出所以然，只管信誓旦旦辩解各自的清白。大伙分析，好像他们之中总有一个做鬼，监守自盗。可是后来小道消息说是离吉庄二十多里的圣佛崖村一名社员偷去的，至于怎样下的手，是否存在内外勾结，也没个答案可寻。反正事情不了了之。

原因是即使保管员们，家中也饿得恓惶，没有人在他们的廉洁问题上产生质疑。以李忠堂为例，他老婆是个盲人，不能参加劳动，家务却并不受影响。家里早饭，一般是玉米面稀糊糊里边煮几个屈指可数的核桃大的带皮山药蛋，李妻基本上把山药蛋都舀到出勤劳动的丈夫和儿子碗里。一次李忠堂看着盲妻心中不忍，也给她匀过一两颗，她假装说："山药蛋麻呢，我不喜欢吃。"儿子一听，忙说："给我吧，我不怕麻。"母亲就把山药蛋让给了儿子。李忠堂见状，连连咳嗽，暗示儿子不要听母亲的谎话，但儿子没能领会。他无奈地说儿子："嗤嗤，看那麻山药把你妈闹死哩！"闹死，就是土话毒死的意思。传出来，成为饿肚子时的一个故事。那年头，确实是不多的玉米面糊糊和山药蛋维持了村民的生存底线。

再把话说回来，有半分奈何，谁愿意当贼？

吉庄的饥饿延续到一九六一年的后半年才慢慢缓解。也算天可怜见，一九六一年吉庄遇到另一个好的天年，庄稼在一九六〇年的基础上恢复到差不多一九五九年的水平，分粮到户驱散了社员最根本的饥饿恐惧，跟着进入一九六二年，吉庄开始按照国家政策，给各家分配自留地。

关于自留地的定义，可以这样来阐述：

中国农业集体经济组织按政策规定分配给成员长期使用的土地。农户经营自留地是一项家庭副业，可以充分利用剩余劳动力和劳动时间，生产各种农副产品，满足家庭生活和市场需求，增加收入，活跃农村经济。自留地生产是集体经济的必要补充。一九五五年十一月公布的《农业生产合作社示范章程草案》规定：每人自留地最多不得超过当地人均耕地的百分之五，人民公社化运动中，一些地方将自留地收归集体，一九六〇年后逐步恢复……自留地属于集体所有，其成员只有使用权，不得出租、转让或买卖，也不得擅自用于建房等非农业生产用途。自留地生产的产品归农民自己支配，国家不征农业税……

实际想想，自留地的分配，也是国家逐步发现问题、解决问题所摸索出来的一种必要手段。

吉庄的自留地分过两次，同样属于试探观望性质，头一次每人一分，即十分之一亩；二次分配，又是每人一分，加起来每人二分，一般分配差不多的水浇地。虽然没有书写契约，也没有书面明确产权归个人所有，但人们发自内心地高兴。各小队划出了地界，然后以抓阄的方式落实到户，全村自留地总共四五十亩。按规定自留地的收入，不算在口粮之内，以社员们理解，就像变相的补助，授之以渔的扶持取代了授之以鱼的赈济。

与自留地同时改变社员生活的还有小块地，即允许个人开垦荒地，业余耕作，其性质跟自留地类似，但更增加了多劳多得的内涵。大伙纷纷在集体土地之外的斜角、沟湾、路边，见缝插针将一直撂荒的小块地开垦平整，归于己用。吉庄一共开垦出大约一二百亩荒地，有的锅台大小，有的土炕大小，有的方正有的歪斜，衣服上打补丁似的，看着不是十分协调，但在每一位挖地的社员眼里，倒好像一个一个的馒头、窝头，甚至点心。印象中开垦小块地较多的有二元喜，占住原先瓦窑废弃的码砖

[第七章] 勒紧裤带,共渡艰难

场,地皮坚硬,却比较平坦,他整理出两三亩,下足了辛苦,人人有目共睹。几年后上级割资本主义尾巴,所有小块地被集体无条件没收,包括二元喜的一块在内。有人路见不平,对二元喜说:"那么好的一块地,真是可惜。"二元喜自我宽慰说:"人家福临老皇爷把江山都舍了,我的小块地算什么?"

自留地和小块地的存在,起码使吉庄社员的伙食得以稍微丰富起来,各家种些玉米、山药蛋、豆角之类,"收不收吃一秋"嘛,偷盗之风在吉庄虽没有销声匿迹,但变成极个别现象。大队也省心,不需时时刻刻防贼了。立竿见影地,农业生产一下子恢复了正常,确如古人所言,"仓廪实而知礼节",肚子吃饱了,很少有人愿意不要尊严而再落一个令人不齿的贼名。

站在历史的角度看待自留地、小块地,和大集体并存,总给人感觉互相是两个矛盾概念,个人与集体、公与私,很难做到两全其美。原先令集体所不能容忍的私心,好像最明显集中在个别人如饲养员身上,他们总会偷回牲口的饲料回家喂猪。许多过来人不会忘记那个众所周知的口诀:

驴嚎哩,猪笑哩,
饲养员,偷料哩。

在雁北地区,文艺工作者还编排了一出小戏——《一颗红心》,风靡一时,说的就是地主成分的饲养员偷料被抓的故事,已经将主题上升到阶级斗争的高度。

而自留地无疑给私心滋长提供了新的土壤。参加集体劳动,人人难免想着偷懒投机,操心不多,可是对自留地肯定牵肠挂肚。举个二过筋的例子:他为集体锄田,最善于节省体力,用锄角浅浅拉垄,六辣椒和李渠发现了其中诀窍,慨叹说:"人家受苦,咱也受苦,人家就比咱会省力。"不过，二过筋每天出工前要去自留地干活，收工后也往自留地跑，锄田特别细致卖劲，不再谋算省力什么的。另外，社员们原来积肥由大队使用，也顶工分，有了自留地，就把好粪留下，"肥水不外流"了。大冬天时候，师专师生的厕所底部冻起四五尺长的大粪棍子，还是二过筋跑去跳下厕所掰断粪棍扛起就跑，惹得师专到大队告状："二过筋偷大粪！"其实偷粪的不在少数，另有一位二全德，没事也往师专的厕所跑。但二全德更加辛苦，过春节和大伙一样上坟祭祖，偏他背一个粪筐子，上山捎带捡一筐粪坨子。

所以，那时候在吉庄，一目了然就能看出自留地、小块地与集体土地的区别。不论天年好坏，庄稼长得的确迥然有异。

社员告别饥饿获得温饱，相随而来的另有一个让以后国家十分头疼的大问题，那就是人口的急增。吉庄人全村一千余口，在一九六〇年之前，每年新生小孩大约三十个，因为医疗卫生条件落后，其中夭折竟有三分之一。而一九六〇年前后两三年，饥饿致使育龄妇女的生育人数大幅下降，全村全年最多生育十几个小孩；到了一九六二年，大队像朔县所有村子一样执行每人每年三百六十斤的口粮标准，大人小孩基本相等，所谓"受不受，三百六；大与小，丈八布"，平均主义，另一种大锅饭形式。社员为了多分粮食，走火入魔似的连续生育，仅一年出生的小孩竟有八十个左右，连续十几年，不少家庭个顶个的弟兄姐妹五六个、七八个不再稀罕。中国的有识之士如马寅初老先生率先建议计划生育，但遭致错误批判，等到国家以后实行计划生育政策时，人口就太多了。

# 第八章 风风雨雨的多事之秋

# 第八章 风风雨雨的多事之秋

## 一、洗个清水澡，轻装上阵

大跃进大炼钢铁的热情消退后，经过从饥饿到温饱的曲折修正，吉庄应当安生下来，一心一意集中精力发展农业及副业，但许多事情往往难以如愿。试想一个小村庄的命运，哪里能与国家的命运分割开来？而国家却正在进入另一个非常时期，犹如一艘航船，前行的海面忽然间波涛汹涌、暗礁出没，即将经受更为严峻的考验。

大约一九六三年的前半年吧，先是地区机械局局长徐继祥率领一支下乡工作队入驻吉庄，就住在大队部。工作队员中有一位法官，名字不详，他随身携带了手枪，经常拿出来擦拭，人们看见总会心头发毛。法官所住屋子的墙角有个老鼠洞，半夜里老鼠出来窸窸窣窣为生存奔波。受到骚扰的法官十分气恼，没事就摆些诱饵想把老鼠引出来一枪一个地干掉，但狡猾的老鼠一直没有在枪手"守株待鼠"时冒失露头，所以法官的手枪也就不曾子弹出膛。

跟随着，秋收后即将秋耕开犁，地委副书记苗沛芳从省城开会返回大同市途中，突然走进神头公社的办公室，微服私访。他戴了一顶鸭舌帽，**穿着黄呢裤子**、黑棉袄，看着有些气派，但公社的一帮子干部比较眼拙，谁都不认得来者何人，所以没人上前搭理，苗副书记自己随意拿起一张报纸翻看。**蓦**地县里电话打来，告知地委苗副书记可能逗留神头。公社干部大惊，一下子猜出陌生来客的身份，忙着让座、倒茶，汕汕地不知所措。不过苗副书记只坐了一会儿，就起身离开，再到吉庄看望下乡工作队。徐局长同样有些意外，赶紧和大队长李如昆商量如何招待，指示说："无论如何伙食要好，做饭要有软有硬。"有软有硬，使李如昆一时不得要领，无所适从。

那几天公社农机站开出拖拉机给吉庄耕田，驾驶员需要巴结，大队专门设立了小食堂伺候，环境相对比较干净，饭菜也特殊化。下乡工作队每天都在小食堂开伙，不用去社员家吃派饭。因此李如昆建议请苗副书记到农机站小食堂用餐，他和伙夫研究半天，最终决定就吃烙饼、蛋汤，一来上了档次，二来符合有软有硬的标准。

饭后苗副书记留在吉庄住了一晚。因为他的官衔不小，徐局长安排大队采取安全保卫措施，其中的一项就是选派民兵为领导持枪站岗。多数民兵不敢去也不想去，还算李万热心，主动挑起重任，端了上刺刀的步枪就在苗副书记住处的窗外和门口游动，挺胸凹肚警惕性极高，老远只要发现人影或听到什么动静，马上虚张声势拉动枪栓大喝："什么人？不许动！举起手来！"声音威风凛凛如临大敌，把苗副书记也吓得一惊一乍。村干部告诫李万离苗副书记远些，李万依然如故，让苗副书记一夜没有睡好。

苗副书记离开吉庄后，徐局长和工作组又住了四五十天才打道回府。工作组究竟开展了哪项工作，已经无人能记得清楚，但可以肯定的是他们跟公社关系并不融洽，彼此之间出现了龃龉。或许工作组正是为即将开展的"四清"运动进行前期调查研究？也未可知。反正吉庄人感觉就好像一场暴风雨来临之前，总有一种很沉闷的气氛。

很快进入冬季。地区"四清"工作队正式进驻吉庄。那天李如昆记得特别清楚，回忆说他正在家里打炕，弄了满脸满身的黑烟煤，忽然被叫到大队部，接待工作队，互相介绍后得知雁北地区在朔县的"四清"试点首先选定三个村子：西神头、东神头和吉庄，带队干部是地委党校的副校长，名叫芮敏，而常驻吉庄的组长叫刘清海，全组人员来头很杂，有的抽自药材公司，有的抽自剧团，有的抽自生产资料公司。以往下乡干部到农村，起码在言语上谦虚和气，尤其对大队干部比较客气，但"四

老照片:"四清"运动(袁毅平 摄)

清"工作组截然不同,他们人人一副包公的脸孔,见面就跟大队干部约法如下:坚决不搞特殊化,坚决到贫下中农家里同吃同住。言外之意,如果大队为他们派饭或安排住宿到成分不好的社员家庭,就算别有用心。组长刘清海甚至以这样一句话警示:"筷头上也有阶级斗争!"

或许,刘组长的话,预示着阶级斗争即将重新进入吉庄人的日常生活。"四清"运动是一段很复杂的历史,但有的资料的分析比较合乎逻辑。运动开展之时,国内刚刚渡过最严重的经济困难。前边提到的"三自一包"之"包产到户",明白人都能看出与大集体形式背离,当然引起领袖毛泽东对出现两极分化的担忧;同时中苏关系恶化,赫鲁晓夫被定性为"修正主义",毛泽东更警觉"中国出了修正主义该怎么办"的问题,所以他从一九六二年八月起,提出全国开展社会主义教育运动,即"社教"运动,重新强调阶级斗争,并不可避免地导致了阶级斗争扩大化。所谓"四清"运动,人们在印象中比较模糊,有的叫"社教"运动,有的叫"五反"运动,有的叫"四清"运动。实际上,这里应当明确一下:运动在城市开展时,内容为"五反",即"反对贪污盗窃、反对投机倒把、反对铺张浪费、反对分散主义、反对官僚主义"运动;在农村开展,具体内容是"清账目、清仓库、清工分、清财物"。社教运动发展到后来,城乡进入以"清政治、清经济、清组织、清思想"为主要内容的"大四清"阶段,历史上统称为"四清运动"。

故而吉庄开始"四清"运动,首当其冲的是大队干部,包括支部书记、大队长、会计、出纳、记工员等。当时的吉庄村支书是林满,大

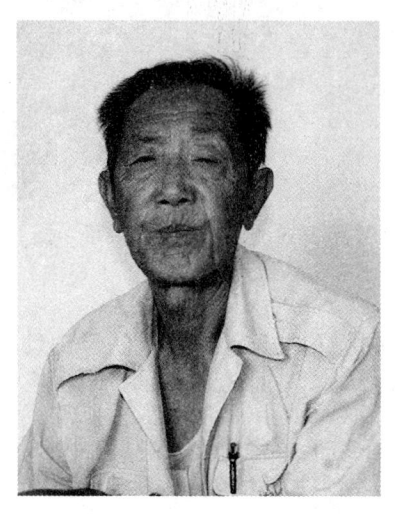

张有财忆起往昔,依旧唏嘘

队长是李如昆,大队会计是张有财,大队保管是高富贵。这样一来,工作组开展工作,全然不与大队干部接触,他们的人数并不固定,有时各小组又互相抽调,常驻吉庄的保持在二十名左右,每天分头访贫问苦,组织成立贫下中农协会,就是以后简称的"贫协",作为参加"四清"运动的骨干力量。贫协主任指定当年参加过四十二团的社员三成才担任,贫协委员吸纳的村里人有面蛋蛋、李增耀、二过筋、大丑葫芦等。不久,工作组已经通过各种渠道整理出所需要的材料,然后才有的放矢,召集大队干部开会。

就在那次会上,工作组正式宣布了"四清"运动的目的,宣讲了有关"前十条"和"后十条"的纲领性文件,动员大队干部主动承认一些贪污、挥霍的事实,鼓励大伙"洗个清水澡,扔掉包袱轻装上阵"。大队干部原就不大知情,一下子哪能深刻领会十条二十条的条条框框?只好人云亦云地表态坚决响应号召,让提供什么就提供什么,比如账务之类,然而,接下来就不是简简单单的喊口号走过场性质,而是需要他们几个逐一过关,交代不出所以然很难从清水澡盆里脱身跳到干岸上。清查手法是几名工作队员承包一个被清查对象,类似于公安局问案子一般刨根问底,也有笔录材料。

头一个"洗澡"的就是林满。他并不参与大队的管财过物,而且平时廉洁清白,谁也提供不出什么相关线索。只有他自己说在庙沟的盐碱地开垦了一亩多小块地,种茴子白时使用过生产队一点粪土,随后卖了茴子白买了一辆自行车。不过这样的事实鸡毛蒜皮一样,毫无进一步深挖的价值,仅用两晚上就算清楚了,严格说来也不在清查的范围。

第二个轮到会计张有财,那就比较复杂了。工作组跟他谈话时首先指出会计岗位的性质非同一般:"会计掌握着贪污腐化和投机倒把的钥匙。"然后特别向他透露已掌握的一些情况,比如问他怎么有能力盖起三间新房等,让他主动说明白,如有保留,后果自负。实际上张有财的三间房子,是他花了五百七十元从西神头买下两间旧房拆下的材料,不存在贪污什么,但他本人谨慎胆小,而且心底确实藏着一个不小的秘密,早已寝食不安,所以心理负担很重。

说来有点意思。就是那年在纸厂当工人的二明旦花去二百五十元买了三拐子李威的一辆破自行车,修攒修攒竟然换回大夫庄村集体的一匹毛驴。实在不知他怎样和大夫庄那边疏通,又是怎样做得天衣无缝,在那种年代足够稀罕。反正他偷偷牵回毛驴后,寄养在村里的李习文家,保密工作也做到了家,知情的也就是二明旦的几个朋友李万山、李如银等。按当时的行情,可值一千多元,但怎么出手,二明旦却两眼摸黑,他到城里找牲口牙子询问需要哪些手续,人家指点他说必须持有生产队的介绍信。于是二明旦暗中找掌管吉庄公章的张有财探讨,据实相求,可是张有财不敢违规办事,当即一口拒绝。

当然,二明旦能把驴子从大夫庄弄回来,说明能耐不小,一个介绍信难不住他。很快他通过在采石场当采购的李万山搞到一张空白介绍信,为了显得字体像回事,又来请张有财代笔,这回张有财恭敬不如从命,规范地帮助二明旦填写了介绍信内容,使得二明旦顺利卖出毛驴,还够意思地给张有财分了二百五十元,也算封口费。据说毛驴卖回一千二百五十元,剩余一千元由二明旦、李如银、李万山均分。不能否认二明旦所为,有些商品经济的天赋,只怪时代弄人。当"四清"工作组刚进村,张有财感觉不妙,找到二明旦想退回贿款,二明旦却笑他幼稚:"看你这后生!咱们四个谁都不提,别人哪会知道?"张有财虽然又把钱装回兜里,却感觉揣了一颗定时炸弹,等到工作组查他,他死活沉不住气了。"四清"工作组跟张有财谈话后,接连两晚上又对他进行大会批斗，张有财虽然交代了一些无关痛痒的事实，却总是难以过关，每晚直到后半夜才放他回家。他觉得斗争激烈，独自在院内转圈，摸索到自家土井边，几乎有了跳井的念头，谁知井盖被冻住了。经过反复的思想斗争，张有财最终下定决心全部供述，天明以后写下一张明细，一共列出六十六条问题，包括分驴款、白吃过果子西瓜、截留过外流人员布票、私自卖给纸厂一百元的玉米秆买了小收音机等等，搜肠刮肚全盘托出。第三天晚上再去接受批斗，将明细交给工作组。工作组还不满意，让张有财站到凳子上，四个多小时不许下来，一边组织群众喊口号："不老实，不老实！""扛运动的膀子！"张有财伤心极了，忽然瘫倒下来，哭着说："再有事实，拿头负责！"工作组看看也确实差不多了，又怕张有财真的自杀，就派贫协委员二过筋和大丑葫芦在堡壕街贾世元家看住张有财过了一晚。这样张有财就算过关，再不为难他，但要求他退赔集体六百多元。张有财卖掉柜子、卖掉女人结婚时的嫁衣，凑够了数目。

其后二明旦、李如银也做退赔处理。顺藤查住李万山，又因为其他原因，李万山竟被判刑劳改。张有财按村亲叫李万山大舅，以后在无数个不眠之夜，他一直自责把万山大舅牵连了一场，那种心结也许将要伴随他的终身。

接下来是保管高富贵。高富贵过关的过程也不顺当，站在板凳上下不来。他假装撒尿，跑出院子扑向井口，却让人从后面拉住。具体情节怎么样，已经不太明了，反正最后他为此蹲了一段监狱。

倒霉的还有李如昆。

承包他的是地区生产资料公司的白书记。白书记喜欢抽大旱烟，那样的烟味让李如昆似曾熟悉，好像当年三步娃老前辈吹出来的。他跟李如昆谈话时候，总是把旱烟吸得吧唧吧唧，态度并不严厉。他问："老李你有问题吗？"李如昆说："……有吧？不大。"白书记一旁的年轻队员马上纠正："什么不大？肯定大！你的问题特别复杂！"白书记也不定性，还安慰李如昆："晚上我们就召集二十几人开会，帮你得个结论。

你也别怕，有啥说啥。"于是一连三四个晚上斗争李如昆。

平心而论，李如昆还真忽视了自己平日做过哪些不清之事，这会儿认真反思，竟也想出几条：一、在电灌站取土后的低坑内挖了半亩多小块地，种了山药和南瓜，浇水便利，收获较多，好像有吃有喝。二、卖过三具棺材，收入了二百六十元。还是河北龙岗到北山拉运石灰岩，有时与大队往来接触，大家跑得惯了，李如昆看见山场替换下不少烂枕木，觉得扔掉可惜，就跟管事的张了一口，说自己想用，管事的说小事一桩，给了李如昆六根，李如昆让车倌李守信顺车拉回村子，以四十元的工钱请木匠三过筋加工棺材——看材料也只能加工棺材，而且容易卖掉。三过筋好吃莜面，提出不要工钱，只要莜麦，于是李如昆拿了自留地生产的玉米找到刘家湾村保管换回三百斤莜麦。三、还从庙院拿回生产队一张小牛犊皮，当褥子铺了。

大概就是三桩，剩余李如昆主动提不出什么。但工作组为他另挖了几条：一、张有财给他分过几尺洋布，这一条确有其事；二、给公社拉炭，拿到十四元运费没交大队，这一条李如昆想起来是把钱交了公社食堂，因为偶然因公在那里吃饭，欠了饭费；三、还有一笔给电灌站拉炭运费的三十五元没有着落，李如昆矢口否认。

盘点来盘点去，工作组又把问题往深处查问："老李你太狡猾，还有一笔大账没算清楚。"李如昆不知什么大账，只好发愣。工作组提醒他："你和你的顶头上司，关系那么贴近，就没有……那个……那个东西？我们有证据的。"李如昆一下听出是指公社书记刘焕，至于"那个东西"，可能又指相互勾结、谋私贪污吧。李如昆顿时有了抵触情绪，他激动起来，大声说："我凭工作吃饭，得到公社信任！你们有证据就要拿出来！"一时气氛发僵，工作组可能没有李如昆和刘焕之间的证据，就掷出另一枚重磅炸弹："老李你家每月分粮，每一种多分三四斤，一次多分十几斤。"李如昆一想是一个事实，但夸大了。每月社员分粮，保管往往斤两不让，但李如昆老婆分粮时，保管或许看在大队长家属的面子上，有几次多给了一斤半斤。其时李如昆身心疲惫，只想早早结束马拉松式的清查，所以叹气说："就依你们说吧，有过那么回事。"工作组一算不要紧，竟给李如昆算出几百斤。

虽说算了糊涂账，但李如昆也就过关，小块地退赔集体，罚粮八百斤。李如昆卖掉自行车、新皮袄、柜子、旧衣服等，凑够折合的钱数。令他没想到的是，老鼠拉木锹，大头还在后面。

过了春节，又有一支队伍来到吉庄，全部是国家冶金部的年轻干部，共有三十多名，包括曾经提到过的那位到大槐树下认祖的天津姑娘李惠敏。这批干部说要在吉庄扎根三到五年，给吉庄贫下中农当儿女，锻炼自己，体验生活。真的有些莫名其妙。村里百姓还不知"冶金"二字的含义，都以为是"眼睛"，感觉好笑，看见社员李日存眼睛大，现买现卖给他起了一个外号叫"冶金部"；他老婆额头大，顺便沾光，得了一个外号叫"奔颅部"，好像夫妻俩同时掌管了国家两大部委。冶金部的年轻人下来，实在受苦了，举个例子：其中一位到了社员家里，那家每天给他喝酸饭，令他十分苦恼，只想变个口味，看看剩下半碗时，暗示女主人说："酸饭没有了。"谁知那妇女就拿半碗剩酸饭加水沤制，下一顿又熬出清晃晃的一大锅。想当年县打井队里的吴兆福就因此骂过："妈的，吉庄家家户户有个臭罐子！"

冶金部的下乡人员正好赶上"四清"，不少人就地加入了"四清"工作组，使四清工作组壮大了人数，叫作"组成大兵团作战搞四清"。直到一九六四年下半年，冶金部一帮子锻炼的干部才带着吉庄的酸饭味回京而去。

再说吉庄"四清"吧。大队干部过关后，该退的退，该赔的赔，本已风平浪静，也传出消息说工作组过春节时运动就结束。但是地区"四清"工作组客观上把神头公社的正常工作秩序打乱了，又不顾及基层的感受，引起县领导和公社干部的隐隐不满。一次，县委组织部长杨振在公社召集各大队开会，忍不住发了一通牢骚："四清工作队架子大！叫我去接，我没去，有意见了。我也是国家干部，我也有呢子大衣哩！他们不过机关比我的大，级别不一定比我高！"李如昆也不该讲笑话一样说："我们村的工作组评价我们几个说：'贫下中农饿得流屎，你们吃得流油！'"在场的人不由笑了。杨振问李如昆被查住什么，李如昆如实汇报，不料杨振神色凝重起来，摇头说："别的无所谓，你怎能随便承认多分粮食？而且被算下几百斤？"他将李如昆之事回去跟县委副书记常录说起，常录还专门传话让李如昆过去，问他工作组怎么开展工作，李如昆说："没打没骂，只是开会斗争。"常录问："你实事求是说说分粮的事。"李如昆委屈地说："我家绝对没拿过那么多粮。"

可能常录跟地区"四清"工作队进行了沟通，过几天吉庄工作组找到李如昆，颇为不满地质问他："你还去告状了吗？"正好接下去一年间，全国"四清"对农村阶级斗争形势做了错误估计，运动朝着阶级斗争扩大化的轨道继续升级，其标志是新的《二十三条》颁布。冲击波到达吉庄，李如昆恰恰成为"四清"运动的靶子，用工作组的话说，叫作"拿大圪蛋"。矛头所指，与之前的形式出现变化，类似于要打老虎而疏忽苍蝇了。

工作组当即给李如昆定性为漏网富农，然后整理材料，经过调查，根据当年阶级划分情况，列出事实：一九四三年，李如昆父亲李会文雇佣了新磨村四召召当长工；一九四四年，李会文和李如松合雇同村大江苏为长工，李会文等于雇了半个；一九四五年，李会文雇佣同村贾申为长工，中途解雇，也等于半个。好像三条不够条件，最后工作组更夸大地加了一条：三年间李会文每年雇佣短工一百二十人。这就足够重划富农了。李如昆的哥哥李如岐焦头烂额，忽地看见李德成的孙女玩几片破纸，原是李德成家旧日的账本，居然让李如岐找到一页一九四一年李会文借了李德成三百元大洋并归还的记录，他如获至宝，盘算既然父亲大笔举债，何来富农？但感觉时间不太有利，于是将"一九四一年"涂改为"一九四三年"，拿去向工作组辩解，哪知涂痕明显，弄巧成拙，最终哥俩的富农帽子戴上了。既然李如昆成了富农,连累吉庄情况类似的另外七家也被重新划为富农,包括李士忠、李会丰等。

"四清"果然清大了。工作组召开吉庄群众大会,宣布将李如昆撤职。据说这一事件成为朔县"四清"的重大成果,县委书记袁及平因此在阳高召开的雁北"四清"运动总结会议上做了检讨,跟着神头公社书记刘焕被控制在吉庄关押了一段。其中的来龙去脉已无法搞明白。最后,吉庄支部书记林满受到牵连也靠边了,由李文有接任支书,李国仁担任大队长,贫协好像正式到了台前。还有大队团支部书记阎春枝,"四清"工作组的徐班窝觉得他与李如昆接近,就给写了鉴定:"阶级路线不明;敌我不分。"把个阎春枝气得乱嚷道:"莫非他当大队长是我提拔的?"一把扯烂鉴定,也扯丢了团支部书记的乌纱。

至于李如昆,从此跨进地、富、反、坏、右的黑五类分子行列,接受大队治保主任贾世元领导,经常无偿去干那些扫街、扫雪之类的公益营生,也不知他如何默默地面对从大队长到被管制分子的巨大反差。一九六五年,他往大路边倒苲子,碰到以前很熟的公社材料员王德铭,王德铭与他擦肩而过,话都不说一句。是世态炎凉?是政治环境?

怎么说呢?

在"四清"运动中,每逢召开斗争大会,都要把"四类分子"集中到一起,由公社民兵看押着(李振盛 图)

苦苦忍受了整整八年后，李如昆平反。平反后他被安排到了公社的社办企业，很少再参与吉庄村的工作。或许在这里对他应该评价一回，但或许别人的评价难以准确，那么，就摘录他的女儿李金枝二〇〇九年写的文章中的几段来给他总结一下：

### 父亲其人

父亲祖上家境还算富裕，是一个半耕半读的封建李姓大家族。祖父希望他的子弟能像大山一样高大、挺拔、沉稳有气势，所以都给他们以大山命名。我父亲的名字即如昆，寓意像巍巍昆仑山一样。

父亲自小经历了民国时的军阀混战、日军的侵华战争以及解放战争，见证了国家危难、民族危亡，随着苦难多变的中国而长大。这些影响了父亲，也磨炼了他的坚毅性格，更加深了他对这片热土和人民的无限热爱。

……

父亲卓有建树的辛勤劳动和忘我的工作精神，受到各级领导的赞誉，党和政府给了他很高的评价。父亲两次出席省劳模大会，数次出席地区劳模表彰大会。由于工作出成效，上级领导研究决定安排父亲到地委参加全地区组织部长、书记、乡长培训班学习。学习班后，安排他到乡里当副乡长，父亲谢绝了，他不想离开这片倾注了心血和汗水的热土，他说他对这块土地太熟悉了，到哪里都是工作，他想在这块熟悉的土地上继续干下去。一九六四年"四清"运动，父亲因成份问题被管制了。他走向了工作的最低谷。漫漫长夜，长达八年的挣扎，对一个有抱负、有志向，却无报国之门的有志人来说，那是多么痛苦的一段时期。

……

现在父亲已到耄耋之年，身体硬朗，思维清晰，记忆良好。有好多人问父亲的长寿之道，父亲说："要做到：起居有常，饮食有佳，要有坦荡之腹，常怀报恩之心。要学会：宠辱不惊，看庭前花开花落；去留无意，望天空云卷云舒。"

父亲所经历所做过的事情，真实地记录着、印证着父亲所经历的那段激情燃烧的岁月和那一代人为建设新中国、新农村所走过的可歌可泣的光荣历程。他们一代人没有被历史忘却，而且已经被铭记。

## 二、三成才跳枯井，心上明白

一九八一年，中共十一届六中全会《关于建国以来党的若干问题的决议》为"四清"做了客观公正的评价，大体是两点：之一，改变了干部作风，改善了经济管理，堵塞了漏洞，巩固了集体经济；之二，基本方面是错误的，以"阶级斗争为纲"的指导思想及发展到以"整党内走资本主义道路的当权派"为运动重点，成了"文革"最基本的理论依据。

不知能不能这样理解，"四清"运动一步一步走进"文革"的胡同里。

当然，史料对此的评说已经很详尽，这里只说些吉庄的经过。吉庄的"四清"运动，工作组多数人员回去以后，依旧留下地区剧团的徐班窝等三四个人保卫"四清"成果，一直到了一九六六年的年初。其时"文化大革命"已将爆发。

还从一九六四年林满、李如昆下台说起。

接班的支书李文有和大队长李国仁组合，非常有趣。李国仁这个人，特别固执,也特别耿直,说话时口无遮拦。他哥哥李尚仁见他得到提拔重用,一天中午好意请他去家里吃饭,他当即让哥哥碰了一鼻子灰:"大哥你现在叫我吃饭,以往为啥不叫我?"李尚仁无言以对,倒落得趋炎附势之嫌,请客就泡汤了。像李国仁这种脾气,很快就和李文有之间出现了矛盾。进入一九六五年,林满复出,担任了大队的副大队长,李

二〇〇九年的李文有

国仁说:"这'四清'是假的,放虎归山。以林满的能力,马上就是大队长。省得上头撤我,倒不如我先让给林满算了。"真的辞去当了八个月的大队长,由林满接任。应该说李国仁在吉庄不算一个出众的人物,普普通通朴朴实实,但是八个月的大队长履历,让他留下极具个性的言谈和所为,总算是独树一帜了一番。

　　李文有比较韬略一点。一九五六年当兵回来,第二年就担任了小队长,一直在林满的领导下工作。当他一下子取代林满来掌管吉庄全局,事无巨细、头绪繁多,整天这个会那个会穷于应付,感觉力不从心,以他自己的话来说,就是:"咱是个瞎文盲,没搞过,愁得不行。"所以林满接任大队长三四个月时,李文有趁机跟公社领导请示说:"我建议和林满把职务调换一下,他依旧当支书,我当大队长。"公社考虑之下,再没有更合适的办法,因此采纳了李文有的建议。这样林满在离职一年零几个月后重新回到支部书记的岗位。

　　其时,吉庄小学校学生人数不断增加,快要一百多,所以学校已从李渠家搬迁到李广生宅院内。大队为了安置原先分到李广生房子的六户

人家，特地动工在村子东北角碹起十八间土窑，让他们搬迁过去，这几户包括林满、刘克功等。大概村里有人心中感觉林满等占了便宜，心中不大舒服，正好大队为了配种养了一匹叫驴、一匹儿马，于是被结合起来借题发挥编出了顺口溜："十八间窑两杆毬，有人欢喜有人愁。"很难听的。

就在林满等人搬家的当儿，轰轰烈烈的"文革"说来就来了。

一九六六年六月一日，《人民日报》发表《横扫一切牛鬼蛇神》的社论，号召群众起来进行"文化大革命"。好像是猛然之间，吉庄村里开始飘起飞蛾一般的传单。前来宣传的是晋北师专下马后取而代之的神头中学的学生，部分激进的老师掺杂其中，更具感性色彩。据有人回忆说，当时的神头中学属于朔县造反派的重要策源地。准确与否，也没有定论，但以吉庄人看来，"文革"似乎从神头中学蔓延过来，一些少年学子还纷纷爬上三大王庙的殿顶，推倒了一个一个的脊兽，声称破四旧，而脊兽就是个旧东西。村里的老年人虽然不敢出面阻拦，却都指指画画说："庙上的东西不敢动，遭报应哩！"破除迷信的学生们我行我素，毫不在乎，神仙也就无可奈何。不久，村里开始"文革"行动，李万还爬上钟楼拔掉过檐下的风铃，也学着以无神论的口吻说："这还怕啥哩？"

大约跟中国的大多数乡村类似，吉庄也照猫画虎地搭上"文革"潮流，成立了凌驾于党支部和生产大队之外的"文革"小组，由小栓成李儒担任主任。小栓成没读过书，喜欢赌钱，但也能说会道。"文革"小组骨干成员有三成才、二赖子、李希贵等，三成才为副主任，二赖子担任秘书，下面参加的还有十几个年轻人。

能够断言的是，他们跟寻常社员，或者跟李万差不了多少，投身运动的初衷也模糊得多，谁能晓得"文革"究竟是什么或究竟要达到什么目的？所谓"四旧""批修""革命"，甚至"无产阶级""资本主义"这些名词，怕也知之寥寥。其动机不外乎就是坚决响应令他们从来没想过质疑的众多号召中的一个号召而已。以三成才为例，他自打当了贫协主

第八章 风风雨雨的多事之秋

二〇〇九年,村支书林建国在十八间窑前百感交集

任,又凭借"文革"之势有了官职,好像很风光起来,一次晚些回家,不小心掉入门前的枯井,惊动四邻将他拖出井口,人们看他没事,就问他这么宽的路,怎么就不小心偏偏掉井里了?他含糊说了一句少头没尾的话:"我心上明白。"

　　人们嬉笑之余,传下一个俗话:"三成才跳枯井,心上明白。"映射他其实什么也不明白。那些天"文革"小组好不容易找来草纸一样的纸张,用油印机印刷了毛主席最新最高指示,再拿木模套印了主席像,各抱一叠出去撒放。三成才哪里明白传单要起什么作用?所以一出门马上将手中整捆的传单向空中抛扔,结果传单跌散了,纷纷扬扬,多数随风卷入沟渠。

　　事实上,吉庄"文革"也没啥方向。积极参与者,有的属于起哄,有的属于无知,有的借机发泄私愤,有的唯恐天下不乱地闹事。当然不管有方向没方向,并不影响运动的形势火爆,除了抛掷传单,又把大字报贴得满街满墙,尤其背靠大队的李文贵家的后墙,大字报层层叠叠,后写的不断覆压先写的,随意罗列一些不着边际或信口开河、捕风捉影的内容,其针对的目标,有的是村里担任大小职务者,有的是作风不好者,甚至也有屠夫游商的,没个规矩。

然后，在某一天的下午，一场规模不小、稀奇古怪的批斗会在云庙院的大队部召开了，对此李如昆的妻子谢友梅有过深刻体验。

自从被划定为富农分子，又连累了一干亲戚乡邻，李如昆不堪命运的摆布，一段时间郁郁多病，特别是一九六六年酷暑刚过，他的胸前生了无名恶疮，整日痛楚纠缠，只能卧床将息。而妻子谢友梅一下子在村里抬不起头来，女性本就脆弱的心理使她终日担惊受怕，常常向隅而泣。她的担心终于得到应验：那天村里一帮小年轻喊着口号涌进她家，臂箍的红袖章上印着橘黄的"红卫兵"，其中还有一个在神头中学做饭的胡歪嘴胡师傅，也算积极分子。他们二话不说，先将李家老辈传下的一张条桌抬出院子，三下两下打得稀烂，然后开始翻箱倒柜，声言搜寻四旧。柜内李如昆曾经在包头拣便宜买回的旧戏装、帘幔等，本想给女儿做件斗篷什么，上面绣有龙凤牡丹的图案，让"红卫兵"拿出来，当作四旧扔到院内点火焚烧。听得胡歪嘴还在一边发表评论："四旧不多，没有李怀堂家里的多。"不用说，遭遇上门破"四旧"的不止李如昆一家。如果说吉庄"四旧"最具经济价值的，就是二存德的一副租出去打发死人的简易銮驾，村里叫作"大驾"，当然也被砸坏报废。

谢友梅已经被"红卫兵"的声势吓得瑟缩哆嗦，不承想姚焕芝等人随后登门而来，也不为难卧病的老同事李如昆，只通知谢友梅到大队去一下。谢友梅看出苗头不对，借口上厕所试图翻墙躲逃，却让姚焕芝守在厕所门口，没有寻到机会，只能跟着姚焕芝等来到大队部，同一帮类似的"坏分子"一起被戴上大白纸糊成的高帽，依次站到凳子上，接受震耳欲聋的声讨批斗。这些低头弯腰摇摇欲坠的倒霉蛋既有那几个熟悉的面孔，如日伪甲长李惠德，大花牛三福贵，地主子弟大银如、二银如和他们的妻子，一贯道分子李涵等，又有平时被怀疑作风不好的妇女。其中竟然还裹挟着一位背锅子残疾人大元成。大元成是典型的贫下中农，为人很率真，只因碰到看不惯的行为往往多说几句，结果惹来不测风云，挨斗时别的同类站着凳子，唯独他被迫站在一口反扣过来的黑锅上，脚下一口锅,背上一口锅,亏得这番匠心。

  会场另有来自神头采石场的工人阶级代表和神头中学的"红卫兵"代表,他们看到谢友梅,问:"这女人是干啥的?不是牛鬼蛇神吧?"村里的积极分子回答:"她男人成了地富分子。"这个理由好像仍不充分,当时村里有个两三名妇女组成的缝纫小组,为社员加工衣服,谢友梅也是裁缝之一,因此她被就地取材加上新的名堂:"她当裁缝赚起了不少布料。"谢友梅有个发羊角风的病根子,羞愤交加之下,老病复发,竟然一头从板凳上栽下,昏迷不醒。人们急忙暂时中止批斗,围拢过来关顾谢友梅,最后社员三泉人把谢友梅背回家中,喊来赤脚医生史宪章救治一番才没了大碍。祸兮福所倚,谢友梅以羊角风为掩护,得以逃脱以后更多的批斗。

  吉庄的"文革"开始阶段,之所以氛围比一般的村庄浓厚,一个重要的原因就是与采石场、神头中学、造纸厂毗邻,近朱者赤近墨者黑。神头中学是朔县"文革"的策源地之一,采石场、造纸厂的两派斗争又很激烈,吉庄很容易就亦步亦趋闹腾得一塌糊涂。特别是在表面上毫不含糊,在南垣街和堡里街的街口,砌建了丈把高的砖柱,柱上焊了钢架的拱形门,正中固定着木框玻璃镶嵌的毛主席像,两边用铁皮漆制的标语"敬祝毛主席万寿无疆"等,犹如彩门高悬的性质,然后又在南垣街两侧外墙上,由李如杰等带着一帮年轻人用五彩油漆写画了大幅的美术字标语,内容是"千万不要忘记阶级斗争""全世界无产者联合起来""伟大的领袖毛主席万寿无疆"

堡里街东门留存的
"文革"时的门柱

等，比之当年大跃进、浮夸风时的壁画更为气派。

至于批斗，也就拣些大杂烩的"牛鬼蛇神"们集中起来游街示众，当然还没有城市那么动人心魄；斗了几次，牛鬼蛇神得以精简，矛头不知怎么只集中在村里的几个地富反坏右分子身上：大银如夫妇、二银如夫妇、李渠、三福贵，另外还有一个刘军。

刘军识几个字，新中国成立前顽固时期在甲长李普手下当过文书，掌管印章，新中国成立初又参加"一贯道"，还算一个小头目，历史污点可算不少。他曾经居家出口谋生，却把老婆孩子都失散了，只好孤身一人回村里劳动。话说起来，刘军确实有点文化人的架势，夏天戴顶草帽，冬天则大光头出门，走起路来方步不乱。农业社以来，村里经常放映电影，凡是上年纪的看惯了旧戏，又听不懂电影播放的普通话，难免嚷嚷着糊里糊涂，独有刘军欣赏得了，并不屑地评说乡亲道："他们看不懂什么意思。"由于没有多少家庭负担，刘军手里攒住几个钱，却被关系较好的乡亲借去救急，一直无法讨还。过年的时候，左邻右舍多请刘军写春联，其中包括借钱的那位，刘军知道他不识字，挥笔写下

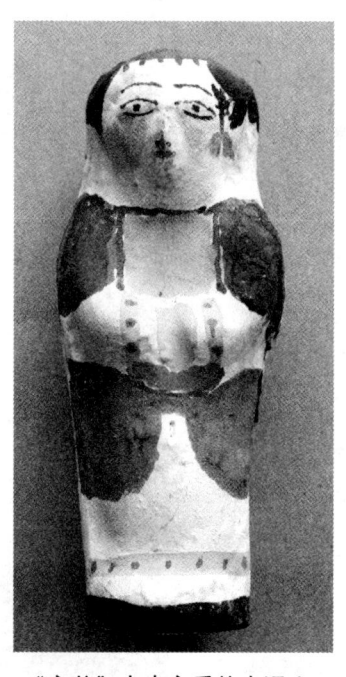

"文革"中李文秀的小泥人
生产转入地下

这样一副春联予以讽喻：

> 欠下钱永不给
> 上门要常有理

横批是"打贯打贯"。"打贯"是赌博提取抽头的术语，也不知刘军是不是暗喻利息什么，不得而知。反正那家文盲，大年那天兴高采烈张贴出来，识字的看了无不大笑，赞叹刘军编写的春联入木三分，叫人佩服。"文革"时刘军已经接近七十岁的古稀之年。想想这样一位白发苍苍的老人，跟年轻人一起干活，不把老骨头散架就算坚强。也许为了提神，也许出于一种喜好，那年秋天他口袋里装了一个生产队分来的槟果，劳动累了时掏出来使劲嗅一嗅，可怜得望梅止渴、画饼充饥一样，大约就像过去人们嗅鼻烟吧，结果又被定性为流氓习气，挨斗更厉害，据说被人用柳条抽打时拉了一裤裆的稀屎，臭味完全冲淡了他口袋里槟果的余香。

总之，折腾一个多月，吉庄"文革"的声息渐渐低微。可是进入一九六七年的年初，神头中学的"文革"干将围绕"二四夺权"，导致了武斗的运动局面，很快上演了一幕悲剧。

那时"文革"的夺权，是个自上而下的风潮。中央有了"刘、邓、陶"，山西拉出"卫、王、王"，地区是"王、苗、杜、赵"，朔县又是"袁、乔、赵"，一级一级的"走资本主义道路当权派"，纷纷被寻常从不曾见过他们的村民挂在嘴边，成为"坏人"的代名词。朔县"文革"不易找到具体的文字资料，只能大体听一些回忆，好像神头中学成立的造反派组织名叫"红三司"，而相对立的另一支县城造反派名叫"中南海警卫军"，每派参加人数达到一千五百多人。两派斗争的焦点集中在对"二四夺权"的立场上，一派称之"好得很"，一派称之"糟得很"。好像红三司的文章写得好，文斗占了上风，而中南海警卫军动手厉害，武斗占了上风。

据说擅弄笔杆子的红三司还买了四五捆镐柄，出动八辆汽车拉人进城去跟警卫军武斗一场，以己之短击彼之长，结果大败而归，麾下的积极分子顿时成了落架凤凰。学校的斗争比较不近人情，吉庄人曾经看到英语老师高进生被学生描了花脸，嘴里塞一个三寸金莲的小臭鞋，押着沿路转村子游街，走一步打一棒子。据说在学校学生还把滚烫的稀饭往被斗的老师身上浇。因此红三司的败军之将惶惶不可终日，其中的笔杆子陈斌忠老师还献出了性命。

据说，陈斌忠老师原籍天津，父亲曾是大资本家，号称津门首富。名牌大学毕业的陈斌忠古文水平十分过硬。他虽然沦落到偏远的神头中学任教，但平日戴一副眼镜，文绉绉的，风度翩翩，书卷气十足，每当他途经吉庄到神头漫步，往往吸引村里的妇女们多看几眼。奇怪的是陈老师虽然年过三十，仍旧没有成家，好像传说中的钻石王老五，有人风言说他因为爱情失意而发誓终身不娶。他的工资不低，又没有家庭负担，所以即使一九六〇年别人都饿肚子时，他照样能够吃到炒鸡蛋和各种罐头。这人对学生很好，买回食物跟学生不分你我。

"文革"开始前两年多，陈斌忠老师大概感觉孤身一人需要感情的寄托，所以通过熟人说好从原平领养一个女孩。吉庄尚在哺乳期妇女李荣先的女人被雇为奶妈，她坐火车到原平替陈老师抱回那个女婴，由陈老师取名为"荷西"，就养在李荣先家，每月陈老师支付李妻九元，经常过来看女儿，对小荷西疼爱有加。荷西快要两岁时，李妻忽然怀孕，反应不太正常，偶然还咯血，陈老师怀疑她是肺结核的症状，害怕传染荷西，忙把孩子抱走另选奶妈。李荣先女人牵挂荷西，整天神思恍惚的，一天家里的一摞木板忽地坍倒，好像什么不祥之兆，没想到竟获知了陈老师在庙沟跳水自杀的消息，出去一

荷西的奶妈

看，陈老师的尸体已被村里人拿钉耙从水中打捞上来，眼镜依旧戴着，但身体泡得非常肿胀，许多与陈斌忠关系不错的学生围着他们的老师失声痛哭。李荣先女人急忙打探荷西的下落，听说陈老师之前几天已经将女孩送回到原平，交还到她的亲生父母身边。

陈老师之死，或许出于他对挨斗的恐惧，无法让一个深谙师道尊严的人在学生面前低头认罪。虽然吉庄人不很理解，但是大伙感觉"文革"运动可能不像以前的运动那样会很快过去。

事实也证明的确如此，因为接下来，"夺权"之风就把吉庄"文革"的曲线从波谷推向下一个浪尖。

高潮应该是运动狂热的采石场工人掀起来的。那一天他们集合了五百多号的队伍，敲锣打鼓从吉庄穿村而过，到另一个运动如荼的神头中学串联，协商在吉庄发动夺权。但是这次行动中途改变了方向，原因是中学的谢校长刚刚接到最新通知，被告知说：农村一律不兴夺权。结果导致采石场造反派扫兴回返，大队人马进入吉庄大队满满坐下一院，口号锣鼓不绝于耳，虽然夺权一事暂告落空，但酝酿的激情就像箭在弦上一样，无论如何需要找到宣泄口，于是他们临时决定斗争吉庄民兵营长李让和教导员刘克功，原因很简单，就是平日李让嘴多唠叨，刘克功办事认真，得罪了手下几个民兵。那几个民兵才建议采石场造反派把目标转移到李营长和刘教导员二人身上，让他俩来代表吉庄的当权派。

当时事态的变化谁也没有料到。

可能"文革"主任李儒出于保护村干部的动机，提前透露讯息，安排李让、刘克功躲藏到菜地里逃过一劫，使得造反派再次失去斗争的靶子，那怎么能够罢休？

闹了一番后，采石场的工人老大哥收兵回营，吉庄"文革"小组改天才重新找回李让、刘克功，把斗争善始善终进行下去。据刘克功回忆，那种会议叫"罢官会"，满街"文革"人员贴出的大字报，内容刘克功已经知道，所以等小栓成让他做检查时，他首先表态说："关于我的过错，大字报所写的，百分之二十可以解释，其余百分之八十，我自己却半点不知道。但我愿意跟他们当面对质，立竿见影。"然后补充一句："如果怕我报复，可以先把我撤职。那样我即使想报复都办不到了。"刘克功毕竟读过三年书，扫盲班又学了一段，说话还能斟酌词句，甚至用了成语。小栓成听了，拿出所有大字报的底稿，对"文革"人员说："老刘这句话也行。现在我宣布把他撤职了，你们对他有意见，可以发表了。"但是下面没人吭声。

年轻时的刘克功

原因是刘克功从一九五三年就担任团支书，一步一步干上来，在村里威信很高，再说那个大字报的内容多数没啥依据，会上对质，能说出什么？

看看出现冷场，"文革"主任小栓成也不高兴，批评手下说："大字报底稿在我手上，你们不是说了不少？当面不说，显得背后乱说，不像个事儿。"会议就散了，刘克功的官也等于罢了。不想小栓成本人也觉得需要台阶来下，所以两天后特地登门拜访刘克功，将大字报的底稿让刘克功看，意思把署名也如实相告。刘克功摇头说："群众提意见没错。至于谁写，我不看，也不计较。"

小栓成看看刘克功坦然，过几天又宣布给刘克功复职，不过应该是重新启用委以重任，给了一顶"红卫兵总队长"的头衔。刘克功自己想想，感到有点滑稽。他上任还没有具体参加工作，公社就把他抽调去管理社办企业油坊，任用不任用顿时失去意义。到次年春天，跟刘克功私交甚笃的公社干部张夺在吉庄下乡，才把刘克功又调回村，担任副支书兼副主任，其时"文革"的浪头已过。吉庄有人后来评说村里的"文革"小组翻云覆雨，甚至朝三暮四，从刘克功罢官和复职过程中可见一斑。

总之，罢官之风行不通，造反派就干脆掉转炮口，集中火力瞄准了地富反坏右，于是，可怜的三福贵、李渠、大银如、二银如、刘军等躲无可躲，只能继续为吉庄的"文革"扮演不可或缺的反面角色，按照以后二〇〇九年的时髦热词，叫作"被敌对"。这番批斗不可避免沾染了暴力色彩，三福贵、李渠等再次麻绳加身，如老办法站到凳子上，被责令老实交代他们所谓的罪行。据说"稀糊糊"李庆银跟刘军之间有点私人宿怨，就在那次斗争会上朝刘军的后背狠狠拍了一板砖，以后人们也有顺口溜说："李庆银打刘军，真恶毒。"

　　斗争的结果令造反派比较满意，因为几个经历疾风暴雨冲刷的"阶级敌人"到底觉悟了，他们各自洗心革面表示悔改，刘军承认嗅果子是为了偷懒，消极怠工抗拒改造；三福贵承认阴谋反攻倒算，想从贫下中农手里讨还他的大花牛；李渠承认他被提拔当过阎军的谍报处长，属于潜藏特务；大银如说他还埋藏了银元；二银如说他埋藏着洋烟——关于埋藏地点，这哥俩总是饮鸩止渴，通通乱讲，一会儿在门槛下，一会儿在风箱底，一会儿在田埂边，没有说准一个方位，连累负责挖掘藏宝的"文革"成员白费了许多力气。

　　闹来闹去，吉庄的"文革"仍然没啥后劲。不过，据说斗争仍旧持续了短暂的一段。有人回忆说，李渠脖子上曾经被挂了一个电磨的齿轮，颈部留下一道深沟；大银如被捆绑留下后遗症，两条胳膊好些时日溃疡不愈，脓血淋漓。最惊心的是大银如老婆，不惜以死抗争，在一次批斗会上，她对看押她的民兵李忠祥说："二小，二小，让我去尿一下吧。"李忠祥说："您去吧。"后边跟了妇联主任王桂先，她看见大银如老婆进厕所后抓起一块石头就向自己的脑袋猛击，紧拉慢拉，她已经血流满面，还得请来赤脚医生史宪章包扎。为此李忠祥说了一句同情的话，二赖子评论李忠祥说："你跟他们穿一条裤子。"李忠祥大怒，说："怎么斗人比你老子你妈死了都当紧？"脱下鞋子就打过去，被在场的公社干部张夺拉开了。有人说神头公社也成立了"反到底兵团"，但没听说有什么战绩。

　　而大银如老婆的血溅厕所，使吉庄"文革"再衰三竭，人命关天嘛，

李广生旧居前院，
当年的大队部

乡里乡亲的没人真的愿意相煎太急。不过，阶级斗争的观念依旧没被放松，恰好就在这个时候，李道从包头回到村里，而且村里发生了一起意外的火灾，竟触发了又一场不期而至的批斗。

李道大家应该不算太陌生，因为他是大有名气的李广生的儿子，吉庄的头一个高中生，肚子里有着真才实学。他自从太原解放一直没回来过，而是去了包头，在车马社赶车为生。"文革"开始后，包头那边清理阶级队伍，李道被发回原籍，其时他已经快到知天命的年纪，"少小离家老大回""挈妇将雏鬓有丝"，同他一起回村的还有他的老婆和二儿子。故乡虽然没有热情地张开双臂拥抱李道这个远行归来的游子，但也给三口人分了一处宅基地，他家碹起三间土窑居住。李道的前妻去世，妻妹又嫁给他续亲，姐妹俩前赴后继跟着他颠沛流离，受尽磨难。从中可见李道的做人肯定受到岳父家的认可，只不过他注定要为父辈的历史欠账买单。回村的同时，他被作为重点斗争对象，进入与贫下中农对立面的阶级敌人名单，接受劳动改造。李道本已侥幸错过批斗的高潮阶段，然而逃过初一逃不过十五，不幸还是降临到他头上。

也就在一九六七年，具体日期不太清楚了，反正是天气刚冷的初冬，那天夜间十点多，人们多数睡下，曾是李广生家老宅子的吉庄小学校蓦然传出救火的呼叫，声声令人心悸，大伙跑出来后，发现学校火苗翻卷，原来西正房失火了，呼救的是唯一在学校住宿的校长罗作态。村里人急忙提桶端盆冲到学校，奋力展开扑火，等到大火熄灭，那间教室已经前檐坍塌，炕上的书桌和学生的课本全被付之一炬。

根据以后客观分析后形成的共识，火灾原因是老旧的电线摩擦短路，引燃了窗户，等罗校长发现为时已晚，他又提供不来任何线索，而阶级斗争之弦紧绷的吉庄首先将火灾定性为阶级斗争新动向。罪魁是谁？不用说只能是李道。当时的推理也合乎斗争逻辑：他看见自家的老宅被学校占用，当然怀恨在心，不甘心失去过去的天堂，结果伸出罪恶的双手。也许因为当时公检法都砸烂了，吉庄的火灾没有成为刑事案件，仍由村里自己查办。

很快李道被抓到大队，捆绑起来严加逼供，无辜的李道竭力叫冤，死不承认失火事件与他有关。但这样更使他显得顽固反动，于是有人将他推到取暖的火炉边炙烤他，拳打脚踢质问他如何放火、为什么放火，挨打的李道忍不住凄然呼叫："妈呀！妈呀——"恰好大喇叭的扩音器没有关掉，将声音传了出去，全村老少听得清清楚楚，暗夜里有些瘆人。

想来也巧，火灾的发生地点那么特殊，李道的身份同样那么特殊，巧得让李道百口莫辩。最后据说经过反复批斗，李道招供了，而且自己胡乱描述了作案细节："趁着夜幕掩护，潜入学校，左手拿一瓶煤油，右手拢着一把废纸……"不招不行，招了更糟，李道真的成为蓄意破坏的反革命，越发引火烧身，甚至幼稚的小学生也加入批斗队伍，年纪稍大的五年级孩子们老鹰反翅摁住李道，涨红了脸蛋使劲喊口号，李道只好一次一次复述他子虚乌有的纵火动机、纵火情景。终于难以招架，一次被民兵看押在李奇家西窑时，他借口喝水，曾抢过案板上一把笨菜刀打算抹脖子自杀，说："哎哟，这可活不下去！"民兵从他手中夺去菜刀，

当年失火后重建的教室

也是怕出人命，就此事情才淡化了，不了了之。

以后，李道落实政策返回包头定居。虽然纵火一案依旧悬疑，但等于已经还给了李道的清白。一次李道回村处理房产事宜，念念不忘向乡亲们声明："我不是反革命！"到一九八九年左右，李道曾经给已经卸任的老支书林满写来一封书信，字里行间仍然充满怨气。林满拿了信和李如昆翻看，两人相对喟叹半天。

### 三、喝稀饭厕山药蛋，拉下圪蛋了

吉庄"文革"小组最先一蹶不振的又是三成才，因为他的哥哥二成才出事了。

原来二成才抗日胜利后在大同干过几天顽固军，大胳膊上被强行刺了硬币大小的两个字"剿共"。在共产党夺取政权的新中国，"剿共"二字无疑触目惊心，其意味着什么以及存在的严重性不言而喻。也算造化弄人，二成才的老婆正是改嫁来的李雨遗孀卢桂英，卢桂英前后嫁给的两个男人，一个是解放军的烈士，一个却打着顽固军的烙印，曾几何时，两支部队尚在同室操戈，以死相搏。至于怎么就被刺了字，二成才始终烂在肚里，对谁都绝口不提，包括娶过卢桂英后，和妻子也不曾吐露这一最为要命的隐私。据说他想尽办法又烫又挖，硬是使刺青的两个字几无可辨，变成模糊的两团青蓝，仍旧一直提心吊胆紧紧地掖藏，即使最热的暑天都穿长袖上衣，生恐有人看见，没想到却被西山的一个在"文革"运动中被翻出老账的同类揭发出来，导致胳膊上的两个字在吉庄大白于世。好在二成才已是贫雇农一个，没人斗争他。但在人们的纷纷议论中,"心中有数"的三成才有些无颜面对吉庄父老,结果消沉下去,不再抛头露面。

而"文革"主任小栓成也类似。他喜欢赌钱,参加运动再忙,总要偷闲一试手气,被社员检举几次后,脸上很不光彩,名声就丢人了。那时候赌博虽没有违法一说,但也脱不了牛鬼蛇神或者"四旧"的嫌疑。当最初参与运动的热乎劲过去,小栓成自己还能做到急流勇退,慢慢地淡出"文革"的圈儿。

二成才夫妻PS合影照

再有被夺权时险些挨斗的刘克功,莫名其妙地任人摆布当了几天村里的红卫兵总队长,但他已是副支书,对任何运动兴趣不大,主要协助林满多抓农业生产,或者被公社抽去协助忙些具体事情,所以什么总队长有名无实,再说红卫兵属于毛头小孩的活儿,村子里没啥地盘。

另一名"文革"小组的秘书二赖子,却是无意间捡到了香饽饽。说来牵扯到知识青年上山下乡。一九六九年间,吉庄村敲锣打鼓,迎接来一批特殊的接受贫下中农再教育的北京知青,他们一口大舌头的京片子口音,青春洋溢而激情澎湃,根据吉庄提供的资料,一共十五男十三女二十八人,许多年过去后,吉庄老乡都没有忘记他们。这里不妨占些篇幅列出一个人物名单:

女知青:吴安、王乃锦、杨嘉瑞、陈华莎、张小平、游新瑞、张小南、孙毅、王政恩、娜月清、张叶林、王兆平、王彩虹

男知青:杨德录、刘群、魏元平、魏元正、刘兆根、张基、李信、徐实一、吕明、齐德全、张建国、徐德一、邓世良、张亚宾、王兆义

上述知青,身份不一,据说吴安的母亲还是国家妇联原副主席。其

当年青春烂漫的知青

中又有同胞兄弟的，比如魏元平、魏元正，徐实一、徐德一。谈及知青话题，吉庄人印象最深的就涉及了二赖子。

二赖子实际不叫二赖子，二赖子只是一个绰号。二赖子在"文革"小组当秘书之际，等到小栓成、三成才等"文革"班子成员散伙了，秘书自然跟着丢了乌纱。不过二赖子真的不大省事，他总是挑起一些风波。当北京知青到吉庄一段日子后，不知怎么二赖子居然随口诌出小队长李耀先跟女知青有暧昧关系。那是很敏感的玩笑，朔县安子村的一个后生与一名北京女知青结婚，几乎被判死刑，谁敢冒天下大不韪？李耀先自然恼怒，非要向二赖子讨个说法，结果上纲上线，让二赖子背一个破坏知识青年上山下乡的嫌疑。下乡干部叫丁聪的在批斗二赖子的大会上说："二赖子啊二赖子，你这回是喝了稀粥屙出山药蛋，拉下圪蛋了！"意思是闯大祸了。不过，二赖子并没有受到什么惩戒，相反干部们觉得此人留在村里不大放心，于是将一份十分难得的招工指标给了他，他当工人离开了吉庄。二赖子名叫贾世喜，是贾们院后人。

有迹象显示，到吉庄的北京知青，并非像传闻中说的那样偷鸡摸狗，搅得四邻不安，也不像文学作品中表现的那样苦难艰辛、水深火热。实事求是说，他们虽然说的是上山下乡，接受贫下中农再教育，但到了村里,分明在乡亲们眼里具备贵客的身份,受到热情款待。起码在吉庄如此,教育者与受教育者的关系非常融洽,甚至亲密无间,互相视作亲人。

老年时的刘克功一直记着他的一次北京之行。

时间大约是一九七〇年,知青到来的第二年初冬。部分知青看看农闲,大家想家心切,纷纷告假回京探亲。当时吉庄的马车逐渐增多,橡胶轮胎已经淘汰了木制车轮,马车也就被称为胶轮车。随之而来的却是轮胎的匮乏。朔县当地的指标十分有限,无法满足需求,对吉庄来说更显得捉襟见肘。大队上下很着急,一边修旧利用,一边广开渠道求购,生怕影响到石料运输。

眼见不少知青回京,村干部肚子里打开了小算盘,他们琢磨着采取不正当手段解决轮胎问题——走后门。假如能够通过知青家长的关系买到轮胎,也算是雪中送炭。很快这一构想被付诸实施,大队派出副支书刘克功和副业队会计李国先前往北京采购。刘克功、李国先二人,穿了新买的棉大衣,头戴威虎山土匪一般的棉帽,拿着联络地址坐火车直奔首都。

那些年,村里人很少能够去一次北京,对大城市充满出奇的想象。朔县有一个笑话,说的是两位老者聊天,其一说:"不知毛主席住在什么地方,吃的什么好饭?"另一个回答:"主席住的,自然是金銮殿;吃的嘛,不过是顿顿喝胡油?"前一个知道喝胡油要拉肚子,就问:"那主席在哪里上茅厕?"后一个回答:"你就见识短。人家那龙椅后,就挖有茅坑呢。"这种笑话还有许多版本,可见北京的生活,距离普通农村该有多大的距离。虽说刘克功、李国先在吉庄排在读书人的行列,可是北京究竟如何,他们心中也模糊。等下了火

站在长安街的李国先(上)、意气风发的刘克功(下)

车，他们首先发现的是：天下居然还有这么大的城市，还有这么多的人。就像有个诗人头一次看到大海，所有灵感霎时变成一句大俗话："大海啊，你他妈的真的大！大海啊，你他妈的都是水！"

根据手中所记的地址，刘克功和李国先首先徒步找到女知青张小平家里，张小平急忙盛情款待，拿刘克功的话说："热情得厉害。"然后，只用一天的时间，张小平就把十几名探亲的知青集合起来，不知有谁组织，请刘克功、李国先游逛了北海公园，又在北海旁的某个著名大饭店请两位老乡吃饭，席间鸡鸭鱼肉俱全，还有烧酒。可惜时过多年，刘克功、李国先实在想不起饭店及菜肴的名字，只记得"饭菜也让咱开了眼界"。知青们还给他俩在前门大街的人民大会堂前留了影，照片至今都保存着，想起来很荣耀的。

饭后刘克功、李国先二人住在前门的一家招待所，条件不错，却很便宜，每晚总共三元多。然后，知青们轮流请他们去家里吃饭，好像接待自己的亲人一般。吃饭期间，心中有求的刘克功窥探每一名知青的家庭状况，看看哪位家长可以走走后门。他发现，知青的家庭条件区别太大，跟村里大伙儿的平均光景没法相比。比如，女知青杨嘉瑞的父亲就在轻工部任职，住在一处古色古香的住宅里，王府一样，虽说家中摆设也一般，但也显得实在阔气，做饭还有专门的厨娘或保姆，饭菜依旧花样不少，七碟子八碗子的，见都没见过；与之形成鲜明对比的是男知青杨德录，父亲是铁路工人，居住在胡同的小平房里，最高级的待客饭，就是熟悉的面条，菜吧，李国先记得虽有花样，却不是那么复杂，主要是青萝卜，萝卜丝算一个，萝卜片又算一个，萝卜汤还是一个，看似五颜六色，实则如出一辙——后来，杨嘉瑞是北京一所大医院的总会计，杨德录则是一所中学的老师。

虽说每天做客吃饭轮都轮不上，但刘克功二人的如意算盘落空了。原因可能是那时候不时兴走后门拉关系的不正之风，即使当大官的也不徇私情，所以知青们对吉庄村买轮胎爱莫能助。刘克功、李国先看看没戏，心中焦急，住了四五天，赶紧谢绝挽留打道回府。最后逛了动物园，李国先还买了一套动物照片，就算北京之行的纪念品。回到村里，他把动物照片装在一个相框里，挂在墙上，每天社员出工时往往在他家门前集中，大伙儿都涌进他家看看画片上那些奇异的动物，啧啧称奇。几张小照片，好像打开了一扇从吉庄看首都的窗口，却还引来一场小小风波。过了不久，村里惯例展开冬季小整风，庙院西墙外赫然贴出大字报，揭发刘克功、李国先二人打着买轮胎的幌子，公款旅游，在北京不务正业乱逛，浪费大队的钱财。倒没有完全无中生有或纯属捏造的控诉，但也令刘克功、李国先提心吊胆的。实际算算，两人来回路费，就是四十元；按住四晚上算，住宿也就十几元，所有花项，就是五六十元。可能在当年，这是一个不小的数字吧。好在刘克功并不气馁，赶紧联系再跑包头，终于买回六七条可以使用的旧轮胎。新轮胎每条供应价格二百多元，旧轮胎也得这个价。可见物资稀缺的年代，生产资料的价格真的是没有规律可循。

关于知青在吉庄，基本就是这些，也就是说，知青在吉庄留下的痕迹并不很多，也没有留下多少民间故事，一九七四年后除个别留在当地工作外其余大都返回北京就业。后来知青的历史被"文革"结束后一大批几乎垄断了中国文坛的知青作家写过无数，一直远到二〇〇九年还有反映知青题材的《北风那个吹》在许多电视台热播。知识青年上山下乡作为一个时代的产物转瞬即逝，而吉庄父老，还得一辈子留在黄土地上继续生存。

与知青同样成为过眼云烟的，就是以后大名鼎鼎的神头电厂，差一点在吉庄奠基建设。关于如何选址、如何商谈、怎样决策，现在许多当事人都难以找寻出头绪。不过，吉庄村竟然发现了这样三张书面协议，算是一点比较系统的弥足珍贵的史料，可以研究其中的时代特色及国家大型电厂建设的曲折。

其一：

**毛主席语录**
**三线建设要抓紧**
**备战、备荒、为人民**

## 山西省朔县电厂关于征用土地的申请

朔县革委会：

根据省革委一九七一年九月二十六日晋革发（一九七一）一六五号文件，关于变更忻县电厂厂址为朔县电厂的通知精神，由省电业局、地区、县革委负责同志共同进行了选厂定点工作。并向省革委业务组汇报后，决定朔县电厂在神头东、小峪沟口南、国防公路以北建厂。

为此，经省电力设计院和有关部门的勘测设计，现已确定厂址的位置和边缘，共占用土地二百九十六亩，其中有神头公社吉庄大队的小峪沟口门前地五十七点七亩，每亩年产量为八百五十斤，东神头大队的小峪沟门前地、韩信怀地、六亩地等共二百三十八点三亩，平均每亩年产量为八百斤。上述土地已和该大队协商。按国家需要和规定征用，且经公社同意，已达成协议（协议书附后），现报县革委希审查，并请转报省、地革委审查批准。

附：厂址总平面示意图

山西朔县电厂工程指挥部（章）
一九七一年十一月三十日

其二：

> 毛主席语录
> 抓革命，促生产，促工作，促战备
> 工业学大庆

### 朔县电厂工程民工运土工作协议

朔县电厂工程是贯彻执行毛主席"备战、备荒、为人民"的伟大方针的一项重要工程。这个电厂建成后，对发展工农业生产具有深远意义。在工程施工中必须贯彻毛主席亲自制定的"多快好省地建设社会主义"总路线和集中力量打歼灭战的伟大方针，依靠广大革命群众，使此工程早日投产，为工农业服务。为此，朔县电厂工程指挥部和参加这个工程运土的民工大队集体单位，特定如下协议：

必须贯彻执行毛主席的"认真看书学习，弄通马克思主义"的伟大指示，认真读毛主席的书，以毛泽东思想作为行动的指针，同时必须彻底批判叛徒、内奸、工贼刘少奇一类政治骗子在工业战线所推行的反革命修正主义路线，坚决执行毛主席的"自力更生，奋发图强""勤俭建国""走自己工业发展的道路"方针。

认真贯彻毛主席的"抓革命、促生产、促工作、促战备"的伟大方针，摆正革命和生产的位置，狠抓革命，猛促生产，积极完成上级党和指挥部下达的生产任务。

参加电厂工程运土的民工、大队和单位，必须遵照毛主席"加强纪律性，革命无不胜"的伟大教导，遵守工地的一切规章制度，服从命令听指挥。

工资结算办法，一律由大队或公社及集体单位结算，与私人不发生关系，分配由大队、公社或集体单位自行决定。

遵守毛主席教导"救死扶伤，实行革命的人道主义"，对民工的工伤和疾病、工资，由工程指挥部负责按国家规定处理。对民工劳动保护用品，解决办法是，每人借给一件棉坎肩、一副棉手套。如果中间换人，将劳动保护用品移交下一班人。新增加人再借给。

神头公社民工离家近，同时工地食宿困难，所以食宿由本人自理，粮食补差按公社粮食部门证明留粮标准，由工程指挥部上报补差。

大夫庄公社和小平易公社住宿自己解决，吃饭问题有困难，自带碗筷、粮票现金，工地食堂就餐。

吉庄大队、吴佑庄大队等马车和平车拉土填地，一切由大队负责解决，工地只给大队结算土方工资（运距按一千米结算）。

参加本工程民工大队和集体单位所领工具及保护用品，多加爱护，如果有丢失损坏，按价赔偿。

……

民工领导问题，每一百人以上二百人以下的，指挥部负责一人工资（日工资按一点五七元），一百人以下三十人以上工程部负责半日工资（日工资一点五七元）。

此协议双方各一份，互相遵照执行。

此协议如与上级规定的方针政策有抵触的，按上级规定执行。

雁北建筑工程公司革委会（章）
各公社大队集体单位（章）
一九七一年十二月二十九日

其三：

**毛主席语录**
社会主义革命和社会主义建设，必须坚持群众路线，放手发动群众，大搞群众运动。

**协议书**

朔县电厂原厂址设在吉庄大队以北的小峪沟口，从一九七一年十一月开始施工以来，将原来地形的本来面貌已经破坏。现根据上级指示，将朔县电厂的厂址由小峪沟口迁往王家圐圙，旧厂址国家暂不占用。为了使小峪沟的洪水不致冲坏农田和淹没村庄，尽快处理好善后工作，在毛主席"相信群众，依靠群众"的思想指导下，朔县电厂工程指挥部和神头公社吉庄大队充分协商之后，将小峪沟的排泄工程承包给神头公社吉庄大队完成，具体协定事项如下：

双方经过现场勘测，确定小峪沟的泄洪沟，大体恢复原来状况，保证将洪水引走，确保洪水流经地区的公路、铁路、农田、村庄安全。

经双方实地勘测计算，按照该工程的工作量大小，双方议定由朔县电厂工程指挥部一次付给吉庄大队一千二百元，工程建成后，一切维修管理由承包单位负责，有什么不良后果，均由承包单位承担。

本协议双方签字后生效。

朔县电厂工程指挥部（章）
神头公社吉庄大队（章）
神头公社（章）
一九七二年七月十七日

根据以上三份协议来看,当年的神头发电厂,也即协议中提及的朔县电厂,几乎将厂址选定在吉庄地界。至今,神头发电厂也号称亚洲第一火力发电厂,是规模特大的能源企业,其厂区号称电力城。假如真的建在吉庄,蓝图变成事实,吉庄肯定将不再是如今的吉庄,吉庄的村民也将不是如今的生活。可惜,工程在小峪沟出口动工,只有短短几个月时间。迁址原因,看上去很含糊。后来听说还是吉庄的地下水位相对而言较深,建电厂的条件不如司马泊一带合适。

不可否认的是,神头一带、桑干河源头的水位急剧下降,昔日百泉涌动的泽国变成一片小小的湿地,神头电厂的兴建、发电是影响水文环境的首要原因。

神头电厂

# 第九章 白猫黑猫

## 一、不要管我，主席要紧

回头再说吉庄"文革"，口号声断断续续地喧闹了一年挂零，基本上就没有再起来摇旗呐喊的贫下中农了。这样说吧，一来吉庄"文革"小组小气候不行，小栓成、三成才几个骨干自身疲软；二来运动在农村可能并不受到倡导，不像城市有些工厂停工、有些学校停课，一个事实是：吉庄的社员们始终没有在"文革"期间放下过农具，大队的生产秩序受到的冲击不致于伤及筋骨。"抓革命，促生产"的标语写在街道墙面上，公社的粮食任务丝毫没有放松，那年要求吉庄上报数字，会计李权没有按时完成报表任务，遭来公社革委会主任李厚的批评。因为李权平常戴一顶破帽子，帽顶开了洞，李厚借题发挥骂了一句很生动的名言："你的头削得尖溜溜，就知道个算、算、算，帽子都算塌了！"

至于"抓革命"一面，使得"文革"给吉庄留下唯一的标志性的实物存在，就是在三大王庙往北几十米处的一座主席台。很时兴似的，

吉庄主席台

一九六八年朔县的许多村子一哄而上，大多建造起主席台。按照"文革"以后的说法，就等于把毛主席推上了神坛。各村的主席台虽有不同，但也就三种模式：一种纪念碑式，一种照壁式，一种雕塑式。雕塑式最为排场，需要制作毛主席高大的雕像，朔县好像只有滋润公社有过，用石膏雕成；最经济的则是照壁式。照壁式和纪念碑式，有的直接把毛主席画上去，有的画在帆布上，再制作相框装裱悬挂起来。而吉庄的属于照壁式悬挂画像。说穿了就是高台上砌筑了一堵墙面，高五点二米，宽三点二米，墙体为大土坯包砖，额沿刻有砖饰，壁顶竖起一个鲜红的五星，简朴却不显寒碜。

吉庄主席台所用的大土坯，据说由村里的"四类分子"领受任务，限期完成；其余材料，则投入了一定成本。村里找到一本当年的旧账页，如同文物一样，记载了关于主席台的花销，这里摘录几项明细：

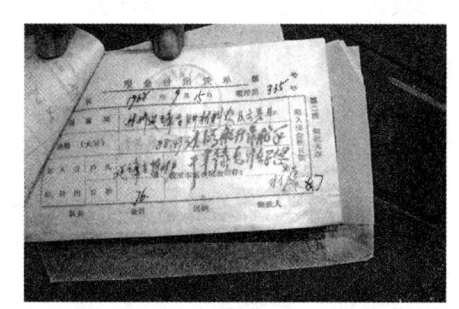

迎取毛主席像，当然要背诵这两句：大海航行靠舵手，干革命靠毛泽东思想

一、现金付出凭单：一九六八年九月一日，朔县东风人民公社吉庄生产大队，付购白麻款（建主席台挂线用），捌角肆分，建主席台暂付户头。

二、新华书店发票：一九六八年九月三日，山西省新华书店朔县支店，售予吉庄大队毛主席政治活动像，数量四，合价壹元壹角贰分。

三、售料单：一九六八年九月二日，北京铁路局东风采石场党委决定，售予神头人民公社吉庄生产大队管理委员会红白松木板，四十×二百二十五×六千，二块，立方零点一零八，单价一百七十五，金额十八点九〇，做毛主席像框。

四、现金付出凭单:一九六八年九月八日,朔县东风人民公社吉庄生产大队,付给李常义进城送主席像框一天补助费伍角正,建主席台暂付户头。

五、现金付出凭单:一九六八年九月十三日,朔县东风人民公社吉庄生产大队,付做五角星款叁拾贰元贰角陆分,建主席台暂付户头,领款人李国先。

六、现金付出凭单:一九六八年九月十五日,朔县东风人民公社吉庄生产大队,付给李成进城购排笔颜料火车费贰角正,建主席台暂付户头。

七、现金付出凭单:"大海航行靠舵手,干革命靠毛泽东思

当年的下账票据,如今已是文物

想——林彪。"一九六八年九月十五日,付购黄油漆款壹拾玖元柒角陆分,建主席台暂付户头,领款人刘克功。
……

还有几页,有的辨认不清楚了。上述单据能够说明,吉庄"文革"时财务已经相当正规和完善。"四清"之前,各小队收入支出单独核算,从一九六五年后半年起,吉庄执行大队统一核算,小队就只剩下工分账了,财务全部收归大队管理。

据说由李常义将像框送进城里,交给文化馆的画家为主席画像,报酬或许有一点的,但没有找到支付的凭据。据描述,画像为油画,内容是毛主席在北戴河的全身肖像。从主席台预留位置分析,画像大小应该是三米乘五米,不算小了,比一间民房的面积要大。如此画像装入像框,要运回村子里,绝非易事。

这时候就发生了经典故事。

据说,那天支书林满亲自带了一辆大马车进城迎取主席像,吉庄人敲锣打鼓一直送到村口,并且长时间翘首期待。由于桑干河大桥尚未修建,

当年的年画:毛主席在北戴河

神头一带人们进城，仍需涉水蹚河。偏偏秋风乍起，桑干河洪水高涨，不过吉庄的马车过河还算顺利，老马识途乘风破浪，场景真的令人心潮澎湃。等返回来时候，林满等人一路上小心翼翼将画像扶立在马车专门绑制的架子上，生怕稍有半点闪失。当马车进入河道中央，猛地一股大风吹来，直立的大幅画像顿时倾覆，几乎变成飞鸢。为了保护画像，林满掉入湍急的河水。随车的同伴忙着伸手拉他，林满大声说："不要管我，主席要紧！"最终画像平安无事，一点没被沾上水。

从那时起，吉庄增添了一道彩色的风景。在那道风景里，毛主席登临碣石，写下一首气势磅礴的诗篇："大雨落幽燕，白浪滔天。秦皇岛外打鱼船，一片汪洋都不见，知向谁边……"透过重重雨雾，一代伟人深邃的目光注视着宽阔的大洋，他带领一个饱经苦难的民族苦苦追寻、苦苦摸索在前人没有走过的路上，历尽了坎坷曲折，始终顽强不屈。以后吉庄人只要走过主席台前，都会想起林满的豪言壮语。许多年以后，或许有的吉庄后辈无法理解林满，提及那句"不要管我，主席要紧！"总会莞尔一笑，但是谁又能怀疑林满当年发自肺腑地对领袖顶礼膜拜的无比虔诚？

那张画像一直没有损坏，后来听说被一位有心人收藏。

关于主席台，就说到这里。主席台的拔地而起，也是让吉庄社员们感觉到"文革"运动还在延续的现象之一，而且村子还没有彻底趋于安静，同此凉热的大气候不会让吉庄置身事外。当年不就在一出很流行的小戏里有过时尚的一句成语吗？就是"树欲静而风不止"。一九六九年到一九七〇年间，假如把吉庄喻作一棵欲静之树，那么村人不太了解的大联委就是不止之风了。

大联委全名好像叫作"革命群众造反派联合委员会"，具体到朔县，大概是造反派夺权后实行了军管，将对立的两派联合起来，维护了地方稳定。这个说法并不肯定，因为从没见过相关的资料，要么就是各单位都成立过大联委？反正存在的时间也不长，当各级各单位机构恢复，不论哪家的大联委即告销声匿迹，过眼云烟一样。所以即使在那一个历史阶段，大联委也不太知名。

按照吉庄村李怀春的回忆，当年进入吉庄的一队人马，来自税务局成立的大联委，所展开的工作倒是更有名气，就是割资本主义尾巴。对吉庄来说，无异于一场局部气候的小运动，首要打击的目标为"三倌五匠"。

关于这一名词，好几位吉庄老者都想不出全部八种所指，说来说去，仅提出羊倌、木匠、石匠之类，但不外乎跑出去私自赚钱的手艺人吧？较普遍的多为木匠，有大队派出去的，名正言顺算搞副业，挣钱交还大队，然后领取工分补助，但也有偷偷跑出去的，给人加工棺材、门窗、小箱子什么的，挣钱装入自己腰包，算作资本主义尾巴。

被确定要割尾巴的，包括木匠刘汉仁、李增仁等，其余几个划定李江、贾佑、李怀春，则超出"三倌五匠"的范围，似是而非，像李江在店院负责招待，贾佑是饲养员，而李怀春又懂得机械。就像"四清"时那样，他们被逐一叫到大队，只由大联委的人讯问。本来也不打骂，然而耳闻目睹过历次运动，刘汉仁几个无不心惊肉跳，比如木匠李增仁，人家让他靠墙站着，他渐渐沥沥尿了一裤子，以至昏迷过去。林满的岳父李江，曾经把住店的车马剩余草秸卖给携带草料不足的车倌，然后几个人悄悄吃个小灶，大联委的人问他："吃小灶哪来的钱？"李江想解释一下，却吓得结结巴巴，说："我……我……草……草……"人家打断他，说："哦，原来你还吃草哩？"再如贾佑，人家问道："你莫非不吃料豆子？"他哆嗦说："吃哩。"又问："一顿吃多少？"他说："两把。"于是按照每天二两计算，每月就是六斤，几年下来，数字不小。他糊里糊涂都认可了，谁知大联委去他家一看，穷得什么都没有，三个儿子打光棍，这样的光景谁也无奈，处理时罚款都免了。而李江交了四十元罚款，刘汉仁同样罚款三四十元，没钱只好卖了下房。

最够呛的是李怀春。

李怀春可谓吉庄的能人。他的过人之处，并非劁猪骟蛋、割棺材打锄片或者杵磨画围墙这些乡下技能可比，令人难以置信的是他居然精熟汽车修理、轮胎翻新甚至机车制造。也就是说，他应该列入大工业生产的工程师一类行列。当然，他这般人物在吉庄出现，总有其渊源所在。他是吉庄李成斗的侄子，他的爷爷擅长烧砖捏瓦，早年就带李怀春的父亲去山阴下寨的山沟里开砖窑，因为曾经将一个日本人打入泥堆，被迫舍掉砖窑跑到烂道沟避祸，变得一贫如洗。李怀春父亲出口流窜，依靠算卦为生。解放初，李怀春姐姐嫁到山阴安荣村，姐夫原是阎军起义部队的司机，已经考入太原的省立监狱继续开车。他自家还养着一辆马车，看看李怀春在山阴当羊倌没啥着落，就把十五岁的李怀春带去太原照料马车，由于李怀春年纪太小，赶车路上甚至丢了裤子，于是姐姐卖掉马车，又送李怀春进入"五一铁工厂"当学徒，学习修理马车、补胎等，有些技术后跳槽到"玉中车行"开始挣钱，每月工资六元。

不久公私合营，玉中车行成为太原车辆三社。等到一九五八年，年近二十岁的李怀春又进入另一家公私合营的灯塔轮胎厂，还到上海学习过翻新轮胎培训，回来就担任了车间主任，娶了老婆还是扒岭路的街道主任。不久又被国营的众星机械厂挖去干了一段时间，因此两家单位还闹过纠葛，结果国营厂无法继续留用李怀春，他却坚决不想再吃回头草，就调入运输公司修车，其间参加公司的技术革新，研究无轨机车和机马两用车。这两种车子学问就大了。在汽油紧缺的年代，也算为城市公交寻找替代。所谓无轨机车，就是把轮胎设计到小火车上跑街，机马两用车则是马车上装发动机多拉快跑。好像都没有推广开，原因是无轨机车往马路上洒火炭，而马车装发动机也还是马车，无法协调一致。即使项目夭折，已经足见李怀春的机械技术不得小觑。

李怀春的父母已于一九五八年从山阴回到老家吉庄，但不久赶上饿肚子，夫妻二人竟然给老父母丢下两个小孩出口而去。李怀春说他为了照顾两个弟弟，干脆与老婆一起舍掉太原的工作，回村务农，由李如昆照顾临时住在人去屋空的产妇院，然后买下李会丰的下房栖身。李怀春曾经帮村里办起电磨房，并且负责管理维修。

大约一九六四年，李怀春拿到太原单位给他结算的八百元工龄补贴，使他有力量在村里盖起三间新瓦房。就在大联委进驻吉庄之前，李怀春打听到山阴那边有人偷出粮食暗中出售，他家父母都出口回来了，人口太多糊口困难，正好他手里还有几个余钱，所以带了母亲和兄弟徒步去山阴购买赃粮，买了一百多斤，返回时人人背一点，几十里路子仍然疲于跋涉。幸好半路遇到一辆外地汽车抛锚，李怀春热心地上前帮助，拆开分电盘一看，原是点火错乱所致，结果轻易排除了故障，司机感激不过，就把李怀春几口送回吉庄。李家又招待了司机一顿饭，司机临走，硬是留下六十元钱。正是这笔在当时数目够大的酬金害得李怀春被检举利用手艺外出牟取暴利，大联委听说后立刻将李怀春作为资本主义的一条尾巴，决定严加惩处。

李怀春开始接受调查时，不敢承认，总想侥幸过关，但几个回合下来，眼见无路可退。他又怕又悔，夜里回家后将从太原带回的什么工具、配件、破铜烂铁一股脑儿扔进庙沟，人也迷迷瞪瞪的。老婆怕他想不开走上绝路，睡觉时反锁门窗，还用绳子把她和丈夫拴在一块。她毕竟当过街道主任，反复给丈夫做思想工作，终于说服李怀春勇于承认错误，听凭大联委处理。结果罚款八百元，李怀春将新瓦房卖给本村李长海，筹钱上缴大联委，大联委还退了他九分钱余头。他想想千日打柴不如一火烧，懊恼之下把零钱扔到地上，大联委的人说："这人还不服气！"

大联委之后，到一九七一年林彪坠机的"九一三"事件发生，"文革"可能就在事实上被否定，各级主要领导陆续回到岗位，开始整治几年来运动造成的创伤，着手扭转"文革"造成的混乱局面。农村还陆续地开展清财、清工、公物还家、刨大院、割尾巴、制止小生产之类的专项清查，全力围剿资本主义等，一般针对村里的干部，所以村干部无不小心谨慎，如履薄冰。

其间，吉庄盖起新的大队部，位于主席台后原先李涵家的菜园子地。

## 二、那是一棵公黑豆

林满到底背了一个走资本主义道路的黑锅。

将时间直接跨入一九七四年。吉庄又一次成为县里的典型,不过此典型非彼典型,不是先进而是后进。农业社以来,吉庄的副业传统上一直比较领先,特别是进入一九七〇年后,开山和运输都也成效显著。因此,副业收入确有超过农业收入之嫌。公社一位干部名叫李世伟,在纸厂当过书记,手腕受过伤,村里人给他起了绰号是"歪把子机枪"。他到吉庄下乡期间带来县里、公社对吉庄问题的看法:副业追农业追得过头,即使妇女劳力都可挣到每年八百工分,而干部所挣工分更在每年一千个以上,超出普通劳力百分之二十。

接着公社书记陈连元来了,县委书记郭巨民来了,先是组织刨大院,检查谁家院子占了街道,扩大了自家的庭院种植面积。这一项倒没发现违章的,也就顺利过关。其次查账,也合乎财务要求。最后一项退工,责令从当年收入中,支书主任退还三百元,一般大队干部如出纳、会计、保管、民兵营长等,退还二百二十元,正副小队长退还七十元,一律交给集体财务。当时李朴已接任大队主任,他回忆当时县委书记郭巨民批评林满说:"林满你扛着社会主义大旗,引上小李沿资本主义道路瞎折腾。"郭巨民还开导林满:"你们走了资本主义道路,造成两极分化。你们干部多吃进去了,挤一挤肯定会疼的。"

公社书记陈连元则原话引用张春桥、姚文元的精神说:"猛喊一声回过头!"

懊丧的林满实在不理解他怎么就和资本主义沾上了边。他有了抵触情绪,到一九七五年初离职,转型去公社管理社办企业,二十多年的老支书就此告别了吉庄的舞台。刘克功接任支部书记。

林满于一九九四年十一月六日去世,终年七十一岁。他去世后家徒四壁,灶边风箱几处走风漏气,还是用糨子和破布糊住的。但墙上的像框内装满了领袖毛主席的照片。他的遗孀深受丈夫的影响,或者为了表达对丈夫的思念,直到二〇〇九年,她往来于县城的儿女家中,走到熙攘的街上,前襟依旧别一枚毛主席像章,毫不在乎异样的注目。路人多以为她的精神不正常。

回头再来以事论事,吉庄副业超前主要因为具有资源优势。反过来如果说吉庄对副业追农业的问题重视不够,真的有失公允。林满从来不折不扣执行上级指示,朴素的政治神经足够敏感,比如为了平衡农业副业,大队已经尽量求取平衡,将副业队收入以三元折合一个工分,每个工分保持在一元到一点五元之间。"以粮为纲,全面发展"是国家在当时的大政方针,林满自己的主要精力实际都放在农业生产上。据当时的村干部追忆,从进入初秋直到秋收结束,林满几乎每天夜间都要在全村的

林满家保存至今的
毛主席像

田间转悠一圈,防贼巡视,北到洪涛山脚,南到小泊村口,西至神头,东达吴佑庄地界,足迹所到也够三平方公里的范围。一般夜间十二点前各种会议不断,他往往在会后动身,凌晨三点后才回家,非常辛苦。

老支书出巡,当然民兵营长或副支书等人轮流陪同,他们自己都承认伺机给一些关系户通风报信,或者大声咳嗽,或者吹哨子,惊动那些鸡鸣狗盗的社员,等于大家哄着一个真革命的林满。有些专门负

林满(右)生前与原下乡干部张夺合影

责看田巡逻的民兵,偷偷烧着吃玉米棒子,烧山药蛋,等于家常便饭一样,曾经不慎被林满撞上,他们讪讪请林满吃些,林满严词拒绝:"我不吃!"

还有一个"没狼咒"的故事。说的是三队社员三面换,收工时偷偷从集体的西瓜地摘了一个大西瓜,跟一起劳动的伙伴走在回村路上,万万没有想到途中与林满相遇。林满盯着那个西瓜,三面换有如芒刺在背,他灵机一动,赶紧跟伙伴吹嘘说:"哎呀,我今天运气真好。刚才去地里拉屎,正好发现一苗野生的西瓜,结下这么大一颗!"林满嗤之以鼻,说:"我知道西瓜是哪来的,你别念你的没狼咒。"所谓"没狼咒",源自老辈子乡民出门害怕遇上野狼,也请土巫师念念"没狼咒",演绎到一定阶段,没狼咒成了信口胡吹的代名词。以后三面换得到一个绰号:"没狼咒"。

顺手拿拿集体的东西,占占集体的便宜,无形中不被人们太当回事。"大公无私"再也难以凭借号召的方式使之变成自觉。林满只有满腹的无奈,满腹的怒其不争。

当年成立合作社、大集体的激情,在吉庄百姓的心中,几乎被时间销蚀殆尽。社员们的劳动积极性趋于低下,还衍生了不少笑料。举个例子:二队社员蜜如,跟着队长李耀先锄田,干活不大认真,一锄下去,挖死

一棵黑豆苗子,恰好让李耀先看见,质问为什么不锄草要锄死黑豆,蜜如兀自辩解说:"队长,那是一棵公黑豆,不结籽。"也是独具慧眼,竟能知道黑豆的性别。大队开会时候准备批斗蜜如,让蜜如好好解释一下公黑豆,不过干部群众都被公黑豆逗得笑

林满遗孀

个不止,给蜜如起了现成的绰号:公黑豆。

很明显,对于批斗,人们渐渐麻木了疲软了倦怠了,谁也懒得认真,乃至同期展开的"反击右倾翻案风"运动,村里再也没有传下什么值得记录的故事。

介绍一下小队长李耀先。

李耀先绰号"二争娃"。

实际上二争娃在吉庄老辈子有过其人,是槐树院土老财,光景不错,六月天也穿件皮袄,腰扎草绳。他喜欢地里苗子多,崇拜苗多则多收,并不考虑适宜不适宜,嘴边时常挂一番理论:"东地头一苗,西地头一苗,当地一苗;一苗芦芯,一苗莠子,一苗驴吃,人吃毬呀?"锄田季节,他雇了几个短工,对短工只要求速度,却忽略质量,往地里送饭送水的同时,现场监工,发现短工稍有展腰,忙着不厌其烦把水罐送过短工嘴边:"你喝水。"短工摇头:"不渴了。"二争娃说:"那就快锄!"虽然短工们锄田粗糙,但二争娃公道,当天下午收工就把工钱放在窗台上,让短工按劳取酬。

李耀先被冠以"二争娃"的绰号,大概就因为他与老辈的二争娃有些雷同之处。他是复员军人,据说胃口惊人,晚上出去巡逻,一人能吞

下两个西瓜，遇有烧玉米、炒黑豆，有多少能吃多少，又说他能吃下两箩头烧山药蛋。但这人辛苦，锄田也挎个箩筐，见到粪块就用锄头拾起。当了小队长，带人干活，不算计不计划，心中只记着带头苦干，十亩地五个劳力，坚决要一天拿下来，别人跟不上他，他就破口大骂，众人只管追他，晚上还得锄个不完，营生当然被敷衍了，效果不好有时候还得再锄一次。掰玉米时，他的小孩也参加，偷懒借口大便，被他打得满世界寻找拉下的粪便。社员跟了李耀先实在头疼，累死累活不说，年年分红都低于其他小队。别的小队搞副业，他这个队死活搞不起来；别的小队产粮多，他的小队始终低产。俗话说："鸡儿不叫也明哩，算计不到也穷哩。"李耀先光是思想好，缺少的恰是算计，太死板。六个小队暗中有个竞赛，李耀先的小队一直居后打狼。

与李耀先形成鲜明对比的是，另一位小队长阎春枝的能耐就高人一筹。

阎春枝二十多岁刚务农就负责管理大队蔬菜园，又曾经管过电磨房，"四清"时因为李如昆的牵连，丢了团支部书记，"四清"结束接任了大队保管，手中一下子掌管八本账：大队一本，六个小队共六本，副业队一本，工作量不小，但也没出什么差错。阎春枝念过三年书，脑袋灵活，村里人给他起的头一个外号叫"数星宿"。以他自己的话说，就是基本没在庄稼地干过活儿。一九七一年，三小队不太景气，社员连口粮都保不住，小队长贾全被降职为副队长，大队让阎春枝接任三队的队长。当时三队社员说："他什么时候种过地？是个外行。"阎春枝也有压力，林满跟他说："自己争气些，记住打

巡田估产，已成为阎春枝的一种生活习惯

下粮就是好队长。"

阎春枝很快进入角色，他琢磨出行之有效的套路，实行精耕细作、科学种田：一、秋冬多积农家肥，舍得花钱买化肥；二、平田整地，春浇必须浇透；三、注重查苗补苗，夏浇要及时；四、提前做好生产计划，细致准确，避免无的放矢。还有特别重要的一条，就是根据墒情合理密植，别的小队一犁七寸，他要求三队一犁六寸，给掌握牛犋的把式多记工分，但不得误差。那年夏天，天气有了旱情，西斜子地的谷子刚六七寸高，阎春枝就安排浇水，副队长贾全表示反对，照搬农业谚语说："'麦浇黄芽谷浇老'，不能违反老辈子传下的经验。"阎春枝不管那一套，打破传统坚持早浇，同时合理施放化肥，结果大获丰收，他得出的经验是：有肥有水怎么也行。

当了小队长的阎春枝，依旧不去带头劳动，整天挟一张锹来来去去，社员说他"把锹柄都夹扁了"，取了第二个外号就是"夹扁锹"。但他心中有数，只管谋划检查、监督落实，甚至还尝试过小范围的承包，根据任务确定工分，多劳多得，调动了社员们的积极性和主动性。这在当时就算很超前了。当然，阎春枝自己在利益面前绝不搞特殊化，一次分果子，会计张有财挑出又红又大的一袋子，阎春枝问干什么，张有财说："完了咱俩和贾全三个人分这些好的。"阎春枝不同意，硬让张有财将果子倒入老堆，张有财嘀咕："不就是些果子？"

说来说去，阎队长在别人的议论纷纷中完成了他的第一张答卷：当队长一年下来，粮食产量从上年的八万斤猛增到十六万斤，社员口粮从二百八十斤增加到三百六十斤，事实答复了许多闲言碎语。以后阎春枝精打细算，帷幄收支，三队粮食连续上升，最高年产二十三万斤，阎春枝一连五年到县里参加劳模会，社员们再给他改了外号，亲切地叫他"二老陈"，即陈永贵第二。除了粮食多产，阎春枝的副业也不含糊，小队白灰窑蒸蒸日上，销路供不应求，但大队觉得三队抢了副业队的买卖，竟将小队白灰窑收归集体，又把阎春枝轮换去接任李耀先的小队。平均主义的无形之手,制约了"二老陈"的进取之心。"二争娃"和"二老陈"在社员们的街谈巷议中,留下各自的口碑,极具吉庄特色。一个不受,一个死受;一个读过书,一个不识字;一个算计,一个盲目。两个小队长被相提并论,也能说明吉庄人从六个小队的相互竞赛中,从自家年底分红的差别中开始思索,潜意识里注意到后来很时尚的概念:竞争。大集体、农业社正在微妙地朝着另一个略带贬义的名词转变,那个名词就叫大锅饭。大锅之下,犹如下边舐舐着逐渐加温的火苗,锅里翻滚起一串细微的气泡,水面微澜波动。

不过,吉庄生产大队与众多单纯的农业村庄不同,虽为副业的发展所困惑,但副业的发达,依然让绝大多数社员成为朔县全县相对最富裕的农民。据不很准确的数字统计,寻常家庭年底分红五百多元,最高的竟有两千多元。等刘克功当支书后,吉庄有一百三十多名劳力上山创收、一百多人开山、三十多人跑运输。

与此同时,吉庄的小副业也没放松。大队在一九七二年至一九七三年间,建起专门的石碹粮仓,且称石窑院,就在村北的北场上,正面十间,西面十间,十分排场,车辆可以直接停到窑顶。这样腾开庙院,改为综合加工厂,把全村的能工巧匠组织起来:南戏台磨房;东禅房洪炉组;西禅房缝纫组;马王殿木工组;奶奶殿修车组;大王殿压面机房。管理机构是:负责人老党员李宗富,会计李国先。

小副业并非为了盈利,主要给大队提供方方面面服务,村里人加工个农具、牲口钉掌之类,的确方便了许多。小农经济自给自足,也是大集体优越性之一。

在小副业组,还留下一段发明创造的插曲,虽然以失败告终,但就算吉庄工业革命的萌芽吧。主角自然是李怀春。他所在的修车组就他一人,主要承揽补胎,活计不多,他的手痒痒了,看见各队碾场还靠牲口拉碌碡,忽发奇想,竟然重温当年设计机马两用车的经验,动手钻研碾场机。他利用一台十二马力的破柴油机,铁管焊了方向盘、车架子,自

石窑院

行车链条的传动轮盘充当方向机,再装四个小平车轮子,反正丁丁当当鼓捣出一个小怪物,后面拉着碌碡,噪音高亢刺耳地开入场上。遗憾的是,那玩意没有差速器,没有刹车,导致两个致命的缺陷:其一,无法转弯,只能前进,打方向不管用;其二,碌碡带着惯性乱撞,后面还得跟几个社员拿大绳子拽。毫无疑问,新技术失败了。干部社员看了一场热闹非凡的西洋镜。李怀春虽然有些失意,但他深知机械化的效率,所以,他向大队建议:"赶快投资买脱粒机吧。"

村里的大牲口多了,另一位与李怀春类似的能人李文才大显身手。李文才这人,虽说没有读过几天书,不识几个字,但能言善辩,耿直豪爽,又喜欢抱打不平,在村里调解矛盾、排解纠纷,就凭一张嘴巴,叫人心服口服。李文才身材魁梧,常穿一身整洁的中山装,上衣口袋里常插着三支钢笔,看上去很有想象力,比之他们兰花院老前辈三步娃都惹人注目。但一般情况,他的三支笔没有一支能用,有的没笔尖,有的没笔胆,有的没墨水,只不过装装样子,像个文化人。他爷爷曾经跟人学过几天兽医,他也就耳濡目染地熟记了一些药方,竟能学有所用,所以大集体时期，李文才就凭借他积累的兽医基础，时常给村民的猪啊羊啊打打针，给集体的大牲口喂喂药，基本没有从事过农业生产劳动，工分收入倒不低于一个强壮男劳力。李文才干的活轻松自由，就算吃的是技术饭，再说农业社也确实离不开这样的能人。村里好歹有个懂兽医的，毕竟比之过去给马王爷烧香祭祀求取保佑要管用得多。

再后来，大队还有了煤站，最多时年副业收入五十多万，村里年年唱大戏。有了钱后，吉庄人没有忘记毛主席"农业的根本出路在于机械化"的教导，从一九七六年到一九七九年间，大队开始大量添置农业机械，大马车达到十八辆，每小队三辆；小平车二十六辆，大队两辆，每小队八辆；五五型拖拉机两辆，三〇型拖拉机六辆，铲土机一辆，一前一后汽车两辆。一九七七年居然还从平鲁宋红沟购置了一辆二手的小四轮拖拉机，好像是"丰河"牌子，村里叫"蹦蹦蹦"，作为村干部进城开会或公务使用的特殊专车。神奇的是，二〇〇九年那辆代表当年吉庄生产力较高水平

吉庄三级站（高恒如 摄）

的干部专车小四轮拖拉机仍在使唤,其主人就是曾经的司机李来,只不过变成了私有财产。在吉庄,那辆小四轮拖拉机同李如昆骑过的自行车一样,具备了不容置疑的文物价值。

一个数字显示:大集体结束前,吉庄的家当累积一百多万,其中百分之八十为固定资产,主要包括房屋、车辆。

此外,吉庄的水利工程也值得称道。

新中国成立以来,特别是进入农业合作化的大集体期间,吉庄贯彻毛主席"水利是农业的命脉"的教导,始终坚持兴修水利,确实使吉庄人尝到了旱涝保收、粮食稳产高产的甜头。到一九七〇年前后,村里已经建成二级站高灌站,与当年的一级站衔接,往北修筑了一千多米的垫方渠和一千多米的挖方渠,直到王家围地,通过管道抽水提高二十多米,可以浇灌王家围、刘家围等三百多亩坡地。接着又开始规划三级站工程。

而三级站就要通过二级站再往上提水,越是往北,海拔越高,设计先是经过一段三百余米的垫方渠,然后要以涵洞的方式挖掘暗渠三百多米,再通过管道抽水提高五十多米,直到高坡的花儿沟地,浇灌花儿沟地、羔儿洞地等一共四百多亩。纵览吉庄的高灌工程,从桑干河边一直引水到达洪涛山麓,明渠暗渠曲折行进三千米左右,抬高海拔八十多米,

吉庄的机械化(李柱 画)

见证了吉庄人历年来始终不渝发展水利事业的艰苦历程。

　　当年山西有一首知名的民歌，名叫《河边修起高灌站》，内容好像特地为吉庄写的，说明当年名称是跃进渠的水利工程，不止吉庄才有：

　　　　清凌凌凌凌的河来，
　　　　清凌凌凌凌的水，
　　　　流水哗啦啦啦啦浪呀么浪花飞，
　　　　姑娘河边闹水利呀干劲冲破天，
　　　　跃进河水哗啦啦啦哗啦啦啦哎嗨去浇呀么浇良田。

　　　　清凌凌凌凌的河来，
　　　　清凌凌凌凌的水，
　　　　流水哗啦啦啦啦浪呀么浪花飞，
　　　　河边修起高灌站呀马达震山川，
　　　　引水上山哗啦啦啦哗啦啦啦啦哎嗨那庄稼长得欢。

　　三级站挖暗渠的时候，吉庄采取了土办法，每五十米打一竖井，再从双向横打，竖井一截比一截深，到最北第六个井筒居然深达二十多米，取土方式就是立起大架安装滑车悬吊土筐。按设计在那个井底掏一间四米见方的土窑，准备石头碹筑，安放抽水设备。土窑掘进以后，由于土质疏松，发生了冒顶事故，参加挖掘的下乡干部吴富贵和社员贾锁蛋同时献出了生命。吴富贵是纸厂书记，级别跟县委书记相同，老家侯马人，不知是否申报了烈士。贾锁蛋刚刚十八岁，是家中独子，因此村里将他父母养起来，一直到送终。获赔好像为零。最后，竖井放弃侧面开挖土窑的方案，彻底改为一处敞口大坑，沿台阶下去，坑底建机房。机房由光棍人李万负责看守，由此又引出笑话。李万说他晚上闲坐抽水烟，吹出一个烟猴子，不料使劲太猛，烟猴子如流星飞到马邑的场面上，引

一九七四年，吉庄村的一组老照片（高恒如 摄）

发火灾，他急奔十多里前去救火，马邑人并不知道元凶，竟付给他六元钱的见义勇为报酬。以后的一个夏末秋初，李万晚饭后去三级站机房的路上不幸遭遇车祸身亡。烟猴子引火，可能是他留给吉庄最后的笑话。同鞋子打飞机一样，多少年过去，李万的笑话依然挂在吉庄乡亲们的嘴边。

三级站竣工后，附属设施的渠道，一律白灰石头砌筑，习惯叫防渗渠，站在山头俯视下去，只见高灌站与渠道相连，南水北调蔚为壮观，给人一种改天换地的震撼。那时候，吉庄全村差不多可以浇灌三千亩土地，粮食产量可以达到一百八十万斤。随即，吉庄人大干快上，坚持不懈开始投资投工兴修更为先进的四级站，誓把清水再往上提，浇灌剩余的高坡梯田，但可惜四级站最终化作半拉子工程，半途而废。究其原因，当然第一是神头泉几乎完全枯涸，桑干河源细若溪流，地下水位连年直线下降，整个高灌提水系统失去了源泉；第二则是东西横贯的大运二级公路截断了三级站渠道。终于在临近二〇〇〇年之前，使得那么一项耗费了吉庄无数的人力物力，包含着泪水、汗水甚至生命和鲜血，惠泽吉

吉庄村前后四任村支书：李祥、李朴、李忠祥、李仁义

庄的水利工程，宣告彻底报废。所有机械管道被人们盗拆，卖入废品回收公司；还有难以拆下的，竟被用炸药爆破，几近明火执仗。如果说高灌站完成历史使命还有自然因素，消失就消失了，那么依旧还有极大利用价值的整个浇地的防渗渠残破失修，也随着集体化走到尽头，多属人为原因。一句话，没人管了。实在令人扼腕痛惜，这里一言难尽。

进入新世纪以后，吉庄的水利工程只能在北边高处打深井，水渠逐步又开始疏通修葺。之前的南水北提，变为北水南调，历史往往存在极"左"极"右"，政治如此，水利居然也如此，造成截然相反的许多现象。

高灌站总施工刘克功担任吉庄支书满打满算不够两年。一九七六年冬天农业学大寨的高潮阶段，吉庄全民出动大搞农田基本建设，在洪涛山麓兴修梯田，层层砌筑石堰墙，把高出地面的土丘挖去填补低洼，社员们称为"搬圪蛋"，一出勤，两送饭，就吉庄而言益处不多，拘囿于形式。原因是坡地沙质，水肥流失严重，上水上肥效果很差，反而成本太高，得不偿失，用村民的话说，这些田地投入本钱没利可图。倒是人们记着这么一个场景：大雪纷飞，漫天茫茫，副县长乔日升也在现场督战，只见刘克功裹一件狐皮领的大衣，依旧冻得瑟瑟发抖，捂着肚子呻吟说："肚疼得不行了，不行了。"他确实患有严重的胃出血，身体状况堪忧，公社看看情况，很快决定由二十多岁的李祥继任支书，完成新老交替。有人回忆，李祥在就职仪式上说："我要继承刘克功的遗志！"说错了，大家都笑。不过李祥矢口否认他犯过那样低级的口误，说："傻子才那样说。"

### 三、小瞧吉庄基干民兵没枪？

到改革开放前，吉庄在全朔县一举出名的，居然仍是一句俏皮话。

吉庄笑话多，俗话多，趣话多，故事多，比如"公黑豆"、比如"没狼咒"、比如"不要管我，主席要紧"等，但流传的范围多数限于本村。如果说在朔县全县叫响并且家喻户晓的名言，好像仅仅一句："小瞧吉庄基干民兵没枪？"

这是一个反诘句，光听觉得没头没脑。二〇〇八年的一天，朔州市朔城区委副书记、知名文化人、曾经在《山西日报》担任过多年记者的南志中来到吉庄，接待因为怀旧重返吉庄的一批当年的北京知青，刚进村就说了一句："吉庄？很有名！不是有一句话叫作'小瞧吉庄基干民兵没枪？'"随行都说："那是那是。"南志中好奇地问随行的乡镇干部："这句话究竟怎样来历？为什么小瞧吉庄基干民兵没枪？"可是，在场的谁也答不上来。

也难怪乡镇干部不知道为什么"小瞧吉庄基干民兵没枪"。因为随着时间的推移，很多时代色彩明显的俗语、俚语之类流传下来，但其出处倒往往容易被淡忘。实际上，在吉庄追根溯源，只要提起"小瞧吉庄基干民兵没枪"，村民们都会想到当年的一位出类拔萃的女民兵，她的名字叫李海枝。正是李海枝曾经被授予过朔县的神枪手，才使吉庄民兵的名声在外。

二〇〇九年的李海枝已经六十三岁，腿脚虽有一点小毛病，但是精精神神，言谈起来，性子十分爽朗。说起自己的身世，她坦言娘家本是吉庄东门上，但一出生就被父母送给旗杆院，十岁丧父后，就和母亲、妹妹相依为命。母亲眼睛不好，因此她只念了小学一年级，目的简单，只为了能够认得工分。到十五六岁，她就开始参加集体劳动，因年龄太小，支书林满和小队长李先总是照顾她，让她干些轻活，但她很是要强，硬是不愿意拈轻怕重，所以不久就担任了三小队的妇女队长。

发自内心而言，李海枝对当时的村集体充满感恩。她说她母亲告诉她：如果不是集体的关照，母女三人肯定会饥寒交迫，命运不堪设想。所以倔强的李海枝心中只有两个字：争气。十七岁那年，她加入吉庄民兵营，跟村里另外三名女民兵李希梅、喜女子、李玉兰一起组成铁姑娘尖子队，劳动训练两不误。十八岁时候，李海枝被提拔为民兵营副营长，给营长李希贵当助手。

推算那年该是一九六三年吧，其时中苏论战进入白热化，台湾海峡又不安宁，毛主席刚刚提出"民兵工作要做到组织落实、政治落实、军事落实"。相应地，地方民兵工作方兴未艾。关于民兵的构成，有着基干民兵和普通民兵之分。按规定，二十八岁退出现役的士兵，经过军事训练的人员和选定参加军事训练的人员，统称

在吉庄村委会还能看到这样的招贴画

基干民兵；其余十八至三十五岁符合服兵役条件的男性公民，全部在普通民兵之列。女民兵只发展基干民兵。所以吉庄民兵，应该只确定在基干民兵的范围。

那时候神头公社的武装部长是杨世龙，安排各大队民兵准备参加全县民兵冬季集训，其中包括十八岁的李海枝。李海枝先是领到一杆三八步枪，附带六颗子弹，她拿回家中生怕出事，将步枪挂在墙上，子弹却包起来另外放置。不久，全县民兵集中在安庄村训练，李海枝手中又换成小口径步枪，以她自己形容，"就像打猎的一样"，少女的稚气未脱。但那种女民兵形象，就如毛主席诗中所说："飒爽英姿五尺枪，曙光初照演兵场。中华儿女多奇志，不爱红装爱武装。"想象起来也是风采不凡。李海枝回忆说，在训练场上，她有一个对手，就是安庄村女民兵武银喜，训练时不论怎么刻苦，她总是不如武银喜，每个科目多少落些下风。

然后，就是大比武了，检验训练成果。地点在县城北关，主要科目为射击，包括卧式、跪式、站式等，靠城墙立起靶子，射击场又搭了台子坐着领导们观看。李海枝参加了一百米距离卧式射击，对手仍是武银喜，这一回武银喜没能发挥理想，十发子弹打出八十九环的成绩，按理也不错，然而，李海枝技高一筹，打出九十环，恰好超出对手一环，取得险胜。就这一环，使李海枝加冠为"神枪手"，领到一张奖状，而武银喜屈居人下。

年过花甲的李海枝

当年英姿飒爽的李海枝

二〇〇九年的李海枝说起那段经历，依然激动不已。她拿出一张自己留存下来的小小的黑白照片，记录了她青春岁月抹不去的自豪。只见照片上那个大辫子拖下腰际的美丽少女，在冬日的阳光下扛着自己的木桩靶子，靶子上清楚地标记着"九〇"字样。虽然衣服显得臃肿，但少女烂漫的青春、飒爽的英姿、如花的笑靥，定格成为最珍贵、最无与伦比的风景。没有更多的词语可以形容，只有一首歌曲的旋律在风景里回响，那首歌曲叫《中国民兵之歌》：

> 血火里诞生，
> 风雨中成长，
> 战歌中走来中国民兵。
> 支前的车轮，
> 胜利的枪声，
> 歌唱着我们光辉的历程。
> 保卫我们是战斗队，
> 建设我们是排头兵……

李海枝十九岁结婚，渐渐退出民兵队伍。她生养有五个孩子，儿女都也争气，长大后多为师范、师专毕业，分配在城里工作。翻过李海枝的那张老照片背后，写有一段情意绵绵的文字：

> 千万不要忘记
> 一九六五、三、廿八
> 这不平凡的日子

落款是一个名字的汉语拼音缩写 lg，知情人一看就知道是"李根"。显然，一九六五年三月二十八日，是李海枝跟丈夫李根二人的一个特殊日子。大约是定情之日？结婚之日？反正字迹工整，又文绉绉的，满是文化底蕴。李海枝的丈夫李根，当了多年乡村教师，本是神头人，上一辈搬来吉庄，如今夫妻居住在旧日的师专院内。"小瞧吉庄民兵没枪"的由来，就发生在李海枝所参加过的大比武期间。

其时的吉庄民兵营的营长李希贵，二〇〇九年也在村里。

李希贵在村里有两个外号：之一，"二长腿"——排行老二，个子一米九多，喜欢打篮球，算是直观上的。之二，"二呐哈"——据说李希贵年轻时不管哪种场合，首先找个桌子之类，随意把屁股搁上去，伸个懒腰，嘴里发出一个声音："嗯呐哈"，久了人称"二呐哈"，比较形象。

说起担任吉庄民兵营长三年的历程，李希贵同样似乎有满肚子的激情。他回想那会儿全县民兵大比武，吉庄民兵营一共获取四项第一：射击、刺杀、小刀拳和文艺，此外在公社参加篮球比赛，吉庄篮球队也拿了第一。他说他们自编自演了小歌剧《送肥记》，讲述主人公把自留地的农家肥送到集体田里的故事，在训练间隙演出后受到县里领导的一致好评。演员一共四名，李希贵和他的妹子李希梅，他的妻子李玉兰及李如杰。李如杰是学校老师，兼任编剧和导演。本来他已被划定为右派，吉庄"四清"工作队徐班窝觉得不宜使用，但李希贵据理力争，说："毛主席他老人家说过，唯成分论不唯成分论，重在表现。"徐班窝才无话可说。

说来再没有谁比李希贵更了解"小瞧吉庄基干民兵没枪"的内情了。

据李希贵描述，就在当年大比武前，朔县武装部长贺成祥组织全县民兵营连长到吉庄观摩民兵训练，吉庄民兵集合起来列队操演，一溜站在大队院子内六十余名。装备嘛，不敢恭维。真正的三八大盖分配有十三杆，自制的道具木枪有二十多杆，队伍中还有近三十名民兵没枪，赤手空拳。李希贵犯难了，心想这样的队伍怎么步调一致操演呢？他左右看一下，大声说："没枪的好说！玉茭秆就是枪，一人拿一根去当枪使！"

于是，那些没枪的民兵跑去东墙外喂牲口的秸秆垛边，每人取来一根玉米秆，捋去干叶，等于长枪在手，刺杀起来倒是一道独特的风景，却让观摩的队伍看着忍俊不禁，交头接耳议论说："吉庄基干民兵没枪？"好像带有讥嘲戏谑的成分，然后通过各村的民兵营连长之口，吉庄民兵没枪，用玉米秆操练的事情广为散播，很快传遍全县，很被全县民兵小瞧。然而吉庄民兵比武时大显身手，一举夺得四项第一，尤其是李海枝一鸣惊人，全县民兵再次议论："小瞧吉庄基干民兵没枪？"这句话很快在朔县流传开来。以后"小瞧吉庄基干民兵没枪"，实际就带有褒义和佩服的色彩了。据说吉庄民兵很快得到充足的枪支装备，并且配置了轻重机枪，让小瞧也没人敢小瞧了。

　　屈指来数，在李希贵、李海枝之后的吉庄民兵中，李廷安就算是其中一个优秀的代表人物。

　　李廷安是槐树院东邻李玉的儿子，祖上属兰花院。他出生于二十世纪五十年代初，如按现在流行所说，算是"五〇"后吧，赶上了大跃进、饿肚子、"文革"、改革开放，人生经历在当今中国属于最丰富的一代人。李廷安一到四年级在村里读小学，五到六年级在神头学校读完小。他父亲是神头采石场工人，没读过书，仅识几个字，母亲在村里务农，一字不识。所以儿子刚进学校时还没有正式的学名，只能请小学教师罗作态代笔，取名"李廷安"，以后李廷安同门弟兄辈的学名，多数就跟着"廷"字来了。

　　李廷安完小毕业后，通过考试升入原为晋北师专的神头中学读初中，同年加入共青团；三年后初中毕业，他又在神头中学读完高中三年，时间就到了一九七〇年。那年李廷安虚龄二十岁，随即回村参加农业生产劳动。与他同班高中毕业的吉庄学生一共四名，另外三名是李仁义、**李育**和**大满意**。大满意在一个亲戚帮助下，刚走出校门就外出去当工人。因为在他们之前，村里的高中生真如凤毛麟角，大概只有一两个而已，所以李廷安等三名回村高中生，成了全村百姓另眼相待的文化青年。李仁义后来也担任过民兵营长，并从一九八七年到二〇〇八年，担任了二十二年的村支书，其间吉庄个体经济出现了改革开放后的第一个**繁荣期**。

李廷安工作照

那年,首先受到村党支部重点培养的就是李廷安。或许是得益于与村支书林满的亲属渊源,或许是早早就成为一名共青团员,总之李廷安机遇不错。刚回村没几天,村里的大喇叭吆喊他到大队一下,李廷安急忙去了。林满跟他谈话,让他担任村里的专职团支书,而不再由党支部副书记刘克功兼任。这样李廷安马上成为村领导班子成员,主要在劳动之余负责发展团员、办学习专栏、出墙报等,挣工分略低于村支书林满、大队长李文有和副支书刘克功,却高于大队会计和小队长等。过了一段,他又被任命为吉庄民兵营教导员,协助营长李祥开展民兵工作。他配发的武器竟是一支锃亮的美式冲锋枪。

其时吉庄的水利工程如火如荼。三级高灌站宏伟规划上马后,李廷安和李祥组织起四十余人的吉庄民兵突击队,在总指挥刘克功带领下,全力以赴投身到工程建设第一线。就是在那一段时间,三级站竖井发生塌方,年仅十八岁的小民兵贾锁蛋和下乡干部吴富贵不幸牺牲。李廷安记得,当时在村里的主席台前召开了隆重的追悼会,由他上台介绍贾锁蛋的先进事迹。团县委副书记杨林前来讲话,并宣布追认贾锁蛋为优秀共青团员。就在那次追悼会上,李廷安结识了杨林副书记,不过杨林对他印象不很深——因为没几年李廷安就任团县委书记,仍旧担任副书记的杨林已经认不出他来。

李廷安心中记着这样一幅情景：那时候民兵每天随身携带枪支，参加劳动的时候，大家就把枪支立在田野地头，美式冲锋枪、三八大盖、七九步枪、轻机枪等，枪口朝天，参差不齐。劳武结合，别有风景。据说除了生产训练，还要参加每晚各式各样的学习和会议，不管多累，午夜十二点前没有歇息过，而且县武装部、公社武装部派员在吉庄蹲点，动辄组织夜间拉练，随时通知，紧急集合，远程跋涉等，把吉庄民兵锤炼得顽强如钢。

一九七三年，李廷安加入中国共产党，公社武装部长郝志仁很看重他，就向公社书记王滋玉推荐。忽然有一天，公社秘书李斌通知李廷安到公社，拿几张信纸让他写了一篇文章，大概就算一纸考卷吧，反正第二天李廷安就被抽调到公社，担任八大员之一的支部教员，每天跟着王滋玉骑自行车下乡，从此踏上仕途，离开了吉庄和吉庄的民兵队伍。

以后的李廷安变成了国家干部，就是后来称谓的工农干部。他先是被上报成为县里选拔的二十五位接班人之一，转了城镇户口，旋即担任朔县福善庄公社革委副主任，时年二十二岁；不久率队参加朔县腊壑口水利工程，受到县委副书记岳来秀的赏识；等水利工程完工，岳来秀担任朔县农田基本建设指挥部总指挥，立即抽调李廷安回去担任副总指挥；他干了不到两年，县委书记王建功安排县委组织部寻找最年轻的科级干部接任团县委书记，李廷安作为唯一符合条件的人选，担任了团县委书记；不到两年，又下基层担任朔县沙楞河公社党委书记。一九八〇年，他离职进入省委党校学习，毕业分配到雁北地区浑源县担任副县长，那时他年仅三十二岁，是全雁北地区最年轻的县级干部之一；漫长的八年后调整为浑源县委副书记，在位四年。后来雁北地区撤销，成立大同市和朔州市，李廷安调回大同市农机局任局长，后来改任大同市粮食局局长，一直工作到将近退休的年纪。而时间已经进入二十一世纪。

离开吉庄村的李廷安，作为工农干部，走过了一段看似平坦而幸运的人生道路，但作为全地区最年轻的县级干部，就往后的仕途而言，给人感觉又总是差那么一点。当然，从农村出来，父母贫寒、没有政治根基，李廷安已经很不容易了。

不管怎么说，李廷安是从吉庄民兵营走出去的，他是吉庄民兵中的佼佼者，是不可否认的翘楚人物。

岁月峥嵘，往昔如烟，人们多想不起"小瞧吉庄基干民兵没枪"这句堪称朔县名言的由来，但吉庄民兵至今仍是吉庄父老心中挥之不去的永恒的群像和引以为豪的一帮扬名争气的子弟。

那么，谁敢小瞧吉庄基干民兵没枪？

而谁又能忘记给"小瞧吉庄基干民兵没枪"这句名言增加了生动多彩内涵的李海枝？令人哀痛的是，吉庄民兵的代表之一李海枝，于二〇一〇年五月二十二日不幸辞世，走完了她平凡而不平凡的一生。在此，将李世唐先生的一篇悼念文章摘录如下，兼以表达对李海枝的怀念。

### 悼师母

星期六中午回村看望父母，获悉李根老师爱人、师母李海枝不幸辞世，深感震惊与痛心。下午遂携二同学前去吊唁师母，看望老师。李老师今年六十七岁，师母六十三岁，夫妻相濡以沫，恩爱有加几十年。

如今正值老年相伴，安度晚年之际，不料师母猝然撒手。望着老师比实际年龄大十几岁的苍老容颜，想着师母离去后老师的凄清孤独，禁不住潸然泪下。

李根老师是我的启蒙老师，也是陪我考大学的老师，是看着我长大的老师。我入小学时恰逢"文革"高潮中的一九六八年，举国闹革命，教育系统瘫痪，学生没有课本，李老师就在黑板上抄毛主席语录教我们识字、背诵。那时李老师青春年少，朝气蓬勃，除了教学，就是给教室的玻璃窗户上描主席头像，写忠字，在办公室的木柜和学校四周墙壁上写毛主席语录和标语等，到处都有他忙碌的身影。四十多年过去了，老师的举手投足、一颦一笑，依然历历在目。恢复高考后，李老师给我们高考补习班代物理、化学课，虽然我后来改考了文科，理化课对我高考没有什么用处，但李老师严谨认真、一丝不苟的教学态度，有教无类、诲人不倦的高尚品格，却对我的人生产生了深远的影响，成为我一生享用不尽的精神财富。

李老师与爱人同是吉庄村人，都有着不幸的童年，可谓是一根藤上结下的两个苦瓜。但与老师谨慎低调、寡言木讷的性格截然相反，师母是那种泼辣爽朗、敢说敢做的人，二人的共同点是自强不息、勤劳俭朴。

在朔城区至今流传着一句俗语，叫"不要小瞧吉庄基干民兵没枪"，这句俗语使小小的吉庄村名声远扬。这句俗语就源自当年的吉庄民兵营副营长、神枪手李海枝。当年的吉庄民兵营有六十余名基干民兵，但只有三八大盖步枪十三支，自制道具木枪二十多支，有近三十名民兵赤手空拳。但困难吓不倒吉庄民兵，没枪的每人操一根玉米秆儿瞄准、刺杀照练不误。李海枝是民兵营副营长，训练时真枪、假枪让给其他人，她自己就只能操玉米秆练，等别人休息时，她再拿真枪练。她是那种好胜心极强、不达目的决不罢休的人，她白天练、晚上想，训练场上练、回家琢磨。功夫不负有心人，终于在全县民兵大比武中，李海枝以十发子弹打出九十环的优秀成绩一举夺冠，赢得"神枪手"称号，为吉庄民兵争得了荣誉，那年李海枝刚满十八岁。至今李老师仍然保存着当年师母夺冠后扛着九〇环木桩靶子的黑白照片，照片的后面是李老师刚劲的题字：千万不要忘记一九六五年三月二十八日这不平凡的日子。这一幕虽已成为历史，但历史是不会被人们遗忘的。

李老师退休后领着不低的退休金,但老两口省吃俭用,连电话和手机也舍不得使用。师母更是勤劳艰苦习惯了,过不了清闲舒服的日子,仍然耕种着村里分配的土地。近年师母患有严重的高血压病,她坚持边服药边种地。儿女们在外工作,都劝老两口少种点地,李老师也劝妻子少种点,以免累坏身子。但师母想的是农产品一年比一年贵,山药蛋一斤都卖到两元钱了,自己多种点地,孩子们生活就能省点钱。前一阵子,老两口硬是坚持把十几亩地全部播种完。播完地师母就病倒了,她感到心口疼、浑身乏力,以为是胃疼病犯了,不想五月二十二中午睡下后就再没有醒过来,给丈夫和儿女们留下了终生的遗憾。师母走了,但她自强不息的精神、勤劳俭朴的品德却留给了后人。

　　愿辛劳一生的师母一路走好!

　　愿天下父母健康长寿,安享晚年!

# 第十章 春天的故事

## 一、这么简单的问题都不会，考什么大学？

"文革"后期几年的吉庄，农副业殊少生气地维持着大集体的运作，沾染政治色彩的喧嚣日渐减少，村子基本上趋于静如止水，显得沉寂甚至沉闷。直至日历翻入一九七六年，"四人帮"垮台，邓小平再次复出，人们才隐约感觉一个非常时代即将发生转变。就在那一年，已经中断招生将近两年的神头高中重新恢复为大学，挂出的牌子上写着"雁北师范专科学校"，并且开始主要面向雁北地区招生。

然而，雁北师专的大门前，还是架设着一道无形的藩篱，谁想跨过去当学子，绝非个人努力可以如愿。那道藩篱的名字就叫"推荐"。"文革"开始后，全国的大学都停止招生。一九七〇至一九七六年，"工农兵"和"大学生"相结合，形成了一种前所未有的高等教育模式。"推荐"好像是唯一的招生手段。"根正苗红"的工农兵大学生，因此成为那个时代的幸运儿，无数人向他们投以羡慕的眼光。工农兵大学生的历程虽短，却对社会经济发展、教育理念及个人命运多方面都产生了深远的影响。

不言而喻，推荐本身就是一种难以公平的人才选拔方法，加之被推荐的名额少之又少，几近凤毛麟角，事实上也造成了国家人才匮乏、青黄不接的窘迫。

就在一九七六年，吉庄获得一个珍贵万分的推荐上雁北师专的名额，李寨在大队干部的推荐下，荣幸地拿到了录取通知书，成为吉庄有史以来的第一名大学生。虽然他从家到师专徒步不过一里地，但是，就以新中国成立后高等院校通过招生考试录取大学生的一九五二年算起，吉庄作为朔县的文化村，到一九七六年送出第一个大学生，走过遥遥的二十四年时间。

　　李寨当年不足二十岁，从神头公社中学高中毕业后回村已担任团支部书记，出板报、读社论，紧跟时代，把村里的政治文化气氛搞得很活跃，确是一位青年才俊。李寨被推荐上大学，应该说是实至名归，但不管他自己的内因起了多大作用，在乡亲们眼里还是或多或少与村里寻常的同龄人有所区别。因为他能被推荐，首先身份是团支部书记，政治上很"红"，而他能当上团支部书记，仍然离不开林满的影响。他父亲和林满在新中国成立之初一起起早贪黑推着独轮车卖炭，结下了深厚的友谊。雁北师专毕业后的李寨分配在朔县师范供职，他始终不忘养育他成长的吉庄，一直热心于村里的文化和公益事业，特别是对吉庄村考入朔县师范就读的莘莘学子多有关照。在李寨之前，吉庄曾经有过一个"大学生"。一九七五年，朔县居然也成立了一所大学，号称"农业大学"。就在马邑古城北面、北同蒲铁路南面的马邑盐碱滩上，盖起几间简易校舍，县里派出一位姓阎的干部担任校长，实际是为了贯彻"五七指示"而折腾出的一个时代怪胎，压根儿算不上一般意义上的学校，更别说大学。但老百姓哪里知道那么多？吉庄拿到一个入学名额，好像还出现了竞争，最后李增耀的儿子李有文有幸胜出。那所所谓的学校如同过眼云烟，仅仅一二年光景就随风散去，竟然没有在任何文字资料上留下一丝痕迹。李有文也没有改变农民身份，照样回村务农至今。

　　所以，不管推荐不推荐，李寨不容置疑地是吉庄第一个吃上"皇粮"的大学生，一时在吉庄知名度最高。李寨的入学通知书被送到大队，村里用高音喇叭通知李寨，最终还流传下一句顺口溜："李寨李寨，带上铺盖。"见证了那种金榜题名的荣耀在小小村庄非同一般。李寨把吉庄的千般羡慕集于一身，但是，大学的门槛毕竟太高了，普通百姓的子弟恐怕连梦都不敢梦啊。

　　谁也没有想到，刚刚过了一年多时间，复出后的邓小平于一九七七年七月明确指出:"不管招多少大学生,一定要考试。"很快教育部宣布:恢复高考,择优录取选拔人才上大学。

经过十年动乱,高考的考场大门终于面向普通百姓重新打开了。真是"旧时王谢堂前燕,飞入寻常百姓家"啊。

恢复高考的消息传到吉庄,无异于一石激起千层浪,一下子打破了吉庄郁结的沉闷气氛,就好像冰冻十年的土壤掠过久盼的春风,泥土下的种子蠢蠢而动,潜滋暗长。没有比那个时代的青年,能够更透彻地理解恢复高考的振奋人心,没有比那个时代的青年,能够更切身感受

吉庄的三届大学生:李寨(中)、李廷玉(右)、李世唐(左)

什么叫作真正的春天的含义。试想,龙门出现在眼前,只待鲤鱼一跃,无论高低贵贱,机会人人有之。大约无数个声音在默默念叨:大学生宁有种乎?"一颗红心,两种准备",这句具有时代特色的口号,风靡于一九七七年,乍听起来好像包容着豁达的姿态,准备进退自如,但口号背后隐藏着的完全是跃跃欲试的于心不甘和势在必得。

李廷玉是吉庄通过高考迈进大学大门的第一人,他所就读的大学恰恰还是雁北师专。

李廷玉的父亲就是当年在车马店被大联委罚钱的李江。一九七一年,神头中学为教师子弟特设了一个初中班,李廷玉沾光进了那个班,一九七三年初中毕业。当时国家发觉人才紧缺,曾经规定高中、大学一律通过考试录取,李廷玉顺利考上同校的高中。不久传来消息,那一年辽宁的白卷先生张铁生横空而出,在试卷背后写了一封为自己低劣成绩辩护的信,由此引发了对"资产阶级教育路线回潮"的批判,张铁生、

黄帅、李庆霖三人成为反潮流英雄，仅仅一年的高中、大学考试录取再次被叫停，神头中学在重新变为雁北师专前再没有招生，可以说，李廷玉的机会赶得真是不错。

李廷玉于一九七五年一月高中毕业后回村务农，一年后李寨被推荐上了大学，他继任吉庄村团支部书记，再过一年赶上恢复高考，其时他正在三级站工地参加水利建设。吉庄同他一起报名的大约有十几个回乡高中生，前后好几届的，包括李锦、李建春、李维汉、李树云等，年龄参差不齐，比如李锦、李建春，已经当了民办教师。除李廷玉是神头中学毕业外，其余多为另一所设在神头的公社中学高中毕业。因为大学、中专头一年分开考试，多数胆小的报名考中专，李廷玉却糊里糊涂选择去报考大学。

报名以后，李廷玉白天还得参加大队工作，晚上留在三级站工地看泵房，倒使他有了难得的复习机会。每隔几天，他就去雁北师专转转，专门找他原来的老师解决一些复习当中遇到的难题。其中一位教数学的谢老师，对李廷玉很不错，但一次心情不好，李廷玉问他一个问题时，他拿起本子甩到墙角，说："这么简单的问题都不会，考什么大学？"或许在老师看来，李廷玉的问题真的非常简单，不值得他去解答。

几经风雨的雁北师专旧址

回头想想，李廷玉虽然初、高中都在神头中学就读，教他的那些老师后来都成了大学教授，但当时的老师也都心有余悸，谁还敢管学生？学不学全凭学生自觉，因此李廷玉的基础相对较差，也在情理之中。

被老师甩掉本子，李廷玉的自尊受到了挫伤。他站在那里尴尬半天，默默地拿起自己的本子离开老师家，竟有十几天时间没有再踏入师专大门。不过最后他还是想开了，再去找谢老师请教，谢老师一见孺子可教，也就笑了："我以为你再不来了。"李廷玉赧然说："我知道好歹。"复习的一两个月间，同村的李树云陪着李廷玉在野外的泵房睡觉，跟着李廷玉受益匪浅。

一九七七年十一月，摩拳擦掌的李廷玉等吉庄考生，与全国五百七十万考生一道走进考场，大浪淘沙，鲤鱼跳龙门，其中二十七万新生走进向往已久的大学校园，包括李廷玉。同时，吉庄还有李树云、李维汉、李腊梅、李生堂等考入中等专业学校。当年神头公社一共出来八个大学生，吉庄周围几个村如吴佑庄、小泊、马邑，都没有考上大学的，因此李廷玉在吉庄村民看来，绝对不同凡响，他也为吉庄的后继学子树立了一个榜样。

至于李廷玉为什么选择了位于本村的雁北师专，还有一番算计。考试成绩下来，李廷玉入围了，需要填写志愿，他选择了三个志愿：第一太原工大，第二大同医专，第三才是雁北师专。填表以后回家和父亲一说，不想父亲掰着指头为他算账："假如你外出念书，四年起码不得需要两千元？毕业后娶媳妇，又得两千元。咱家没钱，都得去借，四千元得你还十年的外债。假如上师专，在家里吃饭，国家每月补贴你二十一元，纸笔砚墨用个七八元，每月节省十几元，读书没负担。"李廷玉一想父亲说的在理，况且父亲比他大四十二岁，已经年过花甲，负担一个大学生力不能及。因此李廷玉急忙找了师专的李海老师帮忙，追到城里走关系翻出志愿表，将第一志愿改为雁北师专。包括上大学在内，李廷玉一共读书十三年，没有离开吉庄村。后来李廷玉分配工作，如今担任朔州市委党校教育长。

那年山西省大学招生语文考卷的作文题目是"给华主席的一封信"，李廷玉开头这样写道："敬爱的英明领袖华主席，您拨乱反正，恢复了高考，建立了丰功伟绩……"或许，李廷玉和所有的考生一样，当时不一定知道，恢复高考作为中国教育的历史转折，其意义不仅仅是教育改革的开端，更是吹响了中国改革开放的第一声号角。资料这样总结：

  恢复高考，顺应了社会公众对人才观念的认同，迎来了通过公平竞争改变个人命运的时代，推动了"尊重知识、尊重人才"作为社会主流价值观的确立；恢复高考，改变了许多人的命运，也改变了整个中国社会的走向；恢复高考，重要的是恢复了知识的价值，建立了公平公正的人才选拔制度，是改革开放的一个最主要的信号，也是我国迈入改革开放的一个标志性事件。

恢复高考第二年，也即一九七八年，吉庄蜜葫芦的儿子李宝唐又是一枝独秀，考取了山西农业大学。他一直钻研饲料学问，一路考了硕士研究生、博士、博士后，留学加拿大，后来走向商界，加盟泰国正大集团，等到合同到期，自己在越南开办了饲料公司。

与李宝唐同年参加高考的，还有李国先的儿子李世唐，但李世唐名落孙山。那时他十八岁。

李世唐从小是个听话懂事的乖孩子，他做事认真、热爱学习，父亲对他的要求也特别严格。从小父亲就向他灌输两句人生哲理："敬人者人很敬之，爱人者人很爱之。"这是父亲一生的做人信条。李世唐长大后才明白为孟子所言："君子所以异于人者，以其存心也。君子以仁存心，以礼存心，仁者爱人，有礼者敬人。爱人者，人恒爱之，敬人者，人恒敬之……"看来父亲记住了其中的片段，只把后鼻音的"恒"当作了前鼻音的"很"，意思却没多少区别。李世唐将父亲的教诲，潜移默化当成自己立身处世的标尺。同时他还记住父亲的另一句话:"前三十年看父敬子,后三十年看子敬父。"总之,他理解做父亲的希望儿子出息一点,给全家争光。

要知道,李国先也算

李国先和妻子郝佛英的新婚照

吉庄一个文化人。他是城里初小毕业的,那时人才奇缺,本来参加工作吃皇粮的机会很多,但他小时候骑驴跌伤了一条胳膊,体检总也不能过关,结果没能离开黄土地,回村后早早结婚,夫妻育有三个男孩、一个女孩。李国先虽然能写会算,但这人性格太耿直了,从不逢迎求全,路见不平敢于评议,所以始终不受重用。虽然先后担任过副业队会计、小队会计、大队派驻神头车站的司磅员、综合加工厂会计等,很少在一线劳动,属于劳心者之列,但最大官衔也就是个生产队的小队长,基本没什么权势。

一九七六年过了春节,李世唐在公社中学初中毕业,就要升入高中。当时神头的公社中学,属于传统的普通中学,神婆山下的桑干河边另有一所中学,是公社顺应潮流临时组建的五七高中,因为学生专门种稻子,也被称为稻子地高中。这样,神头中学的初中毕业生即将被分流升入本校高中和稻子地高中。关于学生的走向,竟还带有两极分化的色彩:凡是校文艺宣传队的,具有体育特长的以及家长有点门子的学生,才能留在本校上高中,再就是顽皮不好管束的也能留下,怕他们去五七高中捣蛋,给毛主席"五七"指示抹黑。一些乖娃娃、好学生、父母没面子的一律发配去五七高中,其中就有李世唐。

进入五七高中,除了种稻子、拔草、收稻子外,文化课几乎不上,倒是偶然教授一些柴油机、电动机维修等课程。冬天学生们彻底消闲,整天躲猫猫挤旮旯玩。喜欢看书的李世唐最愁涉水种稻或者拔草。一次拔草时，他悄悄蹲在畦上拿一根小草茎捅扒那些水中成团成团的蝌蚪，不防班主任李振纲老师站在身后，将他吓了一跳。老师问："拔草愁人哩？"李世唐点点头，老师说："那你去写黑板报吧。"李世唐如获大赦，脱身跑回了校园。

就在那一段，李世唐对以后回村劳动充满类似种稻子一般的抵触，他发现初中同学有极个别的已经招工上班，捧到了铁饭碗，而自己凭着父亲在村里的地位，想往社办企业安置都如登天，怕是别无选择，只能扎根农村，一辈子面朝黄土背朝天。在父亲劳作半生的身上，李世唐似乎看到了自己未来的影子。他曾经跟自己最崇拜的数学老师李义千说："我还想读书。"李老师一脸无奈地反问道："谁不想多念点书呢？你看有机会吗？"师生的对话，忍不住让人回想中国千百年来，世世代代的农家子弟，对读书的神往之情，对读书的神圣崇拜——"牛角挂书""画荻教子""凿壁偷光""半夜鸡叫"……这般的故事还少吗？

接着，耳闻本村的李寨被推荐上了大学，李世唐心中更是产生了难以言状、难以形容的怅惘，那就是他还没有深谙世事前对命运的思考。总之怀着满腹心思，李世唐升入高二，几个月后猛地听说恢复了高考，无论家庭出身，人人都有资格通过考试上大学。这一消息顿时打开了李世唐对未来的憧憬之门，他一天也不愿意待在稻子地高中，赶紧回村让父亲想办法为他往公社中学转学，尽量学习文化知识，以备高考一搏。其时刚好李如昆平反后被公社安置在五七中学当校长，李国先忙去找李如昆商量，李如昆说："这是好事。"嘱咐持章的会计为李世唐开具转学证明。然而，公社中学郭校长不敢收留，说："别的学校转来学生，都好说。但我唯独不能接收稻子地高中的学生，弄不好背一个破坏五七指示的嫌疑。"李国先急得团团乱转，忽然想起本村李峰老师在北邵庄中学当校长，于是上门求助，李峰校长爽快地答应先将李世唐转入北邵庄中学，走个曲线，再转入公社中学。终于一切手续办完，已经是一九七七年的秋天，转眼到了一九七八年一月，高中两年基本没有学到什么知识的李世唐就这样高中毕业了。三月份神头学校成立高考补习班，分为中专班、大专班，李世唐以摸底考试语文成绩第一名而被划入大专补习班。

补习开始后，李世唐因为没有学过高中物理化学课，一个月后决定改考文科。但没有历史地理课本，也没有任何复习资料，他回家从一个破箱子里翻出父亲当年学过的历史、地理课本，从头全力恶补。其中《中国通史》为断代的系列单本，先秦一册、两汉一册等，直到民国共十几册，他全部装订起来；地理课本还归列于自然学科，彩印的，图文并茂。父亲舍不得丢弃的老课本，让李世唐如获至宝、手不释卷，他感觉背负着父亲殷切的期望，信心不小。可惜仅仅补习四个月后，大家就雄赳赳上了考场，结果吉庄只考上李宝唐一个大学生。至于李世唐，五门科目成绩加起来二百四十分。

心中的母校记忆（李柱　画）

李世唐首次上考场虽未达线，但自我感觉总有收获，心中有数了，再进补习班学习一年，终于在一九七九年敲开了大学的大门。那年高考逐渐趋于正规，中专大专不再分开录取，只以分数划线，文科类中专达线三百至三百零四分，大专三百零五至三百一十五分，本科达线三百一十六分。李世唐总分三百零九分，正在专科录取范围。填报志愿时，他尝试着勾画自己的理想。因为疾恶如仇，很喜欢司法工作，所以他想放弃上大专，填报志愿山西公安干校，也即后来的山西警校，属于中专。按照当年招生规定，入围大专分数线的考生选择中专十拿九稳，那么李世唐上警校是不成问题的。但当他向父亲征求意见时，父亲李国先为他重新确定了人生目标："自旧社会以来，当警察宪兵也是坏行当，有意无意葬良心。你最好就上师专吧，将来教书育人，积德哩。"李世唐一直听话，也就放弃了投身政法战线的人生理想，填报了雁北师专，被录取成为师专中文系的大学生。

那一年同李世唐一起迈入雁北师专校园的吉庄籍学生就有四人，其余三人为李忠锦、李会如、刘翠珍。他们之所以都进入师专，原因是雁北师专主要面对雁北地区招生，而省城或外省的招生指标，轮到朔县寥寥无几。特定的时代、特定的招生地域局限，使得地处吉庄的雁北师专，成为朔县乃至整个雁北地区精英人才聚集的大学。

至今李国先家中还保存着一张黑白照片，记录了李世唐考上大学那年的寒假期间，和十几个中学同学的合影留念，他们虽然稚气未脱，但每个人脸上都焕发着"恰同学少年，风华正茂，书生意气，挥斥方遒"的青春印痕。确实，那一代大学生作为群体，曾经是一个时代的宠儿，也将在中国面临人才断层的困境中肩负起承前启后的历史责任。以后二三十年，雁北各县各行各业都有雁北师专毕业生的身影，并且在各自的岗位上各领风骚，其中李世唐则已经担任了朔州经济开发区党工委副书记。

一九八三年，李廷玉偶然在朔县档案局看到一份统计资料，显示从恢复高考到一九八三年，吉庄全村考入各类大中专院校的学生已有二十人，按人口比例，达到八十比一，位列全县第一。谁也不能否认，这个难能可贵的第一，离不开雁北师专的影响。

雁北师专首先使吉庄拥有了一条无形的文脉，打下了不可或缺的文化基础。近朱者赤，近墨者黑；昔孟母，择邻处。就是一个无须赘述的道理。

迈进大学校园的学子春节期间回家留影，后排左起为李宝唐、李世唐

进入新世纪后，雁北师专的网页这样自我介绍：

> 雁北师范专科学校新建于历史名城大同市，占地十七公顷。
> 雁北师范专科学校是山西省教委直属的师范专科学校之一，"爱教、勤学、求实、创新"是学校长期形成的校风。学校从一九八八年开始面向全省招收本科生，按照山西省教育事业发展规划，雁北师专将发展成为一所拥有二千五百名学生的本、专科并存的雁北师范学院。届时将成为山西省北部地区培养合格初、高中教师的基地。
> 雁北师专前身为"晋北师专"，成立于一九五九年七月，系由原忻县师专和大同师范学院合并而成。
> 一九六二年，晋北师专被裁撤，改办为神头中学。
> 一九七六年，经国务院批准恢复晋北师专，更名为"山西

省雁北师范专科学校"，由雁北地区领导。

一九八四年一月，山西省人民政府将雁北师专收归省管。同年七月，在大同市御河桥东选址建设新校。一九八六年暑期学校从朔县神头迁入新校址……

遗憾的是，全篇介绍文字，只字未提吉庄，好像雁北师专的历史与吉庄毫无瓜葛。但是，吉庄人始终对雁北师专有一种特殊的情结，尤其是毕业于雁北师专的吉庄学子，至今他们谈起母校，依旧激情飞扬。无论是谁回村的时候，都会到旧日的师专院内看一看转一转，虽然物是人非，当年他们亲手植下的小树如今已经参天，当年他们铺筑的水泥操场已经龟裂纵横冒出小草，但大家始终没有忘记那一片他们心中永远的求学热土、文化热土、知识热土。

桃李不言，下自成蹊。

## 二、分开了牛还叫唤哩

继恢复高考之后，一九七八年对于中国农村来说，与当年的土改一样，具有又一个里程碑意义。

那年十一月二十四日，在遥远的安徽凤阳，仅有二十户人家的小岗生产队，其中在家的十八户农民在大包干协议书上，冒险按下鲜红的手印，谁也没有想到，就是他们的一纸契约，能够成为中国当代史的珍贵文物，收藏在中国革命博物馆；能够成为一个著名的标志，为全国农村大集体的解体拉开序幕。

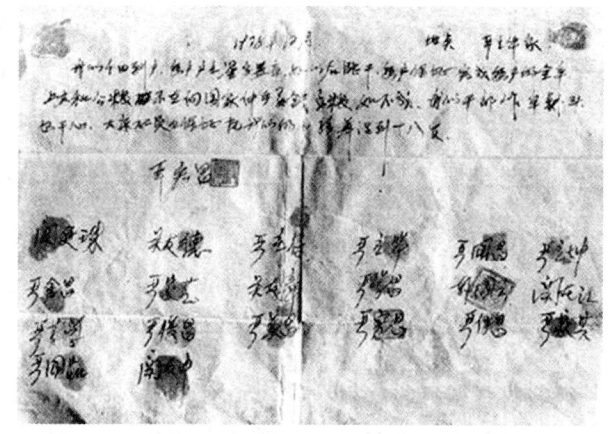

当年小岗村"十八户"摁满手印的秘密协议

十二月十八日至二十二日,在首都北京,中共十一届三中全会召开,确定将全国工作重点由"以阶级斗争为纲"转移到"以发展生产力,建设四个现代化为中心"上来。很快,为了改变人民公社制度下存在的平均主义和社员缺少经营自主权的现状,农村普遍开始实行包产到户,不过准确的说法是家庭联产承包责任制。

大集体作为一种生产关系的形式,在特定的历史阶段曾经极大地推动了生产力的发展,但经过超过二十年的运作,其机制趋于僵化,对生产力又产生了制约,随着客观条件的改变,旨在解放生产力的农村改革势在必行。

家庭联产承包责任制,给大集体画上了很及时的句号。但是,其过程并非简单得如同化蛹成蝶那样,好像只经历一朝一夕的美丽蜕变,实际上伴随了复杂、曲折,甚至痛苦。

众所周知,著名的小岗村名为"三靠村","吃粮靠返销,用钱靠救济,生产靠贷款",一清二白,变起来容易多了,即使凤阳也与小岗村差不多,有关数字显示,一九七六年十二月到一九七七年四月,全县跑出八百六十一人外出讨吃,得到二万二千元现金和八千八百公斤粮食,居然超出他们出工所得。就近来说,朔县的南榆林公社,还是县委书记蹲点的地方，社员每个工分只有一角二分钱，据说还出现过负数。而吉庄截然相反，毫无疑问代表了另一个层面：一九七八年，个人口粮起码保证三百六十斤，个别小队超标；年底分红不少，社员平均纯收入也达到一百零三元；机动车轰鸣，副业一派红火；农业保证灌溉，集体资产一百多万，大集体并非浪得虚名。

那也得解体。因为历史的车轮正在滚滚向前，大势所趋。

一九八〇年，中共中央于九月通过了《关于进一步加强和完善农业生产责任制的几个问题的通知》，也即一九八〇年七十五号文件，打破了多年来形成的包产到户等于资本主义复辟的僵化观念。

吉庄的包产到户应该是在一九八〇年才开始有了动静。具体好像支书李朴到公社开会，会议的内容虽然无法回想得详尽，但肯定没有布置一步到位，只是尝试性的。回村传达时，李朴自己也搞不清楚农业社究竟向何处去，只是告诉社员简单的两个字：承包。再扩大范围，就是只限于承包种田。老百姓也感觉太突然了，因为在他们心目中，承包不就是单干的同义词？而多少年耳熟能详的口号，不就是旗帜鲜明地抵制、批判或唾骂单干吗？要知道那时候媒体很不发达，老乡们还没有大量听闻到国家关于承包方面的信息。

真的吗？可能吗？疑团如云，令人彷徨，令人难以置信。

但是公社安排的事，吉庄总得试试探探迈出步子。根据当时刚调任六队小队长的阎春枝回忆，一九八〇年以小队进行分组作业，由小队长、副队长、会计各领一组，参照头一年产量，除了上缴大队外，其余大伙均分。不算口粮在内，阎春枝他们以劳力分配盈余，居然得到总产量的百分之二十多。不过，分组作业跟小队作业似乎区别不太大，从表面上还没有触及大集体肌体，就算承包的初级阶段。而资料显示，一九八〇年是个中等年成，年终统计产量，以生产队为核算单位的不增不减，包产到组的增产百分之十到二十，包产到户的增产百分之三十到四十。吉庄的增幅没有详加统计，但从社员的笑容里可以得到比较乐观的答案。

　　到了一九八一年，吉庄各承包小组按部就班种下了庄稼，形势却出现骤变，大队突然布置拆散小组，改以家庭为单位承包，也即包产到户，更准确的说法是家庭联产承包责任制。这一情形与吉庄从初级社向高级社过渡时惊人相似，只是速度慢得多了。时值春深之际，青苗已经齐刷刷的，公社催得紧迫，青苗也要承包下去。因为承包的概念实在模糊，大队又规定年终收取产量，具体给集体多少，仍然参照上一年的收成。依赖大集体惯了，人们哪能一下子就有自立的思想准备？普遍存在的顾虑不外乎几点：一、村干部无法接受，都承包了他们干什么？二、搞副业的、赶车的等一些特殊社员，种田外行，无从下手，感觉畏难。三、普通群众嘀咕：完不成任务怎么办？下了辛苦说不定哪天集体把土地收回去怎么办？所以当干部的、赶车的、上山搞副业的，都想少包甚至不包，群众也在心情复杂地观望。

　　没办法，大队召开会议研究，决定采取迂回方法，先按人头分地，每人半亩口粮地，半亩蔬菜地；再增加自留地，按照上中下三等田地，每人或者一亩半，或者两亩，或者三亩；还有按劳力分，男劳力打分十分，女劳力七分，积分与剩余田地照应，每人平均又达一亩多。老办法抓阄确定，好歹忽悠下去。据李朴回忆，其间好像只有四小队顽固一点，小队长李云珠旗帜鲜明放出话来，表示不接受、不抓阄，但胳膊哪里扭过大腿？仅是喊喊而已，到头还是跟大队保持了步调一致。

　　那年李忠友承包了五亩小麦，定产每亩六百斤，集体需收每亩四百斤。干到小麦收回来，刚好四百斤，全部交了大队，他自己两手空空。当然也有大吃甜头的，比如李亮老汉，承包了双围地十几亩玉米，每亩集体收取四百斤，不想秋后丰产，亩产一千多斤，让李亮老汉赚得瓮满仓满，高兴得合不拢嘴。李如昆其时已到乡镇企业当经理，家里也包了红围地六亩黍子，他忘了产量，但记得那年的黍子长得一人多高。

　　年底下来，全村两万六千斤粮食征购任务轻松完成。集体信守承诺，多产之粮悉数归于个人，社员们悬着的一颗心终于徐徐落下。其时朔县其余村庄实际上早已走在吉庄之前，包产到户几乎快要告一段落。感觉时不我待的吉庄，这才彻底脱开羁绊，不论个别人理解也罢不理解也罢，想开也罢想不开也罢，于一九八二年在公社督促下，大队向社员们宣布政策：正式包产到户，承包土地一锤定音，以后不再改变。这样上一年带有仓促和随意性的承包方式就要调整，打乱重来，使之趋于合理，不过，已经种了一年好地的社员总想维持现状，大队无形中增加了正式承包的困难。但再难也要迎难而上。

客观说来，那次分地基本没有引起什么麻烦和纠葛，可能土地意识在社员们心中还是比较淡薄，再者干部们也不敢以权谋私，他们也只想尽量公道，赶快完成这伤脑筋的任务。

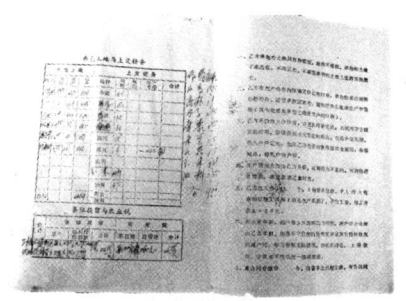 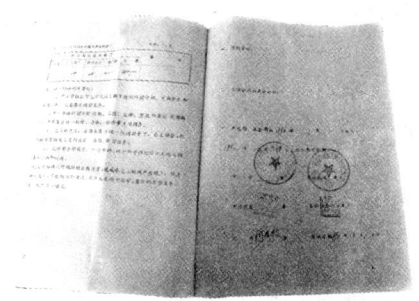

**阎春枝家珍藏的包产到户合同书**

这次承包，大队首先将所有土地划分为四类，三类水地和第四类的旱地，然后搭配好了按劳力按人口分配，最后依旧抓阄。分配方案有个大体轮廓：男劳力十分，就是顶一个劳力，女劳力五分，顶半个劳力，每个劳力分地六点三亩；还有人头分地，自留地总共每人零点三一亩，菜地每人零点五亩。这次承包付诸实施后，直到一九八三年才签订了统一印制的合同书。阎春枝保留着他的一份，合同是由小队长跟社员签订的，所以担任小队长的阎春枝等于自己和自己签订了一个合同。合同内容如下：

## 朔县神头人民公社农业生产包干到户合同书

**承包土地与上交任务：**

**承包土地：**

一、地名七号地，面积一点五五亩，亩产四百三十五，总产六百七十四；

二、地名七号地，面积二亩，亩产五百零九，总产一千零八十；

三、地名六号地，面积三点一六亩，亩产四百一十六，总产一千三百一十五；

四、地名双围，面积四点九五亩，亩产九十三，总产四百六十；

五、地名磨路，面积一点六五亩，亩产一百一十一，总产一百八十三；

六、地名圪料珍，面积三点七五亩，亩产二百一十七，总产八百一十四。

合计：总产四千四百六十一。

**上交任务：**

小麦：包购四十五；谷子：包购一百八十二；高粱：包购五十五；糜黍：包购六十四；杂豆：包购十八；黑豆：包购九；玉米：包购四千零九十一；油：包购四点五。

**作物亩数：**

小麦一点三五亩；高粱一点九亩；谷子二点五亩；糜黍一点三五亩；杂豆一点五亩；山药一点五亩；玉米五点六一亩；油料一点三五亩。合十七点零六亩。

**集体提留与农业税：**

**集体提留：**

学校工资费用每人六点二五元×七点五＝四十六点

八八元；优抚款按劳力：五元×一点五＝七点五元。合计：五十四点三八元。

**农业税：**

每一百斤玉米零点六元。合计：二十六点七八元。

**合同条款：**

乙方承包的土地只有种植权，没有所有权，承包的土地不准出租，不准买卖，不准在承包的土地上建房植窖挖土。

乙方在包产任务内，除满足自己的口粮、承包牲畜的饲料和种籽外，还要承担国家包、超购任务和集体生产专用粮（其中包括未承包社员户的口粮）。

乙方承担的上交任务，分夏秋两季完成，必须按甲方限定的时间，保质保量送交指定的地点。包购户交队结，收入分户记账，扣除乙方包交的集体提留金额后，长领短补。超购户交户结。

生产费用全部由乙方负担，自筹能力不足的，可向信用社贷款，谁贷款谁还本付息。乙方包义务工_____个，（包括承包地、个人的大牲畜和运输工具等），服从生产队派工，不出工者，每工交款二点五元。

在正常年景，超产部分全部归乙方所有，减产部分全部由乙方承担。如遇不可抗拒的自然灾害或其它特殊情况而减产时，甲方根据实际情况，经民主讨论，上级批准，求取水平线后统一核减灾情。

本合同有效期_____年，自签字之日起生效，双方共同遵守，大队监督执行。任何一方不得随意改变或撕毁。双方有争议，提请人民法院经济法庭裁决，追究经济责任，赔偿对方经济损失。

合同双方：第_____生产队队长_____（章）阎春枝

本队社员_____（章）阎春枝

合同监督：_____大队管委主任_____（章）李忠祥

朔县神头人民公社吉庄生产大队革命委员会
一九八三年 月 日

从阎春枝保存下来的合同书可以看出具有普遍性的几点：一、大队还是带有一种不放心的态度，甚至规定某种作物种几亩，还是考虑到遇到天灾怎么办等等，就像把自家的孩子送人了，千叮咛万嘱咐的。二、阎春枝家的人口为七点五人，好像不可思议，实际是他们兄弟二人共同养活老母亲，每家等于半个人。三、按人头按劳力分地，阎春枝家达不到十七亩多，原因是有人分了地不要，其中李中田分到三亩多，自己留了一点五亩，剩余嫌麻烦留给阎春枝了，另一个小队也有人给了阎春枝一点五亩。显然，包产到户时确实有人想方设法少包一点，例如前边提及的贾全老汉，从别人抛弃的份额中多方免费接手，一举承包了三十多亩，大队好像给以一路绿灯。四、据说写合同时说过三十年不变，但没有在合同条款上得以体现。可以断言，各级领导在对中央政策的贯彻上，大集体思想依然阴云不散，更别说最下层的小村庄。

承包种地以后，最大的变化是，社员不再向大队上缴产量，而是为国家缴售任务粮和提留国税。以后到一九九〇年，包产到户合同重新签订过一次，像阎春枝的合同显示的那样，上缴任务变为三千一百零七斤，上缴公积金、公益金合计九十八点一四元，按规定应投积累工、义务工共二十五个，每工折合十元，共计二百五十元。好像是阎家的全部负担。签证机关是朔州市朔城区神头镇经营管理站，签字双方为吉庄村农业经济合作社和阎春枝。这一合同时间不太久远，家家户户都在手里，只说一九九二年十二月三十一日为合同有效期，不见多少年不变之类的提法，但是以促进农村上层建筑为核心的农村综合改革，正在一步一步开始全面推进，直到新世纪后，实现了农村经济制度由自给自足的小农经济向

留存下来的吉庄
机械化弃物

社会主义市场经济的历史性跨越。

就在一九八二年吉庄进行土地彻底承包的同时,"皮之不存,毛将焉附",大集体开始了解体,饲养处、车马店、车辆、牲畜、耧耙犁耱都要作价卖给社员。社会上所谓"辛辛苦苦三十年,一夜回到解放前",就是那时候说出来的,可见速度之快,没有让人判断是非曲直的余地。

集体财产特别是生产所用之物的甩卖过程,应当说存在跳水处理的现象。当时的小队长阎春枝说,村里所有的机械、大牲畜、车辆全部收归大队,由大队统一定价处理,以固定资产折旧下账。因为无缘见到账面的东西,这里只能从当年几个村干部的回忆中,比较粗略地大概而论,数字不算十分确切,就算以偏概全,窥一斑而知全豹吧。

当年村干部的专车小四
轮已经三十出头的年纪

据说一辆拖拉机购买时大致为一点五万左右，卖给社员就是三五千元的样子，一辆"解放"汽车，作价一点二万，社员李化文买下了，又转手卖到小泊，小泊卖到马邑，形成三角债，大队只收回几千元，曾经接连派人出去讨账，却没有结果。至于为什么折价较多，还是社员没有那么大的承受能力和魄力，多为合股买下或者转手卖掉。比如一辆铲土机原价二点三万，卖了两千多元，买主却是信用社主任李存仁。当然不能否定有卖出好价钱的，像一辆五五型拖拉机，作价一点七万，李忠友盘算半天打了退堂鼓，让李万山买去了。大队干部的专车小四轮拖拉机，由司机李来作价购买，据说基本还是原价，没多打折。

还有大队加工石料的山场、白灰窑之类，也全部承包给副业队的个人，年年上缴一些承包费。慢慢地，好像承包费也不给了，就等于集体产业事实上变成个人所有。

再说庙院的小副业吧，一朝自动解散：压面机馈赠了煤站；电磨被看磨的李军银卖了废品；缝纫机大队处理，锁边机丢失；洪炉卖给铁匠李化风；补胎槽子失盗。李建春、李文富进庙办起个体的补胎、电焊作坊。

有迹象显示，小队没有插手农业机械，但负责执行按既定方案卖掉马车小平车、大牲畜及犁耧耱等。

且以李忠友任队长的二小队来说，小队部设在庙院，全队六十多户人家每家派一个代表集中开会，也有凑热闹的家属，大家七嘴八舌，都在议论这个社会怎么回事，心中没有方向。李忠友自己都嘀咕全都卖了明年怎么办，但还得把大队的意思、需要卖掉的东西和价格交代一回，问大伙："怎么样？合不合理？"众人随口吵嚷说："这个……价格高吧？"实际高什么？市价光一个骡子就三千多元，方案中一辆马车带两匹骡子，最高的车马组合仅仅不到五千元，价低的才四千多元，实惠到家了。不过抓阄前，小队仍旧按大队交代的底线下浮百分之十至十五，当下没钱的，记入往来，独自不敢买的，也有几家按股份收留。

其中阎春富本是采石场长期工人，以老婆名义抓到一头毛驴，当天拉回去了，几天以后送回来，说："我家不能养，女人不给喂。再说没条件。棚没棚，圈没圈，拴在院内不是回事。"最后小队进行口头广告，外村一个人七十元买走了。说实话杀掉卖肉卖皮子也值二百元。与这头毛驴遭遇相似的是二队的一头灰驴，还是草驴驹，最低应当值四百元，只因它生了一张白色面孔，作价二百元却好歹没人要，大伙都嫌犯忌，老辈子有讲究，"白头孝尾巴，妨主不养家"，不吉利。小队商讨之下，再降六十元，二贵蛋说："我留下吧，想办法再卖。"可怜的毛驴，被以一百四十元超低价格成交。

　　转卖牲口的还有李如昆家。李如昆妻子抓到一头毛驴，交付大队二百三十元，他家承包地调整到河湾地，种了山药蛋，入秋一场大水过后，地里淤泥厚积，谢友梅每天牵着毛驴出地挖山药蛋，回家时让毛驴驮着，一趟一趟地，她感觉内心实在充实，多年以后还说："那驴真不错，真听话。"遗憾的是没有圈驴的地方，只好以二百七十元卖给新磨村，赚了四十元。但被公社知道了，硬让把利润退还给集体。

　　另外李增社也擅自卖过毛驴，让大队把钱收去了。不过时隔不久，个人间、邻村间的牲口交易就不再受到限制；再过年载光景，有的乡镇恢复了传统的骡马大会，更名物资交流大会，一边唱戏，一边为民间大牲畜交易提供便利。

　　且说牲口一旦到了个人家中，脱离了集体生活，孤独而不适应，难免仰天长叫，声声怅然。然后主人们纷纷反馈说："哎呀，这不行，分开了牛还叫唤哩。""哎呀，这头毛驴叫唤了一晚上。"这些话，实际也典型地反映出社员心中充满矛盾，对大集体流露出丝丝缕缕的留恋。

　　毕竟，大集体存在了那么多年。

　　各小队处理家当的情况大同小异。一套牛犋外送犁耧，一共六百元，高富华五元买了一个篓，饲养处一间房子平均八十多元……还有不打眼的小财产，几乎全部流失。比如，一位小队会计去世后，他的老婆再嫁，光是装粮食的线口袋就从家中拉去一小车。比如李国先，还拿回过一个杆子秤。

时任大队会计的高富华说,卖来卖去,吉庄大队的家当由一百多万,缩水到不足三十万。出卖所得,有的当场给了钱,有的陆续交还,有的挂在账上,不了了之。随之小队完成了历史使命,就算名存实亡。大队剩下的,包括大队部旧瓦房两排,充当仓库的石窑一排一列,以及一辆东风一四〇汽车。石窑本来已经定价六七万元,但终于没有出手,后来被个人占用。汽车则另有隐情,这里不去妄加剖析。

评说一下:吉庄为了告别"一大二公",付出了巨大的代价,但是获得了致富的源源动力。如果说农村实行家庭联产承包责任制是一场革命性的转折,那么从吉庄这个普通村庄的经历中可以完全体现出来,可以一览无遗。

当然,说明问题不需要很多大道理。用吉庄百姓的话说,那年秋天,粮食多得不得了。因为个人承包,大队没有统计回准确的粮食产量,但根据阎春枝的保守说法,包产前吉庄土地亩产平均八百多斤,包产后轻松突破了平均一千斤之数。当年的会计高富华说,大集体时全村粮食总产量最多达到过一百二十万斤,那么,包产到户后的总产量起码在三百五十万斤左右。

脱身束缚,快马先走,八仙过海,各显神通,大伙很快把大集体忘在脑后,什么驴叫唤牛叫唤的,谁也不再吭声——生产方式的选择,确实是此一时彼一时。

只有那辆最后的"东风"牌汽车,让吉庄的集体化体制延迟到一九八四年。作为硕果仅存的集体用车,它无比抢眼地拖拉

当年的会计高富华还记着许多数字

当年买汽车的李清如今已是满面沧桑

了吉庄，甚至朔县全县农村改革的后腿，以致惊动了县委书记李清富过问，到底集体也留它不住了。

东风汽车最后的归宿，就由李清说起。

李清是西门上曾经开钱庄、种槟果的李旭的孙子，在大集体时家境与他爷爷辈不可同日而语。李清家中弟兄六人，只有父亲和长兄两个劳力，所以年年都是缺粮户。一九七八年，十九岁的李清应征入伍，一九八四年一月复员，家中依旧清贫。回村后李清成为支委成员，协助支书主任干些具体工作，比如计划生育、修建水利工程，又跟着汽车拉煤、拉紫矸等跑了几趟外差，并到过一次长治。按李清的话来说，就是那次长治之行，使他对那辆东风汽车有了满腔愤恨。

当时的汽车司机正是发明碾场机的李怀春。两人去长治购买水泵，李怀春掌握方向盘，李清带路。谁知在长治市区，李清把方向记错了，汽车驶入一个死胡同，需要掉头。李怀春心中恼火，趁着李清下车指示汽车掉头时，他赌气猛踩油门跑出二三百米，让李清徒步追赶。偏巧李清更是毛驴脾气，心想：你有初一，别怪我十五！竟然抛下李怀春，怀揣汇票坐火车跑回吉庄。支书李朴批评李清，李清气呼呼说："汽车究竟是谁的？是个人的，还是全村两千口人的？"以后再不去跟车。

时间一天天过去，很快天气冷了。李清的父亲李守治为大队看守电话，因为家中拥挤不堪，晚上就睡在大队，李清也去陪伴父亲。一天，大队院内很早就吵吵嚷嚷，李清开门一看，全是村里的社员，都说今天大队召集开会，要商量卖汽车。听大家口气，如今允许个人跑运输，谁都想争先买下。李清忽然隐隐有一种莫名的冲动。回家的时候，他碰上支书李朴，问是否真的处理汽车，李朴说："今天开会确定呀。"李清说："如果真卖，我也想买。"李朴说："那你就买上哇。"李清问："要多少钱？"李朴交底说："起码两万出头。"

李清感觉有点贵，因为他知道那车原价才是两万三千元，卖两万出头算不上处理。随即他去石窑院转转，看见李怀春正在那里鼓捣汽车，马上再返回大队，又听说李怀春准备购买汽车，胜算较大，只是具体价格还没有确定下来。不过李朴宣布："不管谁买，都得现金一次交清。"李清嘀咕说："以前卖出过的车辆，难道都收回钱了？"李朴说："那是迟早的事，逐步往回来扣。"李清的倔劲又上来了，不管多少定要买下。他赶紧跑到司马泊连襟家，借来八千元的存折，拿去就交给会计高富华，说是买汽车的款子。高富华说："不够吧？"李清说："我再去凑。"高富华迟疑着收下存折，李清买车等于实施了先斩后奏。他再到石窑院，发现钥匙居然就在车上插着，马上让懂驾驶的外甥女婿抢先把车开走，然后才到大队告知李朴。看看木已成舟既成事实，李朴也不说什么，但价格确定为两万三千元，就是原价。李清又和父子兄弟一起凑起三四千元交给大队，双方成交，由李清打条子拖欠大队一万多元。

随后李清成为继李化文之后的吉庄第二家运输专业户。他用汽车给大队在袁树林的煤站拉煤，陆续扣钱抵账，最终剩下买车的三千多元的零头没有还清大队，好像始终挂在账面。不管怎么说，一辆东风牌汽车，成为吉庄承前启后的见证，好像一束花絮，标志着推行将近三十年的集体化体制在吉庄徐徐落幕，使命结束。

交代一下：一九八二年制定的宪法规定：农村建立乡政府和群众性自治组织村民委员会，一九八四年，全国农村基本完成由社到乡的转变，"政社合一"和集体统一经营为特征的人民公社于一九八五年完全退出历史舞台。

神头人民公社恢复为乡，旋即小小升了一格，名为神头镇；吉庄生产大队，恢复为神头镇吉庄村，社员则改称村民。二十世纪九十年代，雁北行署撤销，朔州建市，吉庄的全称是朔州市朔城区神头镇吉庄村。

## 三、头一家万元户：娶一个媳妇一吨

家庭联产承包责任制，首先衍生出第一个吉庄村的万元户，他就是李文富。

吉庄第一个万元户李文富

李文富是兰花院后人，属"文"字辈，排列比三步娃小一辈，大包干时候正值壮年，四十岁刚出头，对电器机械可以说无师自通。农业社期间，他从没有下地劳动，而是凭手艺吃饭，给集体修马车、架设电线、抽水浇地等，既是修理工又是电工，日工分十三分，比干部不足，比一般劳力有余，按当时说法，与车倌、场头、匠人一样，属于技术类的上等社员。吉庄村在庙院成立综合加工厂时，李文富被抽入其中，相当于技术总监。

等到土地牲畜承包下去，小副业也就面临散伙。大约在一九八四年至一九八五年期间，单干后整合为两家，其一李建春承包东殿娘娘殿，成为补胎专业户；李文富被动员买下了电焊机、钻床，另行上缴村里承包费，占用三大王庙的正殿做库房、西殿马王庙做车间，就算成立了一个小型加工厂式的电焊作坊。据他回忆，电焊机和钻床按照原价百分之七十折价，一共一千二百多元，还有占庙的承包费当年二千元，协议以后逐年递减。这个承包费，横向没有比较，所以究竟是贵是贱也说不来。

糊里糊涂成为加工专业户，起先李文富心中没底，能不能多收入几个，难以预测，就像要摸着石头过河。不过他家本就很穷，人穷志短，人穷也胆大，也就无钱而无畏。然而，机会不期而至。因为大牲畜承包到户了，合作组合马车总是少数人家，所以与单个牲畜配套的小平车需求量顿时猛增，基本上家家户户需要一辆，使用起来方便。传统的木制小平车，构造笨拙复杂，加工周期缓慢，不论实用性、坚固性还是工艺成本，全都跟不上时代步伐，取而代之的就是铁制小平车，也就是李文富加工厂的强项。

看看手里接二连三的订单，李文富信心十足。市面上购买新钢材、废钢材已经不再困难，政策宽松了。买来材料后，李文富带领两个儿子、一个女婿，爷儿四人启动电焊机，开始加班加点地加工小平车，有时候彻夜不歇，连轴干活。特别是大儿子存如，身强力壮、精力过人，往往手边放一瓶啤酒，干累了就对准瓶口猛喝一口，然后继续挥舞焊枪劳作不辍，他渴望致富的神情在焊花映照下格外生动。

根据当年的成本核算，加工一辆小平车，李文富的售价为一百七十元左右，去除材料费用，利润有五十多元；后来，新添了加工小四轮拖拉机车斗的业务，单价为五百多元，利润达一百二十元，很可观了。

除了加工小平车、小四轮车斗，李文富经常被雇去山场，替人家修理打砸机、焊制滚筛等，收入依然不菲，老婆在家种地六七亩，粮食自给自足。这样下来，不到三四年时间，李家的光景在吉庄村一举夺魁，成了公认的万元户。

不要站在二十一世纪来小瞧万元户，那可是一个时代具有标志意义的热词，当年的万元户，简直令人羡慕之极，且看媒体的总结就见一斑：

> 存款在万元以上的家庭，称之为万元户。这个词产生于二十世纪七十年代末、八十年代初，特指中国改革开放初期"先富起来"的一批人。
>
> 他们大体上是由农村的专业户和城镇的个体工商户构成。农村实行联产承包责任制以后，许多农民通过种植粮食作物、经济作物以及经商、打工等方式，使家庭年收入超过一万元；城镇居民通过经营个体生意使年收入超过一万元。在那个允许一部分人先富起来的年代，万元户就成了全国经济发展的排头兵。每个地方万元户并不是很多，因此万元户就成了当时富裕户的代名词。
>
> 万元户，既是衡量经济社会发展的指标，也代表了当时生活的幸福指数，是人们追求物质生活最直接、最明显的目标。一些地方甚至以万元户的多少来衡量当地的发展速度，出现了不少"万元户"村、"万元户"乡镇等。
>
> 在那个一公斤粮食二角钱、国家工作人员月工资二十元的时代，能成为万元户确实了不起。随着社会的进步和经济的发展，人民的收入在逐步提高，万元户也就不再是最富裕的人家了。进入二十一世纪的中国，在经过三十多年的快速发展后，万元户的说法已演化成了"十万元户刚起步，百万元户马马虎虎，千万元户才算富"的调侃。这一变化的背后，折射出中国经济社会的深刻变革，更反映了人们对合理财富追求的肯定以及对富裕生活的向往。

是的，万元户们经历过宠爱集于一身的光荣，可是由于他们自身素质与时代节拍的差距，总要面对更残酷的竞争和更为复杂的新旧交替，有的激流勇进了，有的难免落伍，走向消沉和不可捉摸。这样的人生蹉跎，在吉庄李文富身上都有印记。他戴上万元户的帽子之初，一口气盖起两处房院，娶过两房媳妇。其中家中老大存如，看上的是村里同龄人中最漂亮的女孩薛二白，定亲时聘礼就比村里普通人家多一倍。当时村里娶亲，彩礼最多一般为一千元，专用术语叫"半吨"，而据说李文富为儿子一掷就是"一吨"，自然抢眼。村里人议论说："哎呀，人家娶一个媳妇竟是一吨。"李文富回忆说，他家娶来两个媳妇，花在女方身上的彩礼加购买衣物，一共拿出五千元。这样平均一下，每个媳妇的彩礼差不多正是二千元，形象地以重量单位换算，岂不是一吨？

但是，加工厂发展到五六年时间后，村里从事电焊的人家多了，出现了竞争局面。由李文富独家焊平车的垄断格局被打破。另一个原因，小平车属于固定财产，更替周期漫长，铁制的更是坚固耐用，所以李文富拿到的订单慢慢少了。其余大件，比如拖拉机斗子，价位比较高，买主一下子拿不出来，开始赊欠，使李文富手中的欠条增多。关键他们父

当年李文富焊制的单套骡马车

子性格软弱，讨债拉不下面孔，导致现款收入大幅减少。其时许多村里的年轻人已经开始养汽车跑运输，看看一家一家的光景后来居上，李文富的大儿子存如坐不住了，他执意脱离父亲的加工厂，买了汽车奔向他不熟悉的运输领域；他的弟弟不是很喜欢电焊加工，也不大愿意继承父亲的衣钵，丢掉焊把另行寻找出路。年纪渐大的李文富看看后继乏人，就将摊子搬迁入自家院内，但是生意已经日渐冷清，门可罗雀。进入一九九一年后，加工厂正式宣告停业。

加工厂人去庙空

虽然殿内曾经的仓库隔墙没有拆除，但神像和壁画总归失去了集体强有力的庇护，于以后的一九九三年，三大王殿被人破洞而入，盗割去大王、二大王的脑袋，拓跋公主塑像被劫持而去；马王庙壁画被割去一块；二〇〇二年一个月黑风高之夜，一辆三轮车驶入村中，盗去钟楼内的铁钟及钟台下的龙凤砖雕。

同样具有悲剧色彩的是，李文富大儿子存如的运输一塌糊涂。起初发展还行，由一辆"依发"车增加到两辆，活儿也不缺少，但不知因为他不善经营，还是因为性格太弱，运费被欠着好歹要不回来。他为了周转，只能凭自己以前的良好口碑在外借钱举债，慢慢地亏空大起来，资金链断了，上门来要债的却几乎踏断门槛。存如无力归还，与妻子关系也处理不妥，不知还有哪方面的原因促使，一九九三年，他居然选择了一条出人意料的下下策：离家出走，远离是非。走时借口急用，从本家兄长李万山那里借去五百元。等家人发现不妙到处寻找，存如已经杳无音讯。直到二〇〇九年，等待已经十六年，就像金庸名著《神雕侠侣》里的主人公杨过寻找小龙女的年数了，存如的妻子薛二白到底没有等到一个结果，丈夫是死是活，总归两茫茫。因为生活所迫，她只能死心，怅然改嫁。好在其儿子非常争气，中学毕业后考入军校，在成都读书。

而垂垂老矣的李文富，至今在村里安静地过活，老两口耕种着十三亩土地，走到街头，谁也无法看出李文富就是当年名噪一时的万元户。儿子存如的音容笑貌在他脑海里日益模糊，思念却日甚一日。还有他的一双老茧爆裂的手掌，记载着他大半辈子的劳碌和艰辛。

李文富的侄子辈李万山替李文富父子总结说，小加工厂的关门、养车跑运输的失败，说明没念过多少书的人，干事毕竟眼光短浅，胆小慎微，算计不周，所以致富路上肯定难以有更大的作为。不仅是李文富父子，别人亦然；并非偶然，而是必然。

道理很朴素却也很深刻，耐人寻味，发人深省。

李万山的总结是否全面不敢肯定，但起码是原因之一。那一代的万元户，其中大约有百分之九十走向偃旗息鼓，而在那个基础上再上台阶的个别人物，财富就不可限量。

相比之下，李万山虽然中年时候历经磨难，但却为自己的人生之路走出一片恬静淡泊的夕阳红，"莫道桑榆晚，为霞尚满天"。

李万山的人生格言是"不求有功，但求无过"，他对一生经验的总结是"最数做人难"。作为一名看似普通的吉庄村民，能亲口提出这些极具理性色彩的话语，真的不大寻常。二〇一〇年，他已经七十七岁，但看上去就像五十多岁的样子，显然保持了心态平和。前文已经交代，

"四清"运动之际,李万山经历了一场牢狱之灾,在别人看来,好像他受到二明旦和张有才的牵累,可他自己透露,其中另有隐情:"被短人害了。"所谓短人,就是小人。

当年的李万山,已在铁路局下辖的神头采石场担任了材料主任,相当于股级干部,月工资七十七元,将近一位公办教师月工资的二点五倍,很值得夸口了。而且他三十多岁,风华正茂,前途无量。其时厂长姓戎,经常安排李万山出差,李万山顾虑重重,说:"我本就管库,还要出差,腰上的钥匙交给谁?"厂长说:"就让炊事班长老高拿着吧,那是咱自己人。"老高掌握钥匙后,私卖过一辆小平车和一点用于水泥防冻的工业盐,也就四五百元。另有一次,吉庄大队长李如昆因为大队车辆较多需要轴承,向采石场求援,李万山手下的一位齐材料员给了大队二十四盘轴承,收到大队七十元钱,并未上缴,而是私下购买了一台收音机玩,不久女人回老家去,他害怕收音机丢失,竟寄放在李万山家,结果埋下祸根。

"四清"开始后,采石场新调来一位范书记,还有工会新任一位王主席。李万山管财过物,也是"四不清"对象,由王主席负责调查。给二明旦出具卖驴介绍也罢,关键还查住炊事班长老高和齐材料员。那种年代,人人自危,人人要保护自己,所以老高供认:"车子和工业盐是李万山让卖的,钱也交给李万山。"双方对质无果。这种事无法说清,也说不清。齐材料员倒是承认收钱私买收音机,但说把收音机给了李万山;收音机恰好又在李万山家,李万山有口难辩,又是一个说不清。结果王主席调查后向上级汇报:李万山贪污证据确凿。

李万山虽然思想包袱沉重,但仍

李万山一脸沉思

然兢兢业业坚持工作。一次他从大同狼儿山出差回场,突然间被宣布停职,然后被拘押起来,甚至他在看守所还缴了一次党费。很快,采石场把李万山当作"四清"运动重大成果,起诉到朔县法院,朔县法院调查后发现有些冤枉,未予受理。但采石场再次到雁北中院起诉,这一次李万山在劫难逃,被判刑两年半,并且还在采石场召开了公判大会。低头认罪的李万山听见有的领导议论说:"这案子,哪里够得上判刑?应该上诉的。"但李万山心灰意冷,暗想:"唉,也不上诉了,自己总也有错误。"结果宣判后,他老老实实前往大同落阵营劳改农场服刑劳动。

一九六六年,李万山刑满释放,什么城镇户口、党籍、公职、小官职,一并失去了。回家看看,大队对他的家属子女很照顾,虽然家里拖欠几千元粮款,但该分粮照分粮,老母、老婆、四个孩子都没有挨饿受冻。因为李万山从小就是开山工出身,大队利用他的特长,安排他到副业队参加开山。李万山心中知恩,扑倒身子为集体出力流汗,一点一点为大队偿还拖欠;拖欠清完,看看别人领取现金补助,他也不领,只是折成工分,年底再参加分红。其间采石场新任李书记和一些朋友都劝他找找有关部门,为自己翻案,李万山也跑了两趟铁路和地方,本来已经有点眉目,但是一来他家接二连三添丁进口,家里前后有了九个孩子,送人两个还有七个,拖累得他心无旁骛;二来耗费时日,开山也走不开。他干脆放弃了翻案的努力,就留在村里,中间还去县里成立的石料厂干了一段,然后再次回到村里,在一小队山场开山。

恍惚就是包产到户,李万山承包了山场,带几个人专卖供人们盖房子砌基础用的片石,也没赚几个钱。两年后,神头公社成立专业队,林满过去了,就将李万山招呼去,工作仍是开山、水利工程打洞等,挣义务工。到一九八四年左右,村里依然保留着集体企业,而且在山场的基础上另行在袁树林村靠近铁路处开办了小煤台,走零担车皮,但收效不佳,步履维艰,头一年仅仅走了两个车皮。这时,村干部想到了李万山,毕竟他是铁路员工出身,关系不少,于是请李万山过来当销售,每推销一吨给他零点四四元的报酬。这一次李万山有了新的用武之地，大同铁路分局老熟人不少，吉庄的小煤台顿时活跃起来，当年就走煤一万吨，连续三年一共走煤五六万吨，其中李万山得到一万多元酬金，顺理成章，也成为村里堂堂正正的万元户。

干到一九八八年，村集体的企业终于都得承包下去了，具体到煤台，其一可能还是大集体的弊端作祟，只见走煤不见盈利，其二当时市场实在疲软，所以只能改革。李万山有门路有胆量，在别人望而却步时他跟集体签订了承包合同，实际上仍是很不正规的合同，半承包性质。协议规定：煤台购煤由李万山负责并销售，走一吨煤他仍旧收取零点四四元的酬金，但进出账面如有缺煤，李万山负责赔偿，如果煤堆出现结余，全部归李万山所有。这纸协议类似《马关条约》，集体只赚不赔，不过李万山还是接受下来了。

由于煤不吃香，煤矿对煤站卑躬屈膝竭力讨好，有时多拉一点，煤台少验收一点，就算克扣吧，自然而然，李万山有利可图。三年下来他除了挣到走煤的酬金，煤堆还多出来价值二十多万元的存量。二十万元，那可是天文数字。大队一看，乖乖，不得了，当即撕毁合同，让李万山全部上缴集体，但李万山哪里情愿？双方发生了纠纷。于是乎惊动了县里，县里派出工作组下来调查，工作组也不管合同不合同，只是规劝李万山："你是犯错误出来的，不能固执，还是把余煤交归集体为好。"这样的劝说使李万山胆怯了，退缩了，他无奈地接受了现实，一气之下，干脆撂了挑子，赌气心想："不就每吨四毛四？我不干了！"后来煤台换了承包人，但是跑不通铁路，再次请李万山回来推销，好歹支撑了半年多，好像铁路运输调整了方案，不再接受零担车走煤业务，于是一直以零担车走煤的吉庄煤台无力做强做大，在欠了煤矿一屁股的煤款后宣告倒闭。

其时李万山手里存有六七千元，他当即从别人手中购买了一辆五五型拖拉机，开始跑运输，专往大同拉石料，还是利用以前那些关系，与糖厂、钢厂、石料厂等几家的业务往来比较顺畅。逐渐地，李万山的运输车辆更新换代,依次购进依发车、伊尔汽、柴油一四二、扶桑大卡车等,由于良性运营筹划得当,收入也就稳步提高,其光景在村里首屈一指,资产可能已经上升到以十万元单位来计量,之前的区区"万元户"已经不在话下。其时全村的运输专业户,已形成了一定的气候。

因为神头及吉庄一带得天独厚的地理环境,决定了运输业的发达。相应地,驾驶员奇缺,一些驾驶技术不过硬的人只好开车上路,往往招致车祸频发。或许有关部门敏锐地发现了其中的商机,也算为周围村民致富提供服务,利用师专迁走后空闲的教学资源,开办了朔县第一所驾驶员学校——神头驾校,一时车水马龙,报名者如潮。近朱者赤,近墨者黑,吉庄考入师专的学子少了,但拿到驾驶执照的青年人骤增,别的村不敢望其项背。具体人数没有统计过,但大体估计足够二百余人。所谓"马达一响,黄金万两",时髦一时。

致富路上的千帆竞发,使吉庄在全县有口皆碑,值得一提的是吉庄人李维龙,居然扔掉公职,也回村里跑运输。

因为父亲的关系,李维龙一九八一年高中毕业后就成为朔县水利局一名协议工。按照惯例,转正只是个时间问题。到一九九一年,他被抽调到雁北地区水利局开展地下水资源普查,担任普查队资料组的负责

**李维龙跟一般农民毕竟不同**

人,好像受到了提拔重用。有一天,李维龙准备去运城的山西地矿局测绘队印刷一批图纸,途经朔州时,他顺路回吉庄看望叔叔。下午六点多钟,两个叔伯兄弟跑车回家,李维龙听见那哥俩议论说:"今天才挣了九百元。"听口气好像很不理想似的,可是李维龙已经大睁眼了,心想:"我这个水利职工一年才挣一千多元,人家哥俩一天就赚九百元,还嫌少……"感觉很不平衡,再问又得知,人家跑运输几乎每天都要收入千元以上,真是不可思议。

看来在外面干太没意思。李维龙一下子拿定主意:离开水利系统,回村发家致富。那年春节放假回来,他再没去单位,经过筹款准备,四月份就拿四点八万元购买了一辆依发汽车。单位闻讯后,派人前来告诉他:可以按照留职停薪对待,但九月份必须上班到岗,否则就要辞退。李维龙干到九月,算计已经赚钱两万多,可是多为外欠,一时又讨还不来,独自权衡一番利弊,他不愿意虎头蛇尾朝三暮四,于是就狠下心把工作手续舍了,彻底从工人变回农民。

也是从一九九三年开始,运输业有些转颓,一来交警、运管部门加大管制和收费力度,二来油价上涨,每吨从一千四百元提到二千元,养车不太景气。再者考虑到安全因素,村里李万山率先转向投资白灰烧制领域,一直发展到拥有九座白灰窑,其余养车户也有改弦易辙的,包括李维龙,也卖了汽车和长兄管理白灰窑,一共十座白灰窑,销售好时年收入要达到一百万元。

关于白灰产业,顺便提一回。白灰作为一种钢铁、化工等领域不可或缺的原材料,使具备着靠山吃山资源优势的吉庄在二十世纪九十年代开始,生产急剧膨胀。销路不是问题,多卖往包钢、大同钢厂及一些电石厂等化工企业。据介绍,村民依靠沟崖地势修筑一座小型土窑,花费只需四至五万元,日产量三十吨,口径四米至四点五米,深度十五米左右;稍微规模大些,投资二十多万元,日产量五十多吨,口径五米至七米,深度二十多米。这样的白灰窑虽说仍属土打土闹,但设计都很完备,输车辆更新换代，依次购进依发车、伊尔汽、柴油一四二、扶桑大卡车等，由于良性运营筹划得当，收入也就稳步提高，其光景在村里首屈一指，资产可能已经上升到以十万元单位来计量，之前的区区"万元户"已经不在话下。其时全村的运输专业户，已形成了一定的气候。

因为神头及吉庄一带得天独厚的地理环境，决定了运输业的发达。相应地，驾驶员奇缺，一些驾驶技术不过硬的人只好开车上路，往往招致车祸频发。或许有关部门敏锐地发现了其中的商机，也算为周围村民致富提供服务，利用师专迁走后空闲的教学资源，开办了朔县第一所驾驶员学校——神头驾校，一时车水马龙，报名者如潮。近朱者赤，近墨者黑，吉庄考入师专的学子少了，但拿到驾驶执照的青年人骤增，别的村不敢望其项背。具体人数没有统计过，但大体估计足够二百余人。所谓"马达一响，黄金万两"，时髦一时。

致富路上的千帆竞发，使吉庄在全县有口皆碑，值得一提的是吉庄人李维龙，居然扔掉公职，也回村里跑运输。

因为父亲的关系，李维龙一九八一年高中毕业后就成为朔县水利局一名协议工。按照惯例，转正只是个时间问题。到一九九一年，他被抽调到雁北地区水利局开展地下水资源普查，担任普查队资料组的负责

李维龙跟一般农民毕竟不同

人，好像受到了提拔重用。有一天，李维龙准备去运城的山西地矿局测绘队印刷一批图纸，途经朔州时，他顺路回吉庄看望叔叔。下午六点多钟，两个叔伯兄弟跑车回家，李维龙听见那哥俩议论说："今天才挣了九百元。"听口气好像很不理想似的，可是李维龙已经大睁眼了，心想："我这个水利职工一年才挣一千多元，人家哥俩一天就赚九百元，还嫌少……"感觉很不平衡，再问又得知，人家跑运输几乎每天都要收入千元以上，真是不可思议。

看来在外面干太没意思。李维龙一下子拿定主意：离开水利系统，回村发家致富。那年春节放假回来，他再没去单位，经过筹款准备，四月份就拿四点八万元购买了一辆依发汽车。单位闻讯后，派人前来告诉他：可以按照留职停薪对待，但九月份必须上班到岗，否则就要辞退。李维龙干到九月，算计已经赚钱两万多，可是多为外欠，一时又讨还不来，独自权衡一番利弊，他不愿意虎头蛇尾朝三暮四，于是就狠下心把工作手续舍了，彻底从工人变回农民。

也是从一九九三年开始，运输业有些转颓，一来交警、运管部门加大管制和收费力度，二来油价上涨，每吨从一千四百元提到二千元，养车不太景气。再者考虑到安全因素，村里李万山率先转向投资白灰烧制领域，一直发展到拥有九座白灰窑，其余养车户也有改弦易辙的，包括李维龙，也卖了汽车和长兄管理白灰窑，一共十座白灰窑，销售好时年收入要达到一百万元。

关于白灰产业，顺便提一回。白灰作为一种钢铁、化工等领域不可或缺的原材料，使具备着靠山吃山资源优势的吉庄在二十世纪九十年代开始，生产急剧膨胀。销路不是问题，多卖往包钢、大同钢厂及一些电石厂等化工企业。据介绍，村民依靠沟崖地势修筑一座小型土窑，花费只需四至五万元，日产量三十吨，口径四米至四点五米，深度十五米左右；稍微规模大些，投资二十多万元，日产量五十多吨，口径五米至七米，深度二十多米。这样的白灰窑虽说仍属土打土闹，但设计都很完备，燃烧区、通风区、冷却区、出入口等，入口进石料，出口出白灰，流水作业，效率不低。一九九〇年左右，每吨白灰售价一百多元，逐年涨价到接近二〇〇〇年时每吨售价三百多元。至于成本，就是石头和炭，毛利润率大约在百分之三十左右。虽然不可能满负荷运转，但正常年月也差不多。想想全村八十多座白灰窑，每天保守估算也在一千多吨的产量，村民也就日进斗金了吧？不过，白灰产区整天白雾茫茫，也是付出了牺牲环境的代价。

听李清说，从一九八五年至一九九五年间，吉庄走过了十年最鼎盛的时光，当时全村共有一百三十多辆汽车跑运输，个人的采石场多达二十多座、白灰窑八十八座，村民中一个一个夹着皮包的大小老板屡见不鲜。全村每天都要消费掉四头肥猪的猪肉，村里的杀猪专业户由一家增加到三家。

到了二〇〇〇年以后，由于环保、资源整合、市场整顿等等原因，吉庄开山采石、烧制白灰、连同汽车运输等产业，都出现大幅下滑，落入低谷，甚至停滞，致使吉庄再次面临寻求经济全面发展的又一次转型。村里人的钱袋子明显瘪了下去，杀猪专业户又从三家退步成一家，全村四五天才能消费一头肥猪。关停白灰窑的环保举措，损失最大的仍是李万山。他家九座白灰窑，镇上动员他带头响应号召，他识得大局，点头同意，于是好像摇钱树一般的白灰窑一朝被夷为平地。不过，李万山心态依旧平和，曾经沧海的他没有向政府索取一共几千元的补偿，也没有抱怨和气愤。他感觉命运已经待他不薄。儿子们各自成家，自己年事渐高也该回归园田。村里需要唱戏，要请他去接头打理；村里来一个跑江湖卖艺的，别人不管，他自掏腰包接待一下；村里盖学校、修复庙院，他也热心参与，该出钱出钱，该出力出力。总之，在乡亲们眼里，他的威望不低，人们有些家庭或邻里矛盾，都请他去说合说合，村里大事小事，都和他商议商议。恍惚间给人的印象，李万山似乎就和当年的老监生、连秀才、李继善一样，成为村里不可或缺的长老乡绅。这样的类比，不知准确不准确，抑或没有可比性呀。

此外，吉庄另有一个人物令人肃然起敬，他就是李全营。

李全营也当过运输专业户，那还是包产到户之初，因为一直在村里赶马车，所以就跟李如禄两家合伙买下生产队的一辆马车，连同四个牲口，一共五千四百元。他们开始是赶了车子为神头二电厂送石头，一次可拉四吨；过几个月，感觉不如把四个牲口分为两组，再买一辆车，一车变两车，虽然每车每次拉三吨，但总数就是两人各跑一趟一

农闲时的李全营

共六吨。算账下来很合算，因此二人再次分了一次家，好像进行生产力优化组合。那时每吨运费三点七八元，每家一天可挣二十多元，一年干上十个月，毛收入六千多元，除去牲口的草料支出，也能剩下四千多元。

过了四五年，神头二电厂竣工，李全营手里暂时没活儿，他再次盘算利弊，发现村里人外出赚钱的渐渐多了，养牲口养马车的逐年减少，别人家都不把种庄稼瞧在眼里，几乎连农具都扔开了。李全营想，扎扎实实种地莫非就不是一条路子？于是他选择了当一名种田专业户，不仅自家种着二十亩玉米、十几亩小杂粮，而且常年带着自家的牲口车辆及各类配套农具，专职给村里人送粪、耕作、收秋、锄禾，克勤克俭，合理收费，业务应接不暇，年收入照样可观。以春天送粪为例，给村民往地里送一车粪劳务费五元，据说仅此一项每年他能收入四千余元。二○○○年以后，李全营每年保守而言能挣三万多元。就单纯意义上的农民而言，算是上等家庭。家中的独子娶媳妇时，李全营毫不费劲一下子拿出八万元，亲家的彩礼、媳妇的电器金银全不寒碜，按照前些年"万元户"时期以吨折算，娶媳妇的八万元足够整整四十吨之数了。现在李

全营家七口人,四世同堂,其乐融融。

二〇一〇年,邻近的神头电厂改造生活区街道,李全营看看儿子在外打工,对务农不大感兴趣,所以他一下子投资十二万元,在电厂生活区为儿子买下一间门面房,以备儿子将来往商业方向发展。然而,他也感慨:以后还有没有像他这样一辈子一心一意务农的农民?

李全营的事例证明:谁说种地不能致富?谈及专职务农,李全营乐观地说了一句掏心窝子的话:"种地比打工强啊,自由,自在,不需看人家眼色,不需受人家白眼!"是的,有尊严地劳动,体现劳动者价值,天经地义。

在希望的田野上,李全营收获了希望,收获了自信,收获了未来。

李全营好样的,他无愧于一位真正的农民,一位坚守到最后的农民,也是一位与时俱进的新型农民。

与李全营全靠人力畜力、四季不息的劳作不同,村里还有几家季节性的服务专业户,比如李忠祥、贾世满、李来等,均已置办了各种农业机械,他们只在春耕春播和秋收时节,承揽村民的耕田、播种、覆膜等活计,兼营籽种、地膜、农药,前后不过个把月时间,各家的收入也有三万两万不等,感觉相当于李全营模式的翻版和改进。站在这一层面来看,吉庄的农田作业,就算部分实现了机械化。

今后农村的发展,城乡一体化大势所趋,大量劳动力都会涌向城镇,

李全营扛着老犁摆了一个造型

那么，留在农村的劳力，就像李全营，或者李忠祥、李来等，多数应该是从事各种特色农业模式的专业户吧？

值此，让我们再把吉庄置于中国农村的大环境下，补充记载如下：

一、从一九四九年至二〇〇八年，全国粮食产量从一万一千三百一十八万亿吨，增加到五万二千八百七十一亿万吨，多年连续居于世界第一；从二〇〇六年起，中国不再接受世界粮食计划署的无偿粮食援助，并逐步成为重要的粮食援助捐赠国。二、二〇〇四年三月十五日温家宝总理在十届全国人大二次会议上所作的政府工作报告中提出："从今年起，要逐步降低农业税税率，平均每年要降低一个百分点以上，五年内取消农业税。"二〇〇九年据庆祝新中国成立六十周年活动新闻发布会消息：目前中国已经进入以工补农、以城带乡的发展阶段，整个农村政策的取向就是要推动城乡统筹，所以实施全面取消农业税，实行对农民补贴、免费实行农村义务教育、推行新型的合作医疗和逐步建立农村的各项社会保障制度等，目前我国对农业的支持保护体系已经初步形成，范围越来越广，标准越来越高，项目越来越多。在今后一个时期，随着国家财力的不断增长，会进一步健全农业投入的保障制度、价格支持政策，健全农业金融服务体系，强化农村公共服务，为农业发展和农民增收提供更好的制度保障。农业农村实现着历史性的跨越……

农业稳，则天下稳；粮食丰，则天下安。

吉庄李全营和所有吉庄农民一样，和所有中国农民一样，又迎来下一个春天。

# 尾 声

吉庄村"和谐号"正要起航

这里笼统记录自李祥开始的村级班子名单(由吉庄村提供):

支书李祥(接刘克功):一九七七年至一九八一年;主任李朴(接李文有):一九七四年至一九八一年;支书李朴:一九八一年至一九八四年;主任李忠友:一九八一年至二〇〇二年;支书李忠祥:一九八四年至一九八七年;支书李仁义:一九八七年至二〇〇八年;主任李日增:二〇〇二年至二〇〇八年。

二〇〇九年之初,村里民主海选村党支部书记和村委会主任,当年老支书林满的儿子林建国以高票当选,身兼二职,任重道远。

老知青回村闹秧歌

就把时间定格在二〇〇九年。

二〇〇九年,与共和国同呼吸、共命运的吉庄,正在大力开展新农村建设,而且又一次被朔州市朔城区树立为率先发展的典型,受到社会各界的广泛瞩目。当然,在吉庄仍旧产生着故事,发生着变化,不过从一般意义上而言,已经不属于历史的范畴,而是一条一条的新闻。翻开报纸,打开电视,可以经常获知来自吉庄的各种信息。

摘录十月二十七日《朔州日报》的报道,可见一斑。

### 群众致富的领头雁

(记者 杨育彪)最近,在广大农村基层开展的第三批科学发展观活动蓬勃开展,按照部署正红红火火有序进行科学发展观活动的朔城区神头镇吉庄村,一开始就把目标定位于高标准的一流水平上,因地制宜卓有成效地开展起来。村党支部书记林建国说,党中央安排布置党员干部开展学习科学发展观活动,就是要以人为本,全面协调可持续发展,就是要不端群众碗,不欠自然账,不吃子孙饭。关心群众碗里的、兜里的和心里的,做到情为民所系，利为民所谋，带领群众实现更高水平的小康。

## 开拓思路　集纳智慧

今年元宵节前，林建国三上北京，邀请上世纪六七十年代在吉庄插队的知识青年，同时邀请村在外工作的同志，一并回村召开规模较大的座谈会，共商吉庄发展大计。村里定了个题目叫"拓思路谋发展座谈会"。在会上，认真听取他们对吉庄村发展的意见和建议，同时，借助他们知识丰富、信息灵通的优势，宣传吉庄。这次座谈会不仅对于形成决策，开阔视野起了很大作用。同时，也达成输出劳务的意向，一次性输出劳工人员三十二名。同时，村里建立了村民代表大会，村民一事一议，党员民主生活会制度，用制度约束两委，村民不同意的事不做。提倡村民参政议政，提倡集思广益，提交合理化建议，最大限度地发挥村里两委的正确领导作用。

## 不等不靠　完善机井配套

村里不等不靠主动出击，从长计议，努力争取工作绩效的最大值。吉庄村的基础产业仍是农业，农业问题是村里的主要问题，随着村民农作物种植对基础设施的需求日渐增大，村里原有的水利设施不能满足需求。为此，在春播前就着手打井，村民积极奔走，村支部向有关部门争取一点儿；同打井队协商赊欠一点；干部慷慨解囊，拿出自己的钱垫付一点。多渠道、多方式，解决了资金无着落的问题，硬是赶在春播之前打了两眼机井，完善了配套。在春浇地时，着两眼机井派上了用场。今年夏天，吉庄村农作物没有出现旱情，长势很好。

## 整顿村办学校　提升教学质量

今年元宵刚过,村里就开始整顿学校,首先从教师任用制度抓起来。该村改革了教师任用制度,除校长为公办教师外,其余都聘用代课教师,而且多数为本村多年从教,有教育经验的媳妇们。为鼓励任用教师安心工作,扎根农村小学,村里决定加大教师补贴,每人每月净补一千元,三顿饭在学校免费进餐。可村里账上没有分文,无从兑现,林建国率先拿出钱为学校食堂买了餐具、餐桌、椅子、米、油、盐等必需品,保证了食堂的正常开张。现在,老师们的工作积极性十分高涨,中午时间也不回家,继续工作。

日前,学校学生外流的现象不仅得到了遏制,而且出现了回流的可喜势头,从去年的全校四十多名,回流为一百四十六名。学校管理已迈上井然有序、高标准、健康发展的轨道,村民对学校得以整顿给予了较高评价。

旧庙换新颜

## 保护和维修文物  打造吉庄文化品牌

在村南，坐落着建于明代的山西省唯一的集大王庙、龙王庙、马王庙三庙合一的古建筑。由于年久失修，墙倒屋塌，吉庄村邀请有关专家对这一建筑进行考证，他们一致认为古建筑极具研究价值、旅游价值、开发价值。为此，村里投入财力、人力，多渠道筹资进行维修，现在维修已接近尾声。

目前，年初确定的为民办好他们最急切想办的几件事，已经兑现。村民在田间炕头都夸赞两委办的实事。

二〇〇九年，时任朔州市委宣传部长郭健（左二）在吉庄调研

二〇一〇年，时任朔城区区委书记郭连厚（右三）到吉庄指导工作

上面的这条新闻报道，比较有代表性，对二〇〇九年吉庄的工作大体做了一番介绍。可以发现，吉庄面临着新的发展机遇，吉庄的历史将掀开新的一页。

二〇〇九年，距离上世纪的民国初年将近百年。在历史的长河间，一个百年或许不算漫长，但在吉庄已经留下了不能轻易磨灭的深刻印迹。回望吉庄的百年，我们眼前会闪过连步云、李会锦、李林仁、三步娃、张存厚、李成斗、李宗富、林芳、林满、姚焕芝、李如昆、刘克功、李海枝、林建国、李清等等一个一个熟悉的面孔，他们同全村的父老乡亲一道，生生不息，不屈不挠，顽强地追随着时代的步履，共同书写了吉庄的世纪历史。吉庄的百年，犹如一幅乡土气息浓郁的人文风俗画卷，凝缩了中国北方农村史诗一般的岁月沧桑，看似寻常却也曲折跌宕，看似平凡却也精彩纷呈，犹如日夜奔流的桑干河水，从悠远中迤逦而近，最是那形容不来的荡气回肠。

早在当年土改时，工作组的组长任主任就赞叹过："吉庄是个好村子。"此刻回头看看，吉庄确实是个好村子。吉庄具有文化浸润的灵魂，如同那棵见证变迁的大槐树一样，植根桑干河源头的土壤，临风而立，独树一帜。

我们有理由相信，吉庄的明天更美好。

我们也有理由相信，中国农村的明天更美好。

祝福吉庄。

二〇一〇年七月于山西朔州经济开发区
二〇一五年二月修订

# 跋　我的吉庄，我的大槐树

李世唐

吉庄，我魂牵梦绕的故乡；大槐树，我生生不息的根。

洪涛山下、桑干河源头的朔州神头泉周围，密布着十几个大大小小的村庄，吉庄就是其中之一。

吉庄是个普通而不寻常的村庄。

作为一个小村庄，吉庄实在是普通极了，普通得就像北方的黄土一样，遍地都是，满眼都是。它既非兵家必争之地的要塞关隘，也没有惊天地、泣鬼神的传说故事；吉庄老百姓跟数亿中国普通农民一样，过着日出而作、日落而息的农耕生活。

然而吉庄又实在是个不寻常的村庄。它占尽了风水人文的优势，深受历史文化的浸润，紧跟中国农村的发展脚步，演绎了极具中国特色的农村近百年发展史。

吉庄的不寻常首先是它独特的地理位置和神奇的自然景观。吉庄位于洪涛山下、桑干河畔。巍巍洪涛山像一块巨大的天然屏风，山上一座高耸的烽火台像是屏风上镶嵌的一块宝石；洪涛山麓下一座突兀的小山丘面对吉庄村，恰似屏风下摆放的一把太师椅的靠背，而小山丘东西两侧的两条水沟又像是太师椅的两个扶手；村南的桑干河宛若太师椅下的脚踏一样。远远望去，吉庄犹如一位饱经沧桑的岁月老人，稳坐在太师椅上，安详、怡然。

村中一槐一桑两棵大树，神奇独特，确为塞外少有、朔州仅有。它们默默承受着塞外风刀霜剑的考验,见证着吉庄人们跋涉奋斗的苦乐年华。吉庄大槐树,传说为明代大移民时,李家先祖从洪洞大槐树折枝为杖,到吉庄后插地生根;经过漫漫六百余年生长,如今大槐树主干虽早已空洞,但依旧枝繁叶茂,到七八月槐花盛开时节,槐花香味弥漫全村。虽然传说遥遥远矣,但晋北李姓都把吉庄大槐树视作根系所在,甚至还有四川、天津、河北、河南的李姓子弟前来寻根,他们挂在嘴边的一句话就是:"我们是从吉庄出去的,我们是吉庄大槐树李家。"数百年间,到底从大槐树下走出多少代吉庄先辈,已经无法统计,但大槐树已经成为一个符号、一个标志,始终牵连着一方儿女的根祖情节。如果说大槐树的来历只是个传说的话,那么独立参天、有着二百余年树龄的大桑树,则彻底颠覆了古人"雁门关外野人家,不养桑蚕不种麻"的偏见,有力地证明了神头泉湿地附近曾经温润的气候和宜人的环境。

吉庄的不寻常,还在于它别致的人文景观。吉庄村东南角,历代曾经建过一个规模不小的庙群,有文昌庙、关帝庙、送子观音庙、马王庙、大王庙等,这也是中国北方民族融合的一个小小见证。文昌帝主管文曲星,是读书人追求仕途时必求之神;关公大帝为忠义勇武的象征,也是平安和财富的守护神;送子观音则是期盼多子多福的百姓最喜爱的神;而对马的崇拜,又阐述了北方游牧民族驯马、养马、以马为伴的一段历史。最为独特的要数大王庙了。大王庙是吉庄历代庙群中保存下来的较完美的建筑,也是全国少有的大王庙。吉庄的大王庙,其实也就是桑干龙王庙。龙王主管风调雨顺,龙也就是农民崇拜的图腾,更是代表中国农耕文明的图腾,要么怎么皇帝也称自己为真龙天子呢?更令人称奇的是,吉庄的大王庙居然历尽风雨,一直保存下来,神像犹在,壁画如新,恰恰成为农民式龙图腾的鲜活写照,并且衍生了内涵丰富的祈雨文化,更是留给现在弥足珍贵的一笔文化遗产。

如果说吉庄庙群或大王庙代表了封建时代吉庄文明的话,那么,晋北师专的选址吉庄,则显示了吉庄的现代文明。一九五九年,雁北师专的前身——晋北师专落户吉庄,从那时起,大学校园和农舍比邻而处,吉庄笼罩着浓郁的书香,田野地头、溪边小道往来络绎着朝气蓬勃的莘莘学子。特别是一九七七年恢复高考后,雁北师专群贤毕至,一大批年轻的精英从四面八方来到吉庄,然后又从这里走向社会的广阔天地,奉献所学。如今雁北师专虽已搬迁,但喝过神头泉水、在雁北师专汲取过人生营养的学子们谁又能忘记吉庄那片阳光灿烂的天地呢!

吉庄的不寻常更在于它凝缩了中国农村的百年沧桑,是极具代表意义的一幅历史画卷。在百年间每一个历史阶段,吉庄几乎无一例外地留下鲜明的时代烙印。比如民国年间军阀混战,奉军散兵进村抢扰贾家,被吉庄村民群起痛殴,结果惹来野蛮报复,贾家从此由殷实转致衰败,但"为了一口气,敢舍十亩地",吉庄人团结一心、不畏强暴、敢于牺牲的精神可见一斑。新中国成立以后,吉庄百姓表现出极大的生产积极性,按照毛主席"水利是农业的命脉"的指示,他们从神头海引水,一代接着一代干,几十年如一日坚持兴修水利工程,一直把水引到了洪涛山的山坡上,用石头、白灰砌筑的防渗渠道遍布田野。为了修筑三级提水站,独生子贾锁旦献出了年仅十八岁的生命;下乡干部吴富贵与村民同吃同住同劳动,血洒异乡,实践了共产党员的入党誓言。在兴修水利的工地上,村民仁五疤被土块砸昏,醒来说的第一句话是:"为国尽忠,死也无怨。"吉庄的水利工程确实为吉庄粮食稳产高产提供了保障。大跃进时期,吉庄率先建起了幼儿园、产妇院,成立了公共食堂,购置了水电设施等,成为朔县第一个"五化"典型。"文革"时家家张贴毛主席画像,共产党员姚焕芝到晚间把墙上的毛主席像用帘子遮挡,说:"不能让毛主席看见我家的尿盔子。"仁五疤和姚焕芝的话,听来好像叫人忍俊不禁,但代表了当时村民们对新生活、对领袖淳朴的感情。浮夸风盛行的年代,吉庄也被迫紧跟潮流放卫星,谎报土豆亩产十二万五千斤,大队让能言善辩的李绍先当解说员,李绍先说:"叫我解说,比串门子张口还难。"农民的耿直表露无遗。改革开放以后,吉庄人的聪明才智和吃苦耐劳精神得到了空前发挥，小小的吉庄拥有跑运输的汽车一百三十多辆，在村后的洪涛山上开起了二十几座石料厂和八十多座白灰窑。农民真的"不差钱"了，全村光猪肉平均每天销售四头。有人由此走上了富裕之路，但也有人由于经营无方或国家政策调控等原因，昙花一现的富裕后仍旧归于贫穷或平淡……实际上，无论民国初年小农经济的风雨飘摇，日寇入侵时村民的忍辱偷生，还是共和国成立之际土地改革的暴风骤雨，合作化期间的翻天覆地，以至于人民公社、大跃进、大炼钢铁和"四清""文革"的奇闻轶事，直到改革开放包产到户的一波三折，都在吉庄有着最真实的原始记录和情景再现，都是不可复制的珍贵的历史财富。

吉庄的不寻常还蕴含在它的诙谐幽默、充满乡土气息又不失哲理和智慧的笑话、故事及俚语中。如孙发英的笑话："咱是没白面，要是有肉的话，咱借上点调料吃它一顿饺子。"乍听似乎只缺一样，实则一无所有，调侃中包含着几多酸楚、几多无奈、几多期盼。类似的像"贾行打平伙——下一次咱好好吃"等，都反映了那个物质匮乏的年代人们对丰衣足食的憧憬。其实别说"下一次咱好好吃"，那个年代的人恐怕一辈子都没能"好好吃"过一次。

吉庄近百年的"奇人"要数三步娃了。三步娃是个敢想敢做的人，比如三步娃能用鸡毛捻绳，三步娃敢在双臂上绑了簸箕、屁股上插上扫帚学飞鸟从崖头上往下跳。这些常人连想都没想过的事，三步娃就敢做。而且三步娃的后人们也很有乃翁遗风，如三步娃的后人说能用烟草秆和烟草叶盖房，种棵胡萝卜，水井有多粗多深萝卜就有多粗多长，拿个木升子扣在地上能听到里面有千人万马唱大戏等。这些离奇的夸张和大胆的想象（用吉庄话说叫"脱寡"），不正蕴含着劳动人民改天换地的创造力和对美好生活的无限向往吗？用今天的话说，难道不是一种创新精神吗？人类不正因为学鸟飞而发明了飞机？我们今天一个小小的视频里难道不正"藏着"千军万马吗？

吉庄最出名的俚语，要数"别小瞧吉庄基干民兵没枪"。在那个全民皆兵的年代，吉庄六十多个基干民兵，只有十几条枪，没有枪怎么训练？吉庄民兵自有他们的办法。他们自制了木枪，甚至用玉米秆当枪用，苦练杀敌本领，居然在全县民兵实弹大比武中一举夺冠，使全县民兵再也不敢小瞧吉庄民兵没枪了。从此，"小瞧吉庄基干民兵没枪"，在全县广为流传，家喻户晓。

总之，一个笑话反映一个时代，一句俚语体现一个哲理，一个故事折射一段历史。从这些流传下来的笑话、俚语、故事中，可以看到时代给吉庄留下的清晰烙印和吉庄先辈们那鲜明的性格特征。他们或让人感慨，或叫人窃笑，或令人振奋，或使人悲哀，或睿智，或愚昧，或豪放，或自私，却都体现了中国式农民的精神实质——那就是坚韧不拔、百折不挠。无论风调雨顺，还是饥寒交迫，无论大跃进集体化，还是包产到户联产承包，吉庄父老都以勤劳淳朴的思想品德，积极乐观的人生态度，自强不息的奋斗精神，紧紧追随着时代的脚步，谱写了一曲悠长而深沉的乡间歌谣，凝结着、积淀着普通而不寻常的历史文化点滴撷英。

暗淡了刀光剑影，远去了鼓角铮鸣。吉庄的历史，遥远的，已经难以考证；近百年的，依然脉络清晰。但一个不可否认的现实是，我的祖辈们，已经从吉庄的视野中渐行渐远；我的父辈们，许多人也正在逐渐淡出我们的记忆。难道岁月的风雨真的要将我的先辈们的足迹冲刷销蚀掉吗？在今天这样一个人类太空飞行、地球已变成一个村的信息时代，眼前变幻的场景常叫人目眩头晕，每日的事务常叫人应接不暇，人们都在瞄准未来追赶日月，谁还有精力去回顾和思考"过去"？那么，是不是终有一天，吉庄近百年的历史，也会像二十世纪以前的历史一样，因没有记载而变成一个空白？那么多鲜活的人物，那么多一幕一幕的往事，是不是将要随着时间的流逝而模糊而渐渐淡去？假如真的出现那样的结局，肯定是吉庄和吉庄人的悲剧。作为构成中国农村的其中一个单元，如果吉庄的百年历史真的遗失，那我们既无颜面对吉庄先祖，也无法交代吉庄后人。

  在我们这个讲究传统和继承的国度里，一块土地就是一个家族的根。对于吉庄人来说，吉庄先辈们洒过血、洒过汗的这块土地，就是吉庄人的根。挖掘和抢救吉庄的历史文化，再现百年间吉庄的人文民俗画卷，寻找吉庄人曾经有过并且继续营建着的精神家园，是当今吉庄人一项告慰前人、交代后人的责任，义不容辞，责无旁贷，可谓善莫大焉。因为了解自己的来龙去脉，知道我从何处来，又向何处去，是人类对自身永恒的追问。就像人不能选择自己的父母和出生地一样，历史是后人无法选择的，历史的影响也是无法抗拒的，它深藏在我们的血脉里，并且将遗留在我们传给后人的基因中。所以有人说："不懂历史的人没有根，淡忘历史的民族没有魂。"

  然而我深知，历史文化的挖掘整理是一项非常艰苦的工作，我非常高兴地看到，郭万新同志勇敢地挑起了这副担子，经过一年多的采访和写作，反映吉庄百年历史的纪实文学《吉庄纪事》即将出版。这实在是吉庄的一件幸事。我代表吉庄的先人们和后辈们向他表示深深的谢意。《吉庄纪事》发行之日，吉庄应授予他荣誉村民。《吉庄纪事》里没有悲壮的主人公，也没有恢弘的斗争场面和矛盾冲突激烈的故事情节，它所塑造的是吉庄父老的群体像，它所描写的是吉庄父老日常生产、生活的小细节。而那些群体像和小细节，正是吉庄历史的魂魄。但愿它传递出的情感价值，能够温润一代又一代吉庄后人；但愿一辈又一辈吉庄后人能够不忘祖、不忘根，并能从前辈履痕里获得启迪和力量。

  吉庄，我魂牵梦绕的故乡；大槐树，我生生不息的根。

  我自豪，我生在大槐树下；我骄傲，我是吉庄人！

## 图书在版编目（CIP）数据

吉庄纪事 / 郭万新著 . — 北京：人民日报出版社，2015.4
ISBN 978-7-5115-3146-9

Ⅰ . ①吉…　Ⅱ . ①郭…　Ⅲ . ①纪实文学－中国－当代
Ⅳ . ① I25

中国版本图书馆 CIP 数据核字（2015）第 068761 号

**书　　名**：吉庄纪事
**作　　者**：郭万新

**出 版 人**：董　伟
**责任编辑**：陈　红
**封面设计**：未　氓

**出版发行**：人民日报出版社
**社　　址**：北京金台西路 2 号
**邮政编码**：100733
**发行热线**：(010) 65369527　65369509　65369510　65369846
**邮购热线**：(010) 65369530　65363527
**编辑热线**：(010) 65369844
**网　　址**：www.peopledailypress.com
**经　　销**：新华书店
**印　　刷**：大厂回族自治县彩虹印刷有限公司

**开　　本**：710mm × 1000mm　1/16
**字　　数**：290 千字
**印　　张**：22.5
**印　　次**：2015 年 6 月第 1 版　2015 年 6 月第 1 次印刷

**书　　号**：ISBN 978-7-5115-3146-9
**定　　价**：39.80 元